魅丽文化

高能来袭 2

大哥喝冰阔落 / 著

江苏凤凰文艺出版社
JIANGSU PHOENIX LITERATURE AND ART PUBLISHING

图书在版编目（CIP）数据

高能练习生.2 / 大哥喝冰阔落著. -- 南京：江苏凤凰文艺出版社，2023.11
ISBN 978-7-5594-6809-3

Ⅰ.①高… Ⅱ.①大… Ⅲ.①长篇小说-中国-当代 Ⅳ.①I247.5

中国版本图书馆 CIP 数据核字 (2022) 第 075071 号

高能练习生.2

大哥喝冰阔落 著

出版统筹 曾英姿
责任编辑 张 倩
特约编辑 喻 戎 吴 龄
封面绘制 吧 吭
装帧设计 白砚川
出版发行 江苏凤凰文艺出版社
南京市中央路 165 号，邮编：210009
网 址 http://www.jswenyi.com
印 刷 湖南天闻新华印务有限公司
开 本 880mm×1230mm 1/32
印 张 10.5
字 数 292 千字
版 次 2023 年 11 月第 1 版
印 次 2023 年 11 月第 1 次印刷
书 号 ISBN 978-7-5594-6809-3
定 价 46.80 元

目录

CONTENTS

第一章

营业，她是专业的

夏溪：大人你好，大人再见。

随着夏溪话音落下，C 小组男嘉宾就听到机械的提示音响起。

他被淘汰出局了，低头就可以看到心脏位置有颜料的痕迹。

虽然夏溪手中带着天使翅膀的玩具枪看起来特别滑稽，但小体积有着大能量。夏溪刚拿到道具的时候就尝试了一下，发现射程还挺远。当然，枪里的都是颜料，不会对人造成真正的伤害。

开局二十分钟，产生了第一位淘汰嘉宾。

所有嘉宾都听到了通知，但他们并不知道是谁干的。

夏溪返回的时候，姜妙之跟金芸正一脸焦急。

姜妙之赶紧迎了上去。

“吓死我们了。”

“你有没有听到，已经开始淘汰人了，好可怕。”

夏溪点头说：“我干的。”

后期工作人员已经打算在这里给夏溪加个戴墨镜的特效了。

姜妙之和金芸呆愣过后不约而同地朝着夏溪竖起大拇指：“干得漂亮！”

“撒花撒花！”

附近有很多野花野草，有的已经耷拉了，放着也活不了，就充当了道具。

……

夏溪所在的A组兢兢业业地继续捡物资，金芸却坐不住了。

金芸先是询问夏溪："夏溪，你不觉得无聊吗？"

夏溪想了想，回答："不会。"

不管练武还是练舞，都要耐得住寂寞。

金芸又问姜妙之："那你呢？"

姜妙之："躲着的感觉真快乐！"

这里空气清新，有吃有喝，还不用拍戏，没有娱记，姜妙之觉得自己能在这里多躲一段时间。

"……"金芸并不快乐。

夏溪看穿了金芸的想法："你想出去寻找点刺激吗？被别的小组包围确实不会无聊。"

金芸打了一个寒战，说："夏溪你这冷笑话太冷了。"

虽然夏溪这样说了，但金芸还是跃跃欲试。

金芸：我就在附近转转，不会有危险的，说不定还能跟夏溪那样击杀掉一个对手呢。

然后夏溪跟姜妙之一起扎帐篷的时候就听到提示音——金芸out（出局）。

夏溪手一顿，直起身子。金芸被淘汰出局了？

姜妙之也有些唏嘘："都说了让她不要冲动，跟我一样躲着不行吗！"

夏溪评价金芸的行为："又弱又爱玩。"

导演觉得夏溪的评价十分贴切。

姜妙之："不知道是谁做的……"

像是要回应姜妙之，远处响起金芸愤怒的呐喊："杀我者，B组宋可儿！"

夏溪赶紧替她报仇！不然她"死不瞑目"！

夏溪、姜妙之和导演一头雾水。

这怎么还通风报信！

"赶紧把人给拉走，以后谁被淘汰了，第一时间捂嘴，听到没？"

工作人员绑着骂骂咧咧的金芸下场了。

宋可儿就是之前对金芸说姜妙之坏话的女艺人。宋可儿正好碰到了出来转悠的金芸，趁着金芸没有防备，直接用道具淘汰了她。

虽然金芸看不到，但夏溪还是点了点头表示自己了解了。

B 组宋可儿是吗？

夏溪觉得金芸嗓门挺大，对姜妙之说：“她挺适合唱女高音。”

她的声音穿透力非常强，就连队里的“铁肺”——米莎的高音好像都没有她刚才飙的高音高。

“如果不想当演员，可以试试往歌坛方面发展。”

姜妙之被夏溪跳跃的思维搞得一愣一愣的。

“我感觉你可能产生了误会……她应该是超常发挥了。”

因为怒气值上升，所以她爆发出惊人的高音，平时大概达不到这种效果。

……

嘉宾们只能通过节目组提醒知道谁被淘汰，但并不会知道是谁除掉了自己的队友，不过出现了金芸这个意外，现在夏溪她们知道了是谁下的手。

既然金芸这么愤怒，夏溪也不会让金芸含冤。夏溪让姜妙之在她们先前找到的隐藏地点躲起来，防止被其余队伍发现。然后她就单枪匹马地找到了宋可儿，并且顺利地把宋可儿淘汰了。

夏溪离开的时候却没有那么顺利。

附近正好有 B 组的另一个成员，听到宋可儿被淘汰的提示，他快步朝着这边走来。虽然宋可儿已经被拉下去了，B 组这位成员没有看到宋可儿最后一面，但“凶手”夏溪避不开他，两个人即将狭路相逢。

夏溪倒也没有多慌张。

送上来的人头，不取就可惜了，来一个淘汰一个，来两个淘汰两个。

夏溪现在完全是大佬做派。

她拿好了自己的道具枪，谨慎起见，随手冲着旁边的地上打了一下。

——没出颜色……打两下，还是没出颜色。

夏溪一脸疑惑。

随后夏溪得到了单独提醒。导演简直要笑疯了，他也毫不掩饰自己的幸灾乐祸：“道具有使用次数限制，不是无限使用，你没打出来，说明用不了了！”

弹尽粮绝。

上一秒夏溪还是云淡风轻的大佬，下一秒她就面临任人宰割的局面。

夏溪有些茫然：这也太坑人了吧！道具不光敷衍幼稚，居然还有使用次数限制？

关键是之前夏溪完全不知情。

宋可儿的队友已经离夏溪没有多远，他手上拿着道具。

导演喝了一口水，看着屏幕中的两个人感慨：“没想到夏溪这次也着了道。”

人总有马失前蹄的时候。

看到夏溪即将被淘汰，他居然还有点遗憾。

工作人员提醒：“不一定。”

只见丛林中狭路相逢的两个人四目相对，夏溪平静地开了口：“宋可儿被淘汰了。”

宋可儿的队友没想到她居然会这样说，明显愣了一下才点头表示：“我听到了。”

夏溪很真诚地说：“节哀，加油。”

“好的好的。”

然后夏溪朝着他挥了挥手，就离开了。

对……她离开了，大摇大摆，完全没有任何偷袭行为。

导演一口水喷了出来。

“这不是干掉夏溪的最佳机会吗！”

这队友是不是傻！夏溪手中的道具不能用了，他为什么不趁机干掉夏溪！

……

随后，这个 B 组成员看到了自己的另一个队友，讲述了他跟夏溪狭路相逢的场景。

队友也发出疑问：“为什么不干掉夏溪？”

然后对方一脸“你疯了吧”的表情。

“那是夏溪，那可是夏溪啊，而且她手上还拿着枪。

“我看到夏溪的时候都要吓死了，还以为我们要进行一番生死搏斗，没想到夏溪居然这么好说话，居然放过我，还鼓励我！”

导演：你并不知道夏溪也是这么想的，她也要吓死了，没想到你放过了她。

夏溪离开的步伐很正常，像是散步，但一离开对方的视线，夏溪立马拔腿狂奔。

她害怕对方回过神来。

但导演想告诉夏溪：别怕，他们没有这个智商啦。

B组成员还在跟队友分析：“首先排除夏溪，夏溪不可能是淘汰宋可儿的人，不然她为什么会主动提及宋可儿被淘汰的事？

“还有，她面对我的时候表情特别和善。

“我关注过夏溪，夏溪是偶像出道，偶像派没有演技的，她都主动放弃重要配角去演什么冷面哑巴杀手了，而且听说在恐怖屋里连害怕都演不出来。

“放心吧，不可能是夏溪。”

于是这对卧龙凤雏看向对方，异口同声道：“是C组！”

“是C组淘汰了我们的队友，我们要给队友报仇！”

导演：你们在搞什么？

C组：人在家中坐，锅从天上来。

……

夏溪再次触发了“你想要的样子我都有”技能，她也不知道自己脸上变成了什么表情，但应该不是过于酷跩。

成功返回营地见到姜妙之后，夏溪就问她：“我现在是什么表情？”

姜妙之仔细打量她，觉得她的表情很和善。

夏溪其实也有点儿后怕，把整个过程告诉了姜妙之。

姜妙之没有看到现场，光是听夏溪描述就开始紧张了，太惊险了。

“我又找到了新的枪，你下次带着，还可以带上那个‘四十米大刀’。”多准备点道具总是好的。

夏溪觉得，自己淘汰了宋可儿，她的队友可能当时来不及反应，后面肯定要为宋可儿报仇。

然后紧接着提示音响起，C组一个成员被淘汰了。

她跟姜妙之都在营地，那就只有一个情况——这个C组成员是被B组淘汰的。

姜妙之想得很简单，一边吃着面包片和午餐肉，一边说："这是不小心碰上了吧？"

夏溪皱眉，她怎么觉得哪里不对劲儿呢？不过她也没有多想。

随着时间的流逝，姜妙之也觉得无聊了，她打了个哈欠，轻声说："溪溪，我来给你跳个舞吧！"

她在剧中要献舞，因此学了一段时间，虽然比不上专业的舞蹈演员，但也能拿出手了。

夏溪也很有兴趣，一只手托着腮，说："好啊。"

一边是激烈的战斗，一边是美食美女，欢声笑语，还有古典舞可以看。

同一个节目，同一个空间，不同的风格。

连导演都哭笑不得。

已经被淘汰的金芸看得津津有味，一边嗑着瓜子一边拍着巴掌，说："夏溪干得漂亮，打起来打起来，再打得更激烈些！"

她还故意去挑衅宋可儿："你怎么不看啊！"

宋可儿："……"

宋可儿怎么看？她看得下去吗？

太丢人了。队友被夏溪耍得团团转，还找无辜的C组报仇。

C组被淘汰的两个人怒视着宋可儿。

宋可儿：为什么要怒视我，不应该怒视夏溪？就算夏溪没在，也应该去找金芸的事儿啊！

姜妙之跳得非常不错，体态轻盈，动作和神态结合得很好。

夏溪轻轻拍手夸奖："好看。

"就是……那边在对战……我们这样是不是不太合适？"

姜妙之停了下来，听完夏溪的话，她也觉得好像不合适，感觉会显得自己比较冷血，好像在别人的伤口上撒盐……

宋可儿冷哼一声：她们可算是意识到自己不礼貌了。

金芸本来正看得开心，没想到夏溪居然喊停了，她觉得有些遗憾。

下一秒夏溪站了起来，提议：“我们应该跳双人舞！”

对手在打架，她们此时不庆祝何时庆祝？！

夏溪不光在敌人的伤口上撒盐，她还要和姜妙之在他们的伤口上跳舞。

导演、已经被淘汰的选手和姜妙之：嗯？

原来夏溪不是要喊停，而是要来个更刺激的。

工作人员：不愧是“既然追求刺激就要贯彻到底”的夏老师！

……

快乐地跳完双人舞后，夏溪也干起了正事儿，和姜妙之进行了战略调整。

夏溪整理思路：“B 小组现在还剩下两人，C 小组只剩下一个人。”

这是她们听通知得知的。

姜妙之点了点头，夏溪露出一个笑容，抬头告诉姜妙之：“我觉得我们可以不用继续躲了。”

她们前半段采取的策略是努力躲着，不停收集物资，囤积武器和资源。但现在她们收集得也差不多了，一共还剩三个敌人。

夏溪冲着脖子比了一个手势，表示可以淘汰他们了。

导演本来还以为夏溪打算躲到结束，毕竟，虽然她躲着，但她也是全场“击杀”对手数最多的那个，没想到她还会调整方案。

姜妙之也因为夏溪说的话而激动起来：“那我们现在去找他们？”

她说着已经想要准备东西，夏溪拉住了她。

夏溪表示不用那么麻烦：“守株待兔吧。”

林子不小，没那么容易找。

怎么守株待兔？

夏溪把放物资的包裹布平铺开，在上面写下“夏溪的温馨小窝”，然后她把它挂在了一棵比较高的树上。

节目组没想到夏溪还会爬树，还爬得很顺畅。

导演：她怎么会有这么多奇奇怪怪的技能？

布料在树上随风摇曳，要多嚣张有多嚣张，夏溪还在上面画了一个笑脸，就差直接用喇叭告诉其余人：“快来抓我呀！”

导演摸了摸鼻子，他觉得，如果有喇叭，夏溪可能真的会这么做。

做完这一切后，夏溪跟姜妙之还是该干吗干吗，不过她也不是真的没有一点准备。姜妙之被夏溪移到了稍微远一点的地方，防止出现意外，被一窝端。

她也确实等到了她的第一只“兔子”——C 组的“独苗苗”。

为什么 C 组遗留的独苗苗会去找夏溪的事儿？他是这么对摄像机解释的：“不是我不想给我的队友们报仇，但 B 组两个都是大男人，他们太强了，夏溪势单力薄……”

导演：讲个笑话，夏溪势单力薄。

场外的 C 组队员恨不得冲进屏幕对独苗苗大喊：你冷静一点！你的大哥是被夏溪干掉的，二哥也是间接被夏溪除掉的，谁都能看出来这是个大陷阱，你怎么还要往那边踩呢！

他们并不需要独苗苗报仇，只希望他藏着。然而 C 组的独苗苗已经自信洋溢地去寻找“势单力薄”的夏溪了。

他准确地找到了夏溪的位置，还告诉随身的摄像设备：“我方向感一向很好。”

他的队友从来没有如此期盼过他最好是路痴。

C 组独苗苗其实也不算没脑子，最起码他抵达夏溪营地的时候没有立刻往前冲，而是观察了周围。他还用石头朝着另外一边丢去，发出巨大的声响。

这是他的计谋，叫作声东击西。

不过独苗苗等了一会儿也没有等到夏溪。

“夏溪呢？”

他刚轻声发问，身后就响起悦耳的声音：“你是在找我吗？”

夏溪是怎么神不知鬼不觉地出现的？他完全没听到任何脚步声！

C 组独苗苗是趴在地上的，等他僵硬地缓缓回过头，就看到夏溪站在他身后，居高临下地看着他。阳光从她的后背打过来，看起来要多圣洁有多圣洁，要多温柔有多温柔，如果她手上没有那把铜制小刀的话。

夏溪在说话期间就已经掌握全局。

“这刀……”这刀好熟悉！

C组独苗苗瞪大了眼睛。

夏溪：“嗯，四十米大刀，从你队友身上缴获的。现在你可以跟队友去吹空调、嗑瓜子了。”

机械通知声再次响起。

……

“夏溪组把C组最后的人淘汰了？”

B组的“卧龙凤雏”也听到了这声音，倒吸一口凉气。

“现在就剩下我们跟夏溪、姜妙之了。”

这一场厮杀在所难免。

“我们应该先下手为强。”

B组倒没有像C组那么不谨慎，毕竟C组独苗苗被淘汰就说明夏溪她们并不简单，而且B组一直觉得夏溪很强大。

他们还是得靠脑子，不能强攻，只能智取。

“晚上吧，晚上最方便偷袭，人在睡觉的时候压根不知道发生了什么。”那个最初跟夏溪狭路相逢的B组成员分析，“咱们可以更晚一点，夏溪应该不会那么早睡，我知道夏溪极度敬业。”

“行，那就晚点。”

因为心里惦记着事儿，B组两个人根本没睡着，全程哈欠连天，最后勉强打起精神去夏溪那边搞夜袭了。

俩人还一个搞近战，一个搞远程。

然后近战的成员当场被夏溪抓获。

夏溪半夜练舞，根本没睡。

被淘汰的近战男嘉宾“死不瞑目”，说：“你不睡觉的吗？！”

夏溪精神奕奕，开了个小玩笑：“偶像需要练舞、练歌、练说唱，不需要睡眠。”

男嘉宾一脸震惊。虽然已经从同伴那边了解到夏溪的敬业程度，但不睡觉是不是有点可怕了？是所有偶像都这样吗？

男嘉宾顿时对偶像这个职业肃然起敬！

与此同时，他还有点埋怨同伴。对夏溪能不能了解得更全面一点？

她不是睡得晚，她是压根不睡！

短短几个小时里，夏溪完成了第二次击杀。

夏溪也注意到远处还有一个拿着玩具枪的嘉宾，也就是最后一位敌人——那位之前跟她狭路相逢的嘉宾。

“嗨。”夏溪很友善地跟对方打招呼。

对方见识了夏溪“残暴”淘汰掉自己队友的画面，眼看着就要轮到自己，他已经没心情跟夏溪唠嗑了。

“今天不是你死，就是我亡。我要给我的队友报仇，对不住了夏溪。”

说着他就开枪。

颜料喷射，夏溪躲开了。

他不信这个邪，继续按下扳机，夏溪还是轻松躲开了。

夏溪发出了一声：“咦？”

因为她发现，她只需要轻松地朝他走去就可以，甚至不用躲。

夏溪感慨：“哥，你这准头不太行啊。不然我来教你？”

男嘉宾其实很想告诉夏溪“大妹子不用了”，可惜阻止不了。

夏溪动作酷飒地拿出玩具枪解决掉了男嘉宾。这次她的玩具枪没有天使小翅膀，但有繁复华丽的玫瑰花纹，非常有少女心。

——三连杀。

夏溪和姜妙之取得了最后的胜利。

了解整个事情的来龙去脉后，跟夏溪狭路相逢的那位男嘉宾简直想哭。

他居然错过了淘汰夏溪的最佳机会！

但不管怎么样，输赢已定，他们也不是玩不起，而且他们基本上对夏溪观感不错，所以气氛还算融洽。

“说实话，我之前对偶像不是很了解，但你让我对偶像改观了。”说话的是岁数稍长一些的嘉宾。

夏溪没想到还会有这样的意外收获。偶像市场确实受到不少非议，在整个娱乐圈都属于比较末端的位置。

“能让您有所改观是我的荣幸。其实有很多很棒的偶像，像方晓老师、秋秋老师……还有我的队友赵天绮，她在舞蹈方面很强，拿过国际舞蹈大赛的冠军；我的队友楚思思唱歌很好听，已经有新歌在音乐软件上线了，前辈有兴趣可以听一听……”

年长嘉宾表示：“方晓我认识啊。不过她居然也不睡觉吗？”

夏溪一头雾水，觉得对方的关注点好像不太对劲儿。

夏溪其实是想解释的，只是年长嘉宾压根不听，他认定了夏溪随口一说的那句——偶像是不睡觉的。

年长嘉宾离开《高能前进》后，在一个活动中跟方晓相遇。跟方晓聊了几句后，他道：“我现在才知道你们当偶像的不容易。”

方晓点头：“确实不容易。”

不过干啥容易？拍戏也不容易啊，大热天穿棉袄，大冬天下水，都要按照导演的要求来。

年长嘉宾：“但是当演员能睡觉啊，你们偶像都不睡觉的。”

方晓的眼皮开始疯狂跳动，她问：“谁说的？”

“夏溪，她说你很优秀，在她参加的女团选秀节目里当导师……”

方晓：“……”

虽然她很感谢夏溪夸她，现在还记得她，但不睡觉这种谣言是不是太扯了些？！

当然这些都是后话。

最终，夏溪跟姜妙之的积分最高，夏溪也成功完成了自己作为外援的使命，姜妙之在夏溪的帮助下拿到了第一。

如果没有金芸激她，姜妙之都已经决定放弃录制这期节目了，没想到她们不光录制完了节目，还拿了第一名。

这都是夏溪的功劳！

金芸也凑了过来，跟夏溪进行了微博互关，她还问夏溪：“有微信吗？加一个，姐说话算数，给你介绍美男……”

夏溪一开始想说有，在听到这个许诺后她直接改口：“不太用。”

心意她领了，但她真的不感兴趣。

夏溪录制完《高能前进》就继续回剧组演她的冷面杀手，而《高能前进》也很快播出了。

播出的前一天，不少人纷纷转发预告片，包括方晓和秋秋，还有杨澄，甚至还有杨澄的师门。

网友：杨澄师门的官方微博可从来没有转过杨澄的任何消息，这说明什么？

有人回复了——杨澄他不争气。

点开一看，说这话的不是别人，正是杨澄的师父。

杨澄：为什么受伤的总是我？

Seagirls 成员不用说，压根不需要经纪人提醒就全员转发了。

Seagirls 芮子悦：周六晚上八点，苹果 TV 准时播出《高能前进》，里面有夏老师！

发现自己是组合内第一个转发的，芮子悦还有些窃喜。虽然大家都说她跟夏溪的关系后期才好起来，但到关键时刻还是她靠谱。

——其实是因为正好没轮到她拍摄，她有时间刷微博。

不过随后沾沾自喜的芮子悦就看到赵天绮、楚思思和米莎陆续转发的微博。

Seagirls 赵天绮：收看《高能前进》并且晒图，抽奖赠送海报签名 10 张，可“TO 签”。

Seagirls 楚思思：收看《高能前进》并且晒图，抽奖赠送任意点歌一首，由幸运网友点歌，我来翻唱。

Seagirls 米莎：收看《高能前进》并且晒图，抽奖赠送任意女团舞，由幸运网友点舞，我来翻跳。

……

后来赵天绮还加码，将其他成员的抽奖礼物全部加上，并且抽送一万块钱大奖。

此时芮子悦的转发显得是那么寒酸。

主要是因为，这是夏溪自己录制的第一个正儿八经的综艺，赵天绮她们希望收视率好看点儿。

Seagirls 团粉开心坏了，他们喜欢这种较量，根本不嫌多！

那夏溪呢？

姜妙之是在《高能前进》快要开始播出时提醒夏溪的。

“你有没有看微博？你的队友们都好好啊，都在上面转发抽奖。”

夏溪完全不知情，摇头说：“没有。”

她这两天还在拿着她的小本本暗中学习演技，根本没时间看微博。

夏溪点进微博，然后她震惊了：这奖品也太豪华了！！！

正好周六晚上没有拍摄，收工比较早，姜妙之就拉着夏溪以及自己的工作人员在酒店看这一期《高能前进》。

姜妙之笑得前仰后合，然后注意到夏溪拿手机对着电视拍了一下。

一个想法闪过，不过被姜妙之给甩掉了。夏溪应该只是想要打卡分享，不会那么离谱吧？

……

“溪水”们在知道夏溪参加《高能前进》的时候就兴奋了起来。

自从夏溪开启演员生涯，他们想要看到夏溪是真的不容易。而且夏溪个人综艺首秀就是《高能前进》这档收视率特别高的节目，他们怎么能不开心。

不过“溪水”们也约定好了：“当素质‘溪水’，没轮到溪溪的时候不要乱刷弹幕，听到了吗？”

《高能前进》里大部分嘉宾都比夏溪资历老、咖位大，就算流量比夏溪低，那也是前辈，粉丝一味地刷夏溪的弹幕并不能让别人记住夏溪，反倒会惹来路人的讨厌。

这点“溪水”都懂，就算不懂，经过老粉丝的讲解也明白了，齐刷刷地喊“明白，听到了”。

到了八点，“溪水”们等候在电视、电脑旁边，也如愿看到了夏溪。

不过他们还没开始留言表白，就看到一些对夏溪不友好的言论。

有人询问：“夏溪是谁？”

有人回答：“一个选秀节目出来的流量偶像。”

“溪水”想要解释——其实溪溪还是挺厉害的，在武术方面很强，可以多看看再下结论。

但他们很快发现好像说不通。

夏溪后援会的管理还是挺镇定：“不要吵，看电视就行。”

相信溪溪，她会证明自己的。

看过《Pick101》和《高能前进》的观众预言似的留下一句话："先别着急骂，看完可能会……被打脸。"

很快大家的注意力就被节目内容吸引了。

刚入住五星级酒店的时候，嘉宾们还在感慨这一期住宿条件真好，观众们就嗅到了不同寻常的味道，总觉得里面好像有阴谋。

事实也证明了他们的直觉是对的，半夜嘉宾们齐刷刷被水泼醒，被喷气喷醒，只有被部分观众嫌弃的偶像夏溪带着姜妙之打地铺，幸免于难。

第二天夏溪对规则发出了疑问，问能不能放弃进入恐怖屋的权利，这也成为一个不错的笑点。

夏溪在跳楼机记数字环节带着姜妙之胜出，率先进入恐怖屋，这更是让观众对她开始改观。

到了这个时候，局面其实就已经变成了——兄弟们，我感觉夏溪还是挺有用的，我可能要倒戈了。

不过大部分人还在坚持：不信，还得再看看！

然后连"溪水"都没料到，恐怖屋居然成了这期最搞笑的地方之一。

一开始观众还觉得恐怖屋挺吓人的，但夏溪拉着"女鬼"的手开溜，留下一脸茫然的姜妙之时，节目效果就开始变了。

之后夏溪带着姜妙之变装成功，节目组后期还贴心地专门给两个人加上箭头，让观众注意这两个人。

其实从看到这个箭头以及在画面中频繁出现的两人开始，观众们已经有所察觉：不会是夏溪跟姜妙之吧？"

但当夏溪忽悠 NPC 拿到任务卡，推开门暴露身份的时候，大家还是震惊了。

"还能这么玩？"

"你们有没有听到，导演之前还在喊着要给夏溪加鸡腿，哈哈哈。"

节目组并没有因为导演的身份放过他，把导演喊着要给"鬼新娘"加鸡腿的事情也剪辑了进去。

后面还有夏溪直接游泳捞道具，不走寻常路直接抓着绳子过泥潭，自封非著名杂耍艺术家的桥段。

观众：爱了爱了。

有人意志比较坚定，弱弱地开始询问："还有人记得之前说的讨厌请流量偶像吗？"

回复他的是："流量偶像是谁？"

"这里只有非著名杂耍艺术家。"以及非著名欢乐喜剧人。

至于丛林作战，见识过夏溪战斗力的观众已经开始对她有所期待了。

为了争夺夏溪，姜妙之和金芸友情破裂的桥段也特别有意思。

"溪水"也开始讨论："嗐，夏老师的魅力又开始发散了。"

只是他们也没想到，夏溪出了团，离开了偶像圈，还能让两个演员为她反目。

事实证明，夏溪就是值得抢。

丛林作战环节全程高能，夏溪金句频出，对要用"四十米大刀"淘汰她的男嘉宾拿出了热武器，说"大人时代变了"；评价金芸"又弱又爱玩"；说节目组不是搞真人版"吃鸡"，而是"儿童版'吃鸡'"。

"哈哈哈，夏溪是不是有读心术？每句话都是我想吐槽的。"

"我好喜欢夏溪的吐槽啊，感觉可以关掉弹幕了。"

"最让我不明白的是，她像个无情的吐槽机器，却还是那么强。"

夏溪全程轻描淡写地淘汰其他玩家，长着菟丝花的脸，却有着霸王花的行为，反差极大！十分凶残！面对武器失效的局面，夏溪能够瞬间做出反应，吓到对方，顺利逃脱。

"卧龙凤雏"喊出"是C组干的"时，弹幕全都是"哈哈哈"。

《高能前进》之前几期刺激归刺激，但压根没有这么搞笑，现在刺激又搞笑，快乐加倍。

观众们的观看体验极佳，节目结束之后，他们还有点恋恋不舍。

"结束得好快，不过幸好还有下期，下期见。"

"溪水"悄悄地告诉对方：没有下期。

夏溪是作为特邀嘉宾录制《高能前进》的，并不是常驻嘉宾。

弹幕一片问号和一片"哇"。

果然，之前那条弹幕是对的——先不要太着急下结论。

有“溪水”在群里问气定神闲的管理：“管理，管理，你早就知道会是这样的结果吗？”

管理微微一笑，那是当然。

只要把时间交给夏溪，其余的夏溪都能搞定，这就是追事业型偶像的快乐。

管理张罗着管理群的其余管理员：“姐妹们，出来干活啦！”

就冲着弹幕的反响，看来又要增加一批新“溪水”了。

确实有人被夏溪在《高能前进》里的表现吸引。

好看且有实力，安全感满满，还拥有有趣灵魂的女人，谁能不爱？

新粉丝兴冲冲地冲到夏溪的微博，以为自己看错了，还退回来反复看了两遍。

姜妙之当时虽然看到夏溪拍电视屏幕，但觉得夏溪不会那么离谱。她怎么会去转发队友的抽奖，跟网友争福利呢？

夏溪用自己的实际行动证明了她就是那么离谱——她把自己队友的抽奖微博全部转发了一遍。

团粉：这个女人宣传不积极，抽奖来劲儿了？

经纪人正在跟夏溪通话：“你转发也就算了，怎么还用大号转？”

夏溪表示明白了，她一副大彻大悟的语气，进行了深刻检讨。

经纪人觉得自己也不能对夏溪发太大的火，毕竟夏溪在《高能前进》里表现得很好，一个人就占了好几个热搜。而且大家对她用大号转发抽奖微博的事儿好像也挺新奇，都在围观呢。

经纪人放缓语调：“你知道错了就好。”

夏溪：“知道错了，下次用小号转！”

夏溪心态良好：不让用大号转，那就用小号嘛，也没有什么大不了。

还有下次？这跟小号大号有什么关系？

经纪人眼皮直跳，告诉夏溪：“别转了，你赶紧把大号的微博也删除！”

“喂，你在说什么，信号不是很好，下次再说哈……”然后她把电话挂了。

删除是不可能删除的，凭什么让她删除？又没有这项规定。

抽奖是违反法律，还是违反道德？

夏溪不光没有删除大号的抽奖微博，经过经纪人的提醒，她还想到了小号。

没错，她是有六部手机的人。

夏溪：下次可以用几个小号一起转发。

这次之所以没有付诸实践，是因为已经过了抽奖期限。

……

夏溪转发抽奖的动静不小，不光“溪水”和团粉，一些路人也闻风赶到，都是为了看夏溪是否真的能被抽中。

要是抽中夏溪的话那就好玩了。

就连《且听风吟》男一号方倦都加入了关注夏溪是否能抽中奖品的行列，一旦没有拍摄就拿起手机，特地在夏溪面前晃悠。

“今天抽奖吗？什么时候抽奖，怎么还不开始？”

夏溪反问方倦：“今天需要替身吗？什么时候不需要替身？”

方倦：“……”

姜妙之捧腹大笑。

方倦本来还想看好戏，现在直接闭嘴。

很丢人，他还需要替身，关键替身还是夏溪。他不能把夏溪得罪了，因为《且听风吟》导演发现，他是真的胳膊短、手短，做那些比较潇洒的动作有一种滑稽感。

拍摄进行到现在，剧组的人越发熟悉起来，都能开玩笑了，大家相处得都不错。

至于方倦，他一开始还有点当红小生的偶像包袱，不过偶像包袱也已经被迫丢了。

夏溪其实还是有点茫然：我只是老老实实用大号抽个奖，为什么大家都在围观结果？

万众瞩目的抽奖结果也被陆续公布了——夏溪一个都没中！

满怀期待又惨遭现实打击的夏溪：其实还好，失败是成功之母。

围观的“溪水”笑得很大声。

其实转发抽奖的人本来就很多，但不知道为什么，大家总觉得夏溪身上很容易有奇迹发生。但现在夏溪告诉大家——没有奇迹。

围观群众表示：知道你的运气跟我们一样，我们就心满意足了。

夏溪其实也就是抱着试试的想法，抽不到奖也很正常。

不过夏溪怎么都没想到，自己得到了无情的显摆和嘲笑。

显摆和嘲笑来自抽中 Seagirls 其他队友的奖品的网友，他们甚至去夏溪微博底下评论。

“夏溪，你没中是吗？看看我，我中了。”

“我也中了，我中了楚思思的。”

唯一那个没显摆的是抽中赵天绮豪华礼品的，她不是不想跟风炫耀，而是——“姐妹们等等我，我把一万块钱兑换成现金，拍照发给夏溪看。”

姜妙之笑得花枝乱颤，提醒夏溪：“你快看你的评论。”

夏溪一点开评论就茫然了。

最主要的是，不光中奖的网友在夏溪面前炫耀，还有团粉嚷着让夏溪也来点抽奖，现在就差夏溪了。

姜妙之：这就叫不是一家人不进一家门？

夏溪还收到了赵天绮的转账。

赵天绮：安慰伤心人儿。

虽然夏溪没抽中奖，但没关系，她直接给夏溪打钱！

夏溪表示不用，赵天绮的心意她心领了。

夏溪告诉旁边的姜妙之：“得麻烦你帮我录个视频。”

姜妙之很痛快地答应了。

……

“溪水”们发现变天了，只有在抽奖的时候积极了一下的夏溪居然上传了一条视频？

“溪水”点开就能看到一串字——我是如何获得 Seagirls 动态签名的。

获得 Seagirls 签名，还是动态的？

不少团粉来劲儿了，然后就看到视频里出现了夏溪的身影。夏溪对着镜子，用口红在镜子上面签上名字。

“完成。”

夏溪：学会了吗？

团粉面无表情：学废了。

“溪水”：溪溪这是在对大家的炫耀进行反击？

还真是动态的，而且她确实得到了 Seagirls 签名，并且很轻松，因为她就是 Seagirls 的一员！

网友：甘拜下风。

“溪水”却对那面镜子心动了，有“溪水”表示：“镜子是哪个酒店的？想买！”

她愿意出十倍价格。

她得到了姜妙之的回复：“买不了了。”

至于原因，她也放出来了。

视频里，在做完这个幼稚行为后，夏溪老老实实地用湿纸巾把镜子擦干净了。

《高能前进》节目组也放出了花絮。

是否还记得夏溪酷炫跩地在树上绑上了写着“夏溪的温馨小屋”的布条？在结束之后，夏溪还要再爬上树，把那布条给收回来。

网友：哈哈哈。

……

夏溪不光因为没中奖遭受网友炫耀，还要在线辟谣——偶像是真的需要睡觉的。

“溪水”：好一个清新脱俗的辟谣。

不过他们紧接着表示：我不信，除非你跟我一起睡！

“溪水”也是在开玩笑，没想到夏溪居然回复了，回复的内容是——我要举报你了啊，三秒钟之内撤回，听到没？

夏溪做梦都没想到，自己有一天要为自己的玩笑辟谣，并且付出这么大的代价。

难道她要直播睡觉？

姜妙之已经体会到了掌镜的乐趣，当场就表示：“你要直播吗？我给你录！我还专门跟摄像师学习了一下运镜，等什么时候我不想当演员了，我就去当幕后……”

夏溪：所以先拿我试刀是吗？

能为姜妙之未来的发展贡献一点力量，也是她的荣幸。

夏溪打算直播一段午睡。

夏溪为了辟谣甚至要直播睡觉，“溪水”们自然不会错过，其他网友也跟着凑热闹。

第一次直播失败了。

躺在躺椅上的夏溪睁开了眼睛，神色清明：“不困。下次再说吧。”

网友：偶像不睡觉，果然是真的！

第二次夏溪选择稍微有困意的时候再开直播，这一次还是比较顺利的，虽然还夹杂着“怎么知道是不是演出来的”的弹幕，但直播在大部分网友心里还是过关了。

“溪水”们感觉过年了，居然能看到直播，让类似的辟谣再多一点吧！

有网友趁机起哄：“主播有福利不？”

“既然你抽奖失败，肯定也知道我们的心情，同是天涯沦落人，让我们也快乐快乐。”

夏溪叹气：“同是天涯沦落人，为什么要互相伤害？”

不过大家并没有就此罢休。

“溪水”还出来打圆场：没钱，真的没钱。

溪溪要开武馆呢。

“那就大冰箱。”

夏溪不是给“溪水”搞了大冰箱嘛。

团粉：可以不用管其他网友，给团粉福利就行。

不过这次路人贴出了几张公告，是各大地方商场搞冲关得家电的活动时贴的，上面备注：所有人都可以参加，Seagirls 夏溪除外。

夏溪：“……”

大家：能被商场抵制，夏溪也可以说是第一人。

其实抽不抽奖全凭个人，本来就是福利，也不能对人家进行道德绑架，团粉也是闹着玩儿。

但他们没想到，夏溪居然真的给他们送了福利。

某著名连锁恐怖屋发了一条微博：@Seagirls 夏溪将作为体验官光临 A 市和谐广场店，欢迎 Seagirls 粉丝以及“溪水”前来互动，活动结束后公众号将抽取 200 名 Seagirls 粉丝享受本店三次免费体验、全年六折优惠，并且有好礼相赠。

有团粉发出惊呼：“这个活动好像是我发给夏溪看的！”

夏溪在《高能前进》里的“鬼新娘”扮相也上了热搜，不少恐怖屋打起了夏溪的主意。

然后有 Seagirls 团粉发现，其中一家比较有知名度的恐怖屋官方说想邀请夏溪过去，如果夏溪真的能去的话，他们一定会可劲儿地发福利。

其实一开始发微博的恐怖屋主办人都没想到夏溪会来，毕竟他们的酬劳肯定不如电视节目的。但夏溪真的来了，还是夏溪本人主动来联系的，所以官方也即将兑现承诺。

团粉：要不不宠粉，一宠就来个大的？！感受到夏溪的浪漫了。

夏溪没有钱，但可以搬砖养队友，可以参加活动给爷爷粉丝送大冰箱，也可以去恐怖屋给大家争取免费玩耍的机会。

——这散发着贫穷气息却又纯粹的爱。

……

平时夏溪粉丝群里就很活跃，因为夏溪这两天的动作，粉丝群变得更加活跃。

大家从《高能前进》聊到夏溪直播辟谣，再聊到即将到来的线下见面。

夏溪也是因为公演后再也没有跟“溪水”线下互动过，觉得这是一个机会，才答应去恐怖屋当体验官的。

“你们要去吗？”

“必须去，我家离那里好近，才一站地铁。”

“好羡慕啊，我有事情，而且太远了。”

“没事儿，到时候给你们拍照片。”

陆琛也看了《高能前进》。看到夏溪抗拒金芸介绍对象，提起男人时像是丝毫不感兴趣的样子，他就有些不舒服。

陆琛很自信地确定，金芸要介绍的都比不上他。

但夏溪不感兴趣的样子不是装出来的，成团夜她也说不谈恋爱。

陆琛满肚子疑惑：夏溪怎么能不谈恋爱呢？

看到粉丝群聊得热火朝天，陆琛没忍住开了口："就没有人想要问一下夏溪拒绝金芸介绍对象是什么情况吗？"

"老弟，你第一天追夏溪？"

"这不是很正常吗，有什么问题？"

"众所周知，夏溪是一个事业型偶像，难道群里还存在溪溪的'男友粉'？"

陆琛："嗯……"

然后所有人都开始盯着这个珍稀"男友粉"。

陆琛被围观得浑身发毛，即使隔着屏幕。

"你们不是'男友粉'吗？"

他得到答案——"当然不是！"

群里有女友粉、颜粉、妈妈粉、爸爸粉、武术粉、爷爷粉，还混入了一个螺蛳粉。

说自己是螺蛳粉的粉丝解释："不用管我，我是在想要吃什么东西，不小心发出来了。"

反正群里就是没有"男友粉"。

"溪水"：夏溪居然还有"男友粉"，也是奇怪了。

最后是管理阻止了这场围观："小朋友作业做完了吗？赶紧写作业去。"

"溪水"：竟然还是小朋友？

陆琛一开始没有反应过来小朋友是谁，之后在充满关怀的嘱咐下总算悟了——好像是在说他。

……

夏溪来当体验官是跟经纪人报备过的，当天来了不少团粉以及"溪水"，夏溪被恐怖屋化妆成了她的经典"鬼新娘"造型——脑后扣着面具，头发用做成手指骨的塑料扎起来，各种细节都还原了。

主持人让夏溪体验项目，并且用各种道具吓唬她。

“我们的体验官夏溪感觉怎么样，是不是超级恐怖？！”

夏溪内心毫无波澜，甚至想笑。

吓人吗？但……她真的没有被吓到。

“我觉得没——”

在这时，现场有“溪水”冲着夏溪大喊道：“溪溪，你在营业！”

经过提醒，夏溪瞬间悟了：她是拿了钱的！

于是她朗声：“我觉得没毛病……超级恐怖。”

夏溪迅速改口变脸，进入偶像营业模式。

营业，她是专业的。

旁边的主持人都被夏溪这超强变脸给吓了一跳，不过这个反应是好的，本来她还担心夏溪不害怕。

“溪水”本来以为，就算营业，夏溪也会像在《高能前进》里那样，把害怕演成看猴子，却没想到这次夏溪演得居然挺到位。

后来“溪水”悄悄询问了夏溪：“溪溪，你刚才演得不错，是怎么……”

夏溪不用“溪水”说完就知道她想知道什么了，夏溪也知道自己演技不行。

夏溪告诉她：“我进行课后辅导了。”

在接下这个任务前，夏溪就专门请教了《且听风吟》剧组的老戏骨，问怎么能尽快表现出害怕。

然后老戏骨是这么回答夏溪的：“你想想你最害怕的事情是什么，然后就自然而然地表现出来了。”

“溪水”：果然是我们喜欢的大宝贝，营业一向很认真，就算来恐怖屋当体验官也好好准备了。课后辅导效果显著！

不过他们也好奇：“你害怕的是什么呀？”

总觉得夏溪天不怕地不怕，好像没有什么困难可以打败她。她居然也有怕的东西？

夏溪揭晓答案：“跟师父抢饭失败。”

“溪水”：嗯？？？

这个答案在意料之外，也在情理之中。

……

当体验官还是挺简单，这种活动叫夏溪过来就是为了吸引注意，再宣传宣传。

除了跟主持人互动，夏溪还在恐怖屋里晃悠了一阵。没想到，她遇到了号啕大哭的小朋友。

小朋友扎着羊角辫，看起来也就小学五六年级的样子，眼睛已经哭得通红。

夏溪急忙走过去，比她先一步赶到的是恐怖屋工作人员。

夏溪询问工作人员："她怎么了？"

工作人员认出了夏溪，解释："她好像是跟朋友们一起组团过来的，然后其他小孩跑得快，把她给落下了，然后就……"就这样了。

夏溪能理解，这个恐怖屋虽然没有《高能前进》的那么恐怖，并且还会根据顾客年龄以及接受程度来划分可以挑战的场景，但幽暗的环境再加上音效，对一个小朋友来说还是很可怕的。

工作人员决定把小朋友直接带出去："我带你出去好不好啊？"

然后小朋友狠狠地拒绝了："不要。谁知道你是人是鬼。"

这小朋友警惕心还挺重。

夏溪在旁边搭话："我们是好人，真的。"

工作人员看着夏溪的鬼新娘装扮，感觉这话没有多少说服力，没想到小学生却停下抽泣，拉住了夏溪的手。

"那你可以带我出去，保护我吗？"

夏溪牵住对方的手，温声说："当然可以。"

工作人员震惊了：为什么搞区别对待？

于是工作人员直接问了出来："小朋友，姐姐穿着正常衣服，这位姐姐穿着 NPC 服饰，你为什么相信她，不相信我呢？"

小学生笑着看夏溪的脸，回答得毫不犹豫："因为她好看！"

工作人员：小小年纪就是个"颜控"了呢，不过夏溪确实好看。

小朋友由夏溪亲自带着往外走，因为已经得到指示，工作人员也没有弹出机关吓唬她们，只有一个要下班的 NPC 正好经过。

夏溪感受到牵着的手不由自主地收紧，明白小朋友又害怕了。

于是夏溪摘下面具，示意小朋友戴上。

“你戴上这个，可能对方看到你会被吓到。”

关注着进展的恐怖屋工作人员：这是……用魔法打败魔法？

夏溪顺利地带着小朋友走出了恐怖屋，主办方也把整个过程的监控调出来放在外面的大屏幕上，“溪水”流下了羡慕的眼泪。

夏溪真的好温柔！

有“溪水”表示：“溪溪带我进恐怖屋，我也害怕！”

她也想牵着夏溪的手在恐怖屋走一趟。

夏溪拆穿了她：“我看到你玩了五遍恐怖值最高的关卡，而且你还是笑着出来的。”

被当场拆穿的“溪水”呆了。

她确实玩了五遍，没想到都被夏溪看到了。

她被喜欢的偶像关注着，这也太快乐了！

不过紧接着她就开始狡辩：“我……表情管理失控……”

夏溪：“……”

夏溪去恐怖屋跟现场的Seagirls粉丝以及自己的粉丝都进行了交流互动，离开的时候大家都非常满足，然后纷纷在社交软件上交流。

没有抵达现场的团粉和“溪水”稍微有点遗憾，不过因为夏溪这次的参与，他们还可以去参与体验券、打折券抽奖。

没看到真人，但有体验券、打折券可以安慰他们。

夏溪的冷面杀手戏份已经拍到了最后一幕。

有过撞在剑上的经验，夏溪这一幕拍得还是挺顺利。

等夏溪起身后，导演亲自给她发了红包。

夏溪本来不打算收，她虽然喜欢钱，但来源不明的钱还是不收比较好。

导演让夏溪收下：“每个‘领盒饭（指饰演的角色死亡）’的演员都有，不管角色大小，图个吉利。”

其实导演还挺舍不得夏溪的，夏溪进组的时候他还担心夏溪演不好，没想到夏溪不光完成了她的角色，甚至还帮方倦完成了一部分，在这期间还充当武术指导，导演是真的不想放夏溪走。

看，夏溪现在还露出了若有所思的表情，一定是舍不得这个角色吧？

Seagirls 团队经纪人也来了现场，导演告诉夏溪经纪人："夏溪以后一定可以成为好演员。有机会的话再合作。"

导演其实还想把夏溪留下来，剧是拍完了，但武术指导可以继续当啊。

不过夏溪后面还有别的工作安排。

自己手下的艺人被导演真情实意地夸赞，并且还说了以后再合作这样的话，就算只是空头支票，经纪人还是很高兴。

看夏溪若有所思，经纪人是另外一番解读。

"没关系，慢慢来，以后争取当女一号！"

小角色太卑微了，中途就"领盒饭"了。

夏溪询问经纪人："女一号'领盒饭'的红包比配角高吗？"

经纪人一脸疑惑。

配角主角对夏溪来说都一样，剧组老戏骨经常把一句话挂在嘴上——"没有小角色，只有小演员"。

夏溪主要是觉得惊讶，"领盒饭"居然有额外的红包。那以后她可以再来点这种戏份。

经纪人：我以为你在这里暗下决心，没想到你在乎的是这个？

"当女一号钱就多了。"就不用再去想红包不红包了。

夏溪逻辑一流："当女一号也不妨碍拿'领盒饭'红包。"

女一号和红包，她可以兼得，她都要。

经纪人没有再跟夏溪聊这个话题，没让夏溪在《且听风吟》留下来是因为确实有新的工作安排。

"有一档田园综艺节目邀请你去。"

其实就连公司都没有想到，夏溪的综艺之路走得这么顺畅。

本来夏溪在团综中的表现就被不少节目制作方注意到了，只是比较靠谱的制作方没有下决心，担心偶像拉不起收视率，观众不认账；找上来的制作方都比较一般，经纪人就给夏溪推掉了。

后来夏溪在《高能前进》的表现给了这个田园综艺节目的制作人一

颗定心丸，于是对方朝夏溪抛出橄榄枝。

刚刚结束拍戏就要马不停蹄地去录制新的综艺节目，对此夏溪并没有怨言。

她又朝着自己的武馆梦更近一步了。

而且夏溪还得知，这次陈梦佳和楚思思也跟她一起去。

大家虽然一直在群里聊天，但聚在一起的时间并不多，三个人能聚在一起都很开心。

田园慢综艺《我们的家乡》官宣了夏溪以及Seagirls另外两个成员成为常驻嘉宾，团粉跟“溪水”都很激动。又可以看到漂亮妹妹们了，而且她们的资源真的越来越好了，每一步都稳扎稳打。

网友：有夏溪？开始期待了，《导演变形记》即将迎来3.0版？让我们看看哪位导演是下一位受害者！

——是Seagirls的老熟人刘导。

在机场集合的时候，刘导对上夏溪的注视，苦哈哈道：“没想到吧？我都没想到！”

刘导就是录制过《Pick101》和团综的导演，可以说跟夏溪她们渊源颇深。

陈梦佳、楚思思看到老熟人直接打招呼。

夏溪也露出了灿烂笑容：“刘导好。”

刘导已经有不妙的预感了。

除了夏溪，在机场跟大家集合的还有老熟人杨澄，杨澄也是嘉宾。

杨澄指着夏溪的手机，说：“学妹，这一次总算能跟我互关了吧？”

他一定要和夏溪互关，这已经成了他的执念。

夏溪本来也没多抗拒，只是一直忘了，于是她点了点头。

然而杨澄和夏溪怎么都没想到，居然有机场旅客补充：“不要互关不要互关，否则‘爷青结’（我的青春结束了）！”

夏溪和杨澄面面相觑。

……

《我们的家乡》一共有八位嘉宾，除了夏溪和她的队友，以及杨澄，还有四位嘉宾，其中已经有两位提前抵达了。

陈梦佳在来的路上就已经给夏溪介绍了："年纪小的是童星，叫骆宇，还没上大学。"

"石大仙是说脱口秀的。"

骆宇是个长相清秀的少年，有点羞涩，又带着蓬勃朝气，上来就要给夏溪她们搬行李。

夏溪表示心意领了，不过不用帮忙。

骆宇还以为夏溪不好意思，紧接着就看到夏溪一个人轻轻松松提起了三个人的行李。

骆宇目瞪口呆。

夏溪冲着骆宇友好一笑："你要不帮帮杨澄学长吧，他一路上嚷着想让谁帮他拿拿行李。"

壮汉杨澄被夏溪点名，忙不迭出声："弟弟看我！"

按照刻板印象，女艺人的行李肯定比男艺人的多，但三个女偶像的行李加起来都比杨澄的少。

骆宇和石大仙，夏溪都已经见到了，另外两个嘉宾迟点抵达。

一个是女嘉宾刁恩娜，她是主持人和演员。

还没看到人，大家就听到了她的抱怨："这路也太难走了吧，为什么没有人帮着拿行李啊……"

其实比起夏溪她们录制团综的乡村，这边已经很好走了，都是水泥地。

"我这不是帮你拿了吗？"

说话的是紧跟在刁恩娜身后的井烁，他正在给刁恩娜推箱子，眼里有隐约的不耐烦。

嘉宾们停止交谈，杨澄和骆宇已经去帮忙拿行李了。

大家再进行了寒暄，各自自我介绍，石大仙问井烁："你是夏溪她们选秀时的老师？"

井烁看了一眼夏溪，笑意加深。

"不是老师，其实就是助教，现在大家都是嘉宾，叫名字就行。"

"是不是，夏溪？"

夏溪很客气："你说得对，井助教。"

陈梦佳跟楚思思也齐刷刷地喊："井助教。"

不能叫名字，礼不能废，她们还在叫杨澄"学长"呢，而且也喊习惯了。

井烁倒也没有再强求，直接跳过这个话题。

夏溪在去往洗手间的走廊跟井烁碰上了，夏溪给井烁让路，井烁却侧过脸留下了一句："这次我会好好展示的。"

夏溪身后紧跟着晚了一步的楚思思，井烁看到楚思思也在，就点了点头，仓促离开。

楚思思皱着眉不解道："井助教说了什么？"

夏溪仔细想想，说："好像要展示什么东西。"

井烁想要通过这次跟夏溪一起录制综艺的机会，展现自己的魅力。

……

刚来到这边，刘导就已经宣布，得分组。

"分成两组。而且要分住宿的地方，山下的房间住不下八个人，需要一个小组去半山腰。"

石大仙："半山腰的住宿环境跟这里住宿环境有区别吗？"

这一点很重要。

面对嘉宾的询问，刘导摇头："一模一样。"

刁恩娜没有经过商量直接自顾自地开始分配："夏溪跟她的队友肯定要待在一个组，那就她们三个加骆宇吧！我跟杨澄、井烁，还有石大仙一组。"

说完之后刁恩娜又接着道："我可以住在山下吗？我有腿伤，走不了多远……"

工作人员们听到刁恩娜这番话就惊讶了：这就开始了？

不得不说刁恩娜有点心机，而且这种心机还不是那种很高明的。

如果按照刁恩娜这样分组的话，那夏溪那边三个女生加一个未成年，刁恩娜就是跟三个年轻体壮的青年一组。她还要住在山下。

杨澄提出了反对："我想跟学妹们待在一起。"

他就是喜欢黏着熟人。

骆宇："那我跟杨澄前辈换？"

他无所谓。

刁恩娜知道强留不下杨澄，而且就算骆宇过来，她这边依旧男生多，还是占优势，于是点头同意。

井烁好整以暇地等待夏溪邀请他去她那一组，没想到分组三句话就定下来了。

他安慰自己，没关系，这才刚开始，成为对照组才有意思，夏溪才会更好地了解他。

井烁整个人都支棱起来了，他承认在夏溪选秀期间他表现得有点拉胯。但《我们的家乡》就是他让夏溪改观的翻身综艺。

至于住山下还是半山腰，夏溪无所谓，陈梦佳、楚思思和杨澄也表示随便。

夏溪："我们还可以爬山锻炼。"

杨澄："好啊，每天都在健身房练太无聊了，明天咱们就约起？"

陈梦佳、楚思思：好耶！

几人迅速达成共识。

刁恩娜一脸迷茫。

刘导但笑不语。

"分完了也确定了是吗？"

刁恩娜生怕夏溪改变主意，忙不迭说："确定了确定了！"

……

夏溪一行人拿着行李往半山腰的房间走去，其实也不算特别远，夏溪还有了别的发现："门口好多农作物。"

各种瓜果蔬菜，是山下没有的。

刘导乐呵呵："对，节目组包下来种的，以后你们做任务就方便了。"

潜台词就是山脚下的那一组麻烦了。他们要爬山摘农作物，还要再运下去。

节目组安排这个的用意就是想告诉大家：有时候你以为的吃亏并不是真正的吃亏。

夏溪他们把山脚的房子让给了刁恩娜他们，反倒是有了做任务的先天优势。

工作人员们早就知道这个安排，想想刁恩娜迫不及待的行为，有些想笑。

夏溪其实没想那么多，但既然对任务有帮助，那她肯定是高兴的。

刁恩娜这一组也收到了农作物在半山腰的通知。

刁恩娜简直要心肌梗死了，完全开心不起来。

井烁在心里骂了刁恩娜一声，不过木已成舟。

井烁有点渴了，这边没有饮水机，于是井烁询问刁恩娜："烧水壶里的水烧过没，能不能喝？"

刁恩娜："我让石大仙烧的。"

井烁又耐着性子，扯嗓子问石大仙："这水能喝不？"

石大仙摊坐在椅子上，发出了模糊不清的声音："嗯嗯。"

……

当天晚上，夏溪收拾完自己的东西，顺便帮队友收拾好东西，还打扫了一通房间，然后就发现了异常。

她跑到院子里朝下看。

"怎么了？"

从半山腰可以看到山脚一片嘈杂，还有救护车的灯在闪烁。

杨澄已经打探完毕，说："井烁喝了没有烧开的井水，闹肚子……快要虚脱了，估计不能继续录制，要先送到市区医院。"

夏溪突然明白了下午井烁那句话的含义，她拉住楚思思，说："经过井助教的展示，得出结论，井水不能直接喝。"

楚思思：井助教要展示的是这个？

一时间她甚至开始对井助教肃然起敬，以身试水，这是什么奉献精神？

让她们挥泪送别井助教！

紧接着夏溪的声音再次响起："一般也不会直接喝井水。"

水不是都会烧开吗？烧水壶节目组还是给安排了的。

而且喝了井水反应这么大，连夜被救护车给带走了？

夏溪也看过山脚小院那口井的水，还是很清澈的。

楚思思：是哦。

疑惑第二天被解开。

井烁闹肚子离开节目组也不是小事儿，第二天一大早，刘导把其他七位嘉宾召集起来，对这件事情进行复盘。

“大家都已经知道井烁出了点小状况吧？”

七个人齐刷刷点头。

节目组在井烁出事儿之后第一时间查看了录像，录像记录得很清晰，看完之后刘导直接无语。

他感觉井烁有点背，也不知道是不是跟这个节目有点八字不合。

干了这么多年综艺导演，说实话他还是第一次遇到这样的状况。

时间调回前一天。

夏溪她们前往半山腰小屋的时候，井烁就喊大家分工干点活，井烁给自己布置的任务是把地面打扫干净，骆宇负责打扫院子。刁恩娜不干活，说自己不舒服，让石大仙把水烧开，石大仙嘴上答应了。

到这里还一切正常，但没想到石大仙压根没有去拨弄烧水开关，后面还告诉井烁水可以喝，于是井烁就中招了。

刁恩娜连忙摆手：“跟我没关系啊，我什么都不知道，不是我烧的水，我之前也专门跟井烁说让他问问石大仙。”

石大仙也急忙喊：“我这不是忘了吗，我又不是故意的……刁恩娜其实应该看看，女生不应该细心点儿吗？”

刁恩娜被对方的话给激怒了，怎么还找到她头上了？

眼看着两个人快吵起来了，还是杨澄打了圆场。

骆宇挠了挠头发，小声补充：“其实我也喝了烧水壶里的水……”

为什么他没事儿？

他声音很小，只有坐在旁边的夏溪听到了。

夏溪在心中暗暗回复：因为井烁虚啊。

早在录制《Pick101》的时候夏溪就已经断定井烁虚了，现在看来确实这样，而且他肠胃也不行。

夏溪差不多已经了解到井烁大概是原主养的一条“鱼”了，不过这并没有对夏溪造成多大的困扰。

刚来这边她就确定了搞事业的路线，至于原主的“鱼”，关她夏某人什么事儿？

……

井烁躺在医院的床上，眼神空洞，连说话都有气无力："我还能继续去录制吗？"

井烁的经纪人露出了为难的表情："感觉……有些困难。"

依照井烁现在的情况来看，条件不太允许。

井烁简直欲哭无泪。

他其实早就知道陆琛和姚星哲暗地里的那些小动作了。

表弟姚星哲之前就误用大号转发了给夏溪投票的链接，他偶尔几次跟姚星哲聚餐，看到姚星哲的屏保分明是夏溪的照片，而且姚星哲也会翻看夏溪的消息。

陆琛就更不用说了，跟花孔雀似的花枝招展，还进了夏溪的粉丝群。

井烁不想承认，但事实就是这样，他们无一例外都被夏溪这个"海王"吸引了。

夏溪当"海王"的时候他们是抱着玩耍的心态，但当他们开始产生复杂情绪的时候，夏溪不当"海王"了。

井烁觉得自己还是有先天优势的，比如他跟夏溪在一个圈子。

于是当得知《我们的家乡》拟邀夏溪参加的时候，井烁也让经纪人搭线。

井烁的助理推开门，朝着井烁快步走来。

井烁稍微来了点儿精神："夏溪有说什么吗？"

助理照搬了夏溪的话，告诉他："经过井助教的展示，得出结论，井水不能直接喝。"

井烁："……"

他想向夏溪展示他的魅力，没想到居然展示了这个？

井烁开始艰难挣扎，想要爬起来，但他闹肚子闹得脱水，已经连起来都费劲儿了。

经纪人招呼着助理按住井烁的肩膀，朝着他大声呵斥："你疯了吗，都这样了还要去接着录制节目！"

井烁露出痛苦的表情："不……不是……你们别按着我，我想去洗手间！”

经纪人跟助理悻悻地放开按着井烁的手：“你早说明白……”

井烁的肚子又开始咕噜噜作响了，她们七手八脚地把井烁给架了起来。

……

开完会，夏溪站到村口小路上翘首以盼。

刘导察觉到了夏溪的举动，但以为夏溪在看风景。

刘导已经看了上一个“受害者”的《导演变形记》2.0版本，不……是夏溪参与的《高能前进》，他看完之后只想说——兄弟受苦啦。

其实，来担任《我们的家乡》的总导演，刘导就已经做好了夏溪时刻破坏规则的准备，却没想到夏溪这次还挺安分。

既然能被节目组找到，那当地风景肯定很不错。这里山清水秀，路边有各种颜色的小野花随风摇曳。

作为女团门面的夏溪被造型师扎了两根麻花辫，尽显清纯。蓝天白云下，野花旁站着漂亮的年轻艺人。这画面看起来不亚于电影场景，刘导招呼着摄像师赶紧把这一幕录制下来，然后下一秒，夏溪摆出了远瞰的姿势。

车的声音渐近，车上印着某某快递的名字。

快递小哥对夏溪喊：“你就是‘富婆’吗？”

夏溪开心地点头：“没错，就是我。”

她就是富婆，富婆就是她。

刘导：这是什么奇怪的称呼，还有，为什么这里会出现快递？

陈梦佳、楚思思和杨澄也赶到了，帮着夏溪不停地从车上拿东西下来。

刘导已经看到了冷冻鱼、虾、肉……还有各种速食品，甚至还有调料。

夏溪的行李特别少，因为她选择了快递。

刘导半天才回过神来：“夏溪，你是来过日子的？”

准确地说，是来度假了？

住的地方很舒适，夏溪早上跟陈梦佳、楚思思、杨澄一起跑步，现在还准备了这么多好吃的，不是度假？

夏溪一边拿物资，一边说："录团综的时候你们就不给我们准备饭。我还看了其他田园综艺，也不给嘉宾准备吃的。我只能自己准备了。"

她做好了万全准备。

"或许……"夏溪扬眉，用期待的眼神看着刘导，"我们的综艺有了新的创意，不玩那一套了？"

刘导一脸冷漠：我是不是应该夸夸你？

她不仅进行了预测，还看了同类综艺，现在连激将法都用上了。

刘导咬牙切齿："很抱歉地通知你，我们就是没有创意、非常老套、嘉宾劳动才能获得食物的综艺。"

刘导："没收，通通没收！"

夏溪的计划泡汤了，但这并不妨碍她指出："你最好修饰一下之前的话，要不剪辑掉，不然你会得罪一圈节目制作人。"

夏溪可没明说那些节目老套。

刘导哽住了。

满打满算，这是他录制的第三个跟夏溪有关的综艺，他怎么不知道夏溪这么圆滑？

但夏溪说得也对，于是刘导告诉身后的工作人员："刚才那段，记得提醒我剪掉。"

等他回过神来，他就看到夏溪正宠溺地怂恿楚思思："来，你最喜欢的小蛋糕，多吃几个，趁着他们还没没收。"

楚思思正在狂吃。

果然，话不能说太早，他现在就想给不久前以为夏溪老实的自己一个狠狠的巴掌。

夏溪还安慰陈梦佳、楚思思："没关系，肯定饿不死，大不了继续去搬砖。"

陈梦佳："还能去卖艺，我专门跟夏溪学了一套拳法。对了，二胡也在快递里。"

刘导：连二胡都带了？

杨澄也随着夏溪的畅想兴奋起来，加入群聊："搬砖、武术我都会。就是咱们四个人应该叫什么？"

杨澄有一个武侠梦，不然当时也不会去拜师，后面他也拍摄了几部武侠片。

他提议：“行走江湖，一定要有一个好的名字，才能打响名声啊。”

刘导：清醒一点，我们这是田园慢综艺！

最后群主夏溪暂时打断了这场群聊，主要是她发现刘导的脸色都变绿了。

刘导老气横秋地留下一句：“老老实实的，会给你们安排任务。”

夏溪的快递全部被刘导没收，刘导看着那些冷冻肉、虾，觉得今天可以饱餐一顿了。

夏溪他们不能吃，也肯定不能浪费，小屋里没有冰箱，不好存放。

等刘导打算去巡视一下自己今天的加餐时，就发现食物全部不见了。

刘导一脸震惊，那些东西总不能长翅膀飞走了吧！

夏溪从刘导身后经过，告诉刘导：“放心，没有违反规定。”

那虾呢？肉呢？鱼呢？

夏溪指了指隔壁：“我送人了。”

大家还挺热情的，反正放着也浪费，让邻居们吃了他们也不心疼，还能顺便和邻居搞好关系。

刘导的加餐梦就此落空，他简直在用每个细胞呐喊：为什么没想到送他？！

当然他面上还要夸奖夏溪：“挺好的，挺好的，你可真是个好邻居。”

……

院子里还养着动物，昨晚她们就已经看了一圈，有牛、羊、鸡、鸭，还有猪。

她们回到半山腰的房子后，陈梦佳兴高采烈地带来一个消息：“咱们的母猪怀孕了！”

她从小就在城市长大，没见过真猪，更没想到母猪还怀孕了。

楚思思好奇：“谁干的？”

半山腰就只有一头猪啊。

在这个时候，杨澄突然惊慌地跳出来解释：“不是我！”

其他三人齐刷刷地看向杨澄，屋内变得异常安静。

夏溪打破了这场寂静，她平静阐述："其实在你开口之前，压根没有人会把母猪怀孕跟你联系到一起。"

但杨澄的主动解释让这一切变得微妙了起来。

现场的工作人员已经笑得不能自已了，杨澄的脸瞬间通红。他也不知道自己为什么会接上这么一句话。

夏溪也挺同情杨澄，主动地帮杨澄想对策："没有后悔药，但是你可以让导演给你删除这段。"

经过夏溪的提醒，杨澄找到了导演。刘导清了清嗓子——你的遭遇我心疼，但拍综艺嘛，不就是需要各种突发状况才好玩吗？

总结下来就是——删除是不可能删除的，而且这段绝对是名场面，到时候还要大放特放，甚至安排个热搜！

杨澄没办法，只能回来找夏溪。

夏溪耸了耸肩膀，为杨澄叹息："换一座城市生活吧？"

不过随即夏溪想到，信息传播速度这么快，杨澄就算换城市还是一样，于是夏溪补充："你得连夜换个星球生活了。"

杨澄：我好想逃，却逃不掉。

不过夏溪还是帮杨澄打了个圆场，在去看母猪的过程中，夏溪灵机一动，看向杨澄："说，你是不是想要蹭波波的热度？"

波波是谁？所有人都不知道。陈梦佳问了出来。

夏溪指了指母猪："它叫波波。"

工作人员纳闷了："我来得还要早一些，我怎么不知道它居然还有名字？"

夏溪："我一分钟前起的。"

工作人员："……"

知道波波是谁后，杨澄哪里还不明白夏溪的用意，他诚恳点头，跟夏溪一唱一和："对，我是在蹭波波的热度。"

蹭母猪热度，总比"母猪怀孕不是我干的"要好吧？

刘导：我静静地看你们演戏。

……

大家都在围观着被夏溪起名为波波的怀孕母猪，也已经从当地村民口中知道，之前还有一头公猪跟它养在一起，不过现在公猪已经被赶到山脚小屋了，由刁恩娜那一组养着。

夏溪问："它怀了多久了？"

村民："应该有段时间了。"

楚思思："啊，那我们能不能在结束录制前看到小猪崽啊！"

村民："说不定哟。"

陈梦佳和楚思思兴奋地击掌，新生命的降生总是能给人带来欣喜——蟑螂之类的除外。

如果能看到算是自己院子里的母猪生崽，也是一种新奇的体验。

工作人员也很新奇，等跟拍夏溪的摄像师从热闹中回过神来，就发现夏溪不见了。

不过他没找多久，就捕捉到了在不远处蹲着的夏溪。

夏溪手中拿着一本书，看得很认真。

摄像师松了一口气，走过去说："我刚才以为我跟丢了。你在看什么？"

摄像师看夏溪拿着书，就自然而然地以为她想营造个什么文艺女神人设，拥有这种人设的艺人不少。

据他所知，山下的刁恩娜就拿了书，石大仙也拿了书。

一个综艺三个人撞人设，是不是有些尴尬？

而且夏溪这衔接得也明显不行啊，怎么能刚看完母猪就去读书。

她应该在一个惬意的午后，倒杯茶，再慢慢地翻开书页，那拍出来才到位。

现在夏溪蹲在小院子里，背后是准备砍的柴——和文艺女神人设就不搭。

摄像师觉得夏溪还是太年轻了，果然是刚出道没多久，但夏溪的公司就不知道提前吩咐她一下吗？

夏溪直接把书封展示给跟拍摄像，上面明晃晃写着——母猪的产后护理。

跟拍摄像当场呆住。

抱歉，他收回之前的话。

刘导：你到底是从哪里淘来这书的！不会也是快递寄过来的吧？

夏溪摇头："那不是。"

夏溪手中的《母猪的产后护理》是跟邻居借的。

"提前了解，遇事不慌。"

夏溪感觉这才是专业书，经过对比，她越发为她那本《海的女儿》难过。

……

观察完了母猪，刘导给大家安排任务："每组的小院中都有母鸡和公鸡，现在你们需要分别给自己小院的鸡搭建一个窝，材料已经给你们准备好了。"

材料有砖、水泥、木板，还有晒得蓬松的干稻草。

考虑到艺人普遍十指不沾阳春水，动手能力比较差，节目组贴心得甚至连水泥都和好了。

嘉宾做完鸡窝就可以直接冲向下一个任务点掰玉米，目标是三百棒。

陈梦佳询问："需要比赛吗，赢了有什么奖励，输了有惩罚不？"

刘导却笑了："没有惩罚。我们是慢综艺啊，不要把事情想得那么严重……不过掰玉米和犁地的任务完成之后都有钱，作为你们一天的劳动报酬，如果完成得早，可以早点休息。"

《我们的家乡》是慢节奏综艺，跟《高能前进》那样的竞技综艺的节奏还是不一样的。

不过刘导随后又别有深意地补充："但你们不是分为两组嘛，肯定存在比赛性质，要是哪一组慢了，这多没面子？"

夏溪听完，跟自己的组员对视一番，明白了他们的想法跟自己一样。

"好，咱们怎么舒服怎么来。"

"我们不要面子，死要面子活受罪，我们没面子。"

在知道没有惩罚后，夏溪组就彻底放平心态了，他们还是会做任务，但以自己的节奏为主。

但刁恩娜那一组并不是这么想的。

"我们队伍少了一个人，这样对我们来说不公平！"刁恩娜朝节目组控诉不公，“你们怎么样也得给我们安排个人过来吧，没有新的嘉宾吗？”

骆宇觉得不太合适：“井烁老师还在医院，没说确定退出呢。”

所以节目组肯定不会官宣新嘉宾。

刁恩娜：原来井烁下线了却还没完全下线？

没有嘉宾，那可以给她们暂时补一个工作人员，刘导就让刁恩娜在工作人员里面选。

刁恩娜本来想选个强壮的，但突然改变了主意：“刘导，你来吧。”

刘导是节目组导演，成了他们的临时组员，应该会给他们开个后门。

刘导暂时加入了刁恩娜这一组，夏溪知道后的反应是：“刘导，你也有今天。”

……

节目组帮嘉宾们把水泥都和好了，就是怕他们不会搞。

但这个担心在夏溪这组是多余的。

毕竟她们可是“海的女儿搬砖团队”，大家已经有了相关的经验。夏溪负责糊水泥、叠砖头，陈梦佳和杨澄递砖，楚思思就做点更细致的活儿。

夏溪：“直接做个大的、豪华点儿的吧。”

大家齐心协力，很快，鸡窝的雏形已经显出，鸡窝垒得又结实又大，等水泥彻底干掉，就可以放稻草进去。

另一边，刁恩娜、刘导、石大仙和骆宇都蹲在那里干瞪眼。

刘导：“别看我，我不会。”

虽然是他跟编导一起制定的流程，但他也不会盖房子啊。

最后骆宇倒是上手了，就是盖得比较慢，半个多小时过去，也就盖了几块砖。

刁恩娜皱了一下眉头，说：“这样下去不行。要不咱们还是分工吧，导演跟骆宇去半山腰摘玉米。不能落后，我们一定要赢！”

刁恩娜想要赢的心完全不加掩饰。

其实刘导之前搞分组就是希望大家干劲满满，说是慢节奏综艺，但有点竞争意识更好玩嘛。但现在……刘导突然开始头疼。

他觉得像夏溪那样不要面子挺好的，他也不要面子，不在乎输赢。

但刁恩娜要面子，于是刘导跟骆宇只能被她发配到半山腰掰玉米。

刁恩娜指使一边的石大仙：“你快点干活！”

石大仙懒洋洋地站起来，却并不是过来帮刁恩娜，而是走向了屋内。他说：“我上个厕所。”

刁恩娜非常不满：“从开始干活你就已经上了六次厕所，喊胳膊疼三次，喊牙疼两次，我看你一会儿屁股是不是也得开始疼了。”

石大仙看起来是个青壮年，但实际上是个懒蛋，就算当着镜头都不太愿意动两下，勉强走走表面形式，走形式一分钟，休息十分钟。

以前刁恩娜才是耍奸卖滑的人，干活的时候没有她，有表现机会的时候她就出现了，但她怎么都没想到石大仙居然比她过分。

有这么一个不配合的队友，她必须要自己干。

刁恩娜掐着腰，深深地吸气呼气。

不光杨澄想要后悔药，刁恩娜也想要后悔药。早知道她就不这样分组了，虽然找的都是男嘉宾，看起来身强力壮，但谁能想到一个喝了点儿井水就闹肚子直接住院了，一个半天不干一点正经事儿？

石大仙出来后，看刁恩娜一副要跟他干架的模样，总算没有再拖拉。他告诉刁恩娜：“差不多就行。鸡窝能住进鸡就可以嘛。”

刁恩娜冷笑：“你倒是给我搞个差不多的，别站着说话不腰疼。”

然后石大仙搞了几块木板简单搭了一下，又往里面塞了点儿稻草，冲着目瞪口呆的刁恩娜道：“好了。”

刁恩娜：这是什么糊弄大师！鸡真的能住进去吗？

不过刁恩娜也顾不上多想了，石大仙说得也对，反正是鸡住，差不多就行。

他们得抓紧时间，不能落在夏溪组后面。

……

节目组承包了很大一片玉米地，准确地说，附近很多农作物都是节目组为嘉宾们准备的。

夏溪他们做完豪华版鸡窝，来到玉米地后，接受过夏溪馈赠的村民指导夏溪：“玉米这么掰，掰得更快。”

夏溪很快就上手了。

杨澄一边掰着玉米，一边说："三百棒玉米真不少，也不知道要掰到什么时候——"

声音戛然而止，因为杨澄发现夏溪干得飞快，完全变成了无情的掰玉米机器。

她两只手一起操作，手起手落，新鲜的玉米就待在了她反挂在身前的竹筐里。

就连路过的老农民都忍不住停驻，朝着夏溪竖起了大拇指："女娃子是个正儿八经干活的人，是咱们这个村儿的吗？没见过啊。"

《我们的家乡》工作人员本来还在那边为夏溪惊叹，听家乡靠近这里的同事翻译完老农民的话，乐了。

老农看了都直呼内行，还把夏溪误会成当地人了。

夏溪的装扮确实很朴素，是节目组准备的当地人干农活的衣服，不光夏溪，楚思思、陈梦佳，还有杨澄也是这样的装扮。

本来做农活也不需要穿得多光鲜。

工作人员想要给夏溪翻译，却看到夏溪停了下来，笑着对老农民说了一句什么。

那位翻译的同事"哎"了一声："夏溪说的就是这边的话，她说她是隔壁村的。"

怎么连当地话都学会了？夏溪不就来了不到两天？

夏溪掰玉米的手不停，告诉工作人员："没有学会，能稍微听懂，只能说这一句。"

她是跟邻居家的小朋友学的。

说是隔壁村也没有任何问题，隔壁可以很近，也可以隔山跨海。

……

刁恩娜跟石大仙抵达的时候，刘导跟骆宇正在苦哈哈地掰玉米，已经掰了快一半了。

刘导问刁恩娜："你们把鸡窝弄好了？"

他的语气带着点怀疑，总觉得这两个人不会那么快。

刁恩娜还是有点心虚，石大仙表现得一切如常："搞完了。"

刁恩娜加入了掰玉米的行列，不过有其他三个人在，她就稍微放松了些，没有那么上心。

“还差一半多啊……不过我们也挺快的，夏溪他们组还没来是吧。”

周围完全看不到夏溪一行人的身影，刁恩娜露出了笑容。

刘导擦了擦额前的汗，把刁恩娜拉回了现实：“夏溪他们走了，去做下一个任务了。”

刁恩娜的笑容凝固了。

……

夏溪他们虽然没打算跟刁恩娜组竞争，一切按照自己舒服的节奏来，但还是做得比刁恩娜他们快。

不光因为夏溪能力强，还因为大家配合默契，没有一个人推卸责任。

楚思思感慨：“总觉得好像又回到选秀那会儿了。”

杨澄也跟着感慨：“总觉得好像又回到选秀那会儿了。”

工作人员用复杂的眼神注视着杨澄，夏溪帮杨澄解释：“学长跟我们排练过公演舞台。”

犁地也有工具——大黄牛一头，还有几个犁。

杨澄作为男性，自告奋勇地打算驱使大黄牛，让夏溪她们到一旁站着休息就行。

然而事情却没有那么简单，大黄牛它不太想动。

不管是杨澄亲切地让它加油，还是严厉地跟它说“勇敢牛牛不怕困难”，大黄牛都懒得挪步，十分钟才走了两步，低头就啃旁边的草。

楚思思跟陈梦佳也没想到大黄牛居然这样子：“怎么比我还能偷懒？”

夏溪皱眉道：“这样下去不行啊。”

大家都知道不行，但也没办法。

只见夏溪走到了没用上的犁旁边，问：“这个人可以用是吧？”

得到肯定答案后，夏溪就给自己套上了犁，然后拉了起来。

她步伐矫健，没过多久就已经犁出了一段距离。

工作人员：还能这样？

楚思思和陈梦佳再次惊叹：夏溪比牛还牛！

他们也没有闲着，杨澄用上了跟夏溪一样的人用犁，楚思思跟陈梦佳力气小点，可以合作。

众人忙完后，牛还站在原地，夏溪也没把它忘记。

夏溪申请退货："这牛是院子里养的吧？没用，退了。"

没记错的话，他们好像还要负责院子里小动物的饲料。

退货，退货！节目组自己养着吧。

……

刁恩娜他们是在夏溪一组完成犁地任务后抵达的。

虽然早就有预料，但他们没想到会晚这么多。

最让刁恩娜崩溃的是，牛不动。

对，分配给夏溪的黄牛不动，分配给刁恩娜的牛也不动。

刁恩娜也是各种方式都用尽了，就差给黄牛叫爷爷了，它还是没有要往前迈步的意思。

于是刁恩娜询问工作人员："我们这头牛是不是有问题？为什么夏溪他们的牛那么听话？"

工作人员：讲个笑话，夏溪的黄牛听话。

不明情况的刘导还在吆喝："你不能质疑牛，牛都是好牛。"

副导演拦住要说实话的工作人员，询问刁恩娜："那你是不是想要换只牛试试？"

刁恩娜："能换？"

副导演捂住刘导的嘴，说："能啊能啊，只要这头牛你也负责喂。"

一头也是喂，两头也是喂，刁恩娜为了尽快完成任务，还是接受了。

石大仙跟骆宇都觉得怪怪的。借就算了，为什么节目组直接把大黄牛给他们了，夏溪组同意吗？

但刁恩娜不听，谁都不能阻碍她完成任务。

"你们眼光看长远一点，这牛以后还能用上，我们那头牛是废的，不听话……"

被刁恩娜寄予厚望的大黄牛换到了刁恩娜小组的田头。

它这次没啃草，它原地蹲下来睡了。

……

夏溪这一组的任务完成得又快又好，忙完这一通也就拿到了一百元报酬。

楚思思跟陈梦佳叹气："还不如去搬砖呢。"

夏溪觉得也能接受："瓜果蔬菜不要钱嘛。"

大家想想也是这么一回事儿，在不用买调料、不用交燃气费、不用买水果蔬菜的情况下，四个人花一百块好像还能吃得不错。

四个人一起前往村子里的商业街。

这里的商业街肯定没有城市里繁华，也就一些小商店，还有摆摊卖豆腐、糖炒栗子的。

夏溪注意到陈梦佳跟楚思思都朝着糖炒栗子看了几眼，便问："要不我们买一斤？"

杨澄也欣然接受："正好我也想吃。"

一斤也不贵，刚才他们看到有人买，一斤十块钱。

只是等陈梦佳上前买，老板直接坐地起价："三十块一斤。"

杨澄觉得离谱："但我们刚才听说你卖十块钱一斤。"怎么直接涨了三倍？

老板眼睛滴溜溜地转："刚才是刚才，现在是现在……那是熟人价格，现在栗子成本太高了。"

说是什么熟人价格，其实老板就是看夏溪他们身后跟着摄像师。老板想到最近听说村里有明星来拍摄，所以专门想宰夏溪他们。

毕竟明星有钱，三十块对他们来说就是毛毛雨啦。

陈梦佳和楚思思瞬间看向夏溪。

这场景似曾相识，上一个敢宰他们的是一名叫海参的老板。

不过这次她们没法打电话给消协，都是自家生意。

结束客串的刘导乐呵呵地背手站在一边，想看看夏溪这次怎么办。

夏溪没有生气，拉住想要跟老板理论的杨澄，对糖炒栗子老板说："现在栗子成本价一斤多少钱？"

老板随便胡诌了个价格："十五。我在这里烟熏火燎的，这个价格不过分吧，我刚才那是亏钱卖给熟人。"

夏溪点了点头：“等我半个小时，半个小时后你还在这里是吧？”

糖炒栗子老板以为夏溪他们是没带钱，或者有别的事情要做，忙说：“在，我一天都在。”

半个小时后，他却看到夏溪拿着一大袋栗子阔步走了过来。

夏溪把袋子往地上一放，笑嘻嘻道：“老板做生意了，我来当你的供货商。”

夏溪住的院子后面也有不少栗子树，都结果了，现在都属于他们。

栗子成本高？好的，这就来当供货商。

第二章

山上的笋都被夏溪夺完了

刘导满脑子都是——这样也行？

夏溪也太有经济头脑了吧，这脑瓜子转得飞快！

糖炒栗子老板也是一头雾水。明星怎么来给他当供货商了？

杨澄也感慨，学妹真牛啊，不愧是牛过黄牛的人！

面对这种摆明要坑他们的黑心老板，杨澄也没办法。

但夏溪居然发现了商机。

糖炒栗子老板傻眼了，夏溪还在跟他说："第一次合作，我可以给你便宜一点。你之前收的栗子成本价是十五块一斤，我这边给你十四块五毛一斤怎么样？这只是一部分，还有不少。"

还真的是便宜了一点，便宜了五毛钱。

就连工作人员都忍不住想笑了，他们是专业的，一般不笑，除非忍不住。

糖炒栗子老板低头看了一眼地上那一大袋子栗子，快要窒息了。

他卖的栗子成本价肯定不是十五元，他平时也就卖十块钱，所以他怎么可能收夏溪的东西。

于是糖炒栗子老板回过神后告诉夏溪："不好意思啊，收不了，不缺货，之前收多了。"

你有张良计，我有过墙梯。

老板觉得危机已经解除了，露出了一个有恃无恐的笑容。

刘导好奇了，夏溪这该怎么办？

陈梦佳凑到夏溪旁边："我刚才跟小卖部的姐姐聊天，她说这个老板经常这样，价格从来不定，都是看人下碟，对那些年轻力壮的要正常价格，给年老体弱的要贵一些。”

夏溪点头表示了解了。

面对有恃无恐的糖炒栗子老板，她也没有灰心，拍了拍手，把自己的小伙伴召集起来：“咱们收拾一下，这就卖糖炒栗子！栗子都摘下来了，既然没人收，总不能浪费是吧。”

夏溪露出小白牙：供货商当不成，那就只能当竞争对手了。

众人都一脸茫然。

夏溪还友好地对糖炒栗子老板道：“一会儿就可以做邻居了。”

她要紧贴着他的摊子卖糖炒栗子。

糖炒栗子老板：谁想跟你做邻居！

楚思思等人现在完全跟着夏溪走，夏溪说什么都是对的，跟着夏溪有饭吃。

本来刘导还以为夏溪是在说气话，毕竟糖炒栗子哪能说搞就搞啊，锅呢，其他设施呢？

但没想到杨澄跟夏溪真的搬来了大锅，这次回来的速度比刚才还快。

刘导指着锅，哭笑不得：“哪儿来的？”

夏溪已经把锅给安排妥当，说：“跟邻居借的。”

除了糖是从厨房拿的，其他统统都是跟邻居们借的。

刘导：这也能借到？

刘导之前还不明白为什么夏溪要跟邻居们搞好关系，没想到邻居们好像还真的帮了不小的忙。

当然也不能说夏溪是带着目的送他们吃的，只能说谁都没想到。

夏溪感慨：“他们真的什么都有，宝藏邻居。”

甚至有一家爷爷听说夏溪他们要去搞糖炒栗子摊儿，还想过来帮忙炒，不过夏溪还是拒绝了。爷爷年纪大了，腿脚不利索，还是多休息休息。

“远亲不如近邻，这句老话说得对。”

夏溪她们已经热火朝天地开始做了起来，本来这个也没多少技术含量，除了头一批栗子因为没有控制住火候，稍微有点煳，后面炒出来的跟其他地方卖的完全是一个味道。

楚思思坐在旁边吃头批糖炒栗子，连腮帮子都是鼓鼓的，像小仓鼠。她含混道："煳了的焦香，其实我更喜欢吃煳的。"

夏溪在那边翻炒着栗子，说："不过煳了的不能卖，我们自己吃就行。"

不光自己吃，夏溪他们还把栗子分给了工作人员，得到了一致好评。

夏溪让陈梦佳跟不远处小卖部老板要了张纸，上面写着"糖炒栗子十元一斤"，当然也不是白拿，夏溪还让陈梦佳带去了一捧糖炒栗子。

小卖部老板吃了觉着好，还特地过来买了一斤。

夏溪他们的生意正式开张，第一个十元到账。

负责收款的杨澄对夏溪说："我怎么觉得这十元沉甸甸的。"

他现在甚至比拿到一部电视剧的片酬时都兴奋。

陈梦佳和楚思思也有类似的想法。

楚思思其实想要帮忙，不过压根轮不到她，因此她只能坐在摊子旁剥糖炒栗子吃。

她感觉幸福得要冒泡泡，她们居然拥有了一个摊位的炒栗子。

楚思思吃得很香，也变相地吸引了顾客，渐渐地有不少人围上来问价购买。

夏溪也炒得越发卖力，喊旁边的杨澄："快收钱！"

杨澄："好嘞！"

旁边的糖炒栗子老板彻底茫然了，夏溪那边热火朝天，他这边则无人问津。

于是他决定主动出击："你们也看看我的。"

正在买糖炒栗子的阿姨看向隔壁老板，随口一问："你的多少钱？"

老板没有开口，周围的大家异口同声道："三十元一斤！"

糖炒栗子老板有苦难言。

糖炒栗子老板感觉搬起石头砸自己的脚了，慌忙改口："其实不是三十，是十元一斤。"

摄像师都觉得他真的挺不咋的："你之前不是还说三十块一斤？"

其实大家都知道他是在故意坑人。

糖炒栗子老板没再吭声，他为了能做生意，已经不在乎打脸不打脸了，甚至还模仿夏溪他们，也用纸写了价格放在摊子前面。

糖炒栗子老板还有夏溪他们没有的道具。他拿出小喇叭，直接录一句“糖炒栗子，香喷喷的刚出炉的糖炒栗子，十元一斤，十元一斤”，就可以无限循环。

楚思思和陈梦佳稍微有点着急。她们没有小喇叭，两边价格还差不多，看起来好像是她们略输一筹。

楚思思道：“要不我去问问小卖部姐姐有没有小喇叭？”

她的胜负欲已经完全被激发出来。

夏溪不慌不忙，告诉楚思思：“先等等。”

她看向旁边的杨澄：“学长你会了吗？”会翻炒吗？

杨澄表示没问题，夏溪就把糖炒栗子锅交给了他。

夏溪先是洗了把手，然后气沉丹田。

刘导：哟！这熟悉的场景，夏溪又要开始街头卖艺了？

——并不是。

夏溪拿出一把剪刀，活动了两下，大声道：“糖炒栗子，香喷喷的刚出炉的糖炒栗子，十元一斤，买糖炒栗子附送免费理发。”

大家再次愣住。

买糖炒栗子还送理发？现在随便剪个头发不都得十五块？

……

在《Pick101》的时候夏溪就已经展现过自己的美发技术，刘导甚至还想忽悠夏溪打白工，不过被夏溪瞬间识破。

后来夏溪除了帮队友稍微修剪一下头发，就一直没有在公开场合展示过自己的美发技术。

现在“托尼夏”重出江湖。

买糖炒栗子送免费理发，这诱惑力不是一般的大。虽然有人比较担心夏溪的理发技术，但总有敢尝试的。

第一个人理完发，一边照镜子，一边夸道：“这比我花钱剪的要好多了！”

有了第一个尝试者，想要免费理发的人更多了。

糖炒栗子反正也不贵，还有免费理发，这样的便宜谁不占呢？

就连节目组工作人员都跃跃欲试：这可是夏溪亲自剪的头发。

要知道当时夏溪给选手剪发还引起过不少观众讨论，好多有钱的姑娘直接问能不能高价让夏溪剪发，没想到现在这都成赠品了。

夏溪游刃有余地做着她的“托尼夏”，告诉买完栗子还想剪发的顾客：“大家排队，等一等哈，不要拥挤插队，现在买栗子都送剪发，一个个来。”

陈梦佳已经自觉地维护起秩序。

本来糖炒栗子老板以为自己要赢了，但他做梦都想不到夏溪还有这番操作。

他是真的想不明白。

“图什么呢？这能赚钱吗？”

杨澄：图什么？图个正义。打击不良溢价商人，从你我做起！

夏溪听到了老板的吐槽，她目不斜视，还在剪发，语调轻松：“嗐，图个开心。还能赚钱，我家有板栗树。”

——虽然是暂时的家，但夏溪硬生生把这话说成了家里有矿的架势。

糖炒栗子老板家可没有板栗树。他现在算是明白了，他们是在挤对他呢。

这样下去显然不行，糖炒栗子老板也是真的后悔了，于是他跟夏溪打商量：“大妹子，能不能聊几句？是这样的，我错了，我承认，之前我看你们身后都跟着这些人，估计你们是村民说的明星，我就鬼迷心窍，贪心嘛，多要了钱。其实糖炒栗子就是十块一斤，不是三十。我把你们还没炒的栗子都收了吧，你们也别整我了，小本买卖，不好过，我收的都是五块钱一斤……”

他的表情看起来确实后悔，语气也诚恳。

栗子成本五块钱一斤是实话。

夏溪看了糖炒栗子老板一会儿，告诉他：“我要跟朋友们商量一下。”

不过夏溪刚开口，其他三个组员立刻说：“都听你的，你来决定吧！”

于是商量也免了，夏溪给了个准话：“行，不过我现在走不了，还要剪完头发。”

糖炒栗子老板眉开眼笑：“剪剪剪。能顺便……给我也剪个不？”

夏溪一脸疑惑。

糖炒栗子老板：“你们家板栗我都要了，树上的也要了，我还能自己去摘。”

夏溪的“不”字到了嘴边又咽了回去，她比了个“OK”的手势。

……

“我们今天生意很不错啊。”

抬着锅往山腰上走的时候，杨澄还在兴奋地算着钱。他们卖了这一会儿就已经赚了一百多块，再加上批发卖栗子的钱，反正比从节目组这里赚的多了。

节目组工作人员询问夏溪：“怎么不继续卖糖炒栗子了？”

刚才当着另一位老板的面，他们不好问。

夏溪扬了一下眉毛，反问：“你们不是还要让我们做任务吗？”

是不是忘记了什么是正事儿？

节目组工作人员有些不好意思：“是差点忘了……”

不好意思，看得太激动了，满脑子都是靠着糖炒栗子赚大钱了。

夏溪的声音再次响起：“我们没必要跟他抢生意，这是他赖以生存的工作，不是我们的。”

夏溪说这话的时候神态平静，没有多余的情绪，刘导却很感慨。夏溪知道，继续跟对方竞争，节目更有看点，但是呢……差不多就行了。

刘导在旁边暗暗点头。

有能力，却不滥用自己的能力。夏溪常常会让他感到吃惊，她年纪轻轻就已经很通透了。

做人留一线嘛。

其实还有别的原因，比如夏溪考虑到楚思思她们也需要休息，她们还没吃上午饭，现在都已经下午了。

夏溪把借来的道具清洗整理干净，又给邻居们送了回去，还附送每家一袋糖炒栗子。

最后炒的那锅栗子有人想买，夏溪没卖，她当时就做好要送邻居的准备了。

……

午饭是杨澄炒的，夏溪也没想到杨澄居然是大厨，菜炒得喷香。在刘导嚷着“好香好香”，想要踏入美食殿堂的时候，夏溪合上了那扇门。

刘导：“……”

腊肉炒蒜苗，凉拌黄瓜，西红柿炖牛腩，还有一个紫菜汤。

三菜一汤，四个人美美地吃了一顿，蔬菜都是地里现摘的，特别新鲜，肉是刚买回来的。

杨澄完全吃撑了，他饭后摸了摸自己肚子，调侃：“我这像不像马上要生产了……”

夏溪安抚他：“不要担心，我已经有经验了。”

说着，她晃了晃手中的《母猪的产后护理》。

杨澄抚摸着自己大肚子的手微微一顿：母猪？

工作人员已经可以想到这段情节播放后观众会发什么样的弹幕了，除了大片的“哈哈哈”，其他的大概是——

“杨澄表示，你礼貌吗？”

“好的，现在知道母猪怀孕不是杨澄干的了，母猪竟是他自己！”

“为什么要蹭我们大明星波波的热度？不是很红倒是爱蹭。”

节目组已经预见了波波估计要走红，甚至给它注册好微博账号了。

……

夏溪这边有说有笑、吃饱喝足，山脚下的刁恩娜组就过得没这么快乐了。

两头黄牛都不干活，最后地只犁了三分之一，大部分还是年纪最小的骆宇犁的。他们还需要把玉米从半山腰一趟一趟扛下来，山脚小屋的劣势现在完全暴露了。

尽管这样，正常人一般也不会厚着脸皮再说什么，毕竟这是他们选择的。

不过刁恩娜不是这样。刁恩娜确实想换房子，还跟临时队友刘导提了一嘴。毕竟他们是一个组的嘛，能不能走走后门、有点特权什么的。

临时组员刘导一听刁恩娜提个开头就知道她的想法，直接表示门儿都没有。

两头大黄牛全砸在了刁恩娜组手里，身为临时组员的刘导不但没难过，还很开心。副导演干得漂亮！

刘导刚正不阿，即使扛玉米的是他自己，他也高兴。

最后苦哈哈的四个人到手的钱也没有夏溪组的多。

石大仙质问节目组："为什么？"

骆宇很懂事儿，不需要节目组解释，他就可以给出原因："因为我们没做完。"

刁恩娜沉默了一阵，说："吃饭吧。"

四个人都不会做饭，只能买了点儿吃的凑合凑合，凉拌西红柿还是刘导搞的。

然后刁恩娜发现，刘导干活能力一般，也并没有后门让他们走，但干饭能力那叫一个绝。手抓饼吃得飞快，吃完还不够。

如果不是因为还记得自己是艺人，现在有镜头，估计大家直接就抢起来了，虽然现在多少有点抢饭的架势了。

刁恩娜在心中给刘导做出了评价：干啥啥不行，吃饭第一名。

刘导后来还跟副导演说："压根没吃饱。把饭省给孩子吃了。"

骆宇还要长个儿。

但刁恩娜没想到，就连这顿平平无奇到甚至有点朴素的饭都没吃得多顺利。

副导演之前就提醒了两组嘉宾，说今天下午要变天，刮大风。

所以节目组也没给他们安排别的工作，他们可以在屋内休息。

嘉宾们都没有太大的反应，刁恩娜的眼皮却跳了跳，她自己也说不上来到底为什么，最后索性没去想。

然后，在他们吃饭的时候果然刮起了大风，刁恩娜组随便糊弄的鸡窝不堪重负，直接塌了，里面的鸡全部飞了起来，满院子飞舞，狗被惊到了，不停地叫。

夏溪到山脚下是打算找刘导的，刚靠近院子就和自己的跟拍摄像目睹了这惨烈的景象。夏溪叹为观止，做出评价："鸡飞狗跳？"

跟拍摄像师倒吸一口气："还真是。"

这成语太形象，太贴切了！

鸡不光在院子里飞，有的还冲进了屋子里。

刘导和骆宇当时被刁恩娜分配到山上完成摘玉米任务，鸡窝由刁恩娜和石大仙完成，后面回来，刘导和骆宇也没时间去看鸡窝。

听到动静出来后，刘导跟骆宇都被刁恩娜、石大仙的糊弄惊到了。

骆宇有些急了："这鸡窝不行啊！"

刘导的关注点在另一个地方："快捉鸡，别让鸡跑了。"

刁恩娜犹犹豫豫不想上前，觉得太脏了。

"好吓人啊，它们扑腾起来会不会抓到我的脸？"

要是往常，工作人员或者嘉宾可能还有工夫接刁恩娜的话茬，现在大家一个个手忙脚乱，只想翻白眼。

石大仙倒是动作了几下，没抓到鸡。

大门是开着的，刘导看到夏溪就在不远处，冲着夏溪喊："夏溪快帮忙捉鸡！"

夏溪反应也快，低头看到院子角落就有鸡笼，于是她先是一个健步把鸡笼拿住，然后一只手抓住鸡往里面塞。

每一次伸手必定有鸡被她抓住。

等夏溪把视线范围内的鸡抓完，整个山脚小院才稍微恢复了平静。恢复平静的小院狼狈不堪，一地鸡毛。

刘导觉得夏溪来得非常及时，忍不住夸赞她："要是刚才你不在，绝对更乱了套了，这组的鸡窝没有搭好。"

夏溪也好奇鸡到底是怎么跑出来的，她看了一眼，然后沉默了。

怎么会做出这样的鸡窝来?

刁恩娜见不得刘导夸夏溪，而且鸡窝还是她跟石大仙合作搭建的。于是她开了口："第一次搭，没有经验，而且我已经让石大仙不要这样搞，我也不知道会塌。"

石大仙并不会让着刁恩娜，又跟刁恩娜争执起来。刁恩娜暂时没有管石大仙，她状似不经意地询问夏溪："风这么大，夏溪你们山腰上的鸡不会飞走吗？"

夏溪看向刁恩娜，目光澄明，说："谢谢关心。应该不会，我出来之前看到鸡在里面下蛋。"

刁恩娜：我并不是在关心你。还有，为什么你们的鸡还能下蛋?

跟拍摄像还接到了同事的电话，准确地说是楚思思借用了工作人员的手机。

“夏溪，楚思思找你。”

夏溪接得很迅速，以为是她们的小院出事儿了，楚思思告诉她：“没有没有。是我们的鸡窝里跑来了几只鸡，我看到它脚上绑着编号，好像是刁恩娜那组的？但为什么刁恩娜那组的鸡会跑到我们小院的鸡窝里啊？”

夏溪瞥了一眼已经完全倒塌的几块木板，试探地说：“可能它们也想要个温暖的家？”

楚思思不明情况：“嗯？”

夏溪的跟拍摄像也听到了，扑哧一声笑出来。

夏溪赶紧告诉刘导，刚才清点时发现少的几只鸡不用找了，它们已经跑到半山腰了。

……

虽然前一天下午突然变了天气，还刮起了大风，甚至连刁恩娜小组院子里的鸡窝都刮塌了，但新的一天就像什么都没有发生过一样，是个好天气，万里无云。

夏溪跟自己的队友还有杨澄还是很早起来了，在开始录制前就已经在山上跑了几个来回。

山间小道空气清新，夏溪感觉跑完之后身体每个细胞都活跃了起来。

鉴于摄像师们实在起不来，而且他们跑得太久太快，夏溪也很贴心地表示她可以拿着简易手持摄像机给自己还有队友录像。

其实摄像师们还是很敬业的，第一天夏溪就做出了提议，但大家都说不用。他们拿了工资就要办事儿。

他们也就跟了一次，然后就放弃了。

楚思思跟陈梦佳其实一开始体力也不太好，但跟着夏溪练武，体力也上来了，夏溪放慢脚步，她们也能跟着跑完。

……

一大早起来，七位嘉宾加上一位临时加入刁恩娜组的工作人员就接到了由刘导分配的任务。

是的，刘导已经彻底地离开了刁恩娜小组，让综艺总导演一直充当嘉宾也不现实。

而之前还极力要求刘导加入自己小组的刁恩娜对刘导没有一句挽留，还试图在工作人员中寻找更强壮的那个。

——但没成功，节目组随机分配了工作人员。

“这次还有情景描述。小明请我们给他寻找梨花村的笋，梨花村的笋非常鲜嫩，他想要了解它的味道。”

面对这个请求，夏溪直接嘲笑：“就喜欢整这些花里胡哨的。”

还不如直接说去找笋，扯什么小明。

夏溪倒是知道笋在什么地方，这还归功于她们最近早上坚持跑步，她们已经把山上的情况给摸透了。因此寻找笋的任务完成得还算顺利。夏溪还提议：“我们要不要多挖点儿？回去可以吃。”

楚思思跟着附和：“还可以送隔壁阿婆，她说想吃笋片炒肉了。”

不光夏溪跟周边村民搞好了关系，楚思思她们也和村民熟悉起来。

杨澄没意见：“好啊，那我们炒个笋片炒肉，留一部分，再给阿婆送过去。”

夏溪组交完任务后，节目组再次递给他们一张卡。

夏溪拿起卡，念道：“小明一直好奇梨花村特产稻田蟹的口感，你们可以帮助小明实现愿望吗？”

小明吃完了笋，还想吃螃蟹。

夏溪哽了一下。他们都没有吃这里的螃蟹，他们甚至都没见过这里的螃蟹。

其他人也有点崩溃。

杨澄：“这要去哪儿找什么稻田蟹？”

陈梦佳：“我连稻田蟹长什么样子都不知道。”

这稻田蟹一听就没那么容易搞到手。

夏溪看向节目组，发出疑问：“所以，什么口感？”

副导演吃过，告诉夏溪：“有点像优质拉面。”

夏溪点头表示自己了解了，于是她紧接着让节目组转告给小明：“告诉他，优质拉面的口感。”

刘导开口：“不行，你们要让小明吃到！”

夏溪再次点头，拉着楚思思她们就要走。

工作人员们又来问题了，夏溪是知道稻田蟹在哪儿抓了吗？

夏溪理直气壮：“当然不知道，我又没见过。”

那她这是去哪儿？

夏溪：“买优质拉面。我给小明买两包。”

不是就优质拉面的味道吗？懂了，她这就去买拉面，务必让小明尝到这个口感。

夏溪觉得自己可大方了，一买买两包。

节目组：虽然早就知道面前的这个女人是综艺漏洞，但还是每次都被她的操作惊到。

但任务归根结底还是让找稻田蟹，这点夏溪没办法赖掉，她就是想告诉节目组，以后用词还要更精准一点。

没有空子可钻，夏溪也只能认栽，大家讨论了一下，夏溪说：“要不去问问当地居民吧。”

这也确实是节目组一开始预想的嘉宾们的反应。

夏溪一行离开后，刘导长长地叹了一口气。他告诉另外一组工作人员：“你们先去吧，我得先缓缓。”

他摸了摸自己的头发，感觉离秃头不远了。节目效果有了，他也要秃了。

刘导为了抚慰自己受伤的心灵，决定吃点好的，于是他发出豪言壮语：“今天咱们工作人员集体吃腊肉炒笋。”

旁边的编导悄悄地提醒刘导：“可是，我们看到的笋，都被夏溪夺完了。”

山上的笋都被夏溪夺完了！

一语双关。

刘导满头雾水。

他当时没有关注夏溪那一组，看了一会儿就去观察刁恩娜那组了。

那里可是有不少笋，都被夺完了？！

编导看刘导露出痛不欲生的表情，犹豫道："其实……应该也能炒炒，夏溪组象征性地交上来了两根，再加上刁恩娜那边的。"

工作人员一人一口，可能够了。

刘导简直满肚子牢骚："好你个夏溪。"

他们设计环节让大家找稻田蟹时其实也思考过会不会有点过分，但现在刘导觉得做得非常对。

夏溪他们估计也得一通乱找。

就算知道稻田蟹在哪儿，那也不好捉啊。

抱着这种想法，刘导好整以暇地对副导演进行了传呼："你们现在进行到哪里了，是不是还在问村民稻田蟹容易在哪里出没啊？"

副导演告诉刘导："夏溪已经拿到一只稻田蟹了……不，现在是两只。"

刘导愣了。

……

夏溪他们刚走没多久就开始询问村民在哪里可以找到稻田蟹，没想到遇到了之前高价卖她们糖炒栗子的老板。

糖炒栗子老板主动搭话："你们是要找稻田蟹？"

夏溪："对。"

她跟楚思思他们对视了一下。听糖炒栗子老板的语气，他好像知道稻田蟹在哪里？

糖炒栗子老板也没有卖关子，直接招呼他们："跟上我，我带你们去抓。"

旁边的村民也在说："二狗娃子可是我们这里抓稻田蟹的好手，从小就跟着他爹抓。"

夏溪仿佛知道了什么。

糖炒栗子老板的年纪其实不算小，已经是中年人了，但还是硬生生地憋红了脸："忽略那些不重要的东西。"

夏溪表示都懂。

只要老板能带他们找到稻田蟹，那些都不是事儿。

糖炒栗子老板在捉稻田蟹这方面也确实有几分本事。

稻田蟹其实也就是河蟹。

他说："像我们这种从小到大长在这边又经常在外面跑的泥孩子才知道哪里的稻田蟹比较多，它们会藏在什么地方。"

在糖炒栗子老板的带领下，夏溪他们完成任务的速度在节目组看来堪称神速。

副导演也跟着感慨："怎么好像老天都在帮助夏溪？"

而刁恩娜那边举步维艰，磕磕绊绊。

两组完全形成了对照组。

刘导却摇头表示不赞同："所有结果都是要看之前种下了什么。"

夏溪把带来的东西送给了邻居，所以有邻居帮助；做人留一线，没有为了节目效果就全程挤对糖炒栗子老板，在感受到对方的悔意后见好就收，所以糖炒栗子老板也回馈了夏溪正向的东西。

陈梦佳跟楚思思也感觉很奇妙。

之前她们还对对方深恶痛绝呢，现在就已经能在对方的带领下抓稻田蟹了。

离开的时候，因为直对着阳光，夏溪眯着眼对糖炒栗子老板挥了挥手，说："诚信经营，生意兴隆！"

糖炒栗子老板有些不好意思，经过夏溪她们这么一搞，他也不敢不诚信经营了。

紧接着他好像听到了一声不太大的："二狗娃子。"

……

交了笋，交了稻田蟹，后面小明还有各种新要求，又要吃咸鸭蛋，又要吃灌肠。

夏溪直接吐槽："小明怎么这么馋，是不是有点不懂事儿。"

夏溪其实也算是说出了所有嘉宾的心声。这小明心愿有点多啊，以为他们是心愿墙啊？

最后夏溪直接看向刘导，言辞犀利："你是不是那个小明？"

刘导："……"

怎么了，还能打他不成？但说实话，面对夏溪他还真的有点心虚，害怕夏溪打人。

夏溪吐槽归吐槽，任务还是很漂亮地完成了，在象征性地交了一些任务物资后，夏溪她们也拥有了笋、稻田蟹、咸鸭蛋、灌肠……

夏溪露出了满意的笑容："可以吃好吃的了。"

因为稻田蟹是活的，不能久放，所以他们先安排上了螃蟹大餐。清蒸、辣炒，能用的烹饪方法都安排上。

夏溪吃完之后直皱眉。

"不好吃？"跟拍摄像觉得不应该啊，闻着分明很香。

大厨杨澄也有些紧张。他的武艺已经不敢拿出来炫耀了，但做的菜吃过的人都说不亚于大厨作品。刚才他试了试，觉得味道挺好啊。

夏溪让杨澄放心，不是他的问题。

"好吃。就是副导演说这是优质拉面的口感……他是认真的吗？"

她吃一百只都吃不出优质拉面的口感。

……

夏溪跟楚思思、陈梦佳吃饱之后还去了山脚下遛弯，山脚下有个小广场，不少阿姨在广场上跳舞。

夏溪对陈梦佳说："我们最近好像都没有练舞？"

陈梦佳点了点头。

于是三个人默契地对视后，加入了广场舞大军。

新晋女团成员成排……跳广场舞，还是在某个乡村的小广场。

摄像师：这么欢乐吗？

三个人能出道，业务能力还是很强的。尤其是夏溪，扒舞快，很快就跳得有模有样了。盘靓条顺的三人一时间成了广场舞的焦点人物，逐渐被簇拥到了最前排。

夏溪在广场舞团队中也C位出道。

摄像师：是金子在哪里都能发光啊。

有阿姨上前询问夏溪："找对象没？"

这也在摄像师的预料当中，毕竟长辈都喜欢问这个。不过这次也不用等夏溪回复"恋爱会影响我的练舞速度"，一个打扮比较时髦的阿姨就打断了对方："别整天催人找对象，俗不俗。每个人有每个人的活法，只要过得开心舒服就行了，反正我从来不会催我家闺女。"

夏溪听到这里，笑意加深，跳舞动作也停了，她说得很认真：“你是一个好妈妈，你女儿一定很幸福。”

说起自家闺女，阿姨有一肚子的话想说，整张脸都写着骄傲。

“之前怎么没有看你们过来跳舞啊？”

夏溪：“刚来刚来。”

阿姨：“那你们有团队不？”

这倒在夏溪意料之外，现在广场舞还有团队了？

夏溪三人的团魂开始爆发，之前说过了很多遍的话张开就来：“我们是……海的女儿！”

Seagirls 太难念了，还是说海的女儿吧。

阿姨露出惊喜的表情：“哦，你们是海的女儿广场舞团啊，太巧了，我们是海的妈妈。”

还真是很巧。

继海的女儿搬砖团队、海的女儿杂耍团后，她们又多了新称呼。

夏溪觉得晚上就得跟其他队友说一下，不然她们可能都不清楚多了这么一个新称呼。

不过村里总还是有年轻人，夏溪她们这次被一个女大学生认出来了。

她特地绕到了最前面，指着夏溪：“夏溪是不是！我知道你们，你们是……”

眼看着那句“Seagirls”要出来了，夏溪她们也准备好说“对就是我们”，旁边的阿姨接话：“海的女儿广场舞团。”

女大学生倒也没有一直跟着夏溪她们，就聊了几句，问：“你们怎么跳起广场舞了？”

夏溪：“丰富舞种。”

女大学生：“那赵神也会学吗？”

夏溪：“我回去教她？”

女大学生：已经开始期待了。

跳广场舞只是插曲，夏溪她们回去之后，杨澄又开始做夜宵加餐，楚思思跟陈梦佳是真的不敢吃了。

“太有罪恶感了。”

她们都快忘记自己是女团成员了。

但夏溪不用忍着，毕竟她是在选秀期间都挚爱红烧肉的女人，还长不胖。

夏溪还在那边吹捧杨澄：“这是什么绝世烧烤，太香了。”

多夸夸杨澄可以激发他的做饭热情。

夏溪：“香得隔壁家小孩都哭了，隔壁家的小孩不光哭了，还直接敲门！”

杨澄不好意思了：“倒也不用这么夸张……”

同在一边等待烧烤的工作人员知道夏溪的意思，她补充：“随便听听就行，因为隔壁也没有小孩。”

杨澄：“……”

不过夏溪还真的听到有人敲门，她都跟着愣了一下。哪家小孩闻到烧烤馋哭了，真的敲门来要？

“我去看看吧。”

夏溪起身，打开门之后，有些惊讶：“骆宇？”

骆宇是所有嘉宾里最小的，虽然接触不算多，但夏溪对他的印象还是挺深刻的。

“你怎么了？”夏溪察觉到异常，放软声音。

骆宇的表情看起来很委屈，眼中隐约带着泪光：“太饿了。”

《水浒传》林冲是夜上梁山，骆宇是夜上不知名山，原因是——太饿了。

继刁恩娜小组几只鸡不堪寒冷出逃到夏溪这边后，嘉宾骆宇不堪饥饿，也加入了逃跑行列。

隔壁小孩没馋哭敲门，山下的小孩馋哭敲门了。

骆宇不是自己来的，跟在骆宇身后的还有一头猪、两只羊。羊从骆宇身后探出了头，发出了类似撒娇的声响。

夏溪扬眉。

饶是她也没见过这场景。

骆宇不好意思地补充：“我过来，它们也非要跟着，估计也是饿了……”

不光他在那个小组吃不饱饭，动物也是这样。人都吃不饱，刁恩娜他们又怎么能顾得上小动物呢？

骆宇还记得给它们安排点吃食，给小羊割点嫩草什么的，所以小羊跟他也亲近。

夏溪还是反应最快的那个，没有多问，招呼骆宇：“快进来。”

苦谁也不能苦孩子。

她先给骆宇安排上了烧烤。杨澄准备的夜宵还是挺丰盛的，夏溪之前要了两个烤火烧，还没来得及吃，全让给了骆宇。杨澄把肉串也递给了骆宇，说：“还有，想吃多少有多少，都给你烤上！”

骆宇还惦记着跟他一起逃上半山腰的猪跟羊，夏溪摆了摆手表示：“你吃你的，这些交给我。”

她把猪带到了猪圈，让波波跟它的“老公”团聚。

楚思思跟陈梦佳带着两只小羊去吃东西，两只小羊也完全没把自己当“外羊”，一阵狼吞虎咽。

陈梦佳都惊了：“从来没看过咱们院子里的羊吃草吃得这么积极，它们是饿了好几天吗？”

刁恩娜那一组是怎么喂的？当然她们也不好直说。

自从分组后，夏溪这组就很少去山脚小院，只有夏溪见识到了敷衍到直接塌掉的鸡窝，其余人完全不知道那边是什么情况。

这是什么死亡小组，怎么能把孩子跟动物饿到这份上？

骆宇吃得挺快，感受到了家的温暖。之前还是眼中含泪，现在眼泪直接流了出来，一边吃着一边用袖子擦了擦眼睛。他再怎么懂事也还是个未成年。

骆宇擦眼泪的时候是特地背过脸的，夏溪能看出他不想被人察觉。

不过有工作人员心直口快：“骆宇，你哭了？”

骆宇：“没……没有……”

他一时间还找不到合理的解释。

夏溪平静地接上：“沙子里面进眼睛了。”

骆宇的泪瞬间停了下来，是不是有哪里不对劲儿？

不过他的心情却好了起来。

杨澄他们在热情待客，夏溪私下询问刘导："怎么把孩子饿到这个份上？"

刘导面露警惕："有话好好说，你拿着擀面杖干什么？！"

夏溪手持大擀面棍，让人心惊胆战。在刘导的质问下，夏溪不慌不忙，擀面杖甚至在她手中转了几圈。

"没什么啊，一会儿包包子。"

杨澄说要给骆宇包包子吃。

夏溪咦了一声，笑了："你以为我要打人？我不会随意打人。"

她会报警。她合理怀疑这个节目虐待未成年人。

刘导只想喊救命：夏溪的"通通抓起来"又来了！

眼看着夏溪已经抄起了手机，刘导赶紧告诉夏溪一定要冷静，他们肯定会给出合理的解释。

其实是这样的，从录制节目开始，刁恩娜小组的任务就完成得不咋样，也就意味着得不到多少钱。拖拖拉拉做不完任务、拿不到资金也就算了，他们还有地，有瓜果蔬菜，节目组也不可能把他们给饿死。

这又不是什么野外求生节目，而是乡村慢综艺，本来就是日出而耕、远离城市快节奏跟车尾气、感受生活跟大自然的美好的。

但这节目硬生生被刁恩娜他们搞成了求生节目。

刁恩娜那一组，刁恩娜是个找事儿的"戏精"，石大仙是个懒蛋。两个成年人个人的年龄都快是骆宇弟弟的两倍了，但完全没有一点担当，遇到任务就开始找借口，互相推诿，还没有骆宇做得多。

骆宇不会做饭，又是长身体的时候，本来就很需要营养，前两天实在是饿了，就默默地去摘点番茄、黄瓜吃，虽然吃得不好也凑合能过。

可是今天做任务时，他们不知道笋在哪儿挖，也不知道稻田蟹在哪里找。

石大仙提议："我们花钱买吧。"

——然而他们没钱。

"我们不是有蔬菜水果嘛，那就去卖卖。"

摘蔬菜水果的时候他们又开始拖拖拉拉，等带到集市上的时候蔬菜水果坏掉一部分了，而且当地也不缺这些东西，因此也没卖上好价格，堪称贱卖。

勉强交了几项任务，骆宇的加餐也没了。

骆宇又累又饿，他是童星，却是第一次录制综艺，崩溃就在一瞬间。

节目组其实也有些羞愧："我们也有失误，骆宇弟弟没跟我们求助，我们以为他挺好的，不然也不会把他给饿着。"

把未成年嘉宾饿到哭，这是什么田园慢综艺！

夏溪听完之后整个人都无语了，这完全是人祸。

骆宇吃完饭后还主动承担了刷碗工作，楚思思拦着不让他做，他还着急了："思思姐，交给我吧，不然我过意不去。"

话都说到这个份上，自然没有人会拦着他。

刷盘的骆宇很开心，露出了小酒窝。

厨房的门是开着的，往厨房一看就能看到骆宇刷盘刷得很认真，并且还哼着歌，看起来心情不错。

他越懂事就越让人觉得心疼。

夏溪冲着另外三个组员招了招手，示意到别的房间说话。

"关于骆宇……"

她刚开口，陈梦佳就默契地表示赞同了："让骆宇弟弟直接加入我们组吧！"

杨澄举手："我也同意。"

"咱们正好有个空房间，我给收拾出来。"

他们三个也已经了解到了骆宇挨饿的原因，跟夏溪的感受是一样的。

他们虽然会调侃导演，但其实玩得很开心，吃得也很开心，杨澄都变胖了。

骆宇弟弟却被饿到深夜爬山。

刁恩娜那组没有把人照顾好，那就交给他们吧。

夏溪把想法告诉骆宇后，骆宇更是没有异议，幸福来得有点突然，他甚至有些惊喜。

"哥哥姐姐们放心，我很有力气，我不会偷懒的。"

夏溪点头说“知道了”，然后递给骆宇一瓶娃哈哈。

骆宇觉得奇怪，不知道为什么，感觉夏溪姐姐看着他分外慈祥，好像把他当成小孩子在养了。关键是……他跟夏溪姐姐应该也没差几岁吧。

夏溪已经告知了节目组，节目组最终还是同意了，毕竟他们也不想被说虐待未成年人。

夏溪盘点今日收获：弟弟一位，猪猪一只，羊两只。

他们什么都没做，都是另外那组拱手相让的。

……

“骆宇去哪儿了？他今天怎么没有买早餐啊？”

刁恩娜和石大仙是在第二天起床一个多小时后才发现骆宇不见的，还是因为早餐没安排上，之前的早餐都是骆宇买的。

石大仙躺在摇椅上，跷着二郎腿，头也不抬地回复刁恩娜：“我也不知道，没看见。”

还是临时充当他们组员的工作人员更早发现骆宇不见了，提前了解了情况：“弟弟已经去夏溪组了，这两天也会一直住在他们那边。”

刁恩娜面露不悦：“为什么呀，还能这样？那夏溪那组谁交换过来，杨澄吗？”

刁恩娜其实也发现了，最强的是夏溪，但她不想跟夏溪一组。

石大仙这么多天都是懒散的模样，现在他来了精神，询问工作人员：“那我可以申请去夏溪那组吗？”

刁恩娜：“你什么意思！”

石大仙也不含蓄，直说：“不想跟你一组的意思。”

刁恩娜抱着胳膊冷笑，白眼翻上天：“以为我愿意跟你一组似的！”

最后是副导演告诉刁恩娜跟石大仙，没有人会来他们组，后面也不存在什么两组竞争了，所以少个人也不算什么。

还有，石大仙也没办法申请去夏溪那边，住的地方满了。

石大仙还是不死心：“我可以打地铺啊。”

副导演微笑地告诉他：“那也不成。”

夏溪那组是不会欢迎他的。

石大仙跟刁恩娜相看两生厌，是《我们的家乡》中表现最差的两个人，节目组也在后悔怎么请了这么两位嘉宾。

骆宇才在夏溪组待了半天，整个人就完全换了一番精神面貌。他真的差点以为这是什么求生节目了，直到来了这边才知道，原来这真的是田园慢综艺。

……

夏溪在Seagirls群里讲述了“海的女儿广场舞团队”的事儿，给她们打个预防针，如果突然被喊这个名字不用慌张。

底下齐刷刷一排问号。

赵天绮：“你们又做了什么吗？”

还是赵天绮看得明白，知道一定是夏溪她们在录制综艺的时候又做了什么。

夏溪老老实实告诉她们：“就晚上消食的时候，在村子的广场上跳了会儿广场舞。”

芮子悦只有一个想法：离谱。

米莎倒是很兴奋：“啊啊啊，我也想跟你们一起跳。”

夏溪告诉米莎：“下次回来教你。”

虽然从《偶像运动会》之后Seagirls成员们都分散开，各自活动，或几个人一起活动，但她们的关系还是很好，只要有时间，十一个人的群就很热闹。

夏溪答应米莎要教她跳广场舞后——

师聘：“夏老师的意思是只教米莎吗？”

林姝珍：“夏老师的意思是只教米莎吗？”

其他人也跟着排起队来。

楚思思凑到夏溪旁边，笑得花枝乱颤，今天要见证夏溪老师“翻车”吗？

夏溪面色不改，发了一行字上去。

夏溪：“你们以为能跑得掉？”

既然她们是一个团队，那都得学。

楚思思：不愧是夏老师。

刚才还在调侃夏溪的成员在看到这句话后都开始瑟瑟发抖。

虽然还没开始，但她们的腿已经开始有累到打战的感觉了。

师聘在群里求饶，表示她真的错了。

夏溪没有回复她，刚才赵天绮私聊了夏溪。

赵天绮给夏溪发的是语音：“你们几号回来，还是 16 号吗？”

夏溪听到赵天绮的声音，察觉到她有些疲惫。

赵天绮现在还在那档舞蹈节目里。一开始她是以飞行嘉宾的身份过去的，也只待一期。但赵天绮在里面表现得很亮眼，专业知识够强，得到了不少好评，再加上正好有一位导师出了点道德上的丑闻，赵天绮就被节目组推到了导师位置救场。

现在赵天绮已经是那档舞蹈节目的导师之一。

夏溪拿着手机离开了节目组摄像头，问：“你那边方便打语音电话吗？”

赵天绮直接拨过来一个语音电话。

“在休息？”

“在休息？”

两人几乎是同一时间开的口，内容还完全重合，然后两人一愣，都笑了。

赵天绮告诉夏溪：“我现在在休息室，休息室里没有人。”

夏溪倚着墙。她想说不要太累，不要太拼，但也知道她跟赵天绮在某些方面是一类人，于是她换了一种方式：“多泡脚，我给你买了自动按摩泡脚盆，应该快到了。”

赵天绮乐不可支。

夏溪还是那么实在，送礼就送泡脚盆，不过也确实很实用，她很需要。

两个人有一搭没一搭地聊了些，好朋友随便聊点什么都开心。

“你最近过得挺好吧？”夏溪本来也不太上网，在结束通话前问了赵天绮一句。

赵天绮一再保证：“特别好！就是想着等你回来，我们一起吃个饭。”

结束通话后，夏溪又翻到了女团经纪人的联系方式，问：“那件事儿办妥了吧？”

经纪人回复得很快：“办妥了办妥了，你每天都要问我一遍，我做事儿你还不放心？”

夏溪：“其实有点。”

经纪人：嗯？

夏溪知道事情办妥之后就再次投入到《我们的家乡》录制当中，录制已经过了一大半，他们最后的任务是要给村民们进行一场文艺汇演，算是感谢村民的招待，丰富他们的娱乐生活。

夏溪决定来段快板，楚思思唱歌，陈梦佳拉二胡。

骆宇不知道做什么好，杨澄给他提了建议：“要不让你夏溪姐姐带你练个武？”

杨澄其实也能教，但自从在《Pick101》输给夏溪后，他就不想自取其辱了。所以这个任务还是交给夏溪吧。

骆宇心领神会，于是他手持摘来的鲜花，找到了夏溪，说：“夏溪姐，我可以麻烦你一件事吗？”

夏溪对勤奋懂事的小孩抱有很大的好感，她很爽快地表示：“可以啊。麻烦我什么事儿？”

骆宇超大声说：“我想跟你学跳舞。”

摄像师和夏溪都一脸茫然。

夏溪眨了眨眼睛。骆宇是认真的吗？但她会的可是女团舞啊。

不过看骆宇一脸期待，而且谁说男孩子不能跳女团舞，有梦想谁都了不起，因此夏溪也就没有提出异议。

她只是又问了一遍：“真的要学？”

骆宇：“真的。”

说教就教，夏溪大手一挥，直接开始教。她已经教出了经验，几十号人都能教，骆宇一个人对她来说压根没有什么难度。

夏溪教的还是比较帅的女团舞，但跳着跳着骆宇还是发现了不对劲儿：“我怎么觉得这个舞……好像有些女性化。”

夏溪听完骆宇这话，知道可能闹乌龙了，她停下动作，问：“你不是要学女团舞？”

摄像师爆发出惊天大笑。

摄影师蔫坏儿，只有他知道到底是什么情况，其实是杨澄、骆宇和夏溪的信息传递出现了误差。

这也只是个小插曲，夏溪可以再改教骆宇拳法，不过没想到骆宇喜欢上了广场舞，跟楚思思、陈梦佳、夏溪临时又拼出了一个广场舞表演。

两天后的文艺汇演举办得很顺利，附近的村民都搬来小马扎看他们表演，有人甚至还提前蹲守，整个广场上都飘荡着欢声笑语。

结束录制的时候大家都有点不舍，特别是骆宇很舍不得夏溪，虽然相处的时间不是很多，但他感受到了夏溪的照顾。

夏溪给他的赠言也很朴实——“好好学习，天天向上。”

骆宇确实对夏溪她们的女团不是很了解，补看了一下《Pick101》，不过才看了一小部分，在离开前骆宇小心翼翼地发出疑问：“夏溪姐，你真的会飞吗？”

网友们都说得言之凿凿。

楚思思和陈梦佳：笑死了！夏溪这辈子都摆脱不了会飞的谣言了！

夏溪倒是毫不在意：“你能考上理想的学校，我就给你表演一个。”

她现在已经学会吊威亚了，能飞。

……

“今天是赵天绮的生日，怎么她的队友都没有发生日祝福？”

“之前看节目，还觉得Seagirls很有团魂，现在看来也就那样。”

“就是感觉赵天绮有点可怜，两个团队都不怎么样，人情好薄凉……别人就算了，夏溪不是跟赵天绮关系好吗，她怎么都没发微博？”

飞机降落，距离能离开机舱还有段时间，经济舱内陆续传来交谈的声音。有人在打电话汇报行程，有人在跟身边的朋友聊天。

两个头发漂染过的女生聊到了赵天绮跟Seagirls。她们声音不小，周围的人都能听到，坐在她们左手边的女生就忍不住说了一句：“夏溪不太用社交软件。而且她们可能私下庆祝了呢！”

总不能靠这些来判定大家感情不好吧。

两个女生没想到现场有疑似夏溪粉丝的旅客，她们嘀咕了两声，没有再说什么了。

等可以离开的时候，其中一个女生要把行李从行李架上拿下来，但行李有点沉，差点砸到头。

行李箱被推了一把。

“小心。”

抵住行李的是一只白皙修长的手。

女生回过头就看到一个比自己高上不少的同性，她戴着口罩和棒球帽，只露出了一双眼睛。眼睛黑白分明，睫毛纤长。

因为靠得近，女生闻到了对方身上的香味儿。

女生：是漂亮香香的小姐姐！

陌生小姐姐帮她把行李箱搬了下来，女生有点不好意思：“我的行李太沉了，让我来吧……”

对方：“没关系。”

说话间，沉甸甸的行李箱就已经被她轻松地拿了下来。

女生：是漂亮香香还很有力气的小姐姐！

陌生小姐姐还对她说了一句话：“可能 Seagirls 正在赶往给赵天绮庆生的路上。”

女生跟她的同伴一脸不解。

而之前疑似夏溪粉丝的旅客却瞠目结舌：这声音、体型，都好像夏溪啊！那她身边的是陈梦佳、楚思思？

她好像知道了什么了不得的东西。

……

赵天绮这一天依旧有工作。

录制还没正式开始，赵天绮坐在导师台上，身后有人在喊她名字，问：“赵神，夏溪她们怎么都没有给你发生日祝福啊？”

其实喊话的人压根没想到赵天绮会回应她，经常有人试图用各种方式吸引赵天绮，但通通以失败告终。

这一次赵天绮却回过了头，她告诉那位观众：“队友们都发了，刚过零点就私下给我发了生日祝福。她们人都很好，现在都在忙自己的工作。”

现场不光有赵天绮的粉丝，还有团粉。他们倒是没有提出这种问题，但赵天绮这番开口解释，还是给他们去掉了心中那点小刺。

“Seagirls 一定要和和美美，友谊长存！”

赵天绮露出了点儿笑意："会的。"

接下来就是正常录制，不停地有选手上场，赵天绮也都做出了专业点评。

节目录制过半时，主持人做了一个夸张的表情："这个选手是踢馆选手，她就有点厉害了——她想对导师赵天绮发出挑战。"

全场观众都来了精神。大部分情况都是选手跟选手进行比赛，怎么还有选手要对导师发出挑战的？

赵天绮没有太多的情绪外露，但不知道为什么，心中突然生出了几分莫名的预感。

而当对方戴着面具、穿着和她初舞台差不多装扮的衣服上台开始跳舞时，赵天绮忍不住笑了。

这次不是转瞬即逝的笑，而是毫不掩饰好心情的大笑。

一开始在听到有人要对导师赵天绮发出挑战的时候，现场观众觉得对方应该是在哗众取宠，没有多大的本事。但没想到对方的节奏极好，控制力也非常强，站在舞台上的那一刻，舞台仿佛就变成了她的。

现场的赵天绮粉丝眼尖，发现了亮点："这是天绮选秀初舞台表演的舞蹈吧？"

"衣服也是天绮当时穿的同款！"

"妈呀，我觉得好像是夏溪？"

"但夏溪不是在录制《我们的家乡》吗？"

粉丝太过震惊，以至于不相信自己的判断能力。

而下一秒，在舞台上热舞的面具舞者朝着赵天绮钩了钩手指，赵天绮就像是受到了召唤，也从导师席下去，冲到了舞台。独舞变成双人舞的时候，面具踢馆人的身份好像已经明朗了。

团粉简直想要尖叫。

——夏溪她不发微博，因为要现场给队友庆生！

——这叫关系不好，那什么叫关系好！

绝美友谊！

夏溪完美复制了赵天绮的初舞台，赵天绮也没有把自己的初舞台忘记，现在拾起来很轻松。两个人站一排，每个动作都整齐划一，连呼吸频率都仿佛一样，就像排练了无数次。

一个穿着红黑相间的皮衣皮裙套装，一个一身蓝白，两个漂亮妹妹随着音乐律动，连发丝都在跳舞。

细心的团粉发现两个人连服装都带着细节："夏溪在初舞台穿着蓝白古装，赵天绮是红黑套装，现在换过来了？"

跋山涉水为你而来，空降你的节目给你惊喜。

全场都沸腾了起来，一舞结束后两个人的嘴角都是上扬的。离开《Pick101》之后，她们终于再次在舞台上一起跳舞。

跟赵天绮对上视线时，夏溪就知道自己已经被认出来了，她摘下面具，说："生日快乐。"

舞台灯光照在两个人的脸上，夏溪的眼睛里就像是有星星在闪耀，暖光都比不上夏溪的笑温暖。

赵天绮不知道应该露出什么表情，她现在情绪不是很稳定，心里很感动，也确实感到很惊喜，一时间甚至有点语无伦次："我没想到你会来……"

她之前给夏溪发消息，想问问夏溪有没有时间，是想跟夏溪一起在生日这天吃顿饭。

夏溪不想过分煽情，清了清嗓子："有请，赵导师给选手做出点评。"

夏溪这称呼一出，赵天绮也掉不下眼泪了，她点评的是："完美无缺。"

夏溪之前怎么点评的她，她就怎么点评夏溪。

主持人也上场了，他开玩笑："那夏溪这算不算踢馆成功了？"

赵天绮毫不犹豫："算。导师位置让给你，夏导师，你去我那边坐着吧。"

夏溪义正词严地拒绝了，还立马后退了三步。

观众：你后退的动作是认真的吗？

夏溪对赵天绮做了一个加油打气的手势："赵导师好好上班。"

说着人已经开溜了，不过，在开溜之前，她还对赵天绮做了一个口型："我们都在后台等你。"

不光她来了，其他队友也都来了。

主持人还试图拦住夏溪："这怎么刚来就要走，溪溪要不要再来一段表演，大家都没看够，太精彩了。”

夏溪幽幽的声音响起：“我这次过来是没有劳务费的。”

她纯粹是为了给赵天绮惊喜。

她坚决不打白工，溜得更快了。

底下的团粉表示这画面很熟悉：“得加钱！”

虽然队友们空降现场，但赵天绮还是得认真录完后面小半段，不过任谁都能看出来，自从夏溪出现后，赵天绮的心情是真的好。

节目还没播出，夏溪空降赵天绮舞蹈节目给她惊喜的事情就已经传遍全网了。

陆琛也在网上看到了这件事，他不得不承认，心里有些酸。

他看了一眼日历，给夏溪发了一条“我快要过生日了”的微信，结果显示“对方不是你的好友”。

陆琛：“……”

他当然记得夏溪把他拉黑了。

但他想试试，万一呢？

……

结束工作后，赵天绮在后台见到了十个队员。

大家一起喊：“队长生日快乐！”

她们从天涯海角赶过来，聚在一起给赵天绮庆生。分开了一段时间，大家完全没有生疏，有的只是说不尽的话跟想念。

赵天绮也知道为什么经纪人让她穿身上这套衣服了。

赵天绮坐在角落沙发，噙着笑的夏溪坐在身旁，赵天绮侧过脸看她：“你早就跟经纪人商量好了？”

收到夏溪零点发的祝福前，赵天绮甚至以为夏溪压根不知道她过生日这件事儿。

其实，收到祝福对赵天绮来说就足够了。但这种用心更令人动容。

夏溪歪着头问：“开心吗？”

“嗯。”

“开心就足够了。”

赵天绮想到了什么，带着担忧道：“不是说16号录制结束吗，提前收工了？”

今天是 15 号。

“对，录制得比较顺利就提前收工了。”

赵天绮还是很疑惑：“那也得很赶吧？”

“还好。”夏溪转移了话题，“要不要拆礼物？”

——是非常赶。

已经有团粉扒出了夏溪的行程表。

按照夏溪录制《我们的家乡》收工时间来看，结束录制后她们几乎马不停蹄地开始赶路，其间完全没有住宿过。

楚思思跟陈梦佳还好一点，不用上台给惊喜。夏溪这边还要化妆、上台。

今天也是为“夏天”的美好友谊流泪的一天。

Seagirls 十一人聚集，让工作人员帮忙拍了合照，赵天绮还专门发了微博。

她不是想要堵住谁的嘴，只是想要记住这一刻。

网友注意到赵天绮身后的一堆礼物，估计都是队友们送的，产生了好奇：“夏老师送了什么礼物啊？”

这一条在评论区里并不算显眼，但赵天绮回复了这条。

赵天绮：“笋干跟银行卡。”

网友们满头问号。

笋干估计是夏溪参加田园综艺时晒的，但直接送银行卡是不是有点硬核了？

夏溪，一个立志开武馆却意外在娱乐圈沉浮的女人，贫穷且励志，却能宠粉送大冰箱、送鬼屋体验券，还能给赵天绮送银行卡。

夏溪始终觉得送钱最实在，她的钱也不多，那张卡里的是她录制完第一个个人综艺《高能前进》的劳务费。

……

大家私下聚餐给赵天绮庆祝生日，顺便说一下最近工作上的趣事、烦心事。

夏溪却注意到，在一个男服务员进房间上菜后，米莎的神色开始变得怪异起来。

“认识？”夏溪轻声问米莎。

米莎摇头道：“没什么。”

她告诉夏溪：“我出去一下，很快回来。”

夏溪一开始想要陪着米莎，不过看起来米莎并没有这个意愿，她就把话吞下。

然后她隐约听到外面响起米莎压低的声音：“不要再跟着我。”

其他人还在玩闹，压根没察觉到。

结束聚餐后，夏溪又发现了那个男服务员。这次他换了一身装扮，不远不近地跟在她们身后，目光一直锁定米莎。

夏溪觉得不对劲儿，停下了脚步。

赵天绮拉了一把夏溪的胳膊，问：“怎么了？”

夏溪指了指身后，说：“他一直在跟着我们。”

准确地说是跟着米莎。

Seagirls 成员一起看向那个男人，男人都没有任何要躲闪的意思。他穿着打扮很正常，甚至看起来还有点文质彬彬，做出来的却不是正常事儿。

夏溪眉头紧皱，道：“跟踪？”

米莎真的一肚子脏话：“已经跟我半个月了，阴魂不散！”

她朝着对方走去，强压着怒火：“我不是已经告诉你不要跟着我了吗！”

夏溪紧紧地跟在米莎身边，面色冷峻，护着米莎，告诫年轻男子：“不要再跟着我的朋友，你的行为已经对她产生了困扰，离她远一点，听见了没？”

夏溪气势很盛，再加上对方显然也知道夏溪武力值高，因此露出了几分胆怯。不过很快他就扬起了头：“你还要当街打人？打人犯法啊，我可以报警！马路这么宽，又不是你家的。”

说完之后他有恃无恐地冲米莎笑了笑：“只能说好巧啊米莎，每次都能看到你。”

大家抓住了夏溪，她们害怕夏溪真的当街打人。

米莎是真的抓狂："你为什么要跟着我？"

男人："你可爱，我喜欢你。对了，你今天已经喝了两杯珍珠奶茶，不要多喝，会睡不着觉，而且不要贪凉喝冰饮……"

几个女偶像只觉得毛骨悚然，这种被人盯梢的感觉也太可怕了。

夏溪一直有心事，反倒是米莎过来安慰她："太正常了，哪个艺人没遇到过啊，而且对他们没有任何办法，他们没有出格举动，就是跟着，问就说偶遇……"

但哪里是偶遇？公共场合还好，跟朋友去餐厅、去唱歌，甚至回家的路上、电梯里，都能碰到对方，无处不在，无孔不入。

难道就因为是艺人，米莎就没有私生活了吗？

当天晚上夏溪找到了经纪人："我这几天有工作安排吗？"

经纪人想了想，说："没有。你可以休息休息。"

夏溪表示自己有安排。

经纪人随口一问："你要做什么啊？"

夏溪没有回答。

夏溪在录制《Pick101》阶段就已经感受到粉丝对偶像纯粹又热烈的爱，他们会不远千里赶来，只为了看她的公演舞台，会给她写信，还会因为她喜欢上武术、去学习武术……

"溪水"看到她经常会说"辛苦了"，实际上夏溪觉得自己没有他们辛苦，她明明也没有做什么。

她何德何能。

可是通过今天那个人的行为举止，夏溪就笃定，他们这种人显然不是什么好东西。

夏溪只是在《且听风吟》演员群里随口一提，就能从姜妙之跟方倦那边得到大量的信息。

夏溪越看眉头皱得越紧，最终决定这几天去好好警告一下那个男人。

几天后，夏溪去看了一趟米莎。

她比较健美，皮肤也是特地美黑过的，是时下比较缺少的类型，因此受到了运动服饰商家的青睐。

今天米莎就是来给运动服饰商家站台。

夏溪到的时候米莎刚换了一套运动裙装，等待候场，因为换得比较着急，有一块衣角被塞进了裙子里。夏溪上去帮她整理了一下。

“溪溪！”米莎察觉到动静，朝着身后看去，没想到来的居然是夏溪，顿时露出了惊喜的表情，“你怎么会出现在这里啊？”

夏溪：刚警告过跟踪你的人，顺便过来看看。

不过夏溪还是没有实话实说，冲着米莎露出一个灿烂的笑容：“我没事情，过来转转。”

米莎想跟夏溪约个下午茶，她这边很快就结束了。夏溪本来也没有什么安排，就在这边等着她。

下午茶时间，米莎随便打开微博就看到齐刷刷的消息。

米莎看完内容后激动得差点拍桌：“溪溪，之前那个人给我公开道歉了！”

那条道歉微博还是夏溪过目了的，因此她完全不诧异。但面对米莎“是不是很惊奇”的表情，夏溪还是得做出惊奇的模样。

夏溪感觉自己新学的演技全都用在这里了，可能还有点假。不过米莎完全沉浸在烦恼得到解决的快乐当中，也就没有识破。

确定没有露馅的夏溪悄悄地松了一口气，她很少紧张，这个时候却有点冒汗。

米莎还沉浸在兴奋当中，完全打开了话匣子：“他怎么突然意识到自己错了呢？”

夏溪沉默了一下，说：“大概是良心发现了吧。”

米莎却双手托腮，想得很浪漫：“我觉得是有路见不平的仙女下凡，感化了他！”

突然被赋予仙女称号的夏溪清了清嗓子。

……

男人在网上公开自己的跟踪行为，并且跟米莎道歉，也引起了米莎粉丝、Seagirls 团粉，以及其他网友的注意。

米莎粉丝最愤怒，Seagirls 团粉则发散思维：“那其他妹妹是不是也会面临这样的隐患？”

粉丝们立刻要求公司赶紧加强对妹妹们的保护，安保要做好。不能光让她们赚钱，不保证她们的安全啊！

夏溪跟楚思思、陈梦佳一起拍摄《我们的家乡》，因为三个人一起出动，这才配备了一个助理跟着，夏溪作为人气最高的成员，在剧组拍摄都没有助理。

团粉们也不是要什么排面，只是想保证自己喜欢的妹妹是安全的。

其他网友也关注起明星隐私的话题。有关注就比没关注来得好，很多事情都没办法一蹴而就，而是不断改善，越来越好。

Seagirls 经纪人发现夏溪微博上线了，并且在反对跟踪明星的相关话题点了十几个赞。

经纪人真想要冲到夏溪面前质问：夏溪你怎么回事儿，要不就压根不登录微博，一登录就是十条转发抽奖，现在又十几个点赞。

……

姚星哲的房间常年紧拉着窗帘，不管是在基地还是自己家中。因为很少晒到太阳，他的肌肤极白，甚至有一种生病了似的苍白感。

他鸦黑的长睫毛一颤一颤。

不知道从什么时候开始，电脑里经常会出现夏溪——夏溪的舞台，夏溪的综艺，夏溪的各种消息。

自从姚星哲手滑用大号给夏溪拉票被粉丝发现后，俱乐部就私下跟姚星哲进行了约谈，姚星哲自然不怕约谈，他有底气。

但不想听教练絮絮叨叨，他还是换成了小号。现在他的微博小号里，夏溪不光是特别关注，还是经常访问第一名。

米莎这件事儿，姚星哲也是属于想得比较深的那种，他估计夏溪出手了。

姚星哲烦躁地摔了鼠标，骂了两句，骂的当然是那个男人。看向屏幕的时候，他的神色稍微平静了下来，手指抚向电脑中夏溪的脸庞，仿佛能感受到上面的温度。

“你应该像女神那样高高在上，那些臭虫，由我来处理吧。”夏溪不应该为那些臭虫费心的。

姚星哲是职业电竞选手，操作技术一流，即使不考虑他的颜值，他也会有不少粉丝。

电脑几乎成了他身体的一部分，键盘就是他的手，姚星哲在网络这方面也是一个王者。

姚星哲很轻松地找到了专门跟踪、讨论 Seagirls 私生活的群，然后——他把群举报了。

群里本来聊得就乱七八糟，姚星哲举报后，群被封得特别快。

当然这只是第一步，还有其他步骤。

一切都在姚星哲的掌握当中。

队友敲了敲姚星哲的门：“星哲出去玩不？”

姚星哲冷漠地拒绝了：“不了，玩游戏。”

队友们离开的时候还在感慨，虽然姚星哲脾气臭，但在职业方面真的又强又拼，即使不在训练时间，也会玩其他游戏。

姚星哲邀请了那几个言辞比较激烈的群成员，他在举报群之前已经加他们了。

对方问姚星哲：“你什么段位？”

姚星哲：“王者。”

对方瞬间开始谄媚。

然后第一局姚星哲全程挂机。

对方几个人骂骂咧咧，但是骂不过姚星哲，只能认栽，把姚星哲拉黑了。

姚星哲有很多小号，他又换了个王者号。这次不挂机了，他一直“送人头”。

双方再次对骂，姚星哲骂赢对方，对方拉黑他。

第三局，姚星哲用了一个女号，对方这次没有那么快接受邀请了，于是姚星哲面无表情地熟练打字：“哥哥，可以带我打游戏，带我赢吗？”

几个人觉得今天简直倒霉透了，群被封了，还有乱七八糟的人跟他们一起打游戏。

不过这次是女号，这还是让他们放松了警惕。

他们还特地看了一下等级。

“妹妹放心，哥哥带你飞！”带女生玩游戏才是最快乐的，虚荣心十足！

然后这个女生玩中路抢打野资源，点集合打团，自己却不放技能，队友都送了人头。

他们再也不敢接受任何人的邀请，火气全部上来了，有人选择了匹配，然后又匹配到了姚星哲别的小号……

综艺一向播出得比较快，《我们的家乡》录制完没多久就播出了。

“溪水”：开心，又可以看到美丽的溪溪了！

节目一开始播出的时候反响就还好，第一期就已经开始出现看点了：夏溪寄了快递，用刘导的话来说就是——“你来度假啊。”夏溪的快递名叫“富婆”，也是特别接地气。还有杨澄在结尾贡献了“碰瓷”怀孕母猪的名场面……

但毕竟这是一个新节目，八位嘉宾中也没有知名度特别高的，因此收视率不温不火。

经纪人还稍微有点可惜：“听刘导说你在后面表现得很好，不过这收视率其实也不错了。”

总不能指望着上啥火啥吧，收视率也不是夏溪一个出道没有半年的新人能扛起来的。

夏溪对这些不太在意，因为——“我已经收到劳务费了。”

“收视率高也不分成。”她已经询问过经纪人了。

既然这样的话，那她就心安理得地当甩手掌柜。

经纪人语塞，她应该夸夸夏溪的心态吗？

不过谁都没想到，因为两场争吵，《我们的家乡》热度居然噌噌上涨。

第一场争端是井烁的粉丝挑起的。兴高采烈地看了《我们的家乡》后，粉丝压根没看到井烁的几个镜头，于是开始质问节目组。

节目组也是无语了，井烁哪里有什么镜头，他拉肚子去医院了。

他们本来是打算剪辑出井烁因为喝了井水后肠胃不适进医院的镜头，但井烁经纪人觉得那样对井烁不太好，于是请求他们直接略过。

节目组其实也担心过井烁粉丝不满，但井烁经纪人一直承诺，说绝对会安排好。

节目组：这就是井烁经纪人的安排吗？

联系井烁经纪人失败，节目组就直接放出真相了。

网友：井烁喝了井水当天进医院？还是被两个队友一起坑了？突然想看《我们的家乡》了。

第二位助攻是刁恩娜。

刁恩娜在节目播出后就开始语焉不详地发一些乱七八糟的微博。

刁恩娜："有时候看到的不一定是真相。"

刁恩娜："恨自己不会疯狂钻漏洞，果然不能当老实人。"

看过《我们的家乡》的人弱弱地说："这是在影射夏溪吗？还有，一上来就抢男性当队友、抢山脚下房子，你是老实人？"

有工作人员忍不住爆料："好吃懒做，把所有事情都推到弟弟身上，让弟弟饿到深夜爬山哭着去敲门的老实人？"

骆宇的路人缘一向不错，看到这条，大家的拳头都握紧了。

《我们的家乡》热度顿时飙升，不管抱着什么态度，越来越多的人开始观看这个节目。

刁恩娜那些小心思完全没用，上来就争抢队友、抢房子，这些完全不是能剪辑出来的，还有她在干活的时候偷懒、遇到好事情永远冲在最前面……

至于她口中疯狂钻漏洞的夏溪——漏洞是钻了，但活从来没有少干。

观众评论："一时间认不清'老实人'这三个字了呢。"

"手持《母猪的产后护理》，直接拒接黄牛，自己犁地，我同意楚思思跟陈梦佳的话，夏溪比牛还牛。"

"哈哈哈，我以为是什么钻漏洞，原来是这儿？那这样的钻漏洞多来一点！"

"夏溪是嘴上那么说，实际上活从来没少干；但刁恩娜是没少演戏，还什么也不干。"

骆宇小小年纪被摧残得吃不饱，让大部分网友愤怒了。

"我就说总觉得刁恩娜这话味儿这么冲，那么似曾相识，原来刁恩娜还是范健的干姐啊。"

骆宇的粉丝特地来夏溪微博评论感谢她照顾弟弟。

刘导专门给夏溪打了通电话。本来还觉得糟心，没想到收视率越来越高，他现在说话都倍儿有精神："我原本以为你是给范健塞了钱，不然他也不会这么舍身捧你，现在看来范健他们上辈子肯定欠了你什么，这辈子都要自己来偿还，只为了让你红！"

夏溪很冷静地告诉刘导："拒绝封建迷信。"

随着《我们的家乡》热度上涨，杨澄跟母猪锁死了，网友一提到井烁就是"那个肠胃不好的男人"，夏溪则是行走的"人形吐槽机"。

"溪水"趁机开始向网友们推荐起夏溪：看看夏溪，卡点王者，跳舞、唱歌、快板、武术样样精通，事业型偶像永远不会"塌房"，允许多"墙头"，"溪水"的爱是可以分岔的！

夏溪也被经纪人叫到了面前："你最近没有做什么出格的事儿吧？"

经纪人的眼神里透露着怀疑。

夏溪坚定地摇头，要多纯良有多纯良："没有。"

"那你前段时间休息的时候是怎么安排的？"

夏溪掰着手指认真回忆："练舞，练舞……"

经纪人继续追问："除了这些呢？助理说你每天都会出去一段时间。"

夏溪微微一顿，一本正经地胡说八道："还进行了角色扮演。"

经纪人没想到夏溪还拓展了新的领域："角色扮演好啊，锻炼演技啊。"

夏溪点头：没错，是的。

经纪人开了口："你也已经休息好几天了，是时候给你安排点工作了……"

夏溪从来没有抗拒工作，她甚至主动询问："我可以去给米莎当安保吗？我看工资还不错，放心，我不走后门，我可以竞争上岗。"

她有信心能够胜任，而且专业对口，还可以跟队友一起工作。

夏溪已经兴奋起来了。

经纪人满头雾水：你怎么还关注那个？！

在团粉的要求下，公司决定给 Seagirls 几个已经有被跟踪困扰的艺人配置安保，米莎作为事件当事人也在其中。

经纪人告诉夏溪："来新剧本了。你的演技现在可以支撑你演稍微复杂一点的角色了吧？正好把你角色扮演的经验也用上。”

夏溪低头看向明显是仙侠风的剧本名，陷入沉思。

她斟酌着用词：“那个不行，可能得谍战片才比较合适。”

第三章

师尊夏溪

经纪人不明状况，夏溪也不打算细谈，她翻开了面前的剧本。

“这部剧虽然不是咱们公司出品的，不过还是不错的……是《且听风吟》导演给你牵的线，他大学同学的剧，也是要去试镜一下，如果没有太大的问题，基本上就是你的了。你这次的戏份比冷面杀手的多多了，差不多是贯穿整部剧的始末……”经纪人对这个资源非常满意。

夏溪杀青的时候，《且听风吟》导演就对夏溪进行了很高的评价，不过经纪人没想到他居然还主动给夏溪牵线！

能被《且听风吟》导演记住，夏溪还是感觉挺荣幸的。不过她有一个疑惑。

夏溪抬起了头，好奇道：“导演是跟他的大学同学有仇吗？”

不然为什么要让她这么一个初出茅庐的菜鸟来演这么重要的角色？

经纪人：“……”

夏溪的思考角度过于刁钻，还有，夏溪大可不必这么有自知之明，如果把公司其他艺人的盲目自信分给夏溪十分之一就好了。

因为戏份重，夏溪还是要确定自己能不能驾驭得了角色。

本来也没有多少事情，在练完定量的舞蹈跟武术后，夏溪就开始抱着剧本开始读。

这算是大女主复仇剧。女主角手握美强惨剧本，出生在幸福的修仙世家。家族虽比不上大宗门，但一家人也算和和美美，女主角有疼爱她的爹娘，也有天资卓越的兄长，女主角本身也是万里挑一的单灵根。却不想家里遭遇突变，全族灭门。

等年幼的女主角回到家后，看到一片狼藉、尸横遍野，仇恨的种子便在心里埋下了，她决定报仇雪恨。

夏溪当然不是演女主角，给她安排的角色是女主角的师尊水翎——修仙界第一宗门的一峰峰主，法力高强，同时也是修仙界第一冰山美人。剧本用大量词语形容了她的美貌和高高在上，她神圣不可侵犯，是无数修仙人士的白月光，也是男主角的白月光。

听闻史家遭遇突袭后，宗门派水翎和宗门弟子去营救，抵达之后只看到了女主角，于是水翎把女主角带走，两个人成为师徒。

水翎贯穿整部剧，是因为她前后有极大的分裂。

她是整部剧最大的反派，这并不意味着女主角的仇跟她有关，水翎也没有任何黑化，因为她就是一个彻头彻尾的疯子。

夏溪花了两天时间把剧本读完了，她告诉经纪人："我觉得我可以驾驭。"

经纪人本来还担心夏溪能力不够，听到这里总算松了一口气："冰山师尊跟冷面杀手其实差不多，不需要太多演技的，只是这次有台词了，不过看起来也不算特别多。你看完之后有什么感受？"

"前面要收着打，后面可以放开打了。"说到后半句，夏溪露出了一个期待的笑容。

通过对剧本的通宵钻研，夏溪可以得出结论，水翎好像是剧里武力值最高的，连男女主角都比不过她。

经纪人：你就得出了这个结论？

本来经纪人没打算陪夏溪去定妆试镜的，因为夏溪的那句话，她临时决定陪夏溪一起去。要不她不放心啊！

夏溪觉得经纪人不需要这么操心，经纪人皮笑肉不笑："没关系，我就是这种爱操心的性格。"

前往定妆试镜地点的路上，经纪人提醒夏溪："你记得营业。"

夏溪敷衍地迎合了两句，完全没有要动弹的架势，经纪人已经摸透夏溪的习性了："赵天绮让我提醒你，得营业。"

"那……你帮我拍两张照片。"夏溪听到这里，把手机交给了经纪人，只是表情还是带着些许抗拒。

赵天绮确实跟夏溪谈过营业的事，夏溪也承诺自己会发照片。

经纪人：果然还是搬出赵天绮更有用。

营业结束，夏溪还发现了有网友提到她，语气激动。

“啊啊啊，妈妈说碰到了海的女儿，我还不相信，没想到真的是夏溪。我妈妈就是跟夏溪一起跳广场舞的海的妈妈广场舞团成员，当时是因为喜欢 Seagirls，所以我帮妈妈她们取了这个团名。（应该不会冒犯吧？如果会的话我就让妈妈她们改掉。）”

这位网友说得很诚恳，专门晒出了她和妈妈的合照。

夏溪一眼就认出照片里是那位说起女儿时无比骄傲的阿姨。

部分网友也看到了《我们的家乡》夏溪她们跳广场舞的片段，当时还觉得阿姨们的广场舞团名实在是取得太巧了，没想到阿姨的女儿居然是 Seagirls 粉丝。

Seagirls 夏溪：“谢谢支持和喜欢 Seagirls，阿姨舞跳得非常棒，下次有机会再跟阿姨学新的舞蹈。（没有冒犯，不用改，公司也没有给安徒生付版权费。）”

大家都知道《海的女儿》是安徒生写的，公司确实没有给安徒生付版权费。但这种秘密是可以大声说出来的吗？

Seagirls 其他成员闻风赶来。

Seagirls 芮子悦：“快删掉，big（大）胆！”

Seagirls 楚思思：“快删掉，big 胆！”

公司也是她们能调侃的吗？

本来夏溪的评论还不是那么靠前，结果硬生生被顶上来了。

夏溪已经到达新剧组。

《且听风吟》剧组导演已经和老同学打好了招呼，新导演看起来比较干瘦，也更严肃一些。

他给夏溪讲解了一下内容。

“因为是仙侠剧，所以有很多吊威亚的戏份，先吊下威亚看看效果怎么样。你在上一个剧组吊过威亚是吗？”

夏溪是吊过威亚的，也明白这个流程，于是点头。

新剧导演没有说太多废话，强调：“师尊一定要仙气飘飘，要不食人间烟火。”

夏溪已经化妆完毕，一身白衣如雪，乌黑柔顺的长发及腰。她的五官本来偏艳丽，导演还有点担心不合适，但现在夏溪神色平静，黑白分明的眸子仿佛深不可测的泉，怎么看怎么神圣，已经有那味儿了。

特别是当她吊着威亚，身姿缥缈，衣袂飘飘，没有一丝停歇，挽了一个漂亮的剑花从天而降的时候，周围仿佛都有了那股肃杀的冰雪气息。

她平稳落地，缓缓地看向镜头。

——够仙气飘飘，够不食人间烟火。

导演露出了满意的笑容，赞叹：“非常好！”

果然是练舞加练武的人，这姿态、这平衡力也太绝了，四肢也足够伸展。

夏溪拿下这个角色已经是板上钉钉的事了，工作人员鼓起勇气凑到夏溪身边喊了夏溪一声。

“嗯？”夏溪看向工作人员。她还是刚才的装扮，看向对方时神色专注。

工作人员心跳加速，开口还是正儿八经：“我觉得你演得非常好，气质拿捏得特别到位，你怎么能把出尘的感觉诠释得这么好的？”

从周围人的反应来看，她走的方向大概率是没问题的，不过夏溪也没想到会得到这么高的评价。她想了想，很谦虚地告诉工作人员：“跟师父学的。”

工作人员显然知道夏溪师父的事情，顿时露出了期待的表情：“师父一定是个大帅哥吧，仙气飘飘的那种。”

夏溪觉得对方可能产生了什么误会：“师父确实很好，不过师父不算帅，很和善，还有点胖。”

工作人员顿时萎靡。

夏溪已经拿下新剧冰山师尊这个角色，后面就是走合同，等待进组。

在这期间Seagirls也有团队活动，有几家代言找她们，包括护肤品、服装，还有国民零食。

Seagirls 十一人再次聚集。

芮子悦说："那个护肤品还挺出名，我之前用过。"

林姝珍比较看好服装代言："拍服装广告是不是会给我们搞一套新的队服？"

她还是很喜欢跟队友们一起穿队服的感觉，团魂在熊熊燃烧。

师聘投零食一票："零食也可以啊，我太喜欢它们家的海鲜零食了，从小吃到大。"

夏溪没有作声，赵天绮问："夏溪你觉得呢？"

夏溪表示难以抉择："全都要吧！"

小孩子才做选择，成年人全都要！

"只要钱到位，我们都能上。"

奋斗女团，绝不认输，通宵练舞都可以，多接几个代言又算得了什么！

另外十人也被激发起斗志。对，她们全都要！

经纪人冷漠地打断了她们的幻想："还要进行试镜呢，不一定能被选上。"

虽然这些品牌朝 Seagirls 发出了邀请，不过他们也向其他艺人或者团体抛出了橄榄枝。

不过经纪人其实也想听听夏溪的建议，经过了《我们的家乡》后续火起来的事，经纪人觉得夏溪的运势好像很强。

"夏溪，如果你可以随意挑选，你想选哪个代言？"她补充，"没办法都要。"

夏溪倒没有犹豫太久："我觉得海产小零食吧。"

在 Seagirls 团名刚出来的时候就有网友说，就这个名字，她们不代言个海产品就可惜了。

经纪人点头："我也觉得零食不错，国民度高，不少人从小吃到大，有情怀……"

夏溪一定是因为这个才想选海产小零食代言吧。

随后经纪人就听到夏溪跟赵天绮的交谈，夏溪用期待的语气问："我们要是代言小零食，他们会给我们安排小零食吗？"

赵天绮："会吧。"

经纪人：有些事情已经不想深究了……

不过除了海产小零食，经纪人还想让她们再接下护肤品代言。

只是护肤品代言不是很顺利，可以说，她们压根还没展示就已经结束了。

经纪人带她们抵达的时候，工作人员一脸抱歉地过来解释："不好意思，我们这边已经决定用奇迹少女团了。"

奇迹少女团跟 Seagirls 前后脚出道，而且是另一个类似的节目选拔出来的女团，不过人气要比 Seagirls 低不少。

现在，领着一群年轻靓丽女孩的经纪人朝着 Seagirls 这边露出胜利者的笑容。

等离开后，Seagirls 的工作人员团队还难免有些生气。

经纪人："已经打听明白了，对方直接自降身价，比我们开的价格低了快一半。"

像这样的价格她们不可能接受。

助理埋怨："他们怎么也没提前通知我们一声，害我们还白跑了一趟。"

夏溪："但我们不是拿到了海产零食代言吗？"

比起坎坷的护肤品代言，海产零食代言敲板的顺利程度不亚于夏溪接下新角色的顺利程度，品牌方那边是抱着很大的诚意想要促成这次合作的。

道理大家都懂，就是忍不住吐槽。

反倒是 Seagirls 成员们情绪平和，该看剧本的看剧本，该戴上耳机创作的创作……开车的司机也是公司的人，他好奇询问："你们就没有负面情绪？"

陈梦佳："有啊，谁能没有？有的话就去练舞、跑步，累了就什么都不会想了。"

想当初她们也是个个焦虑，但每次焦虑时夏溪就带她们练舞。

……

海产零食代言还需要拍摄广告，一切进行得很顺利。就是夏溪觉得分配的衣服……好像有点问题。

镜子中的她头上戴着皇冠，手上还拿着鱼叉。环视四周，她的队友们好像都是美人鱼的造型。

“是不是给我分配错了？”夏溪把鱼叉放下，皱着眉发出来自灵魂深处的质疑，她总觉得哪里不对劲儿。

造型师憋笑表示:“没有弄错，因为你是C位嘛，C位就是特殊一些。”

赵天绮跟楚思思也凑了过来，赵天绮说:“你这样好像另一个角色。”

楚思思眼睛一亮，慌忙抢答：“海王！”

对，现在的场景仿佛海王夏溪跟她的十条美人鱼。

夏溪感觉被针对了，她明明已经狠狠地拒绝了系统的要求，完全没有走海王路线，为什么现在又要让她扮演海王？

芮子悦还补充了一句：“非常适合你。”

造型师解释，他们就是需要这么一个情景，夏溪扮演海王，带领十条美人鱼一起快乐地在海底遨游，享受美食，以展示他们的产品是真材实料。

海的味道，海的女儿知道！

夏溪也觉得自己不应该过度敏感，她本身也是一个对工作认真负责的人。

于是十一人尽责地把广告拍摄完了。

结束后，芮子悦迟疑地说：“我觉得这个广告拍出来可能会有点搞笑。”

楚思思：“自信大胆点儿，准确地说是非常搞笑！”

林姝珍：“已经提前开始尴尬了。”

米莎安慰她们：“其实也不用尴尬，毕竟我们十个都是美人鱼，不打眼。但夏溪是海王，观众一眼就能看到，比起我们，夏溪好像更尴尬些。”

几个人越想越觉得很对。果然，欲戴王冠，必承其重。

赵天绮是清醒的：“那些设想不会在夏溪身上实现。”

她指了指前面。

夏溪一手搬两箱海产零食，带着大丰收的喜悦，朝着她们阔步走了过来。

身后还有工作人员小声询问：“真的不需要我帮你搬……”

工作人员的声音越来越低，直至消失不见。

夏溪已经用行动表明——不需要的。

……

Seagirls 成为国产知名品牌海产零食新代言人的事很快就有了风声，知道这个消息的时候，网友们就觉得：这是什么绝佳搭配！

按照以往对女团广告的印象，大家以为这个广告会是十一个漂亮妹妹穿着差不多的服饰站在一起，然后不断地拿着零食展示。

实际上，因为这个队名，她们就算什么都不做，站在那里就已经自带搞笑风。

但大家怎么都没想到广告会是这样的风格——

夏溪成了头戴皇冠的海王，其余十个队员成了拥有五颜六色尾巴的美人鱼，然后她们或是在海里开海下派对、共进大餐，或是拿着各种渔具捕获新鲜海鲜。

从服装到画面，再到音乐，全都带着难以用语言形容的魔性。

看完广告后，观众心里齐刷刷冒问号。

真就一个敢想，一个敢接，Seagirls 全员美女，就真的不考虑一下形象吗？

美女的脸跟身材是这么用的？

团粉强势出击：嗐，海的女儿搬砖团队，海的女儿杂耍团队……要什么形象。

“我倒是挺喜欢这个广告的，它简直有毒，我已经看了十遍了，越看越上头！”

“楼上的姐妹等等我，我也是，哈哈哈。”

海产零食的广告还是很用心的，虽然造型不一般，但每个人都是好看的，不想被关注都很难。

当然，更多的人注意到了夏溪的造型。

海王夏溪，这也太适合她了吧！

“我愿意称之为本色扮演。”

“品牌方有两把刷子，我这就去买两包麻辣鱼皮！”

“我要去买几包虾条，正好家里没有零食了。”

“所以，Seagirls 还有一个翻译就是海王夏溪跟她的十个美人鱼队友？”

广告视频的传播速度飞快，热度不小。

有人是在玩梗，有人是纯粹觉得这个广告有意思……反正不管怎么样，夏溪她们带货的目的肯定是达到了。

本来零食也不贵，还好吃，请了 Seagirls 代言后，销量更是激增。

而让 Seagirls 经纪人没想到的是，之前错失的护肤品牌突然被曝出产品检测不合格。

代言人也要为产品负责，产品出事，一定程度上也会降低代言人的公信力。奇迹少女团已经开始忙着和护肤品牌解约了，这又是特别麻烦的事情，甚至可能还得打官司。

Seagirls 经纪人现在就觉得非常庆幸。

陈梦佳也看到了新闻，当晚打车冲回了大家共同居住的地方，欢快地敲响了夏溪的房门：“夏溪夏溪！”

夏溪本来还在背台词，没想到陈梦佳居然会半夜回来，不免有些惊讶：“你不是有其余工作安排吗？”

陈梦佳：“刚收工没多久！”

她顾不上太多了：“夏溪，把手伸给我，让我碰一下。”

陈梦佳突然反常地要碰手，夏溪差点以为对方也有什么系统、技能。

不过夏溪还是把手伸了出来，很快陈梦佳用自己的实际行动告诉了夏溪这么做的原因。

跟夏溪碰了手之后，她就一脸虔诚地开始抽卡。

“SSR（指游戏中高稀有度的卡牌）！夏溪，我就知道，你一定可以的！”陈梦佳简直要落下欣喜的眼泪。

夏溪一脸迷茫。

……

不久，“溪水”跟团粉看到了 Seagirls 所在的公司官方微博发的一段视频。

视频里，十一位漂亮妹妹穿着训练服，背景像是在练习室。

大家已经有段时间没看到Seagirls全员一起完成舞台表演了，这是又有新舞了？

确实是新舞，只不过不是女团舞，而是广场舞。十一个青春洋溢的女团成员控制力一流，动作整齐划一，表情也是女团专属笑容，但这些不能让人忽略她们在跳广场舞的事实。

在大家聚到一起的短短时间内，夏溪就已经教会了她们录制综艺时候学会的广场舞，公司的人录制视频后发了出来。

“如果没有放出音乐，我完全意识不到这是广场舞！”

“夏溪说要增加新舞种的时候我以为她只是随口一说，没想到是真的。”

“夏老师从来都是说到做到，说公演结束给粉丝翻跟头就翻跟头，说带赵天绮跳广场舞就跳广场舞。”

“汇报一下，家人们，我已经看到小区阿姨拿着夏溪她们的视频开始学了。”

“你们都不懂了吧，夏溪其实是鬼才营销。搬砖、耍杂技、跳广场舞，看似让人意想不到的一小步，其实是她带领队员朝着第一女团前进的一大步。先从大爷大妈攻克，紧接着是叔叔阿姨，他们才是财富和遥控器的掌握者……建议各大公司进行参考学习。”

“你说得我都信了！”

……

“鬼才营销”夏溪已经进组，这部仙侠剧的重要演员都没有公布，不过今天大家都会会合，男女主演是谁也就揭晓了。

方倦今天是特地喷了香水过来的，他好好地休整了一番，从造型上看，他就是正派仙门高等弟子。

《且听风吟》给他造成了极大的心灵创伤，他的偶像包袱掉了一地，甚至连男主演的地位都岌岌可危。

但这次不会了。

女主角是他的朱砂痣，师尊是他的白月光。

方倦已经看到，有白衣胜雪的女子在庭院练剑，静若处子动如脱兔。

方倦有些期待：看造型好像是水翎的扮演者，也不知道是哪位女演员。

让他看看他的白月光！

方倦已经摆好造型了。

然后“白月光”发出夏溪的声音：“方倦？怎么又是你？”

娱乐圈是没有别的男演员了吗？男演员竟稀缺到这种地步！

方倦也要裂开了，他也想说，怎么又是夏溪！

“我怎么了？”方倦在内心小声补充，再怎么样他也是现在最火的小生……之一。

夏溪像是想到了什么，冲方倦露出一个灿烂的笑容：“挺好的。合作愉快。”

方倦对夏溪自然也没有负面情绪，大家相处得都很好，能跟熟悉的演员合作还是挺让人愉悦的。

紧接着他就听到夏溪语气轻快地说：“对了，这次剧里我武功第一，不用假打了。”

这话落在方倦耳中却莫名恐怖。

为什么夏溪要告诉他这个！他现在离开这个剧组还来得及吗？

新剧进行了开机仪式，女主演当然不可能还是姜妙之，是另外一个当红女演员。

主要演员都穿着剧中服饰，记者问了一些问题，基本上围绕着剧展开。

“刚才导演已经透露了，这是一部大女主复仇剧，那想要问问各位主演对复仇是什么看法？你们如果有仇人，会想要复仇吗？”

询问了男女主演后，记者看向了仙气飘飘的夏溪。夏溪的现代装就很美，没想到古装更惊艳，而且气场强大。不知道是不是错觉，记者感觉凉飕飕的。

对美人大家总是偏爱的，因此，虽然这个问题本来不需要问夏溪，但记者还是问了。

夏溪拿起话筒，很干脆地回答：“我不会。”

这一点其实有点出乎方倦的意料，夏溪武力值这么高，不是应该快意恩仇吗？

记者却觉得夏溪这个回答很稳妥，没有任何毛病。

“原来我们的师尊是走感化路线的啊，冤冤相报何时了……”

夏溪听着觉得不对劲儿，她说：“不是。我都是当场报仇，所以没有仇人。”

记者和现场其他演员都一副受到惊吓的模样。不是仙气飘飘的出尘师尊吗？你怎么回事！

夏溪还是顶着漂亮的脸和仙气的装扮，但她此刻在记者的心中已经大变样。

倒是旁边的方倦暗暗点头，他就说嘛，这才符合他对夏溪的认知。

导演还出来解释：“师尊确实不是走感化路线的。”

他以为这是夏溪代入师尊后做出的回答。

记者：导演是不是有点傻，夏溪分明说的是她本人！

《问仙》不能说未播先火，但小范围出圈可以说做到了，原因就是夏溪在开机仪式上这段“我都是当场报仇，所以没有仇人”的发言。

大家不光注意了夏溪的那句话，也注意到了应该关注的阵容和造型。

夏溪的整体装扮是真的好看，其他几位主演的造型也不拉胯。

观众苦丑演员久已。

也不是说丑演员不对，但人要有自知之明，让观众们对着一张很一般的脸，相信他是天下第一美男，就有点强人所难了。

但这部剧，冲着颜值和阵容，就可以期待一下。

……

送走了记者们，《问仙》剧组就开始正常拍摄。

夏溪已经从新导演这边了解到，她能被《且听风吟》的导演推举成功，一部分原因是打戏漂亮，导演想让她也给剧组当个武术指导。

芮子悦听说后就觉得离谱。

夏溪总结：“这说明多个技能多条路。”

她还没有实现开武馆的梦想，却开辟了一条当武术指导的新道路，她以后要是混不下去，当武术指导估计都能活得不错。

Seagirls其他成员悟了：这就去学习新技能，技多不压身！

在夏溪研究身上服饰的时候，导演问夏溪：“衣服怎么了，有问题吗？”

夏溪听到导演询问，摇头：“没有，就是感觉做工挺精致。”

夏溪觉得这衣服是真的精致，上面带着刺绣，而且很合身。她拍上部戏的时候，刺客服就有点宽大，还要再改改，现在这身就像是量身定做的。

说起这个导演就无比骄傲：“你们的衣服，都是我们特地向你们公司后询问了你们的尺码后私人订制的。”

他也不光是跟夏溪讲：“我们剧组不管在道具方面，还是服装、剧情设计上都用心了……”

“当然，该下水的时候通通给我下水，不兴作假那一套！”说这句话时导演整个人都严肃了起来。

方倦也跟着端正态度：“那是肯定。”

夏溪也欣赏这个态度，越发认定这是个靠谱剧组。

导演也不是一味地强硬，该放缓的时候放缓：“我这也是为了追求更高的质量，现在网上挑刺的太多了，力争让他们挑不出一点刺儿……一切符合实际，符合科学。”

夏溪有话想说，导演就让她说了。

夏溪倒不是觉得导演力争高品质有错，但她还是要点出：“科学大概做不到，我们是仙侠剧。”

仙侠剧的存在就已经不科学了。

……

夏溪正式拍摄的第一场戏是幼年女主角遭遇灭门，然后水翎带领宗门弟子赶来，把女主角带走的戏。

这算是女主角走上复仇修仙之路的第一步。

夏溪已经熟读剧本，把自己的台词完全记住了，本来她这个角色的台词也不算多。

饰演幼年女主角的小演员也已经到位。

夏溪还是穿着一身白衣，随着导演一声“开始”，她再次复制了之前试镜的“仙子下凡”。她身姿优美，轻盈落地，甚至动作比之前还要流畅。

目睹面前的一片狼藉后，她睫毛微颤，已经明白来晚了，随即将目光投向那个跪在不远处的小小身躯上。

“你是史家后人吗？”

在小演员咬着唇点头后，她伸出了手：“来，跟我走吧。”

衣衫洁白，手指纤长骨节分明，即使看到眼前的修罗地狱也没有多少情绪外泄，看似是看破红尘的淡然，实则是无心无肺。

导演觉得夏溪已经给出了他想要的东西。而且就算是原声，夏溪也咬字清晰。

导演：可以让夏溪给自己配音，这声音不错啊！

“咔——”导演喊了声，夏溪看向了对方，想知道是她哪里做得不好。

虽然她私下研究过了，甚至还请教了姜妙之，但她确实是新人演员。

导演感受到夏溪那股“不好的话我就积极整改”的热切劲儿，他摆了摆手表示：“不是你的问题，演得很好，是旁边弟子站位不对。”

导演觉得照着刚才那样再来一遍就可以了，夏溪却发现了问题：“水翎没有任何信物，也没有表明身份就要把史未央给带走，是不是不太合适？万一水翎是坏人，是诱拐儿童的人贩子怎么办？”

导演迷茫了，这点是他们没想过的。

夏溪觉得，既然剧组想要一切合理，那这个漏洞其实有点大，而且可能会给小朋友造成不良引导。万一小朋友以为天上能掉下来个师父，被人贩子骗走，不就麻烦了吗？

导演觉得夏溪考虑得非常对，于是又找编剧对这段进行了小改动，改为女主角师父拿出了表明身份的信物才带走了女主角。

方倦目瞪口呆：他们这不是仙侠剧吗？怎么跟反诈骗教育片似的。

最离谱的是，方倦发现夏溪好像真的拍过反诈骗教育片。

方倦一直觉得自己演技还可以，也许他胳膊短，也许他武力值不高，但演技还是能在同年龄段的小生当中排上号的。

但这次他怎么都入不了戏。

方倦入不了戏的片段需要他表现出对夏溪的敬仰和爱慕，这一段方倦一个人就卡了足足十遍。

导演一个劲儿地皱眉，大喊：“方倦你这个眼神不像看着白月光，你像是在看让你痛苦的健身房教练。”

或者还有别的情绪，比如担心被夏溪取而代之。反正就是没有敬仰和爱慕。

方倦也很崩溃，他听完导演的形容，苦笑：“健身教练我还能躲着，这我不行啊。”

导演上午就安排了一场方倦跟夏溪的对打，夏溪稍微放开了点儿，不用表演自撞刀尖儿，于是方倦就惨败了。再加上方倦还要跟夏溪学一些招数，于是又被按着打。

在这种情况下，方倦自然而然地出戏了。

夏溪叹气：“你这样不专业啊。”

方倦特别担心夏溪下一句就是——那我就取而代之了！

方倦稍微有点不服气，对夏溪说：“我不行，那你来演个试试。”

演技新人为什么要伤害他？

两个人已经熟悉了，在上个剧组也开过玩笑，明眼人都知道两个人在斗嘴玩儿。

夏溪却没有被方倦激到当场表演喜欢他。

她实话实说：“可我不用表演这个啊。你需要。”

夏溪饰演的冰山师尊水翎并不喜欢方倦饰演的角色，但方倦饰演的角色得喜欢她。

夏溪从来不接自己能力范围之外的事儿。剧本她看得特别清楚，水翎没有感情线。这也正合她意，她的演技支撑不了她演那么有难度的东西。

女主演也在旁边，还补充了一句：“直说吧，你是不是想要跟夏老师偷师？！”

方倦：这两个人的关系什么时候变好的？他完全不知道！

方倦长相清隽，有大量粉丝，因此方倦有点偶像包袱也很正常，以前不少合作的女演员都对他表达过好感。

只是从《且听风吟》开始，方倦发现女演员好像都在跟夏溪玩了。

方倦勉强拍完这一段，感觉整个人元气大伤。

他已经不想跟白月光、朱砂痣玩了，眼看其他演员跟工作人员都围着夏溪有说有笑，方倦选择去找小朋友。

方倦：小朋友好啊，小朋友纯真又可爱，不会伤害我！

“悦悦，吃糖吗？”

方倦找的小朋友就是幼年女主角的扮演者。小演员长得特别可爱，粉妆玉砌，眼睛也大大的，像两颗黑葡萄。

“要。”悦悦迈着小步子走到了方倦身边，拿了棒棒糖。

方倦感觉自己一颗心都要化了，他逗悦悦：“悦悦最喜欢谁啊？是不是方倦哥哥？”

他都已经给她糖吃了。

悦悦奶声奶气：“不是！是夏溪姐姐。”

方倦：怎么哪里都有夏溪？

方倦耐着性子询问：“为什么喜欢夏溪姐姐？”

“夏溪姐姐长得漂亮，还会武术，拿着剑打坏人特别厉害，夏溪姐姐还会扎好看的小辫子，会唱歌，会跳舞……”夏溪一连串的优点不断从还没上小学的小演员嘴里冒出来。

方倦大为震惊，夏溪到底有什么魔力，上能吸引八十岁大爷，下能俘获儿童的心。

悦悦不光夸奖夏溪，她还拿着方倦的糖去给夏溪吃了。

方倦后面又专门询问悦悦：“夏溪是你最喜欢的人，那我呢？”

悦悦回答得很认真：“你是个好人。”

……

《问仙》拍摄得如火如荼，而《且听风吟》已经进行了官宣，即将播出。

夏溪这次倒是规规矩矩地上线进行了转发，因为经纪人知道自己说话不管用，让 Seagirls 的队员们一起提醒了夏溪。

就连她们的群名都换成了“夏老师不要忘记 7 号微博营业”。

夏溪哭笑不得：“我又没得失忆症。”

经纪人：那为什么不营业？

夏溪主动说了：“我只是不想。”

《且听风吟》7 号开播，熊芊芊跟爷爷一起准时等候在电脑屏幕前。

熊芊芊的爷爷就是夏溪有名的八十岁爷爷粉，他还得到了夏溪的大冰箱。

夏溪作为哑巴冷面杀手，戏份其实并不算多，但干脆利落的武打动作和流畅的身手还是给了熊芊芊不小的惊喜。

网上的风评也不错，不少人注意到了夏溪。

评论都是“这个杀手好好看啊”“她是找了武替吗？好久没有看到这么酣畅淋漓的打戏了，感觉在看武侠片”。

还有人说：“夏溪好聪明，她放弃演女主角妹妹的角色是对的，演尹无双的那个演员我之前看过她好几部戏，当时也没觉得她演技这么差，这次她演得好拉胯。已经有好几部作品的演员都把握不住这个角色，要是夏溪来估计更不行。”

尹无双的角色戏份重，人物性格前后反差巨大，因此连观众面熟的演员都惨遭翻车。

《且听风吟》官方还透露夏溪没用武替，全程都是真打，她还当了武替，还是武术指导。

观众：夏溪真的非常强！

《且听风吟》收视率还算不错，评价也好，但让编剧跟导演都没想到的是，大部分人没有关注男女主角的感情线，而是喜欢上了哑巴冷面杀手和武林第一美人的组合。

先是有剪辑能手把剪辑作品传到了视频网站。

原片中，夏溪饰演的杀手其实和男女主角分属不同阵营，她是反派培养的最锋利也最无情的一把剑，没有亲人，不知道身份背景，连名字都是代号。她存在的唯一理由就是杀人。

“十六自然是最出色的，她如果死了，还不知道谁能替代她。”

但这硬生生被剪辑成了另一番剧情。

十六还是最锋利的剑，但不是最无情的剑，她是见不得光的存在，但她见到了最耀眼的光芒。

在剪辑视频中，女主角属于光明面，十六属于阴暗面，十六向往着光明，却不敢接近。

最后十六悄无声息地死在了烂泥当中，而另一边欢天喜地进行着一场盛大的婚礼。

看到这个视频的人都愣了。

“老师，会剪就多剪点儿！”

“还想看的指路这个视频！”

有网友在评论区放了另一个剪辑视频的链接，有点上头的网友立刻前往观看。

新剪辑视频的博主发现了夏溪在《且听风吟》里给方倦当了武替，官方还把花絮放出来了，于是她把花絮和正片剪一起，剪出来的效果就是——

刺客其实是上一任武林盟主为自己不争气的儿子——男主角培养的替身，一切需要激烈打斗的场合都是刺客扮演成男主角上场。

功劳跟名誉是刺客给男主角争的，第一美人是刺客在竹林救的，发现第一美人摔倒的时候也是刺客出手……但这些都为男主角做了嫁衣。

后面的剧情跟之前的剪辑视频差不多。

看完之后大家反应都很激烈。

——又是悲剧！

姜妙之看了这些视频笑得不行，专门转发给夏溪看。

夏溪也表示摸不着头脑。

有媒体就这件事情专门采访了方倦，问他如何看待。

方倦：“平常心。我也觉得那些剪辑视频非常棒，看了两遍。”

记者得到了自己想要的答案，也觉得自己好像有点在方倦伤口上撒盐的意思。于是为了感谢方倦的配合，记者给方倦找场子：“但是新剧应该不一样了，听说夏溪在里面饰演你的白月光……”

方倦露出苦笑：“不，新剧我更惨。”

更惨？

记者：“那我就更加期待了。”

方倦觉得，自己经过千锤百炼，内心已经变得无比强大了，他想开了，他释然了。

但他万万没料到会得到这样的回应，他的完美面具裂开了：“伤害人你真有一套。”

……

夏溪在新剧组也照样一边演戏，一边暗中学习演技。

她的武术指导工作照旧做得风生水起，剧组武术指导跟夏溪交流得特别开心忘我，以至于夏溪对武术指导说“我先去拍个戏”时，对方都有点反应不过来：“拍戏？”

为什么要拍戏？

夏溪提醒他：“我不是演师尊吗？”

武术指导猛拍额头，恍然大悟：“忘记了……”

夏溪陷入沉思。

她本以为自己是在当演员的过程中顺便当一下武术指导，怎么好像变成了她在做武术指导期间顺便当了个演员？

夏溪拍摄得也很顺利，她已经完全背熟了台词，甚至还能在对手戏演员忘记台词的时候小声进行提醒。她不光记住了自己的台词，还记住了别人的。

这次拍摄的是一个比较大的场景，夏溪没有多少戏份，就是个美丽的背景板。

有个女演员说着说着卡了壳，在导演喊暂停后，她懊恼不已，急得跺脚：“我那句话是什么来着？”

她偏偏怎么都想不起来。

夏溪听到了女演员的嘀咕，清晰地把她的台词说了出来，她终于露出恍然大悟的表情：“对对对，就是这样！谢谢你啊夏溪，我每次背到这里都会忘。”

夏溪也看出对方在记台词方面好像不是很强，想了想说：“如果你愿意的话，可以在收工后找我，我跟你对对台词。”

对台词会方便记忆。

女演员没想到夏溪会主动提出帮忙，明显愣了一下。

她就是个小演员，而夏溪微博粉丝数的零头都比她的粉丝数多。

女演员心动了，不过还是得问清楚：“会不会麻烦你啊？”

夏溪回答得很果断：“不会。”

她在收工后，除了日常练舞、练武术，现在又多了一个看剧本，但时间还是充足的。

“去哪儿对呢？”

夏溪：“来我房间，或者去你的房间。”

剧组演员都住在一家酒店。

女演员还没来得及点头，旁边的其他女演员就纷纷开口：“夏老师，我也有这个需求！”

“还有我！”

方倦从一边经过，瞪大眼睛：离谱。

他并不知道夏溪所在的女团Seagirls也有一个像他一样的“离谱机器”，叫芮子悦。

夏溪的免费对台词业务一时间分外抢手，连夏溪自己都没有预料到。

“不然我安排个时间段，大家到时候一起来？”

这样能提高效率，节约时间。

女演员们都表示：“好！”

方倦看着这架势，真的忍不住吐槽了：“你这是对台词还是直接线下排戏呢？”

导演在吗？这里有人想要谋权篡位！

夏溪一收工就主动去找《问仙》导演了：“导儿，明天我要去录制节目。”

这个安排夏溪已经提前好几天汇报给导演了，经纪人也跟导演提过，因此导演完全不惊讶。一向严苛的他甚至还对着夏溪露出了笑：“好好玩。”

后面两天没有夏溪的戏份。

夏溪已经看到了前来找她的姜妙之，在跟《问仙》导演告别后，她朝着姜妙之挥了挥手，大步走了过去。

姜妙之这段时间没有看到夏溪，特别想念，上前挽着夏溪的胳膊就开始叽叽喳喳说个不停。

她跟夏溪在私下一直有接触，关系很不错，这次也是俩人一起上节目。

《问仙》导演看着两个凑到一起的女演员，只觉得真养眼，他询问旁边的人："那是姜妙之对吧？"

场务瞥了一眼，回答："对，姜妙之跟夏溪一起拍过电视剧。"

"夏溪说是代表《且听风吟》去的……"他望向坐在一边的方倦，"你不是也拍了吗，你怎么不用去？"

在《且听风吟》里饰演男主角却没被节目组邀请的方倦想哭。

为什么他没去？当然是因为节目组根本没请他！

邀请姜妙之和夏溪的节目叫《好剧上映》，上节目的都是近期有热播剧的演员。

《且听风吟》收视率就很不错，会被邀请也很正常，不过节目组没有邀请男女主角，而是邀请了热度更高的夏溪、姜妙之。

她们两个的组合名也已经确定了，叫"夏吃姜"，取自谚语——冬吃萝卜夏吃姜，不用医生开药方。

上节目也是《且听风吟》剧方的意思，虽然剧已经播得差不多了，但还是可以再宣传宣传。

两个人提前一天抵达了《好剧上映》安排的酒店，节目组编导询问两人："姜老师、夏老师，今晚附近有聚会，要不要去参加？里面有不少圈内的前辈。"

夏溪对这些都不感兴趣，问："是必须要去的吗？"

"那不是。"

听到这个答案，夏溪露出了满意的神色，"不要"两个字已经在嘴边徘徊，然后她被姜妙之捂住了嘴。

姜妙之把夏溪揪到一边儿，夏溪从姜妙之的动作推测："你想去参加？"

姜妙之："不是我想不想去，是你也要去！我跟你讲，这种场合就是扩宽人脉的最佳场所，有时候聊着聊着，工作机会就来了……"

她看着夏溪黑白分明的眸子，感觉夏溪应该不是很注重这个，于是她换了个方向："而且都是一个圈子的，就算提供不了工作机会，也可以遇到合得来的小伙伴，不是也挺好的嘛。"

夏溪言之凿凿："那我不缺合得来的朋友。我跟我的队友们合得来，跟你也合得来。"

姜妙之以为自己要说服不了夏溪了，没想到夏溪却问了节目组编导："场地在哪儿？"

聚会地点在一家会员制 KTV。

姜妙之不解："你怎么又改变主意了？"

她又想找朋友了？

夏溪侧过脸说："我陪你去啊。"

她还是对那样的场合不感兴趣，但可以陪姜妙之去，她怕姜妙之一个人遇到危险。

跟姜妙之预想的一样，这样的圈内人士聚会还是比较文雅礼貌的，没有乌七八糟的事。

里面基本上是公众人物，从演员到偶像到歌手，都没有特别重量级的，不过有些还算比较有名气。

能在这个圈子里混的基本上是俊男美女，大家或是唱歌，或是喝酒，还有人在一边打牌。

看着嘈杂的人群，姜妙之变得很兴奋，询问夏溪："夏溪，快乐吗？！"

夏溪面无表情，她只觉得吵闹。

旁边有人拿着话筒唱得撕心裂肺，频频破音，于是夏溪差点连表情管理都没有做好。

她听姜妙之说唱歌的那个人也是某男团成员，还是大主唱，夏溪一脸疑惑。这样的水平还能当主唱吗？

她开始想念楚思思了。

姜妙之一直都在夏溪身边，不过中途她突然有点想上厕所。

"我陪你吧。"夏溪已经站了起来。

姜妙之旁边的节目组编导说："我跟姜老师一起去吧，我正好也要去。"

姜妙之对夏溪说："溪溪你要是不去，就在这里等我们，顺便帮我们看着包。"

于是夏溪开始当她的人形看包机器。

大家基本都是各玩各的，夏溪她们来了之后一开始有邀请夏溪加入游戏的，夏溪拒绝后就再也没人过来了。

在夏溪认真看守包包时，一个浑身酒气的人拿着酒瓶摊坐在了夏溪对面。

夏溪只是稍微抬了一下眼皮，没有多少情绪波动。

那是个穿着很潮的年轻男人，长相应该还可以，不过是让夏溪脸盲的长相。

他大概喝得很醉了，让夏溪把注意力从姜妙之的包上转移到他身上是因为他开口就骂观众。

紧接着他问夏溪："如果我没有记错，你也是偶像吧，你拍戏是不是也被骂……我觉得只有我们才能互相理解。这个世界就是针对我们！"

对方说得慷慨激昂，满肚子怨气。

他是那么的无辜，他仅仅是拿了一笔高昂的报酬，拍了个重要角色，然后拍毁了罢了，但他真的努力了，努力地当AI（人工智能）了，为什么观众要说他演技差！

夏溪开了口："没有，也不理解。"

她没有被骂，也不理解他。

本来还在诉说心中苦恼的男偶像微微一顿，露出迷茫的表情："为什么？"

为什么夏溪没有被骂？

夏溪："因为我有自知之明。"

听到他的话，夏溪才想起他。前段时间，他因为演戏像AI上了热搜。

因为《问仙》剧组工作人员在吐槽，夏溪才跟着看了两眼。

她看完后在心中做出的评价是：演的什么东西？

演得烂就算了，他还没有自知之明。既然没有自知之明又拿到了劳务费，那就接受批评。但他还觉得自己没错。

夏溪平静地问他："你刚才骂观众的话，敢在公共场合说吗？"

对方张了张嘴，很显然是不敢的。

夏溪觉得没什么意思，撂下一句："你不配被称为偶像。"

说完，夏溪就拿起姜妙之和编导的东西打算往外走。

本来她就觉得这种聚会很乏味，现在越发反感。

不过原本醉醺醺趴在桌子上的男偶像却心生怨气，酒壮㞞人胆，他抓起手边的酒瓶，猛地站了起来，用酒瓶对准夏溪，怒吼：“你以为你很牛吗？拽什么拽！”

隔壁包厢。

陆琛坐在真皮沙发上，指间夹着一根雪茄，如刀削般俊美的脸庞一半在光亮处，一半隐藏在黑暗，整个人看起来神秘又慵懒。

突然灯全部亮了，亮堂堂的光直接把陆琛另外半张脸也照亮，刺得他眼睛瞬间眯起。他用胳膊挡了一下，欲骂又止。

助理关上了那半边灯，并且对那位开灯的老总道：“您最好不要乱碰开关。”

这位老总也没想到陆琛的反应这么大，诚惶诚恐道：“不好意思啊……我是看一边亮一边暗，觉得他会不舒服。”

助理：陆总就是喜欢这种调调。

门推开了，来人是一名姓高的经理。

陆琛觉得刚才有点丢人，看向对方，清了清嗓子：“高经理怎么出去了这么久？”

他希望让大家转移注意力，不要过分地关注他。

高经理说：“刚才在外面看了会儿热闹。隔壁包厢有一群明星，然后好像打起来了……”

高经理一边说着一边比画。

陆琛对这些并不感兴趣，他转移注意力的目的已经达到了，现在可以聊点商场上的事情了，随即他就听到对方说：“被打的好像是最近挺火的女明星，叫夏溪，不知道你们听没听说过。”

陆琛雪茄也不抽了。

夏溪面临危险？是他想的那个夏溪吗？

英雄救美的场景，我火速赶到！

陆琛觉得这个剧本就是为他量身打造的，他气势十足地冲向隔壁包厢，当然也没有忘记叫上他的四个保镖。

……

夏溪在对方有小动作的时候就已经注意到他了，眼看着对方拿着酒瓶向她走来，旁边已经响起尖叫，她不慌不忙地来了一句：“你要打人是吗？”

对方现在完全被酒精支配，听到夏溪的问题，露出一个狰狞的笑容：“怕了？”

晚了！

夏溪：“我要开始正当防卫了。”

说完，她一个干净漂亮的高抬腿把男偶像手中的酒瓶踢飞，顺便被带倒的还有醉酒打人的男偶像。

男偶像上一秒还在拿着酒瓶子恐吓夏溪，下一秒就被踹翻在地，捂着手一个劲儿地嗷嗷叫。

两极反转来得太快，周围人都有点反应不过来。

带着保镖来英雄救美的陆琛正好目睹了夏溪反击对方的全过程。

英雄救美还没开始就结束了。

于是陆琛只能从英雄变为鼓掌工具人，优雅鼓掌：“打得好，打得漂亮！”

突然闯进来五个人，还是太打眼了，夏溪还看了过来。陆琛只能及时改变自己的定位。

鼓掌的同时，陆琛还冲着保镖使眼色。

于是夏溪的吹捧道具人从一个变成了五个。

躺在地上哀号的男偶像觉得这些人非常不礼貌。

夏溪认出了陆琛，那个被她开除粉籍的男人，她不知道他又在瞎凑什么热闹，不过有一点夏溪需要特别纠正：“我这是正当防卫。”

正当防卫完毕夏溪就离开了，没有人拦着她，毕竟本来也是躺在地上的男偶像动手在先。

夏溪走出包厢没几步，上完洗手间的姜妙之和节目组编导迎面而来。

“溪溪，你怎么出来了，不想玩了吗？”姜妙之看着夏溪拿着东西出来，有些惊讶。

夏溪摇了摇头，不玩了。

姜妙之还说来这边可以认识圈内的人，可以交朋友，夏溪也确实发现了同为偶像的人，但道不同不相为谋。

有些人注定是玩不到一起的。

夏溪主要是担心姜妙之，不知道会不会打搅了姜妙之的兴致，姜妙之还是挺喜欢这种场合的。

然而姜妙之二话不说，甚至不用夏溪解释，挽着夏溪就走，说："那我们回酒店吧。我本来也想喊你走，里面怪闹腾，我想跟你从诗词歌赋讨论到人生哲学！"

陆琛目送夏溪离开，居然对姜妙之产生了羡慕之情。他也想跟夏溪从诗词歌赋讨论到人生哲学。

"你好，请问看到夏溪往哪个方向走了吗？"

陆琛踌躇着想跟上去，但又觉得极大可能会遭受暴打，于是还是没有将想法付诸行动。这时，他却突然听到有人说了这么一句话。

他朝着一边看去，见一个艺人装扮的男子正在询问 KTV 的服务员。

男艺人鼻子假体简直要冲出云霄，脸涂得比墙腻子还厚，还散发着油光，简直就是"猪刚鬣"。

陆琛心中警铃大作：这人是想成为夏溪鱼塘里的一条"鱼"？这种臭油鱼在做什么青天白日梦！

陆琛制止了准备开口的服务员，冲男艺人抬了一下下巴，说："你刚才问夏溪去哪边了吗？"

"对！"对方露出了一个标准的完美微笑，"我叫吴浩柏，是嘉乐文化传媒的签约艺人，您是陆总吧？"

对于自己被认出来这件事情，陆琛显得很淡定，他知道自己出名。不想跟对方多聊，他直接伸手指了指左边走廊方向。

"谢谢陆总。"吴浩柏也没有缠着陆琛，快步离开了。

服务员目睹了什么叫睁着眼睛说瞎话，明明夏溪是朝着右边离开的啊。

但他只是一个弱小无助的服务员，他什么都不敢说。

第二天一早，夏溪就接到了男偶像托别人传来的道歉。

什么昨晚是喝大了，说的都是醉话，被酒精冲昏了头脑，希望夏溪大人有大量原谅他。

他清醒后是真的害怕，怕夏溪对外说出他昨晚说的那番话。而且偷袭、打女人，每一样放出来都不光彩，即使后面受伤的是他。

夏溪对此没有太大的反应，不想回对方任何一个字。

昨晚在KTV聚会的人不少，但上《好剧上映》这个节目的没几个，也没有那位男偶像。

聚会上发生的事，姜妙之已经从夏溪这边了解得差不多了。对此姜妙之只想说，夏溪好样的！

遇到这种情况，她觉得自己很难有勇气像夏溪这样实话实说，于是越发欣赏夏溪的做法。

在后台候场的时候，大家互相进行了寒暄，夏溪跟姜妙之关系最好，自然凑在一起。

不过有人强行加入聊天中：“嗨，我可以在这里坐吗？”

虽然在陆琛口中吴浩柏是个“猪刚鬣”，但实际上那是国外流行的水光肌，皮肤看起来水嫩有光泽。吴浩柏也是正儿八经的男团帅哥，鼻梁高挺，目光深邃，看谁仿佛都透露着深情。

旁边的位置是空着的，夏溪点头说：“可以。”

吴浩柏语调很温柔，人也比较幽默风趣，惹得旁边姜妙之的助理一个劲儿地笑。

“其实……夏溪，我想替我们公司的学弟道个歉，昨天吓到你了吧？”

夏溪有一句没一句地听着，不知道话题为什么转移到了她身上。

夏溪：“没有。”

吴浩柏看起来特别无奈，也很真诚：“我那个学弟一直有点问题，为人很冲动，我也不喜欢他这样，也劝过他很多遍，但他还是我行我素，遇到你善良不计较还好，遇到刺头他迟早要吃大亏……”

夏溪觉得这个人有些莫名其妙，她开了口：“你是想让我帮你转达你不喜欢他的意思吗？”

吴浩柏愣住了。

夏溪："不然为什么说这么多他的坏话？"

吴浩柏连说夏溪误会了，他就是比较担心夏溪，顺便想替不听话的学弟道个歉罢了，最后道："我想起来我还有点事情，我先出去一趟。"

姜妙之的助理不明白为什么夏溪表现得好像对吴浩柏没有什么好感，就连姜妙之后面也表现得很冷淡，便问："溪溪是不是对吴浩柏有什么误会啊？我觉得他人挺好的，长得帅还绅士，本来昨天的事情也跟他没有关系，他都来替他学弟道歉……"

姜妙之冷笑："他是以什么身份来替对方道歉的啊？凭对方是他同公司学弟？"

开什么玩笑，大家可能压根不熟，同公司艺人多了去了，还本来就存在竞争关系。

夏溪说得也对，吴浩柏那些话就很微妙，仔细一听都是他在盘点学弟的缺点，并且隐约有拉踩那味儿。谁知道对方安的是什么心。

有时候话也不用说全，姜妙之虽然长相可爱，但好歹也是童星。她觉得自己的助理好是好，就是有点单纯。

姜妙之的助理是真的没有想那么多，虽然比姜妙之还要大一岁，但刚毕业没多久。

她越想越觉得人心险恶，越觉得那张帅脸简直就是带着险恶用心的画皮。

夏溪安慰她："其实也没那么严重。"

虽然不知道对方的目的是什么，但她不至于这么沮丧。

……

节目正式开始录制，这档节目不是棚内录制，而是露天，已经有不少人听到消息等候在旁边。

姜妙之甚至看到了有人举着写着"夏吃姜"的牌子，她戳了戳夏溪，说："是我们的粉丝啊！"

夏溪冲那边打了个招呼："吃早饭了吗？"

有人喊没吃，夏溪就从口袋里掏出一个密封的小面包递了过去。

拿到小面包的人都没想到会有这样的待遇，等大家反应过来的时候已经开始录制了。

每位嘉宾都是带着自己的作品来的，这个节目的常规套路就是根据他们的剧展开，比如在街头完整地唱完剧的主题曲，让多少路人加入合唱，或者扮成剧中的角色，看看有多少人可以直接喊出名字来。

轮到吴浩柏时，夏溪听着《×××× 新年大电影》的名字，感觉这部剧好像有点奇怪。

姜妙之也小声地疑惑道："这不是动画片吗？出真人版了？"

夏溪对动画片真人版比较感兴趣，她约姜妙之："电影吗？还在上映的话我们可以一起去看。"

两个人讨论的声音虽然小，不过离得近还是能听到。

吴浩柏露出了礼貌又不失尴尬的笑容："没出真人版，我是在里面配音。"

其余几位嘉宾在知道情况后也稍微有点不自然，不过都是混娱乐圈的，也不好说破。

在后续抽签决定挑战任务的时候，别人抽中的也确实是什么去商场寻找自己的角色立牌、邀请看过剧的观众一起还原名场面。

姜妙之看完自己抽到的字条就展示给夏溪，问："我是在身后的商场里寻找自己的角色立牌，你呢？"

夏溪展开手中的字条，说："特殊任务。"

姜妙之啧了一声，她之前看过《好剧上映》，怎么不记得里面有什么特殊任务。

旁边的吴浩柏走了过来："夏溪是特殊任务吗？我也是。"

说着，他展示了字条。

主持人走了过来，露出浮夸的惊讶表情："哇，没想到夏溪跟吴浩柏都抽中了特殊任务啊，这一次有了点不一样的，就是多了特殊任务，任务是——抽中的两个人要进行演技大考验，扮演一日情侣。"

底下的"夏吃姜"粉丝听完后脑子里只有一句话——节目组，你完了。

第四章

分手吧

夏溪出道夜那句“在营业期间坚决不谈恋爱”，粉丝基本上都知道。

男人只会影响夏溪的练舞速度，夏溪眼中没有恋爱，只有武术和舞台。

现在节目组完全没有一点征兆，突然来什么一日情侣？

这个节目之前也没有类似的环节吧，是不是搞得有点刻意了？想蹭夏老师的热度直说。

“我们要看的是夏溪跟姜妙之一起聊在《且听风吟》剧组发生的趣事儿，不是看什么一日情侣！”有人直接喊出了声。

夏溪确实完全不知情，她还算理智，拿起话筒：“之前叫我们过来的时候说是宣传剧，不存在这个环节的吧？”

吴浩柏也露出了迷茫的神色，表示他什么都不知道。

主持人没想到夏溪居然直接说了出来，在她尴尬得不知道回应什么好的时候，工作人员小跑上来，在她耳边说了几句话。

主持人重新找回了节奏：“对，所以才说这是特殊任务。剧的宣传可以由姜妙之来完成，夏溪跟吴浩柏一起扮演一日情侣就可以了。”

夏溪：“我之前说过营业期间不谈恋爱。”

主持人皮笑肉不笑：“没说你们在谈恋爱啊，这不是演嘛，夏溪现在已经踏上演员的道路了，演员不是让你们演什么就演什么嘛。大家伙儿也想看帅哥美女扮演一日情侣……”

主持人话音都没落下，底下就是一片愤怒的声音：“不想！”

主持人感觉这辈子都没这么难过。

底下的粉丝都察觉到了，姜妙之自然也知道不对劲儿。

她现在觉得吴浩柏也不是无辜的，可能是联合节目一起搞事。

夏溪是偶像，而且出道没多久，正在上升期。吴浩柏也是男团出身，曾经火过一段时间，早就过气了，现在快三十岁了。

姜妙之没有攻击人年龄的意思，每个年纪都有每个年纪的好，只是吴浩柏有一种吃不了青春饭就开始狗急跳墙的感觉。

“我跟溪溪换吧。”姜妙之是正儿八经的演员，有男朋友，但也一直接感情戏。

主持人摇头，用规则拒绝了。

“夏溪是很为难吗？这也没什么，既然当演员就要敬业……”主持人已经搬出了敬业问题。

夏溪突然粲然一笑，笑容很耀眼，漂亮得让人甚至有瞬间不能直视。

“我只是说这个安排有点出乎意料。”她看向主持人。

夏溪知道今天是必须得上了，但有一点她得提前说好：“我演技不是很好，可能支撑不了我演这么复杂的角色。”

她向来有自知之明，害怕辣到观众眼睛。

主持人生怕夏溪真的不配合，听到这里知道有戏，于是连忙点头：“没关系，自然点就行，展示自己。演戏就是在假装嘛，假装吴浩柏是你男朋友。”

吴浩柏也对夏溪安抚道：“没关系，放轻松，我演技也不好。”

夏溪表示：“好的，我会努力想象我恋爱会是什么状态。”

她力争展现真正的自己。

一切都已经安排完了，其余嘉宾也按照安排去商场进行宣传，只有夏溪跟吴浩柏可以自由活动，自己安排。这越发显得格格不入和刻意感十足了。

姜妙之离开的时候看着夏溪的眼神还很担忧，夏溪捏了捏姜妙之的手，示意自己没事儿。就打工嘛，工作嘛，演戏嘛。

“我们去做什么？”吴浩柏问夏溪。

夏溪表示都可以，问：“你有什么安排吗？”

节目组在旁边补充：“每人安排半天活动。”

吴浩柏主动提出："我已经有点想法了，要不我先来？你对钓鱼感兴趣吗？我们可以去钓鱼。"

夏溪："钓鱼？"

"对，附近有湖，可以去那边钓鱼的，据说鱼不少。"

夏溪听到这里，眼睛稍微亮了亮。她喜欢吃鱼，水产大亨的愿望今天可以实现吗？

吴浩柏说自己正好在酒店放了鱼竿，还是双份的——确实非常巧呢。

他带着夏溪来到湖畔，这里环境特别优美，鸟语花香，重点是人也不多，是个适合谈情说爱的好地方。

节目组摄像师已经找好了角度，夏溪跟吴浩柏站在一起，看起来还是挺有感觉的，后期再加上点儿粉红泡泡就更完美了。

夏溪不解地问吴浩柏："不是要教我钓鱼吗，为什么你一直在那边站着？"

"这个钩是这么抛的吗？"漂亮的女偶像跃跃欲试。

吴浩柏顿了一下，说："这就来教。"

夏溪学得非常认真专注。

虽然吴浩柏离夏溪很近，但看起来完全像是漂亮女偶像跟她的大块头钓鱼教练，粉红泡泡破灭。

吴浩柏跟夏溪并排钓鱼，还给夏溪拧开了一瓶矿泉水。夏溪察觉到了，礼貌地道了声谢谢，也喝了水。

吴浩柏还给夏溪讲起了自己当练习生的难熬生涯："我是练习了五年才出道的，真的练得非常辛苦，每天结束训练后感觉自己整个人都像是从水里捞出来的一样……"

吴浩柏的语气里带着感慨。

他们两个人都是偶像系出身，同行很容易产生共鸣。

见吴浩柏停下来看向她，夏溪知道这个一日假男友也想听听她的故事了。

"我之前没有什么练习经验，被原公司推送到选秀节目参加海选就被选中了，然后回公司练习了半个月，后面就是正常录制节目的练习，再后来……”

夏溪没有说出来，旁边的摄像师已经补上了：“C位出道。”

夏溪点头，没错，就是这样的。这就是她的故事，平平无奇，没有多少波澜。

吴浩柏想要用练习经历引起两个人的共鸣，没想到共鸣没搞成，倒是被狠狠炫耀了一番，他甚至开始有点嫉妒夏溪了——为什么夏溪这么容易成功！他练习了五年才出道，夏溪练习半个月就出道了，还是C位，他之前在男团都不是C位。

吴浩柏努力把嫉妒的情绪压下去，开始跟夏溪接着聊。

“我出道时间比你长，不能说水平特别高，但如果你在舞蹈方面或者舞台方面有什么疑问的话，可以随时请教我……”

夏溪一开始还能想着这是在录制，稍微分出点儿神听吴浩柏说话，渐渐地，她把所有心思都放在了鱼竿上。于是对方的声音在她耳中直接变成了“吧啦吧啦”。

夏溪提了一竿又一竿，后面吴浩柏说到激动的地方声音稍微大了点儿，夏溪侧过了脸，一时间两个人四目相对。

他们本来离得不算远，这样距离越发拉近。吴浩柏可以看到对方大而有神的眼睛，又长又卷的睫毛，挺翘的鼻子，红润的唇瓣……

他感觉自己闻到了很高级的清香，完全没有商业香水的高度重复跟工业感。

吴浩柏有些许恍惚，这香味是来自夏溪身上的吗？

他感觉这一刻自己有点像情窦初开的高中生，茫然且不知所措，就连心跳都开始加速。

节目组摄像师觉得这一幕绝了！

他们完全没有想到夏溪居然会这么配合，摄像师激动地扛起摄像机快速捕捉画面，紧接着就看到夏溪伸出了手指。

摄像师：她是打算撩动头发，或者更大胆一点去给吴浩柏擦汗？

虽然这个安排可能会让夏溪不适，但吴浩柏确实是个大帅哥，所以夏溪要是在近距离跟吴浩柏的接触下对他开始产生兴趣，也不是完全不可能。

然后摄像机就捕捉到这一幕——夏溪伸出手指，对吴浩柏做出了一个噤声的动作，她说："小点声，你把我的鱼都给吓跑了。"

这句话传到节目组工作人员以及吴浩柏的耳朵里，久久不能消散。

吴浩柏的脸色一阵红一阵白。

夏溪问他："你怎么不钓，我们不是来钓鱼的吗？难道你说你喜欢钓鱼是假的？"

过来之前吴浩柏说了一大堆，说自己多么多么喜欢钓鱼。

吴浩柏："当然喜欢……不过我们今天来的目的是这个吗？"

夏溪露出了诧异的神色，反问："难道不是？"

吴浩柏：这分明是打着钓鱼的旗号约会啊！

他还想再说点什么，但夏溪彻底没有了耐心，她心心念念的湖鱼至今还没上钩。

于是夏溪告诉吴浩柏："我们分手吧。"

吴浩柏一头雾水。

夏溪对匆忙冲上来的节目组工作人员道："你们说假装一日情侣，可没说不能分手啊。这样才真实，才合理。"

夏溪说得有理有据，工作人员一时间也不知道说什么比较好。

那边的吴浩柏倒是"戏精"上身，露出了心碎的神色。因为眉眼深邃，他看谁都透着一股深情劲儿，因此心碎也表演得有点到位。

"为什么？"他问夏溪。

夏溪："因为我觉得鱼好像讨厌你。你影响到我钓鱼了。"

吴浩柏："你不爱我了吗？"

夏溪觉得看似深情实则虚伪的角色就挺适合吴浩柏，他可以在这方面发展一下，倒也不至于拿动画大电影配音当自己的代表作。

但这个得私下说，夏溪眨了眨眼睛，说："其实我就是为了学会钓鱼才跟你在一起的。"

吴浩柏突然连心碎都演不下去了。

吴浩柏觉得，他要是再说什么，夏溪可能真的不顾什么节目不节目，直接挑着这个漏洞演绎情侣决裂的戏码。于是他也识相地跟夏溪拉开了距离。

夏溪对吴浩柏这个行为还是挺满意的，总算可以安心地钓鱼了。

节目组看两个人隔得比较远，还提出："那进行情侣钓鱼比赛吧。"

"行。"夏溪是真的对钓鱼充满热情，连眼神都带着斗志。然后她一顿操作猛如虎，一看战绩是个零，一条鱼都没有钓上来。

夏溪迷茫了：不应该啊。

节目组也觉得不应该，毕竟夏溪架势很足，而且她好像做什么都上手很快。

旁边的吴浩柏发现了这个情况，本着要做暖男的想法，开了口："没关系慢慢来，我会给你放水的，不要有负担。"

这句话却让夏溪神情一凛，她皱着眉，满脸不赞同，朗声道："这是比赛，你要尊重对手。既然比赛，就要本着公平公正的原则，不能放水。"

吴浩柏感觉自己成了被教导主任批评教育的坏学生了。

关键是，这不就是节目组临时搞的钓鱼比赛嘛，为什么在夏溪口中变得这么正儿八经？而且他还是为了夏溪好。

没办法，吴浩柏只能说："我知道了。"

时间一分一秒地过去，摄像师始终没有拍到粉红泡泡，只拍到了激烈的钓鱼比赛。

连摄像师都开始怀疑人生：他们本来的目的是什么来着？

夏溪想要当水产大亨的梦想破灭了，她很努力地钓鱼，但始终都没有钓上来一条。

这令她摸不着头脑，百思不得其解。

旁边的吴浩柏搭话："这次不是我的问题了吧？"

他要给自己洗清冤屈，不是他话说太多才导致鱼不上钩的。

夏溪收起钓鱼工具，一本正经地胡说八道："可能今天的鱼……心情不太好吧。"

反正也不是她的问题！夏溪绝不承认。

吴浩柏倒是钓上来好几条，还展示给夏溪看。

夏溪瞥了一眼，告诉吴浩柏："分手吧。"

吴浩柏：怎么又要提分手？

"我都没有打扰你了……"他觉得自己特别可怜。

夏溪小手一摊，说：“我没钓到鱼，我想不开。”

就是这么简单。

夏溪想，鱼钓了，虽然没钓到，也分手了，她是不是可以去找姜妙之了？

……

吴浩柏临时接到一个电话，是来自经纪人的。

吴浩柏没想到在录制期间经纪人还要找他，有些不耐烦，他压低声音：“你找我干吗，在拍着呢。”

吴浩柏经纪人：“你那边进行得怎么样，真的给你安排了吗？”

“安排了。”

吴浩柏特地离夏溪很远才接，确保夏溪听不到声音。

“我就是问问进度。还真有你的，没想到那个梅女士真的肯办事儿……”

吴浩柏不想听经纪人带着调侃的语调，他现在也丝毫没有在大众面前惯有的温柔：“我还要去拍，有事说事儿。”

经纪人：“可不可以提前买通稿……确定万无一失是吧？你们上午做什么了？”

吴浩柏顿了一下。

他们钓了一上午的鱼。不过还有别的安排，而且还能剪辑。

于是吴浩柏说：“可以买。”

他一定要翻红。

“不说了不说了……”

吴浩柏也不能说了，他看到事件女主角已经要大摇大摆离开了，节目组工作人员都拦不住她。

夏溪后面还是被拦下来了，得继续往下录制。

“我们后面的安排是什么？”夏溪询问吴浩柏。

这一上午还没过去，所以还是看吴浩柏安排。

吴浩柏对夏溪发出邀请：“我们去附近的舞蹈室吧。”

“看我跳舞。”他露出自信洋溢的笑容。

吴浩柏找的全都是自己最擅长的项目，不管是钓鱼还是跳舞。

再怎么样他也是正儿八经出道的男团成员，还火过一小段时间，业务能力还是有的，他也被粉丝称赞为舞蹈机器。

夏溪对此没有什么异议，于是吴浩柏就带她前往了舞蹈练习室。

练习室旁边有大屏幕，可以放原版舞蹈视频。

吴浩柏让夏溪坐在旁边，他一边看视频一边回过头对夏溪说："这两年一直没有什么舞台，说起来其实有点不好意思，有点荒废练习了。这个舞我是前两天刚刚扒下来的，练得不是很熟，差不多看看就行。"

不，他其实已经精心准备了近半个月。

这个男团的舞蹈很帅，但也是出了名的难学。

吴浩柏放完一遍原版舞蹈视频后，自己放音乐跳了起来。他一直紧紧地盯着夏溪，脸上带着营业式的笑容，仿佛眼中只有夏溪一个人，这支舞也是专门为夏溪而跳的。

一般来说，每个人展现自己的才艺时都会带着光环，特别是艺人，经过长时间的练习打磨，那种感觉更加凸显。

已经有工作人员开始喊了："好帅。""跳得好棒啊！"

可是把镜头对准夏溪时，摄像师觉得，虽然夏溪看得很认真，但好像平静了些——莫名像美女导师正在观看初舞台表演的男选手。

吴浩柏用一个帅气的动作结束舞蹈，喘着气，脸上带着薄汗，笑着问夏溪："怎么样？"

他想象中的夸赞没有出现，夏溪有点迟疑地评价："还行……就是能看出来是荒废挺久了。"

吴浩柏感觉一盆冰水从头到脚倾泻下来，这跟他预想中的相差太大了。

"怎么说？"他的笑容已经有点勉强了。

夏溪指出来："你后面有一个地方跳错了。"

语言描述没有那么清晰，夏溪索性起身展示，她记住了那个动作。

然后经过原版和摄像机刚才录制下来的对比，大家发现吴浩柏是真的跳错了。

"还有，"夏溪又接着道，"我觉得力度不太够。"

跳错的问题还小，主要是整体力度就存在着问题，顺是顺下来了，徒有其表，没有灵魂。

吴浩柏其实不想替自己说话，他知道那会显得有点低级，但夏溪明晃晃地打他的脸，他咽不下这口气。

“是吗……可能练习时间也比较短。”

旁边有工作人员帮腔：“我觉得跳得挺好。”

夏溪在专业方面一向认真。

好什么好？要是他没有出道，或者出道没多久，这个水平确实还行，但听介绍，吴浩柏还算比较资深的男团偶像。这个舞其实算不合格的，太软了。

她决定直接用事实说话。

夏溪连着放了几遍原版视频，然后一边开始跟着模仿起来。吴浩柏因为夏溪的否定多少带着一股气，他暂时不太想跟夏溪进行互动，坐在一边想看看夏溪能跳出个什么东西来。

也没有让他等太久，夏溪就已经把舞扒得差不多了，她对着舞蹈室的镜子随着音乐活动了起来。

夏溪今天的穿着正好比较休闲，是一套黑的运动服饰，头上还戴了一顶同色棒球帽。

而在夏溪开始活动起来后，本来还在交谈的声音就渐渐消失了，大家的注意力全部凝聚在了夏溪身上。

夏溪先是手扣棒球帽的帽檐，缓慢转动了两下脖颈，这也是原版的动作，看起来慵懒无比。随即没有任何征兆，就是一连串快到不行且技术含量极高的动作。脚每一次踩在地面上都无比扎实，发出响亮的碰撞声。虽然上半身的舞蹈动作没有触碰到什么东西，但大家还是想象出了“咔咔咔”的声音，只因为所有动作都很精准，而且带着力度。

女团舞大多是比较柔软的，他们没想到，夏溪跳富有力量的男团舞不仅没有违和感，反倒英气十足，帅气十足。

吴浩柏跳的时候大家还没觉得有问题，甚至觉得还不错，虽然比不上原版，但毕竟练习时间短，他已经很厉害了。

但在夏溪的衬托下，吴浩柏的舞蹈缺陷瞬间暴露——确实缺失力量，软绵绵的。

关键是夏溪跳舞看起来丝毫不吃力，动作如行云流水，让人很享受。

已经有人觉得心跳加速了：她好帅，好耀眼啊！

跳舞的时候夏溪的表情管理也没有丢弃，嘴角微扬，带着一种王者睥睨感，结束后夏溪摘下棒球帽，甩了一下长发，又美又飒！

工作人员已经想要嗷嗷叫了。

“夏溪之前是不是练过啊？”摄像师问。

夏溪已经停了下来，她摆了摆手，说：“没有。”

她之前都没看过那个舞蹈。

其实摄像师也觉得自己这个问题有点多余，毕竟夏溪一步一步学的过程他们都看在眼里，一开始她确实跳得磕磕绊绊。

吴浩柏万万没想到，他本想给夏溪跳个超帅的男团舞，最后跳得居然没有夏溪帅！主要是，前面他还大言不惭地说什么夏溪要是有舞台方面的问题可以问他这个前辈。

吴浩柏已经不想去回想了，不然他想找条地缝钻进去，他只能打哈哈，强行大方：“真的不错，跳得非常好，怪不得能C位出道。”

他话音刚落下，就听到了旁边响起声音：“夏溪，是夏溪吗？好帅啊！”

夏溪跟吴浩柏都朝着声源处看去。

这边的舞蹈教室是舞蹈培训机构的，因此还有过来上课的学员。

夏溪所处的这个舞蹈教室最大，有落地窗，培训机构的学员正好围观了夏溪跳男团舞。

夏溪打开门走了出去，说：“对，是我。”

学员们没想到会偶遇夏溪，而且夏溪还主动过来跟他们聊天。网上说夏溪很接地气，原来是真的。

“你们是在拍摄吗？”学员指了指摄像机和里面的吴浩柏。

夏溪回答了他们：“在拍节目。”

工作人员补充：“吴浩柏跟夏溪现在在饰演一日情侣。”

吴浩柏看到夏溪跟学员们聊天，也走出来打招呼：“嗨。”

不过，相对来说，培训机构的学员们对吴浩柏就比较冷淡，重点还是放在夏溪身上。

“你刚才跳得真的特别好。”

夏溪露出笑容：“谢谢呀。”

有人喊：“夏溪，我喜欢你！”

对方鼓起了勇气，脸红扑扑的。

夏溪扬了一下眉，完全不恼，而是说：“你等一下哈。”

大家都不解，等一下干什么？

然后大家就听到夏溪对身边的吴浩柏说：“分手吧。”

——等她先分个手。

吴浩柏：为什么又提分手了！

夏溪：“我变心了，世界这么大，我想去看看，不能为一个人停留。”

吴浩柏已经无话可说。

……

上午吴浩柏安排的行程其实都是很容易拍摄出粉红泡泡的，夏溪也比较配合，但拍摄出来的不是大块头教练跟他的女偶像客户，就是美女导师跟男团选秀选手。

轮到夏溪安排行程了。

夏溪看了看时间，已经中午了，说：“先吃饭吧。”

两个人选择了一家街头大排档。在这种环境里吴浩柏有点不舒服，不过碍于镜头，还是得稍微装一下样子。夏溪吃得很开心，虽然是街头大排档，但做的东西也挺干净，味美价廉。

吃饭的时候夏溪询问了一句：“吃饱了吗？要不要再加点，多吃点？”

吴浩柏没想到夏溪会主动关心他，想起自己的目的，他像是很幸福，说：“谢谢你这么关心我。”

夏溪：“不客气。”

但不知道为什么，吴浩柏觉得事情没有那么简单，背后突然有点发凉。

“我们下午的行程安排你想好了吗？”

夏溪点头道：“想好了……”

她要跟吴浩柏说，吴浩柏让她不要直接说出来，给他几个提示，他来猜。

夏溪想了想，说：“是我想跟男朋友一起做的有意义的事情。做完这件事情后还有礼物赠送，礼物非常有纪念意义。”

吴浩柏觉得夏溪的安排是比较稳妥的。

跟男朋友一起做的有意义的事情，说明他跟夏溪全程不是分开的。他比较担心夏溪直接和他各奔东西，如果这样的话，他可以揪住夏溪不尊重搭档、不敬业来挑事儿。没想到夏溪这意思是不会分开。

吴浩柏展开联想：“是不是去蛋糕房做蛋糕？”

这个很适合情侣一起做，礼物就是蛋糕，吴浩柏觉得很有意义。

夏溪摇头否定：“不是。”

吴浩柏再猜测：“那是做沙画、陶瓷、泥塑？”

这些更高雅一些。

夏溪表示：“也不是。”

现在不光吴浩柏好奇，就连节目组都好奇了，于是夏溪直接带着吴浩柏去见她已经联系好的志愿者。

“你们就是来报名参加‘守卫我们的美丽河滩’的夏女士跟吴先生吧？”

吴浩柏一脸茫然：我不是，我没有。

夏溪却已经点头肯定：“对，就是我们。有工具吧？我们去哪边捡垃圾？”

志愿者：“有的有的，那边有干净的手套和麻袋，感谢你们愿意参与进来……”

夏溪目光坚毅：“这是我们应该做的，爱护、保护环境，人人有责。”

节目组和吴浩柏万万没想到，夏溪安排的行程是带着吴浩柏去河滩捡垃圾。

中午夏溪一个劲儿关心吴浩柏有没有吃饱的原因也揭晓了——吃饱了才有力气干活。

夏溪已经进入了状态，塞给吴浩柏一个麻袋，露出小白牙，浑身充满正能量：“如果我有男朋友，我就想跟他做这种有意义的事情，为社会贡献自己的力量。”

一时间，除了夏溪，大家都沉默了。

吴浩柏的表情都有点控制不好，他怀疑夏溪是在特地整他，怎么会有人跟男朋友约会捡垃圾？即使这个约会很有正能量，但本质上还是在捡垃圾！

偏偏他不能质问夏溪，否则他就变得不正能量了。

于是吴浩柏只能露出假笑："这个内容非常棒。就是……你是怎么知道这边还有这个活动的？"

夏溪抬头看了吴浩柏一眼，直接问："你是不满意我的约会安排吗？还是觉得我在整你？"

虽然他内心就是这么想的，但夏溪这么说出来就有点吓到他了。

"怎么……怎么会……"

夏溪也并不跟他多费口舌，她直接从口袋里拿出宣传单，说："早上就拿到了宣传单，当时就特地留下了，想有空了过来，没想到正好有了这个机会。"

吴浩柏没办法了，毕竟早上节目组还没说他们要扮演一日情侣。

夏溪确实是早上就收到了宣传单，特地留下来的，打算收工后有时间就过来做点贡献，只是没想到现在又带来了一个劳动力。

夏溪：意外之喜。

女朋友已经埋头开干了，男朋友自然也不能闲着。

吴浩柏：还能怎么样，捡垃圾呗。

他这辈子都没有做过这样的事儿，很多泥已经开始发臭，即使有手套还是搞得很脏，恶臭味不断往鼻子里钻。

夏溪神色如常，完全没有露出嫌弃或者难受的表情，动作很麻利。她不光做得很认真，还主动跟志愿者搭话："垃圾好像很多。"

志愿者苦笑："这还是已经清理一段时间后的样子，本来更多。"

摄像师都有点忍不住，叹了一口气。这已经不少了，之前还要更多吗？

夏溪总结："丢垃圾的动作很简单，但处理起来特别麻烦，这些其实本来可以避免的……而且丢垃圾不光污染环境，河里的生物吃了塑料也会生病死亡。"

说这段的时候夏溪的表情很严肃。

摄像师拿着镜头录制了一下周围的环境，夏溪指给他看。

河滩上有死了一段时间的鱼，头上套着塑料袋。

有年轻志愿者跟组织者说了几句，组织者问夏溪和节目组："你们是公众人物吧？我们这个可以进行宣传吗……人手真的不够。我们都是志愿者，没有资金，大家自愿过来的，但是只要来了，我们就会想办法送纪念品。纪念品是小高画出来的奖章，我们定制的，小高是美院高才生。"

夏溪之前跟吴浩柏说有礼物，礼物就是这个奖章。

虽然奖章看起来成本就两块钱，但真的很漂亮。

节目组还没来得及说什么，夏溪就已经开口了："他们是做节目的，媒体人，你们可以上电视，只要他们答应，就能宣传……"

志愿者组织人眼睛亮了："记者？"

夏溪："性质差不多。"

节目组：性质差多了！

他们又不是什么民生节目，也不是搞新闻的，他们就是个宣传热播剧的节目，像这种大外景，要不是为了拍夏溪和吴浩柏的一日假情侣，他们压根不会做。

节目组觉得，要是现在不阻止夏溪胡说八道，他们可能就要上"贼船"了，但他们压根来不及插话。

夏溪慷慨激昂："保护环境人人有责，我们能眼睁睁看着环境越来越差吗？"

有些工作人员已经开始跟着附和："不能啊！"

一屋不扫何以扫天下，保护环境就是在保护自己，保护子孙后代。

等工作人员们反应过来的时候，除了手上拿着器材的，人手一个麻袋——用来装垃圾。

夏溪不光带着吴浩柏捡垃圾，她还带着来拍摄他们这组的工作人员一起捡，准确地说是工作人员们热泪盈眶，主动加入志愿者行列。

摄像师们也没闲着，他们就用镜头记录。谁还管夏溪和吴浩柏之间的粉红泡泡。

其间夏溪还触发了"时间管理大师"技能，于是夏溪一边捡垃圾，一边跟志愿者了解周围污染情况和小知识，顺便监督试图偷懒的吴浩柏。

吴浩柏捡垃圾捡得腰酸背痛，想要偷懒都偷不了，每当他试图趁着所有人都在忙的时候偷懒，就会对上夏溪炯炯有神的大眼睛。

她的眼里写着——被我抓到了。歇什么歇！赶紧捡垃圾！

现在摄像师坚信不疑——他们的节目是民生节目！而他是一个有正义感、有道德感的民生记者。

……

“其实约会时间可以再长一点，晚上也没什么事情。”

吴浩柏疲惫不堪地提醒节目组可以收工了，节目组工作人员捡了半天河滩垃圾也累了，表示结束吧，但夏溪还有点恋恋不舍。

扮演一日情侣的活动她可以继续。

吴浩柏：我不可以。

节目组：我也是。

夏溪精力充沛，朝吴浩柏露出了“你不行”的微笑。

吴浩柏也确实得到了礼物，只要参与了志愿活动的工作人员都有。他原本还想着发微博的定情信物，变成了十几号人拥有的同款。

录制完《好剧上映》，夏溪终于有时间回复经纪人。经纪人没有跟夏溪过来，她要负责十一个人的活动，一般来说是来回跑。

Seagirls 经纪人也被《好剧上映》节目组的操作给弄得无语了，知道这件事情的第一时间就找夏溪，不过夏溪录制节目没看到。

据团队经纪人猜测，夏溪没有什么恐男人设，再加上她跟谁在一起都有莫名其妙的氛围感，不少跟夏溪关系好的明星都多多少少吃了点红利，吴浩柏这才把目光投向了夏溪。

“我们得提前进行准备，你把今天发生了什么原原本本告诉我一遍。”

夏溪觉得经纪人大可不必这么紧张：“钓鱼，练舞，当志愿者捡垃圾。”

经纪人无比茫然，仔细打探了一下细节后，她觉得夏溪这么悠闲不是没道理，好像确实不用太紧张。

“真有你的，夏溪。”干得漂亮！

不过公司还是要好好准备，毕竟也不知道节目组会怎么剪辑。

……

陆氏总裁办公室。

助理毕恭毕敬地对陆琛汇报："陆总，夏小姐录制了新节目，节目组联合了吴浩柏，要求夏小姐和吴浩柏扮演一日情侣。"

陆琛很早之前就让助理把夏溪发生的重要事情都通知他，助理觉得这件事儿就不小。

果然，陆琛听完后开始面露不悦地掰手中的钢笔。

直到钢笔把他的手给硌红了，陆琛才若无其事地放下了钢笔，问："吴浩柏是谁？"

助理就知道陆总肯定不认识，真正的霸道总裁从来不会记这种无关紧要的人物的名字。

于是助理递上平板，上面是他早就找出来的吴浩柏的照片。

陆琛认出来了："猪刚鬣。"

他就知道对方不安好心。

"就他还想跟夏溪扮演一日情侣？把他撤下……换我来。"

助理面不改色，告诉陆琛："录制已经结束了。"

现在节目都已经进入制作阶段了。

陆琛有些许失落。都结束了啊，他知道得还是晚了点儿。

"天凉了，让节目组破产吧。"

破产是破产不了的，但是他可以进行干涉。

……

《好剧上映》还没播出，就已经有了"夏溪跟吴浩柏般配"的通稿。什么"夏溪跟吴浩柏将在《好剧上映》飙演技饰演一日情侣，俊男美女好般配""男团学长和女团学妹，爱了爱了""心里只有练舞跟练武的夏老师这次陷入爱情了吗？期待"。

底下的评论也是一股子机器人的味道。

"哇，太喜欢了。"

"好甜好棒，真希望两个人能在一起。"

看完这些，网友齐刷刷地蒙了：夏溪跟吴浩柏两个人怎么扯到一起的？

录制现场有“夏吃姜”粉丝，他们在节目组录制的时候就已经开始散播消息。

“《好剧上映》节目组挂羊头卖狗肉，说是宣传《且听风吟》，实际上搞了个什么特殊任务，让吴浩柏跟夏溪扮演一日情侣，恶心得我隔夜饭都吐出来了。”

“高能预警高能预警，节目组搞事情，并且嗅到了男方想炒作的味道，保护我方夏老师！”

“溪水”也是气炸了。

不出他们所料，节目还没播出就开始造势夏溪跟吴浩柏的“一日情侣”。

“溪水”和“夏吃姜”的回应都是：莫信谣莫传谣，造谣转发五百次可判刑。

于是那些说夏溪陷入爱河，夏溪跟吴浩柏暗生情愫、眉来眼去的微博都迅速删除了。

因为“溪水”、“夏吃姜”以及团粉的努力，《好剧上映》还没播出，大部分网友就已经知道这个节目的奇葩操作以及男方在炒作恋情了。

不过“溪水”还是有点担心。

夏溪粉丝群的群管理：“也不知道会剪辑成什么样。”

当晚《好剧上映》播出，“溪水”抱着忐忑的心情看了这期节目。

虽然早就知道节目组搞事情，但文字描述是文字描述，看到主持人硬是让夏溪跟吴浩柏扮演一日情侣，粉丝还是很生气。

普通观众也觉得不适。

“好刻意……”

“《好剧上映》不是以宣传剧为重点吗？为什么要搞特殊任务，不懂了。”

“夏溪说节目组之前没说有这个环节，主持人还暗指她不敬业。”

然而“溪水”还是看到了一小部分人说期待，这也是他们最害怕的事儿，他们只能强忍着心疼看了下去。

出乎大家意料的是，并没有出现什么粉红泡泡，节目组也没有乱剪，完全是按照正常情况播放。

看到钓鱼环节，夏溪一心只想钓鱼，让吴浩柏小点声儿，并提出“分手”，说他影响到她钓鱼了，本来还在愤怒的“溪水”眨了眨眼。

观众已经开始笑了。

“哈哈哈，我刚才其实也好烦吴浩柏。之前怎么没觉得他这么油腻？一直往美女那边靠，而且还说什么‘是不是不爱我了’。你好，你跟美女妹妹熟吗？”

“夏溪好会玩梗啊，什么为了学会钓鱼跟他在一起。夏溪快来跟我学，我钓鱼超级厉害！”

钓鱼比赛片段用的是很激昂热血的背景音乐，观众仿佛在看什么热血动漫，虽然女主角夏溪一条鱼都没有钓上来。

夏溪还给自己打圆场，说不是她的问题，是今天鱼心情不好。

“学会了，我没考好，不是我的问题，是我的试卷心情不好。”

“夏溪已经很努力了，你们为什么还要嘲笑她？她每一次抛下鱼竿时期待的小眼神你们都没有看到吗？你们太残忍了……我笑声大，让我先笑！”

“夏溪之前还说金芸又弱又爱玩，我感觉她也差不多。”

“钓……钓系美人？”

看到这条，“溪水”都满头雾水。

……

才看到钓鱼环节就已经无人在意吴浩柏，大家全程都被夏溪的行为举止吸引，听她时不时来段“相声”，吴浩柏说话的时候大家还觉得他有点烦。

有夏溪的地方就有热血背景音乐，钓鱼比赛有，跳男团舞有，捡垃圾也有。

夏溪跳男团舞的片段不光给了“溪水”惊喜，也让不少路人直接爱上她。

夏老师不光女团舞跳得好，这男团舞也不是一般的妙啊！

夏溪下午安排的行程也是出乎所有人的意料。

“不愧是成团夜说要成为正能量偶像的女人，爱了爱了。”

而且保护环境也确实是大家应该做的，看到这段，已经有人想约着朋友去报名当志愿者了。

看完节目，大家大部分关注点都放在了夏溪身上。

夏溪男团舞跳得好帅，后面宣传保护河滩也很有意义。

但即使夏溪在节目里就拿出了宣传单，表明她之前就对这个很感兴趣，也压根不知道节目还有后面的环节，还是有人开始挑刺："纯路人，不是谁的粉丝，纯属疑惑，前面吴浩柏安排得都很好，轮到夏溪安排怎么就变成了捡垃圾？"

有"溪水"悄悄提醒："姐妹，装路人之前你好歹换个小号。"

点进这位自称路人的网友的个人主页，全都是吴浩柏相关内容。

关于这一点，不需要"溪水"进行辩解，因为这场活动的组织者站了出来："夏溪在我们这边做了两天志愿者。"

不光是录制的那天，第二天夏溪一个人又去做了一整天，现场的志愿者都可以作证。

连"溪水"都震惊了。他们当然不会质疑夏溪，但夏溪已经做了大半天，之后还私下去当了一天志愿者，这还是让他们感动了。

"溪水"同时也感到骄傲：溪溪就是这么正能量，好棒呀！

那些挑刺儿的人瞬间噤声。

……

"夏溪，你后面还去捡了一天垃圾啊？"

姜妙之新剧也开拍了，大家都在一个影视城，姜妙之住的酒店离夏溪不远，她没事儿就来找夏溪玩。

夏溪："对。"

她递给姜妙之一个苹果。

第二天没有别的工作安排，夏溪就又去做了一天。她就是有些不解，姜妙之是怎么知道的？她没有往外说啊。

姜妙之接过苹果，说："因为有人骂你，这事才被发出来的……你下次要是还去的话，可以带上我一起。"

姜妙之有些感慨，别人做点什么好事儿都想方设法往外说，夏溪压根就没打算宣传。但不宣传的效果比宣传的效果还好，只能说人还是纯粹一点比较好吧。

“吴浩柏还发了朋友圈。”

姜妙之说完，夏溪也捞起手机，好奇道：“我看看。”

他们当时上节目，节目组拉了一个群，嘉宾们都互相加了好友。

吴浩柏发的朋友圈是：被骗了！

夏溪贴心地回复他：拨打 110。

看到夏溪居然回复了吴浩柏，还回了这样的消息，姜妙之在线演绎了什么叫笑得地动山摇。

夏溪，好损一女的，怪不得《我们的家乡》工作人员说山上的笋都被夏溪夺光了。

……

吴浩柏想要捆绑夏溪炒作，他一个人也做不到，还需要寻求别人的帮助，最后找上了人称梅姐的制作人帮他。

吴浩柏还提前找了营销号。

他把所有东西都准备好了，虽然知道节目录制得可能有些拉胯，但可以后期剪辑嘛，多剪点粉色泡泡出来，搞点甜蜜的背景音乐，效果就有了。

然而吴浩柏怎么都没想到，节目组把原版剧情放出来了，甜蜜的背景音乐没有，但有热血的背景音乐。

吴浩柏当场就开始发飙，他试图找梅姐，却发现自己所有的联系方式都被拉黑，他被骗了。

气不过的吴浩柏发了一条朋友圈吐槽，得到了夏溪的回复——拨打110。

拨打 110 做什么，告诉警察他想捆绑夏溪炒作不成，被无良业内人士欺骗？除非他疯了。

吴浩柏捆绑夏溪不成，已经被群嘲了一次，后面还有人进行了爆料：“吴浩柏不爱干净，嘴臭袜子臭，袜子能穿一周都不洗。”

这是一条有味道的爆料。因为吴浩柏已经没有活跃在舞台上，吴浩柏的粉丝能接受他炒作。但粉丝接受不了他有味道，不少人悄悄地删除了关于喜欢吴浩柏的话。

吴浩柏捆绑不成遭反噬，Seagirls经纪人也觉得大快人心，就是她有个疑惑。这个疑惑其实在她看完《好剧上映》后就产生了——到底是谁插手了？

按照正常情况，节目组肯定会配合吴浩柏，总不能说他们良心发现了吧？

面对经纪人的疑惑，夏溪随口一说："可能是河滩上被我收殓起来的鱼的报恩吧。"

她在做志愿者期间看到了好几条因为吞食垃圾袋或者被渔网缠绕死去的鱼，夏溪跟志愿者一起挖了个坑把它们埋在了树下，这样就不会再发出腐臭味了，还能当肥料。

夏溪对经纪人发出邀请："想要这种报恩吗？一起捡垃圾啊。"

这次使用"信号不好遁走大法"的变成了经纪人。

经纪人觉得夏溪真是为了抓志愿者丧心病狂，连死鱼报恩这样的故事都能编出来。

这事当然不是死鱼干的，是"活鱼"干的：陆琛盯着节目组剪辑好片子，专门挑选了热血背景音乐；井烁就是那个不想透露真实姓名的爆料人。

井烁原本想要跟夏溪录制综艺展现自己，却被队友痛击，黯然离开了综艺。没想到吴浩柏直接超车，跟夏溪扮演一日假情侣。

井烁能忍？

至于三号鱼姚星哲也没有闲着。

拒绝恶意捆绑，夏溪独自美丽，远离私生活，多关注美女的作品吧。

像这样的句子已经刻在了姚星哲的DNA里。

三人都看完了《好剧上映》，有一个场景给他们留下了深刻的印象。

还是井烁先在三人群里发了一条消息，带着试探："夏溪跟吴浩柏假扮情侣的时候说，跟他在一起就是为了学习钓鱼……"

井烁陷入沉思：难道当时夏溪跟我交流是为了跟我学唱歌？

姚星哲：夏溪是为了跟我学打游戏？

陆琛发出喟叹：如果夏溪想要从我身上学习什么，那一定是跟我学习低调奢华的气质吧！

当然，这些他们没有发出来，姚星哲冷静地回复自己表哥：“清醒一点，夏溪什么都没跟我们学。”

在姚星哲看来，他表哥井烁的歌唱水平没有比夏溪高多少。

三人非但没有高兴起来，反倒更悲伤了，他们身上就没有什么夏溪觊觎的东西？

三人在怀疑人生的时候，夏溪因为惨痛的钓鱼水平得到了大家的关怀。

姜妙之找夏溪玩的时候给夏溪带了小鱼干，夏溪到剧组拍摄的时候管理餐食的工作人员表示“今天有鱼”，方倦还专门给夏溪挑了鱼最大的盒饭。

夏溪：谢谢大家。

夏溪专注钓鱼就是钓不到的视频，方倦看了七八遍。

怎么会这样？他本来以为夏溪是全能型人才。那大半天，就算初学者也能钓上来一两条吧。

方倦还提醒夏溪：“你钓鱼不行这事都已经上热搜了。”

夏溪不理解：“这也值得上热搜？是没有什么好上了吗？”

夏溪看了一眼现在的热搜，打开就是什么“某某某生图真能打”，点开一看，好一张修了无数遍的精修图！这皮肤白得压根不是活人应该有的。

除了精修图装生图，还有一条“某某某身穿白色礼服、头戴蝴蝶结太美了”，夏溪甚至没有点进去的想法。

刚知道自己钓鱼不行上热搜的时候，夏溪：这小破事儿有什么值得上热搜的。

现在的夏溪：大家开心就好，毕竟热搜榜看起来真的非常无趣，能给大家带来快乐，我也挺高兴。

本着独乐乐不如众乐乐的想法，有人专门把夏溪钓鱼这段截下来，给搞笑段子微博投稿。

“把‘夏老师钓鱼不行’打在评论里！”

“对不起，我不应该笑出声，但夏溪看起来真的对鱼好渴望，也好努力，但几个小时了为什么就是没有鱼呢？”

“我钓鱼技术好，小半天就能钓一大桶。”

“所以说海产零食广告里夏溪钓鱼都是假的，她压根就钓不上来。”

大家完全没料到夏溪下场了。

她先是发了一条微博：“是的，我钓鱼水平不行，所以有钓鱼高手吗？大家互相交流探讨钓鱼技巧，明天上午九点X市静安河见。”

紧接着她又在评论区找到了说自己钓鱼技术好的这条，进行了回复：“真的吗？我不信，除非你展示给我看，明天上午九点X市静安河见。”

古有抛砖引玉，今有夏溪抛自个儿引鱼？

机智的网友已经看穿了一切：夏溪就是打算去蹭鱼吃吧！

夏溪觉得大家还是不够了解自己，她明明是为了学习钓鱼技术！

老话说得好，授人以鱼不如授人以渔，别人送她鱼吃只是暂时的，但学习到钓鱼技术就是永恒的。

夏溪的海产大亨梦想依旧没有破灭。

赵天绮、楚思思和米莎在群里跟夏溪说：“想吃什么鱼跟我说，给你买。”

她们也看到了热搜，也没想到会这样。

夏溪很潇洒地表示：“不用。你们就等着吃我亲手钓上来的新鲜鱼吧。”

她信心满满，发出了豪言壮语。

不过，现在赵天绮她们跟夏溪不在一个城市，夏溪今天如果有所收获也是给《问仙》剧组。

导演乐呵呵的，已经在等着吃鱼了。

经纪人没有拦夏溪，压根拦不住。

夏溪上午没有拍摄，中午之前返回。她不是一个人去的，剧组有工作人员也正好没事情做，跟她一起去了。

回来的时候夏溪拎着桶，里面有好几条大鱼。

方倦是真的惊讶：“真的钓到了？”

夏溪重重地叹气。

她这次依旧很努力也很认真，并且跟钓鱼经验更丰富的网友进行了探讨，但就是邪了门了，鱼根本不上钩。

这些鱼是网友送的，本来夏溪不打算收，但网友特别热情，最后夏溪送了网友比鱼更贵的钓鱼工具。

方倦很想笑，但他会努力憋着。毕竟他还要靠夏溪教武术，而且他要是笑得太嚣张，可能会被针对。

——不是被夏溪针对，是被其他人。

方倦觉得自己已经被“溪水”包围了，不管《问仙》剧组之前有没有“溪水”，反正现在大部分都是“溪水”。

夏溪已经扮上了师尊造型，依旧仙气飘飘，随手挽几个剑花就能得到一小片叫好。

方倦也试图学夏溪的动作，却无人在意。

虽然夏溪的钓鱼大业进展不顺利，但拍摄很顺利。到了午饭时间，大家围在一起聊天吃饭。

夏溪环顾周围发现少了人，她问：“年诗语呢？”

年诗语就是《问仙》的女一号。年诗语跟姜妙之长相不一样，后者是可爱甜妹，前者大气清丽，不过两人性格差不多，都很活泼外向。

年诗语不是童星，而是舞蹈学院的学生，被电影导演挖到了圈内。她的作品不算多，演技也比较青涩，但很有灵气。

不需要工作人员告诉夏溪，夏溪就已经看到她了。

年诗语一个人坐在台阶上，背对着人群。

确定年诗语没有吃饭，夏溪要了她那份盒饭，起身朝她走了过去。

年诗语是个爱笑活泼的女孩，但是现在脸上没有一点笑意，整个人看起来甚至有些孤僻阴狠。她什么也没有做，只是注视着前方一动不动。

夏溪感觉年诗语好像在某种状态里，她这个时候最好不要去影响对方，于是打算放下盒饭就悄悄离开。

不过年诗语却发现了夏溪，她抬起眼睛喊夏溪：“师尊？”

察觉到说错了，她才改口：“夏溪。怎么了？”

像这种喊成戏中人物名的情况在演员中也并不少见，夏溪把手上的盒饭朝年诗语推了推，说：“该吃饭了。做什么也别忘记吃饭，趁热吃，不然对胃不好。”

年诗语看起来有点疲惫，不过还是露出了一个感激的笑容：“谢谢你啊夏溪。”

方倦后来在周围没多少人的时候告诉夏溪：“年诗语是体验派。”

虽然当演员在夏溪的计划之外，跟当偶像一样，完全是公司安排的，但夏溪一直信奉一个道理——要么不做，既然做了就得做好。

所以她不但暗中学习演技，也了解了一下基础的专业知识。

体验派指的是演员让自己变成角色，完全感受角色的喜怒哀乐，使自己跟角色合二为一。

在《且听风吟》剧组的时候夏溪就遇到过体验派老戏骨，不过老戏骨进戏快，出戏也快。

夏溪有些担忧地瞥了一眼还在那边面壁的年诗语，感觉她不像是出戏快的样子。

不管怎么样，那是年诗语自己在专业上的事情，而且本身也没有妨碍别人，看起来也就是情绪容易沉浸在戏里，除此之外一切正常。夏溪也就放心了。

但她很快发现，她放心得有点早。

因为天气预报说下午有大雨，他们收工得也比平常早一些，夏溪在房间里跟几个时间比较空闲的队友一起视频，进行云练习。

陈梦佳哀号：“我们这是什么精神，为什么没有舞台也不能躺平玩游戏！”

不需要夏溪开口，林姝珍就已经接上了：“躺什么躺，玩什么游戏，整天就知道玩玩玩，你是想再次回到四肢未受驯化的时候吗？”

陈梦佳：开口就一股夏溪味儿。

不过陈梦佳还是把头摇得跟拨浪鼓似的：不想。

夏溪用干净的毛巾擦了擦额前的汗，说：“台上一分钟台下十年功，跳舞跟练武一样不能放下，万一要上舞台，临时练就来不及了。”

师聘看夏溪已经流汗了，好奇地问道：“溪溪在开视频前是不是已经练过了？”

夏溪点头：“嗯。还去酒店健身房锻炼了两个小时。”

队友们顿时肃然起敬。

夏溪每天雷打不动晨跑，今天还拍了戏，又在健身房练了两个小时，现在还在跟她们一起锻炼。她们还有什么理由不努力？

夏溪跟大家又练了一会儿，然后听到了敲门声。

“夏溪，你在房间吗？”

夏溪停了下来，她听出是年诗语表姐的声音。

年诗语还没有签公司，算是家庭系管理，平时给她联系工作的是父母，表姐就给她当助理。

“我在！”夏溪冲着门的方向喊了一声，然后又跟队友们说得暂停一下。

夏溪关掉视频去开了门。年诗语的表姐站在门外，看起来很慌张。

“怎么了？”夏溪直觉不妙。

年诗语表姐：“诗语有没有在你的房间？”

夏溪：“没有。”

年诗语表姐：“找不到诗语了，我以为她来找你玩了。”

年诗语不见了。

夏溪也意识到了事情的严重性，她把年诗语表姐喊到屋里来，虽然走廊现在没人，但不保证不会被人听到。

年诗语再怎么说也是娱乐圈的人。

“到底怎么回事儿？”

年诗语表姐开始带着哭腔描述：“一个小时前她还在房间，我有事儿离开了一会儿，等我回来就没看到诗语了。我本来也没当回事儿，后来发现她没有带手机，也没有带包。”

夏溪给年诗语表姐递了纸巾，让她不要慌：“诗语应该就在附近。我请剧组工作人员去找酒店查一下监控，然后我们分开找找吧。不会有事儿的，放心。”

短短几分钟时间，夏溪已经处理妥当了，剧组有人去查监控，有人跟她们一起出去找年诗语。

年诗语表姐本来脸都吓白了，听到夏溪沉稳的语调，不自觉放松了下来。

夏溪看起来很镇定，有一种一切尽在掌握中的感觉。

有工作人员陪着年诗语表姐去找，夏溪这边一个人打着伞找。也不知道是不是她运气比较好，在酒店附近她就看到了要找的人。

年诗语没有打伞，整个人就站在大雨中，浑身都已经湿透，口中还在喊着些什么。夏溪听出是《问仙》里的台词。

过几天就有一场雨中质问的戏。

对，年诗语是看到下大雨，出来体验了。

夏溪给她打伞，把她往酒店带，没忘记给年诗语表姐以及剧组工作人员报平安。

年诗语浑身湿透，回到房间后就换了身衣服，她本来年纪就不算大，这么一来显得更小了。

“对不起，我不是故意不汇报行程的，我就是忘记了……”看着一路上话明显变少的夏溪，年诗语有些忐忑，她不想让夏溪不高兴。

夏溪张罗着让年诗语去洗个头，告诉年诗语：“你的表姐很担心你，差点吓哭。”

年诗语这样一声不吭地走开，让周围人跟着揪心。

虽然知道她是体验派，但夏溪觉得出去淋雨就有点过了，很容易感冒。

年诗语以为夏溪沉默是生气，实际上夏溪是在思考方法，年诗语这样下去好像不太好。

夏溪灵机一动，拿下花洒询问：“你现在还需要模拟场景找感觉吗？”

年诗语不明所以。

夏溪冲着年诗语招了招手：“我帮你拿着花洒，你洗头，我还可以顺便陪你对个台词什么的。”

洗头、找感觉、对台词，三不误。

花洒的水还是热水，淋了不容易感冒。

年诗语有点蒙了。

接下来的几天里，夏溪开始为年诗语努力找场景替代的东西。

想要感受地动山摇？夏溪让年诗语坐在摇椅上，人力摇动，给她现场制作地动山摇的感觉。

仙气飘飘的感觉也可以营造出来，端上来的水果拼盘下面冒着白气儿，夏溪二话不说赶紧喊年诗语过来：“快，趁着白气还没消失！”

夏溪也不光让年诗语体验，自己也体验。

跟夏溪拍对手戏的演员感觉神了。为什么夏溪浑身冰凉凉，手也是凉的，靠近她甚至感觉她在冒着丝丝凉气？难道夏溪真的是冰山师尊？！

夏溪解释：“因为我揣了冰酸奶。”

目睹一切的方倦觉得很离谱。

你这是冰山师尊，还是冰镇师尊？！

不过，夏溪给年诗语的模拟方法看起来粗糙，实际上好用，反正这段时间年诗语确实没有再做出什么不打伞出去专门淋雨的事儿，而且演出来的水准照样很高。

“今天就是你的最后一场戏了吧？”方倦询问夏溪。

夏溪收起剧本点头，其实也有点感慨：“对。”

很多剧组拍戏并不完全按照顺序来，可能演员们刚见面就要演热恋中的状态，甚至有直接就开拍大结局的。

《问仙》倒没有上来就拍大结局，大体还是按照剧情发展顺序来的，这也方便了夏溪更好地了解剧本。

夏溪的最后一场戏基本上已经靠近大结局，她拍完这一场就面临杀青，不过方倦他们还要继续留在剧组拍摄其余镜头。

方倦都不由感慨：“好快。”

夏溪真挚地告诉方倦：“就算这样，我也不能给你打折，说多少钱就是多少钱。”

一分也不能少，套近乎是没用的。

夏溪的武馆还没开出来，不过方倦已经自费跟夏溪学武术。跟着夏溪免费学几天还好，一直蹭课也不现实。

剧组请夏溪当武术指导是给额外工资的，方倦想让夏溪多花时间精力在他身上，就要额外交钱。

方倦哭笑不得：“我又不是给不起。”

虽然他确实抱着点儿打折的想法。

方倦其实觉得物超所值，经过这段时间的练习，他的动作明显好看了不少。

……

“各部门准备——”

在导演确认各个演员进入状态后，拍摄正式开始。

这算是拍摄以来一只手都能数过来的大场景之一。

各大宗门有头有脸的人物齐聚水翎所在的山峰，经过调查，大家终于发现，实际上危害三界的最大幕后黑手居然是天下第一美人——德高望重、武功高强的水翎。

所有人情绪激昂，十分愤慨，还掺杂着不敢相信的情绪。

面对围剿，夏溪扮演的水翎依旧是惯有的打扮，安稳地坐在梅花树下的石椅上独酌。

剧组花重金做出了雪景，白皑皑的雪映衬着开到荼蘼的梅花，十分美丽，但最耀眼的还是梅花树下的人。

水翎一身白衣，气质优雅出尘，发丝乌黑如墨，纤细且骨节分明的手执着青玉杯，绝美的脸上没有过多的情绪，看起来是惬意的。察觉到人声，她缓缓地撩起眼帘，美眸流转，不带一丝惊讶。

她开口就是：“来啦。”

她仿佛一直在等待他们。

本来气愤地前来讨伐魔头的众人有瞬间的恍惚，不自觉地开始动摇。

她会是幕后黑手吗？完全不像啊。

“就是她，都是她做的，她是彻头彻尾的大魔头，是个疯子，想要让全天下的人跟着她陪葬，大家不要被她的假象迷惑！”

有人大喊了一声，陷入迷茫的众人如梦初醒。

而水翎拿着酒杯的手微微一顿，呢喃：“我讨厌世人的聒噪。”

话音刚落，她伸出了手，刚才喊话的人完全不受控制，整个人像被吸过去了一样，脖颈被水翎抓住。水翎只是稍微动了动手腕，对方的脖颈就发出了“嘎嘣”的声响。

好歹也是能喊得上名字的别派长老，却在眨眼间命丧黄泉。

关键是水翎完全没有使用法宝。她甚至没有太大的动作，依旧白衣飘飘。

但不管是倒下的长老，还是她手中的鲜血，都已经没有办法让其他人再产生动摇。

水翎确实是幕后黑手。

水翎瞥了一眼死不瞑目的别派长老，语气无悲无喜：“现在安静了。都已经被叫作疯子了，不做点疯子该做的事儿，岂不是对不住你？”

“本座从来没有否认自己做的事，诸位闯我苍羽山是想与本座为敌？”这算是直接自曝身份，并且完全没有忏悔的意思。

她一生顺遂，什么都有了——高强的法力，天下第一的容貌。但她只想毁天灭地。

太嚣张了。

各大宗门怎么能忍受这种挑衅，很多人开始一起朝着水翎攻去，然后就是一场单方面的碾压屠杀。他们早就知道水翎不是徒有其表的草包，相反她天纵奇才、年少成名，但他们还是被水翎的真实武力值震撼了。

围攻都没有多大的用处，最干净的白衣变成了最让人为之战栗的存在，雪地已经变成了浓稠的红。

最让众人绝望的是，水翎直到现在还是游刃有余，她的神态甚至带着一种天真感，仿佛在进行一场游戏。她还没有放大招，这只是她的开胃菜。

“未央，你现在还不站出来吗？”眼看局势险峻无法扭转，宗门掌门大喊了一声。

未央？

已经杀到仿佛化成一道残影的水翎停了下来。

她看到了自己亲手带大的徒弟。

史未央不停后退，神态已经开始崩溃：“我不行，我不要。那是我的师父！”

掌门：“她现在不是你的师父，她是要灭掉全天下的罪人。史未央，拿起你的剑，杀了她，杀掉她就可以免遭生灵涂炭。”

所有人都在劝告史未央。

如果史未央可以杀死水翎，那可以省去很多步骤。他们不是完全没有准备，最终可以布阵绞杀水翎，不过要付出极为惨烈的代价。

水翎出言嘲讽：“一群懦夫杀不掉我，就去逼迫一个占你们岁数零头的小姑娘吗？”

各大宗门掌门、长老面红耳赤，但他们确实一时半会儿拿水翎没有办法。

“未央，为了天下苍生！”

史未央红着眼睛，最后还是咬着牙，握紧了剑朝着水翎飞去。

她的剑指向水翎心脏的位置。她知道事已至此，即使她不出手，也没有人会放过师尊，但她跟师尊之间有个秘密。

师尊的心脏跟别人不一样，师尊的心脏长在右边。

如果她侥幸能刺中师尊，那可以让师尊假死。

史未央知道天下大义，但更清楚面前的是把她从苦海里拉出来悉心教导、抚养长大的师尊。

水翎攻击的姿态不停，即使是史未央来到了身前。史未央已经做好了灰飞烟灭的准备，她冲着水翎扬起了一个笑容，喊道：“师尊。”

从前，人人都敬仰她，史未央也敬仰她；现在人人都怕她，但史未央依旧敬仰她。

史未央闭上了眼睛。

想象中的疼痛没有出现，但她听到了剑刺穿血肉的声音。

史未央顿时睁大眼睛，不可置信地看着面前的一幕——她的剑完全贯穿了师尊的胸膛。

水翎没有反抗，在史未央刺过来的时候，她收回了招式，纵容了史未央的行为。

水翎嘴角勾起，冰山融化，越是难得越是动人，她对史未央说：“活得太长，也有些无聊。怪没意思，为师倦了。”

史未央拿剑的手不停地抖，她强行安慰自己：师尊不会死，这个秘密只有她们两个人知道，师尊的心脏跟别人不一样，是在右边的。

但周围爆发出一阵欢呼声：“大魔头魂飞湮灭了！”

史未央看到师尊的身体已经开始透明化，这是魂飞湮灭的象征，大罗神仙都救不回来。

“怎么还是这么爱哭，别哭……”白衣师尊抬了抬手想要抹去史未央脸颊的眼泪，不过没有触碰上。她的掌心全都是鲜血，会弄脏徒弟的脸。

而且也来不及了。

她化成点点星辰，飘散在天地之间。

“史未央，魔头已剿，你拯救了天下苍生！”

在一片夸赞跟欢呼声中，史未央再也拿不稳手中的剑，一幕幕画面就像是走马灯一样不断在脑海中放映。

——年幼时惨遭灭门，师尊像天神一样降临，朝着她伸出了手。

——遭受巨变，她沉默寡言，经常躲在角落一个人偷偷地哭，师尊给她擦眼泪、扎小辫子，那样一个看起来遥不可及的人，却有着敏感细腻的心思，还能给她扎一头漂亮的小辫子。她看起来有些无措，最后化成一句“别哭了”，抚摸头顶的手是温暖的。

——师尊只有她一个徒弟，掌门曾多次让师尊再收下其余人。史未央见到过那些只需要师尊点头就会成为她师弟师妹的人，个个都粉妆玉砌还有天资，并不比她差，甚至有的比她还要强。

但师尊拒绝了：“人多嘈杂，有未央就够了。”

为什么？师尊的心脏不是在右边吗？为什么师尊会魂飞湮灭？

史未央想得头疼，一个画面突然在脑海中闪现。

年幼的她窝在师尊怀里，问：“师尊，为什么你的心脏跟我们不一样啊？”

师尊说：“天生的。”

小未央：“那你会不会被人笑话？我不想让师尊被别人取笑，谁取笑师尊，我就揍谁！”

师尊当时像是发出了一声轻笑，再去捕捉却毫无踪迹。

渐渐的未央长大了，她知道没有人会取笑师尊，所有人都敬仰师尊，而且也只有她才会被允许靠师尊那么近。

就是因为她年少无知的一句话，让师尊把心脏调换了位置。

史未央跪在地上，流下血泪，她已经理清了思路，一切明了。

她仰天大叫，声音凄厉。

人人都在庆祝欢呼，只有她在痛哭流涕。

……

拍完这场戏大家都有些身心交瘁。

已经有工作人员小声抽泣了，虽然知道这是反派应有的结局，却还是有点意难平。

导演其实稍微有点担心夏溪会撑不起这场戏，因为这场戏还是挺需要情绪外泄的，但夏溪还是诠释出来了。

师尊伸手去给徒弟擦泪却碍于手中沾血没有上手这段，是夏溪自己临时改的。

按照剧本里写的，水翎是给史未央擦了泪的。

导演点头："改得好。"

更有那种遗憾感了！

夏溪也在回忆着刚才拍摄的内容，眼睛亮亮的："其实当演员也挺好的，我好像已经感受到拍戏的快乐了。"

编剧也开始好奇："为什么？"

夏溪："可以打群架还不犯法。"

刚才打群架还是挺酣畅淋漓的。

第五章

最低标准 Seagirls

夏溪对打架……切磋很热衷，但切磋的机会并不多，除了之前跟杨澄的师叔切磋了一把让夏溪记忆犹新外，后面几乎没有这样的机会。

编剧：我还以为会听到什么煽情感动的话，把我的感动还回来！

不过编剧已经开始规划了，想要写一个打戏特别多的角色。夏溪的打戏是真的一绝，整个圈内都缺少这种打女，拳拳到肉、刀刀见血的打戏已经很长时间没见到了。

夏溪又拿到了领盒饭的红包，剧组为了庆祝夏溪杀青，决定搞个聚餐。

《问仙》导演问夏溪后面有什么安排，夏溪回道："有一个合作表演，凌晨就要出发。"

"这么赶。"这话是年诗语说的。

年诗语一直站在夏溪旁边，刚才那场戏对她来说情绪宣泄力度很大，现在年诗语的眼睛还有些红肿。

夏溪解释："因为要跳舞唱歌，所以还是需要现场排练一下。"

夏溪给年诗语递了被干净毛巾包裹起来的冰块，示意她："敷一敷。"

年诗语看起来有点怅然若失，想要挤出一个笑容都很困难。

接下来半天，年诗语就像是小尾巴似的一直黏在夏溪身边，即使拍戏也频繁地朝着夏溪的方向看。

晚上夏溪收拾行李的时候她还特地过来敲门。

"夏溪！"她声音里带着轻微的惊恐。

夏溪给年诗语打开了门，语气温和："我在，怎么了？"

经过小半天的缓冲，年诗语的眼睛不但没有得到改善，反倒更红肿了。

年诗语看到夏溪，像是松了一口气，举着矿泉水，说："给你送矿泉水，我回去了……"

说完，她把矿泉水瓶往夏溪手里一塞，就离开了。

公司给夏溪派来了一个临时助理，临时助理丈二和尚摸不着头脑，在夏溪关上门后问道："年诗语这是在做什么？"

夏溪言简意赅："送水。"

临时助理："……"

她当然知道是送水，但这不是送不送水的事儿！

临时助理掰着手指头盘算："半个小时里，她送来了两个橘子、一盒蓝莓、一串香蕉……"

这些都是分开送的，临时助理甚至都怀疑年诗语是不是把她那边能拿的东西都拿了过来，现在连酒店统一配送的水都送过来了。

临时助理越想越觉得不对劲儿，她开始阴谋论起来："年诗语想干吗？太反常了，我就没见过这样的情况，感觉有阴谋，东西你先别碰，咱们是不是得送去化验……"

可别被下毒了。

"我们是不是应该联系公司那边啊！"她开始焦急了。

夏溪笃定地告诉临时助理："没毒。"

临时助理："你怎么知道……"

半根香蕉已经下了肚，夏溪觉得对方的想象力真的很强，说："如果一定要有阴谋的话，那可能是年诗语想让我发胖吧？"

艺人们还是挺注重这方面的。

临时助理："……"

夏溪："不要紧张，年诗语可能单纯想看看我是不是还活着。"

虽然这话临时助理不会信。

果然，临时助理满脸疑问。

年诗语还没出戏，夏溪感觉稍微有点棘手，她对助理说："可能得稍微给我点时间。"

年诗语感觉自己现在是完全分割开的，她有点分不清现实跟戏中哪个是真，哪个是假。

一方面她告诉自己不要去打扰夏溪，她跟夏溪只是合作过的同事；但另外一方面她觉得那是她的师尊，是被她给“误杀”的师尊。

这种理智与感性拉扯的感觉非常痛苦，她甚至不能控制自己去敲房门确定夏溪的情况。

念到“师尊”这两个字，年诗语的泪腺就像是打开了阀门，眼泪不停地往下流。

她特地不去想夏溪是不是已经离开了，接受表姐的邀请去外面便利店买了点儿吃的。房间里的吃的都送给夏溪了，一点都不剩。

年诗语做什么都提不起劲儿来，出去买东西也没有让她从情景里抽离，她感觉自己可能很难出来了，心脏都开始隐隐作痛。

然而回来后，表姐神神秘秘地推开门：“猜猜谁在里面？”

年诗语：“谁啊？”

天王老子来了，她都不感兴趣。

——是夏溪。准确地说是打扮成师尊模样的夏溪。

夏溪也看到年诗语，她先是倒在沙发上，然后缓缓地坐了起来，现场表演了一个原地复活。

夏溪：我死了，我装的。

年诗语一脸茫然。

“未央。”夏溪拿出师尊专属语气喊了年诗语在《问仙》里的名字，朝着年诗语伸出了手。

年诗语不知道做出什么表情比较好，她怎么能不知道这是夏溪跟表姐一起筹划的。她捂住脸，羞涩道：“我感觉你们在哄小孩。”

是不是太幼稚了！为什么师尊还能当场复活！就非常离谱！

话是这么说，年诗语还是上前紧紧地拉住了夏溪的手，就像是在拽着一根救命稻草，她的表情也从一潭死水变得重新活泛起来。

夏溪对年诗语说：“陪我出去逛逛好不好？”

不是她陪年诗语出去逛逛，而是让年诗语陪她出去逛逛。

夏溪先是带着年诗语去了附近的武馆，夏溪已经打好招呼，租了一个小时，在这一个小时内完全没有人会打扰她们。

夏溪笑着问年诗语："想要学剑吗？"

年诗语跃跃欲试，欣喜点头："想！"

她这是在跟师尊一起修行吗？

剑都是没有开刃、方便表演的软剑，夏溪随便比画了两下，剑身在灯光的照耀下散发着寒光，白衣师尊舞剑绝美无比。

年诗语也觉得好看，如果不是后面练剑练得手腕疼，她可能会觉得更好看一些。

在年诗语的想象中，她跟师尊一起修行，这也是修行的一部分，场景温馨又美好。但现实中没有法术，舞剑就是实打实地来，累得人满头大汗。

"来。"

"再来。"

夏溪一旦教导起来就非常严厉，年诗语感觉自己有点想逃跑了，她发出疑问："我是不是下个月就要去参加世界武术比赛了？"

如果不是的话，为什么她会需要这么高强度的训练？

夏溪也后知后觉地发现对方表情不对劲儿。

"不好意思，职业病犯了。"她露出一个抱歉的微笑。

她之前教方倦就是这么教的。

年诗语疲惫地摇了摇头，夏溪提议："你饿不饿？要不去吃饭吧，我请。"

夏溪带年诗语去了火锅店。见她还穿着古装，服务员有些诧异。

年诗语感觉要被认出来了，不知道该怎么回答，夏溪主动解释："角色扮演。"

年诗语：你怎么张口就来！

火锅店里人不少，本来两个人是公众人物就很容易被认出来，再加上夏溪古装打扮就更加显眼了，于是两人还是选择了包厢。

两个人面前就是冒着热气的火锅，新鲜的牛肉卷、羊肉卷在麻辣鲜香的锅里上下起伏，让人的心情都不由跟着轻快了些。

夏溪用公筷给年诗语夹肉。

她看年诗语现在总体状态比较稳定，于是整理了一下措辞，温和地开了口：“拍摄《问仙》是一段很美好的过程，你是一个非常优秀的演员，让我看到了属于演员的执着和信念。”

年诗语现在这么痛苦的根源就在于年诗语完全投入角色里了。

夏溪是欣赏年诗语的，她欣赏每一个在自己工作岗位、专业领域付出心血的人。

夏溪一手撑脸，看着年诗语的眼睛，说得很认真：“虽然水翎跟史未央告别了，但夏溪没有跟年诗语告别。”

“只要你有需要，可以随时联系我……”想了想，夏溪补充道，“虽然我不知道什么时候能看到。”

她不是手机不离手的人。

夏溪换上这身装扮，就想用水翎的身份跟史未央告个别。

角色跟角色之间的告别，对别的演员可能无所谓，但对年诗语来说应该是重要的。

年诗语眼中已经有水光在闪动了，她很真诚地说：“谢谢你啊夏溪，我想我已经从角色里出来了。”

夏溪其实有些诧异，她还准备了一些别的开导的话没有说。她就说了几句，这么管用吗？

夏溪好奇到底是哪个环节让年诗语抽离得这么快，年诗语完全恢复到了之前的状态。

年诗语其实有点不好意思说，夏溪的开导不是主要原因。

“这个店不是有叠一只千纸鹤抵五毛钱的活动嘛，我看到你一直在忙着叠千纸鹤……师尊是不可能做出这种事儿的，师尊很有钱。”

年诗语：师尊高山仰止不食人间烟火，就做不出为了省五毛钱叠千纸鹤的事儿！

夏溪蒙了。

不管怎么样，年诗语能出戏就算完成目标。

因为耽误了这一会儿，夏溪几乎没休息，紧赶慢赶正好卡点赶上了飞机。

到了活动现场她就开始进行排练。

跟夏溪一起合作表演的是一名男歌手，他长相清秀，唱过不少主题曲、片尾曲。

主办方给出的规划是舞蹈加音乐形式。不过彩排并不是很顺利，夏溪这边表现得很好，问题出在男歌手身上。

“yoyo 唱歌没问题，但舞蹈不行，没有力度，这样跳起来真的不好看……”主办方负责人眉头紧锁，觉得有些难办。

男歌手也很无奈：“主要是我确实不怎么会跳舞，这纯属赶鸭子上架，这一时半会儿，我怎么给出力度？”

夏溪跟男歌手四目相对。

十分钟后，这个问题就完美解决了——夏溪跳男生部分，男歌手跳女生部分。

夏溪询问负责人：“这样行不？”

主办方负责人感觉大开眼界，不过说实话，确实好看了。

夏溪和男歌手同时松了一口气。

夏溪跟男歌手是在某音乐节合作表演，得知夏溪空降音乐节后“溪水”就开始欢呼抢票。

虽然夏溪只有这一个节目，但有的看就不错了。

“溪水”也不算冲动消费，这次音乐节请的歌手、乐团质量都挺高，他们又能看到偶像，又能听别的歌手演唱。

“溪水”：不知道这次溪溪是什么造型，已经开始期待了！

答案很快揭晓。夏溪穿了一套黑色西装，不是那种很正式的西装，是舞台表演服。上面绣着东西，还有细闪。

柔顺乌黑到可以去拍洗发水广告的头发披散开，耳边分别别了两根银色叶子式发卡，防止旁边头发的乱动。白净细腻的皮肤，乌黑的发丝，再加上红唇，让她整个人美得惊心动魄，也让人瞬间联想到她在选秀期间拍摄的汽车广告。

“溪溪，我想上你的车！”

夏溪正在跟男歌手往舞台中央走，突然听到了这么一句，便朝着那边看了过去。

她看到灯牌，估摸着是“溪水”，拿起话筒，阐述事实：“没有驾照。”

夏溪其实是想拿下驾照的，但太忙了，时间管理大师都做不到。

“溪水”没想到夏溪居然真的回应了，而且回应得还这么真挚，反应过来后“溪水”笑成一团。

夏溪没有跟大家唠太久，毕竟还要演出，“溪水”也乖乖噤声等待。夏溪跟男歌手并排站在一起，音乐响起。

这首歌是男歌手自己的歌，曲调活泼欢快，传唱度不低，台下已经有人开始跟着轻声哼唱。

夏溪穿着黑西装，男歌手穿着白色西装，两个人随着音乐一起跳了起来。

他们靠得很近，跳着双人舞。大家本来看得津津有味，但很快发现好像哪里不对劲儿。

“溪溪是不是在跳男舞啊？”

稍微仔细看看就会发现，夏溪跳得大开大合，很有力度，很飒；而男歌手的舞蹈就明显偏女性化。如果这还不够明显的话，那夏溪揽住男歌手的腰、男歌手身体往下倾的这个动作就再明显不过了。

夏溪跳的是男生的部分，还跳得非常棒。她揽着男歌手的腰，看起来稳极了，脸上还能带着些许笑意。舞台灯光照在她的脸上，她眼睛中仿佛藏着星辰大海。她微微垂眸，睫毛轻颤，歪头看向男歌手，十足地撩人。

舞蹈没有半点违和感，夏溪的个子在女生中本就偏高，男歌手又不是身材高大的类型，观众只觉得整个画面搞笑又精彩。

不光“溪水”，男歌手 yoyo 的粉丝也等候在现场，本来他的粉丝想要喊：哥哥好帅！

但事到如今，他们也不能硬着头皮乱说话，变成了：“哥哥好妩媚！”

“妹妹好帅！”他们把“好帅”送给夏溪。

男歌手也有一定的天赋，卖萌撒娇信手拈来。

音乐节观众可以带手机，夏溪他们还在跳着，视频就已经被观众上传到了微博。

视频中两个人堪称进行了灵魂互换，网友们一边反复看视频反复笑，一边好奇，到底为什么会变成这个样子？

哪个天才编舞师搞的，出来挨亲！

有现场工作人员爆料：“其实是 yoyo 跳不了男生部分，夏溪就跟 yoyo 说自己可以跳男生部分。”

网友：原来是你啊夏溪，这脑瓜子可不是一般的灵活。

现场的情绪完全被点燃了。

一舞结束后，yoyo 还沉浸在情绪中。

弹吉他的妹子弹热了，想脱下外套但不太容易，夏溪发现后上前帮她把外套脱了下来。

yoyo 撒娇上瘾，也紧跟着说：“夏溪可以帮我也拽一下外套吗？”

夏溪义正词严地拒绝：“妹妹，我不吃这一套。”

yoyo 茫然的表情在大屏幕中被放大。

前一秒还在你侬我侬、搂搂抱抱，下一秒就不吃这一套了？

yoyo 的性格一直不错，跟夏溪在舞台上是开玩笑，只是他没想到夏溪接梗接得那么快。

本来他还担心自己把表演搞砸，没想到反响比想象中还要好。

yoyo 下了舞台还特地感谢了夏溪：“夏溪，这次算我欠你一个人情。”

他一向对自己的舞台很重视，这次确实是夏溪帮了忙。

夏溪摆了摆手，说：“不要说欠不欠的……”

yoyo 的笑容幅度更大了。夏溪果然爽快，他最喜欢爽快人了。

“行，那我们就不说了……”

夏溪制止了 yoyo：“我的意思是，不要说欠不欠的，现在就还吧。能约歌吗？”

夏溪已经知道 yoyo 是创作型歌手，唱的歌大部分都是他自己写的，夏溪还挺喜欢。

既然有这么一个机会，对方还说欠了她人情，那就不用欠，直接还吧。

yoyo：从某种角度来说，夏溪真的是爽快人。

夏溪是想给团队约首歌，什么类型的都行，Seagirls 至今还没有一首正经的属于她们的歌。当然，要是 yoyo 为难也就算了。

yoyo 稍微蒙了一下后倒是大大方方同意了，并且表示：“我感觉我好像有点灵感了！”

夏溪火速递上纸跟笔，供 yoyo 快速记录灵感。本着对方给自己办事儿，自己也要有所表示的想法，她犹豫了一会儿，问："你现在还需不需要拽外套了？如果拽外套能让你的灵感更多一点的话。"

工作人员只觉得感天动地：Seagirls 其他成员知不知道夏老师为了这个家付出了多少！

yoyo 瞥了一眼没有开暖风的后台，头摇得像拨浪鼓。

"放心，我答应你了，会好好写。"不用搞"不好好写就冻死你"这一套。

灵感来得太快，yoyo 现在只想快乐创作，夏溪也就没有打扰他，把自己的邮箱给了 yoyo 助理。

夏溪也还有别的安排。

海的妈妈广场舞团在这座城市附近的县城有比赛，之前发微信邀请过夏溪。

现在夏溪正好有时间，决定去看看。

夏溪到得比较早，阿姨们还没有来，夏溪也没打算催，在附近逛了逛。

这边是个商场，搭了台子，看起来像模像样，已经吸引了不少围观群众。

"听说还请了明星。"抱着小孩的阿婆在跟周围的人说。

别人问："什么明星？"

夏溪也竖起了耳朵。

阿婆："什么膝……盖？"

——是 Seagirls。

夏溪已经看到了横幅，上面有十一个人，横幅上写着"人气女团 Seagirls"，背景音乐是《Pick101》里的主题曲《青春同行》。

夏溪没想到会遇到这种情况，这是……仿冒女团？

她们 Seagirls 可并没有这样的行程，而且海报上的人也完全不是她跟队友的模样。

夏溪心里涌起一股极强的荒谬感，这还不算完，她还听到舞台那边响起争吵。

"服了，夏溪去哪儿了？"

“不知道，说要上厕所，然后人就没了。”

“这一会儿就得开始了，她在给我整什么幺蛾子。”

“别吵了，现在问题得解决，怎么办？”

很快夏溪就知道了这群假冒 Seagirls 的人想出了什么招数——现场随机抓一个人。

“这边缺一个女团成员，咱们悄悄地来……不会唱歌跳舞没关系啊，上来顶替一下就行，事成之后有两百块钱拿。”

夏溪：“拿着话筒说这话，好像也悄悄不起来吧？”

现场随机抓人的女生哽住了，只见打岔的人戴着口罩跟帽子，但也能看出来长得应该不错。

夏溪已经跳上了舞台，问：“我可以吗？”

夏溪：我可以申请扮演夏溪吗？

抓人的女生想要拒绝，但看起来像是领头人的中年男人拍板了：“行，就是你了。”

一切顺利得有点草率，夏溪得到了一身制服。她已经提前说明自己不是很想露脸，对方也很爽快地答应。露不露脸无所谓，只要不缺人就行。

不过对方还是好奇地问了夏溪一嘴：“为什么不露脸？”

夏溪回答得很迅速：“我内向，害羞。”

夏溪还得到了专属名牌，上面写着 xia xi，其余冒充者也有着各种名牌。

夏溪：这是什么儿童识字班吗？

关键是夏溪还看到赵天绮的拼音搞错了，qi 写成了 pi。

夏溪指了出来，领头的中年男人：“不重要。”

“那我需不需要也学点夏溪的特征？”

夏溪看到那位假米莎展现了黑皮的特征，就是不太用心，好像是涂了什么。

领头：“不用，夏溪的特征很抽象——野还有不走寻常路，不好模仿。”

她说自己没有基础，用不用练练，也被领头给驳回了：“什么都不用，你只要站在那边比画两下就行。本来夏溪站在 C 位，你不会的话我就把你安排到旁边。”

夏溪感慨："这钱可真好赚……那两百块真的会给我吗？你们能拿到钱吗，我假冒的话会不会被认出来……"

旁边的"米莎"直接笑了："可我们本来就是假冒的啊。"

夏溪一副担惊受怕、没有见过市面的模样，让假米莎打开了话匣子。

夏溪：虽然她模样模仿得和米莎毫不相干，但在某方面跟米莎拥有了同款——同款热情。

假米莎还在继续说："钱会给你，我们只要上去转一圈，靠着这个名字就能赚个小几千块。"

夏溪惊呼了一下，她不是假装的，是真心惊叹。

"像这样的活动你们已经做了很多次吗？"

假芮子悦也加入群聊："好几次了。"

领头打断了她们："都别说了。"

他告诉夏溪："你也别问，拿钱就行。"

夏溪乖巧点头，没有再打探，她已经知道得够多了。

《青春同行》旋律响起，夏溪跟着十个假冒成员一起走上了舞台，其余人还像模像样地喊："大家好，我们是Seagirls。"

没有经过彩排就直接上场，夏溪本来还以为对方应该是艺高人胆大。

但夏溪很快发现，有的人纯粹就是胆子大。

好好的一首《青春同行》跳得稀稀拉拉、松松垮垮，不整齐不说，夏溪发现有人甚至连舞蹈动作都没有记下来。

这首选秀主题曲当时大家都觉得有难度，是因为从开始练习到考核只有两天时间，实际上，稍微用用心，没有多少基础的人半个月也能学得差不多。

领头的中年男人本来把新拉来的人安排在了最旁边，寻思她只要稍微动动就行，没想到对方完全跟上了，甚至跳得非常好，自然而然地走到了C位，站在了原本就属于夏溪的地方。

领头暗暗点头，他觉得之前的假夏溪可以出局了，不知道这个临时工有没有兴趣加入他们团队，达成长久合作。

夏溪旁边的假赵天绮，准确地说是赵天皮，在大家还没离开舞台的时候就问她：“你怎么跳得这么好？”

夏溪真诚地告诉她：“大概因为我就是夏溪。”

几个冒牌 Seagirls 成员满脸疑惑。

夏溪露出了自己的脸，然后在几个人惊恐的注视下大喊：“警察同志，我在这里，是我报的警，就是她们假冒女团！”

看有人想要趁机开溜，夏溪大喊：“你们已经被包围了，赶紧束手就擒！”

她左手抓赵天皮，右手抓假米莎。

领头真的惊了。为什么会在这里看到夏溪！

不过他觉得自己归纳总结得好像真的很对，夏溪确实又野又不走寻常路。

夏溪最后还没忘记要那两百块钱劳务费。

“报警抓你们是因为你们犯法，但舞我是真跳了。”说着，她摊开了手。

领头中年男人：想哭。

夏溪不光报了警，还将情况汇报给了公司。

夏溪现场打假视频曝光，Seagirls 在偶像运动会之后再次集体上了热搜。

这件事儿不算小，公司把十一个成员聚集在一起，要开一个短暂的直播。

团粉已经很久没有看到全部成员凑在一起的场面了，最近的一次还是拍摄广告时，大家一边因为妹妹们遇到的事情感到无语，一边欢呼雀跃。

直播没有持续太久，本来公司这边就是打算出来澄清一下。

经纪人看十一个女孩叽叽喳喳说个不停，也体谅她们有段时间没有聚在一起了，但还是劝她们早点睡。

在经纪人看来这件事儿算是过去了，但夏溪喊住了经纪人，问：“我们团没有安排什么舞台表演吗？”

“假冒团都有舞台，我们却没有舞台。”夏溪幽幽地说，“要是我们舞台多一点，哪里有假冒团存在的空间。”

其余十人也齐刷刷地看向经纪人。

她们也觉得有点挫败。不是说录制综艺和拍戏不好，但她们明明是在101位各有特色的优秀练习生里被各位创始人选出来的女团成员。大家在舞蹈唱歌方面都不错，舞台却只有一个《精忠报国》，还是刚成团时蹭的夏溪的舞台。

赵天绮紧跟着夏溪："我们听从公司的安排，但公司也应该给我们兑现打造优秀女团、成为合格偶像的承诺。"

她们想要舞台，不是个人的舞台，而是Seagirls一起的舞台。

夏溪扬起一个甜甜的笑，给经纪人拿了瓶水，递给她，说："我们也知道你做不了主，就是想让你跟公司反映反映。"

经纪人面露难色："其实你说的这些舞台啊，公司也不是没有规划，但现在这个大环境对偶像确实不怎么友好，公司也有很多困难……"

夏溪点了点头，掷地有声："那让公司努力克服。"

十位队友顿时对夏溪肃然起敬。不愧是夏老师，好敢说。

经纪人没想到自己会听到这样的答复，"有困难就克服"一般来说不是上级对下级说的无用语录吗？

Seagirls成员互相对视了几眼，就开始齐刷刷冲着经纪人喊："加油！"

夏溪还补充："假冒团一次商演都能拿几千块钱。"

大家陷入沉思。

"千万别去接商演，这个合同不允许啊……舞台肯定会有的。"

经纪人话音刚刚落下，就看到了夏溪拿着手机在捣鼓什么，页面好像是微博。

她眼皮跳了一下，问："你在做什么？"

夏溪抬起了头，告诉经纪人："回复团粉。团粉问我们什么时候能一起表演。"

夏溪把手机屏幕明晃晃地摆在经纪人面前，经纪人看到有网友询问："求求了，什么时候能看到整个团一起上舞台啊？老粉真的好怀念选秀时期啊，以为出道是妹妹们的起点，没想到是终点。"

Seagirls夏溪："问过经纪人了，说肯定会有的。"

经纪人对夏溪发出了灵魂质问："我以前怎么不知道你这么爱回复微博评论呢？"

赵天绮、楚思思等人表示学会了，也拿起了手机。

Seagirls 想要舞台的意愿很强烈，经纪人第二天带她们去了公司一趟。

大家内心都有点忐忑，楚思思在路上就双手合十，喃喃："一定要让我们顺顺利利。"

陈梦佳："像这样的情况不应该让预言家夏老师来吗？"

大家都以为夏溪会像之前那样拒绝封建迷信，夏溪这次却接了话茬："我们必定顺利。"

大家来到公司后，有人来接待。公司态度很好，结果却不算好。

"你们的意愿公司已经收到了，舞台是肯定会给你们的，问题在于现在没有版权属于我们的歌曲。既然做那肯定得做到能力范围内的最好，最好能约到王竹老师、司马良老师的歌，但是他们两个太难约了，公司在你们刚成团的时候就在努力，现在还没消息……"

这两位都是业内著名的音乐创作人，创作出无数经典。但那些一线老牌歌手都在求着他们写歌，女团就更排不上号了。

大家面露沮丧。

夏溪提议："也不必这么好高骛远吧？"

林姝珍："司马良老师我们已经不奢求了，其他老师可以约吗？"

夏溪像是想到了什么，询问："yoyo 可以吗？"

接待 Seagirls 的负责人："当然可以！"

yoyo 虽然是新生代创作人，但近些年来也出了好几首流传度高的歌曲，跟影视剧特别匹配。

"不过 yoyo 也不好约，他挺有个性的，基本上都是自己写自己唱。"

夏溪眨了眨眼，问："那如果我有 yoyo 写的歌，是不是我们就可以有舞台了？"

旁边的队员都很惊奇："你有？"

她们倒是知道夏溪跟 yoyo 有交集。

夏溪有现成的歌，她伸出手指，说："两首。"

夏溪跟 yoyo 约了一首歌，但 yoyo 直接给夏溪发了两首过来。

歌是清早发的，因为比较匆忙，夏溪只来得及听一遍，她觉得挺好听。

经纪人当场找来笔记本播放。

两首都是带有古风元素的歌曲。

第一首叫《侠客》，歌名已经点名了这个曲子的立意，写的是仗剑行天下、路见不平一声吼的女侠；第二首叫《盗》，比起第一首的磅礴大气，这一首曲风稍微沉了点儿，节奏感比较强，让人想到了盗圣在瓦上疾走的画面。

听完后大家都很兴奋，楚思思抓着夏溪的胳膊说：“我觉得这两首歌能火。”

经纪人也感慨：“还真的不错！”

“不过你是怎么跟 yoyo 约的歌啊？”

夏溪原原本本地把事情经过说了出来。

其余成员惊讶了。其实 yoyo 写的歌完全可以变成夏溪自己的代表作，但夏溪让 yoyo 写的是整个 Seagirls 可以唱的歌。

经纪人也惊了：“你们的关系没好到那个地步吧，就不怕被拒绝吗？”

夏溪不明白有什么可怕的：“万一呢？”

赵天绮都忍不住笑了。

她觉得，yoyo 做梦都想不到，夏溪是抱着试试的心态找他约的歌，好比去菜市场问买菜的大爷能不能捎带两根葱。

赵天绮还主动开口：“我其实也给我们团写了歌。”

这么一来就有三首了，Seagirls 不光可以上舞台，再凑凑甚至可以直接出专辑。

Seagirls 集体欢呼雀跃，夏溪询问公司的人：“现在没问题了吧？”

“没了。”歌都已经到位了，公司自然不好再推辞。

夏溪还给经纪人提了一嘴，让公司给 yoyo 结算一下两首歌的费用。

对此公司也没有异议，毕竟能约到歌就已经很不错了。

Seagirls 所在公司透露 Seagirls 即将有两首新歌发行，团粉们简直要被这么大的惊喜砸蒙了。

公司只是提了一嘴就消失了，誓要把神秘感进行到底，最后在大家的千呼万唤下才又透露了两首歌的歌名。

Seagirls 正在筹划录制、排练舞台，完全找不到人影，神通广大的媒体挖出这两首歌是 yoyo 写的，于是找上了 yoyo。

yoyo 表示：“我也只能透露一部分。这两首歌有两种元素。写《侠客》是因为当时夏溪救场，我感觉她就是行侠仗义的女侠。”

记者由此类推也有了自己的理解：“那《盗》就是说夏溪让你写歌的时候很像强盗？”

yoyo 求生欲很旺盛，对着镜头说：“夏溪，这不是我理解的，是他理解的啊。”

……

Seagirls 成员在短时间内又要练歌录歌又要进行舞台排练，其间还有成员需要去完成早就定下来的其他工作，连经纪人都觉得她们实在是太拼了，但大家还是在不断推进进度。

用米莎的话来说就是“梦回 101”。

夏溪看着跟她一起训练的小伙伴们，感觉也回到了选秀期间。累，但是很快乐，很充实。

每个人都汗流浃背，陈梦佳则整个人都摊在地板上，哀号着：“谁来救救我，我不行了，我真的不行了。”

夏溪边擦着汗边喊“我来救你”，然后朝着陈梦佳伸出了手。

陈梦佳虽说跳不动了，但还是抓住夏溪的手爬了起来，该练习还是得练习。

陈梦佳感觉整个人都散架了，问夏溪：“我们什么时候能结束啊？”

夏溪语气很温柔：“快了。”

看了一眼表，她想了想，说：“今天的任务大概完成一小半了。”

陈梦佳满眼写着不可置信。

拿着摄像机的工作人员简直要笑死了。

公司还是挺有想法的，虽然现在要保持一定的神秘感，不能公开 Seagirls 练习的场景，但可以录下来，后面再放出来嘛。于是公司专门安排了工作人员进行录制。

跟拍 Seagirls 的工作人员感觉这个团的气氛是真的好，完全没有面和心不和的情况。

结束完半天的训练，大部分人躺在了地板上，米莎跟赵天绮还能坐着，夏溪不但能坐着，还能给大家带饮料。夏溪不光带饮料带饭，还顺便给全队成员来了次按摩。

工作人员感叹，夏溪的时间管理大师称号名不虚传。

公司也没有食言，Seagirls 准备完毕后终于迎来了打歌舞台。

经纪人把她们聚集在一起，说："三首歌都能唱，这个节目收视率很不错，除了打歌，还需要配合玩点小游戏。"

能有舞台就行，小游戏根本不算事儿，已经有人兴奋得开始抱着跳高高。

夏溪却捕捉到经纪人欲言又止的表情。

"是有什么问题吗？"

经纪人："其实也不算什么问题，就是这个节目银河系也会上……"

大家本来还沉浸在激动中，听到这里不约而同看向了赵天绮。

银河系就是赵天绮原公司的女团，赵天绮之前就在那个团里。在赵天绮选秀期间，原公司跟前队友们就不断搞幺蛾子。

赵天绮看起来完全没受到影响，她平静地告诉经纪人："我知道了。我们照旧，该怎么来怎么来，我有数，不会影响到 Seagirls。"

这个圈子说大不大，难免会遇到，赵天绮不会因为自己让大家错失这个机会。

"我没有做错什么，为什么要怕她们？"赵天绮感受到夏溪担忧的目光，她侧过脸对夏溪说，眉眼漾起笑意。

夏溪本来皱着的眉头舒展开，她也笑了，朝着赵天绮伸出了手，两个人碰了碰拳。

"你没有什么好怕的，你的身后有粉丝，还有我们。"夏溪告诉赵天绮，"有我在，我会保护好你。"

陈梦佳嚷着："我现在就去下单棒球棒！"

团队里的学霸柴笙推了推眼镜，说："我去下单武棍。"

经纪人露出了警觉的表情："你们想干吗？"

陈梦佳："跟其他男团女团进行一场友好的棒球比赛。"

柴笙："可能主持人会让夏溪来一段武术表演，需要武棍。"

经纪人：你看我信不信？

夏溪制止了大家，完全不给经纪人感动的机会，就大声宣告："都不需要，必要时刻，我出拳头就够了。"

……

不管是团粉还是成员个人的粉丝，对 Seagirls 的打歌舞台都翘首以待。

得知银河系也会上节目，将和 Seagirls 出现在一个舞台上，大家也觉得有点不舒服。

赵天绮粉丝提前说明：某些人不要蹭热度。

这档节目叫《实力唱将》，这一次正好是男团女团专场，不光有 Seagirls 和银河系这两个女团，还有别的偶像团体。

录制开始，每个团逐一开始介绍。

"大家好，我们是新世纪男团，国内最强男团，重新定义偶像！"

"大家好，我们是银河系，立志成为真正的女团，初心不忘，爱与正义的化身……"

……

夏溪感觉大开眼界，大家一个个都这么猛的吗？不是"最强男团"就是"真正的女团"。

有人看到夏溪在跟队友们小声交谈着些什么，说："快，节目组，一分钟，让我知道夏溪说了什么！"

"又到了需要我唇语大师的时刻，Seagirls 哪里都好，就是喜欢说悄悄话，尤其是夏溪跟赵天绮，点名批评……夏溪说的是'不能出现最强、第一这样的词，不能使用极限词，违法广告法'。"

大家：不愧是夏溪，用词太严谨啦。

轮到了夏溪她们介绍："大家好，我们是 Seagirls！"

台下的团粉爆发出一阵欢呼。

主持人调侃："Seagirls 的人气好高啊……但你们没有别的什么要说了吗？"

跟其他男团女团比起来，Seagirls 好像缺了点气势。

夏溪：“没有。”

主持人说不能不合群，模仿其他团队也行，喊个狠话嘛。

于是十一个人稍微商量了一下，夏溪领头说：“大家好，我们是 Seagirls，让你们看看什么是真正的女团……”

下一秒 Seagirls 齐刷刷地说：“我们就是最低标准。”

其他男团女团和现场观众都惊呆了，就连主持人都有点不淡定了。

台下有观众喊了一句：“夏溪你刚才不是还说不能用极限词吗？！”

这又是一个懂唇语的观众。

夏溪没有否认，不慌不忙地举起话筒：“这就纠正……我们是较低标准。”

夏溪没有放下话筒，她顿了一下，继续说：“虽然我们现在可能不够好，不过 Seagirls 一直在进步，希望能变得更好。”

团粉大喊：“长风破浪会有时，直挂云帆济沧海！”

这是著名诗人李白《行路难》中的名句。Seagirls 队名刚确定时，他们就想到了这句。

愿妹妹们乘风破浪，前途无限！

……

打歌正式开始，第一首就是重点推出的《侠客》。这首歌前奏是悠扬的笛声，瞬间把人拉到了古风世界。

yoyo 给 Seagirls 写歌也经过了研究，结合了每个人的特点。夏溪的四公舞台他就看过了，在四公舞台上不少队员发挥了自己的特长，笛子、琵琶、古筝，都是队员们自己演奏的。

这次的打歌舞台，她们穿着统一的红白演出服，每个人的动作整齐划一。

而最难得的是每个人都展示了自己的特色，完全没有因为统一的演出服让观众把她们记混。

夏溪站在最中心位置，动作干脆利落还带着美感，高难度腾空旋转让现场爆发阵阵掌声。

不光舞蹈高水准，歌也很好听。《侠客》有不少高音，人间百灵鸟楚思思出战，“铁肺”米莎也加入和声，一个细腻清亮富有感情，一个充斥着蓬勃的生命力。

——简直是视觉、听觉的盛宴。

对《盗》，粉丝们也充满了期待。

夏溪她们换了一套装扮，上一场还是意气风发、除恶扬善的侠客，这次换上了夜行衣，成了盗圣。

不过这个舞台的质量依旧很高，带了些许匪气。

在夏溪她们表演完《盗》要离场时，大家还很不舍，大喊着“安可”，意思是再唱一次。

就连节目组导演组都有些惊讶：“这是开成了演唱会？”

夏溪听到“安可”，表示：“还有呢。”

还有一首是赵天绮写给Seagirls的，她们这次不是古风装扮，而是穿上了小裙子，一个个青春靓丽。

赵天绮拿着话筒，也露出了满满的笑意。

“这首歌叫《你们》，感谢我的队友们，感谢你们出现在我的生命中，感谢你们的陪伴。”

赵天绮难得煽情，其他队友却没有跟着煽情，她们嚷着：“不用谢，队长请客就好！”

赵天绮写的是一首慢歌，抒情风格，不管是歌词还是曲调都很温柔，没有劲歌热舞，大家慢慢地唱着。

夏溪跟赵天绮一起坐在台阶上，赵天绮唱，夏溪就在一边点头打节奏。

赵天绮的粉丝听得很认真。

他们其实比较诧异。

他们知道赵天绮会写歌，银河系大部分的歌就是赵天绮写的，但赵天绮当时创作出来的都是比较快节奏的歌，充满科技感和未来感，既好听又炫酷，很适合表演。

原来她还会写抒情歌吗？

“夏溪她们应该对天绮很好吧？”

赵天绮的变化全部看在老粉的眼中，她爱笑了，不再独来独往，连写出来的歌都变温柔了。

赵天绮露出了柔软的一面，是因为身边的人都在用柔软的一面对待她。

那个努力又辛苦，从来不埋怨，只会照顾别人的年轻女孩，终于也有人照顾了。

赵天绮出道得早，在偶像圈早早出名，但其实现在也不过是读大学的年纪。

赵天绮粉丝有点想哭。

……

Seagirls 的三首歌是三种风格，但每首歌都很好。

因为还要换衣服，所以中间穿插着其他偶像团体的打歌舞台。

然后观众就感受到了世界的参差。

嚷着做最强男团的新世纪男团舞蹈乱得不行，导播只能切单人画面，其他团体有勉强能看过去的，但也不能跟 Seagirls 比。而赵天绮的前队友们还是在唱赵天绮之前写的歌。

“夏老师以为自己是最低标准，没想到变成了全场最佳。”

“Seagirls 舞台也太绝了吧，我之前只知道夏溪是偶像，但看她综艺看得多，没想到舞台这么好看。”

“最可怕的是，好像只有 Seagirls 是真的开麦了。”

本来节目组让她们对口型就行，但她们拒绝了。唱跳偶像不开麦，搞假唱，那还叫唱跳偶像吗？

夏溪皱着眉，不可思议地看着这些糟糕到不行的演出，还是旁边的楚思思戳了戳她，提醒：“注意一下表情管理。”

夏溪是真的没想到其他团队会拉胯到这个程度，最强男团就这？

关键是这个团人气很高，即使连动作都不整齐，还是有大量的粉丝在台下欢呼。

赵天绮后来告诉她：“这就是现状。”

娱乐圈内有好偶像，有好团体，但浑水摸鱼的更多。

而且男团比女团生存环境好，Seagirls 已经算是比较火的女团了，但打歌舞台都比不上新世纪。

在没有镜头的时候，夏溪找上了公司经纪人，提了个建议：“我觉得我们可以扩宽思路，格局打开点，跟男团搞市场竞争……我们也不是不能跳男团舞。”

Seagirls 男团舞、女团舞、广场舞，三修！

第六章

公主拯救了公主

经纪人询问夏溪："有一档叫《铁血男子汉》的节目你要不要报名？"

夏溪回答得很爽快："行啊。什么类型的，可以打歌吗，我们全团一起？"

她希望整个团一起上，一个都不要少。

经纪人：上什么上，这档节目压根就不要女嘉宾！

夏溪能跳男团舞，她不怀疑。但人家只要男艺人，夏溪还能跟队员们改变性别不成？

……

之前经纪人跟大家提过这个节目有游戏环节，因此 Seagirls 也有思想准备。

不出所料，赵天绮原公司就没打算放过她。

韩冰子长相比较清丽，看起来很无害，拿着话筒就说："天绮，我要给你道个歉。"

赵天绮抓住了想打人的米莎，另一只手紧紧抓住夏溪。这是一个不定时爆炸装置，杀伤力极强。

赵天绮："道什么歉？"

韩冰子："就是你上节目那次，我完全不知情……还有，我也学会游泳了。"

《快乐时分》主持人范健当时搞事情，问赵天绮，前队友韩冰子跟夏溪同时掉进河里，赵天绮会救谁。

现在韩冰子又把这件事儿扯出来，还话里话外撇清关系。

赵天绮还没有表示，夏溪开口了：“那你很棒棒。”

紧接着夏溪呼吁：“大家都学会自救，独立自强。”

观众虽然不太明白，但夏溪说得对，于是大家自然而然开始鼓掌。Seagirls 成员反应比较快，陈梦佳巴掌都快拍烂了。

确实得学会独立自强，所以麻烦前队友也别捆绑营销了。

夏溪语气很正常，没有任何嘲讽和阴阳怪气的语气，甚至还夸了韩冰子，但韩冰子觉得浑身不对劲儿。

这件事儿也算略过去了，赵天绮跟韩冰子几乎没有太多交流，韩冰子想炒作跟赵天绮的队友情谊也炒作不了。

楚思思她们对视一笑。

夏溪干得漂亮！

保卫队长赵天绮的战役已经打响，第一回合她们胜！

然而让楚思思没有想到的是，韩冰子目的居然不在赵天绮，而在夏溪。

玩游戏环节中，有一项是考验信任度，一位嘉宾站在台阶上往后仰，另外两个人手拉着手接着后仰的嘉宾。

这个游戏难度不大，地上也铺了垫子，防止嘉宾受伤，但需要嘉宾之间有很强的信任感。

夏溪站在了台阶上。Seagirls 其余成员还没有注意，韩冰子就带着她的队友过去了。

“夏溪，你倒下来吧，我会接住你的。”她伸出了手，声音软软的，就是有点工业糖精的味道。

不用等赵天绮粉丝们说，“溪水”也能看出韩冰子这示好的意图了，她这是来蹭镜头了。

韩冰子知道自己现在跟赵天绮的关系很敏感，因此她只是试探性地提了提，失败后她就果断找上了夏溪。

夏溪现在是 Seagirls 最火的成员，比赵天绮热度还高，跟夏溪互动多就意味着镜头多。

这边的赵天绮暂时保住了，没想到后院失火，敌人声东击西，居然直捣黄龙，去招惹夏溪了。芮子悦跟米莎紧急前往。

“溪水”虽然也硌硬这种蹭热度行为，但也觉得没办法。夏溪对男艺人可能冷酷无情，对女孩子一直都挺好的，不太像会落韩冰子的脸的样子。

韩冰子也确实拿捏了这一点。

夏溪看了韩冰子一眼，身体开始倾斜——不过是往前倾，不是后仰。

夏溪直接跳下了台阶，对完美面具破碎的韩冰子说：“不好意思，我只相信我的队友。”

在夏溪这里没有性别红利这种东西，她有相处比较愉快的男艺人，也有压根不想接触的女艺人。面前的韩冰子就属于后者，她的笑容在夏溪看来带着算计。

吸取了这次教训，在后面的环节里，其余人就像是看小鸡崽一样，把夏溪团团围住，势必让韩冰子接触不到夏溪的一根汗毛。

至于赵天绮就更安全了，她被夏溪护着。

韩冰子完全没有办法靠近她想靠近的两个人，也是惊呆了。

也有编导注意到了这个情况，问：“Seagirls 为什么靠这么近？”

夏溪一本正经地胡说八道：“我们有点冷。”

除了得提防赵天绮前队友作妖，录制一切顺利。各家粉丝和团粉都无比满足，夏溪她们还签了不少名。

抵达入住的酒店时每个人脸上还带着难掩的兴奋。

米莎：“太爽了，在舞台上的感觉就是不一样，跟你们站在一起的感觉更不一样！”

芮子悦不置可否。

还没到房间，Seagirls 就跟银河系狭路相逢，Seagirls 都觉得有点晦气，韩冰子却笑盈盈地过来跟她们打招呼。

她看向赵天绮，说：“赵赵，我们有段时间没见到了，你能发展得这么好，我跟大家都很开心。你要不要来我们房间坐一会儿，我们叙个旧，聊一聊？”

赵天绮本来跟夏溪她们有说有笑，看到韩冰子，脸冷了下来，直接说：“没有什么好聊的。”

她不喜欢搞那些弯弯绕绕，有什么就说什么，所以跟前队友完全不是一路人。

韩冰子倒是想到了赵天绮这个反应，她看向夏溪："溪溪，借一下赵赵哈。"

夏溪："镇团之宝，不借。"

赵天绮还是第一次听到这个说法，忍不住看向夏溪，旁边的楚思思她们也纷纷点头。

韩冰子接连两次受挫，有点不想说话了，她旁边的其他队友喊住了赵天绮："其实也不光是叙旧，公司那边找你有点事情。"

银河系有几个人不是很敢看赵天绮。赵天绮现在热度上来了，比在原公司时人气高得多，但她选秀期间公司坑过她，这些事情外面的人都传遍了，公司内部不可能不知道。

"很快，我们又不能做什么，就在旁边。"韩冰子指了指不远处的会议室。

这下赵天绮是真的要去一趟了。

"不用担心我。"她对夏溪说。

会议室的门赵天绮都是敞开的，原公司经纪人冷嘲热讽："也就在外面半年多，就对我们这么提防了？"

赵天绮冷淡道："如果没有别的要说的，那我就走了。"

原公司经纪人毫不怀疑，要是她再不说正事儿，赵天绮会直接走人，于是她停下了这种无聊的争执，也没有让赵天绮关门。

几分钟后，三声敲门声响起，众人一回头就看到倚靠门框的夏溪。

赵天绮嘴角微扬："你怎么过来了？"

夏溪扬眉，言简意赅："接你。"

韩冰子吐槽："这才过去了几分钟？"

夏溪："一日不见如隔三秋，才几分钟吗？我觉得已经够久了。"

赵天绮原公司经纪人对夏溪倒是和颜悦色："夏溪是吗，我们找赵天绮还有些事情，还要等一会儿。"

夏溪："那麻烦快一点，我们团的门禁时间很快就到了。"

韩冰子透过窗户看了一眼外面还没黑下来的天，沉默了。

赵天绮：其实，作为Seagirls的队长，我都不知道我们团还存在门禁时间。

夏溪就紧贴着门框，随后 Seagirls 其余成员也纷纷探出了头。

被这么多人紧紧盯着的感觉并不好，因此尚德娱乐那边跟赵天绮之间的交流草草结束。

返回房间后，赵天绮问夏溪："门禁时间是什么？"

夏溪脸不红心不跳地说："我定的，就在刚刚，刚刚生效，也刚刚失效。"

赵天绮了然。

夏溪询问赵天绮："她们为难你了吗？"

在夏溪看来，赵天绮原公司就像是潜伏的毒瘤，时不时搞出点事情来。

赵天绮实话实说："她们都没来得及跟我说几句话。"

知道赵天绮没有受欺负，大家才齐刷刷松了一口气，又开始说一些搞笑的小事情，整个房间都很热闹。赵天绮感觉自己不需要说话，坐在大家中间就会精神松弛。

她其实多少知道老东家是怎么想的。他们见不得她好，甚至也在选秀期间真的动了手脚。

赵天绮不怕他们，她已经暂时脱身了，他们只能干着急。

但当夏溪她们出现的时候，赵天绮还是觉得心头一暖。被惦记的感觉真美好啊。

赵天绮拿起了平板电脑，告诉旁边茫然的夏溪："我感觉我又有写歌的灵感了！"

灵感得抓住，赶紧记下来。

夏溪惊呆了。

大家后来玩开心了，夏溪还跟赵天绮、楚思思去酒店旁边的便利店买了饮料零食。

其间她们还遇到了韩冰子，三人面色不改，大摇大摆地走过。

韩冰子：Seagirls 的门禁时间就是针对我们的吧？

……

夏溪她们录制的那期《实力唱将》准时播出。

《侠客》《盗》《你们》，每一个舞台都让观众们看到了 Seagirls

的诚意和实力。

“Seagirls这么强吗？对不起我错了，我一直以为这是个搞笑女团，没想到妹妹们跳舞唱歌这么厉害。”

“我全程都在惊叹，真的有段时间没看到这种舞台了。听我的，以后男团女团都照着这个标准来。”

杨澄也在第一时间转了Seagirls的舞台视频。

杨澄：“学妹们好棒，快来看！”

网友提醒他：“学长，你的学妹夏溪没有回复你。”

“这说明什么？即使追着夏溪互关了，得到了她的互关也得不到她的评论？”

杨澄拿着手机缓缓打出问号。这句话怎么莫名耳熟？

化妆师告诉杨澄：“得到了她的人也得不到她的心。”

化妆师也在玩手机，她嚷着：“不过大家也安慰你了，夏溪不光没回你，她谁都没回。”

杨澄：这算哪门子的安慰。

不过这种安慰都容不得杨澄嫌弃，因为——“夏溪回复秋秋导师了。”

秋秋也看了Seagirls的打歌舞台，在微博上写了大段大段的话，鼓励表扬都有。夏溪对这位和蔼包容的前辈也抱有很大的好感，她感谢了秋秋，并且真诚邀请：“下次如果能见到秋秋老师，就教秋秋老师女子防身术吧。”

秋秋只想连夜扛着火车逃离。她队友学了也就算了，怎么她也要学？

……

Seagirls这次是正儿八经地靠着舞台出圈了，团粉只觉得扬眉吐气！

Seagirls从《Pick101》出来后做了团综、去了趟偶像运动会，没有新作品产出，大家还挺失落，只能反复看看旧视频。现在Seagirls不光有了新歌，还一次来了三首！还都是高质量的！

三首歌已经同步在音乐平台上架，得益于夏溪她们在节目中的出圈舞台，以及团粉们的努力，仅仅半天，三首歌同时闯进新歌收听榜前十。

这不光在女团中算耀眼的成绩，就连粉丝多的男团都很难实现，这个榜单含金量很高，能上榜的基本上都是一些耳熟能详的实力老歌手。

井烁、姚星哲和陆琛三人自然也没有错过夏溪的舞台。

舞台上的夏溪看起来自信洋溢，游刃有余，光芒不可抵挡。

井烁觉得那个海王夏溪的影子变得越来越浅淡，甚至他一时间都想不起出道前的夏溪是什么样子的。

姚星哲那双打电竞游戏的手在键盘上飞快打字，手快得甚至变成了一道残影，不知道的以为姚星哲打游戏打得正激烈。

实际上姚星哲打出来的都是：“全能ACE（王牌成员），平平无奇的卡点小天才，可盐可甜，C位门面夏溪了解一下。”

至于陆琛，看完三个舞台后，他就开始在粉丝群里发言：“我要把A市地铁可以宣传的地方都租下来，专门播放夏溪的舞台。”

群成员提醒：“是整个团的舞台。”

并且群成员告诉陆琛：“小朋友不能偷花爸妈的钱，好好学习，天天向上！”

“溪水”不是不想应援、不想给夏溪排面，但从选秀期间开始，夏溪就表明了态度。

她追求自己的梦想，“溪水”们也应该追求他们的梦想。大家都清楚，要是花大价钱应援，夏溪不光不会感动，可能还会生气。

但“溪水”高兴想团建怎么办？

管理提议：“要不去报名当志愿者捡垃圾吧！”

……

《问仙》导演想要跟yoyo约首适合电视剧的歌曲，不过导演说出电视剧题材类型以及两位主演的名字后，yoyo表示：“没灵感。”

他知道方倦是古装偶像剧专业户，也承认方倦长得帅，但就是没感觉。

yoyo说接不了，导演肯定也不能逼着他写，虽然有点失落，但也只能接受。

没想到yoyo在离开前看到了夏溪的试镜照，问：“夏溪是你们剧组的啊？”

《问仙》导演：“对，夏溪在剧里演师尊，你认识？”

yoyo：“那就好办了，你应该早说，我前不久给夏溪她们团写了两首歌，很适合仙侠剧啊。”

导演专门听了Seagirls出的《侠客》和《盗》，觉得前者跟《问仙》匹配度极高，很快就跟夏溪联系，想要《侠客》这首歌当《问仙》片尾曲。

夏溪也知道这是好事儿，多少热歌是因为影视剧大火，虽然《侠客》已经小有名气了，但作品能流传得更广，谁能拒绝？

《问仙》导演跟Seagirls所在公司愉快地敲定了片尾曲的事儿，心情大好。

方倦来找他讨论给角色配音的事，导演感慨：“还是夏溪有用。”

yoyo因为夏溪灵感爆发，为什么看到方倦完全无感，方倦不得从自身找点原因？

方倦一头雾水。夏溪不是都出组有段时间了吗，怎么还有她的事儿，她又做什么了？

夏溪这段时间很忙，跟队友们在一起，去跑通告表演，这种忙碌是她喜欢的。

公司本来以为，结束打歌大家就可以散开，然后该拍戏的拍戏，该上节目的上节目，但没想到打歌效果居然这么好，邀约不断，舞台不断。

Seagirls团粉看到成员们齐刷刷地站在一起，激动得想要流泪。

公司也趁机把成员们闭关排练的视频放了出来。

“夏溪的体力好强，充电五分钟，练舞两小时。”

“妹妹们的训练强度真的好高，所以说舞台表现得那么好也不是没有原因的，谁流汗谁知道。”

“听姜妙之说，夏溪在拍摄的时候也没有停止锻炼，整天跟队友们开视频一起练习。”

夏溪她们还被邀请去了知名主播直播间，主播就挑着评论里面的问题问陈梦佳：“夏老师每天带你云练习，是真的吗？”

陈梦佳：“是真的。夏老师特别努力，晨跑、拍戏加练习，三不误，还能做别的事情，我甚至怀疑她是不是有什么金手指……”

夏溪稍微有点心虚，她确实有技能。不过那个技能一开始是用来“养鱼”的，而且虽然“时间管理大师”的技能管用，但触发次数不算多。主要还是因为夏溪本身就是一个对自己要求很高的人。

陈梦佳探了探身子，想要看看评论怎么说的，她嘴上还没停：“我很感谢夏溪，如果没有她我肯定跳不出现在这样……”

陈梦佳以为自己的粉丝会攻击夏溪，会指责夏溪下手太狠，所以这样解释。

但陈梦佳看到她的粉丝说：“感谢夏老师，请下手再狠一点，不用顾及我们。”

“感谢夏老师，我们觉得陈梦佳的潜力不止于此，可以再逼一把！”

陈梦佳：你们真的是粉丝？

Seagirls 其他成员笑成一团，关键是夏溪还回应了陈梦佳粉丝，她拱了拱手，道：“定不辱使命。”

陈梦佳陷入沉思，她还能活着吗？

经过此番打闹，直播间的气氛完全炒热了。主播之前还有点担心这群漂亮女偶像放不开，没想到她们好像还挺配合。

这让主播松了一口气。

随后主播发现，这些女偶像压根没有偶像包袱那东西，比他还放得开。

这个直播有助农环节，桌子上已经摆放好了今天要卖的东西，有瓜果蔬菜，还有一些海鲜特产，像晒干的鱼、虾米。

夏溪今天穿了砖红色衬衫加珍珠白长裙，乌黑浓密的长发卷成了大波浪，略微夸张的大耳环配着这一身刚刚好，有股浓浓的港风。

她本身五官就偏艳丽，之前出圈的造型多半比较飒或者禁欲温润，这一次却散发着女性魅力。

“溪水”们是冲着夏溪来的，顺便支持一下助农事业。

然而“溪水”怎么都没想到，夏溪手持大咸鱼干、大鱿鱼干开始介绍，直接把脸挡住了。

“溪水”：那么大一个溪溪呢？！

夏溪很实在，卖货就正儿八经地卖货，能展示好产品才是王道，绝不喧宾夺主。

卖水果环节，夏溪拿出榨汁机。

主播一脸茫然，哪里来的榨汁机？

他提出自己的疑惑，夏溪说："从我们住处带的。"

知道今天的直播内容后，Seagirls 就做了万全准备，每个漂亮妹妹都从自己随身包包里拿出了杯子。

"请夏溪她们绝对请对了，还自带道具！"

夏溪她们展示了水果的多种吃法，不光直接吃，还榨汁，每一种水果的味道她们也很客观地进行了评价。

"妈呀，不知道的还以为哪家品牌护肤品在给新品做测评。"

"我就偏好酸口，买买买！"

"十一个人的水果测评，出来的结果绝对有参考价值。"

大家的带货方式很朴实，货卖得非常好。

几日后，陆氏集团员工每人喜提一箱苹果，井烁工作室的工作人员也莫名其妙收到了两盒海米。

至于姚星哲，他并不想分享自己的东西。

电竞俱乐部教练皱着眉问："怎么一股咸鱼味儿？"

其余选手笑了："教练你还挺潮啊，我们确实想当咸鱼。"

教练："谁跟你说那个咸鱼，我说的是真的咸鱼！"

姚星哲抿了抿唇。

咸鱼干买得太多，放在房间里也就半天时间，他已经跟咸鱼串味儿了。

……

"我们晚上一起吃烧烤吧。"

"就放肆一次，反正我们最近的训练强度也高。"

结束直播，大家一拍即合决定去聚餐，然而换上常服之后，夏溪发现赵天绮不见了。

"赵天绮呢？"

工作人员说："十分钟前，有个头发短短的、穿着职业装的女士把赵天绮叫走了。"

夏溪跟米莎对视一眼，她们都想到了赵天绮原公司的经纪人。

陈梦佳："电话打不通，没人接。"

她们已经调取了监控，确定是赵天绮原公司经纪人把她带走的。

夏溪第一时间就跟公司报备，她们团的经纪人也风风火火地跟夏溪她们会合。

"赵天绮是自愿离开的，那应该就没有什么事儿，我们这边跟那里交涉一下……不过赵天绮她公司怎么搞的，不声不响就把人带走，有没有点契约精神。"经纪人也很无语。

交涉很慢，几个小时过去了都没有动静，其余十个人完全坐不住。

夏溪还是不放心："我得去看看。"

她已经查到了赵天绮原公司的地址，离她们所在的地方不远。

陈梦佳紧跟其后："我也去！"

米莎："带我一个。"

楚思思举手道："还有我还有我。"

大家都想去。

不久，尚德娱乐前台收到了夏溪参观他们企业的申请。

不等前台反应过来，她就看到了夏溪本人。

夏溪规规矩矩道："我申请了来参观你们企业。"

前台茫然道："对……看到了。"

夏溪皮笑肉不笑，看到了就行，然后她大摇大摆地快步往楼上走。

银河系经纪人只觉得心里突突的，眼皮也跳得特别快，她本来想出去透透气，没想到看到了夏溪的身影，当时就叫了声不好。

于是她慌忙迎了上去："夏溪，你怎么来我们公司了？"

夏溪脚步一顿，问对方："赵天绮在哪儿？"

对方支支吾吾不打算说，明显想要拖延时间。

夏溪明白了，继续往前走，并且拿出了《宪法》，翻开一页，上面写着公民人身自由不可侵犯。她另一只手拿着手机，上面滚动播放限制人身自由会如何判刑。

银河系经纪人：怎么会有人随身带着《宪法》！

"夏溪，你这是在做什么？"

夏溪似笑非笑，瞥了一眼手上的东西，睁着眼睛说瞎话：“让我们一起来学习，知识就是力量，生命不息学习不止。”

夏溪脚步不停，继续参观着每一层的房间。尚德娱乐还不小，有的人在办公室，还有练习生在练习。

夏溪之前就听赵天绮提过，跟她们那些什么都要搞的原公司不一样，尚德娱乐专门培养偶像，堪称偶像加工厂。

她看到了不少或稚嫩或成熟的脸，但还没找到赵天绮。

银河系经纪人没想到夏溪会闯进来，她无奈地跟在夏溪后面，陪着“参观”。看着夏溪精致的侧脸，她心里升起了挖墙脚的想法。

“夏溪跟天绮关系真好。夏溪有没有在Seagirls解散后跳槽的想法啊？”

夏溪原公司的实力也不算多强，银河系经纪人觉着挖墙脚应该没那么难。

夏溪有些诧异，瞥了银河系经纪人一眼。

银河系经纪人以为有机会，脸上出现和善的笑意：“我们尚德造星是专业的，在打造偶像方面，国内比我们更有经验的几乎没有，我们也输出了很多优秀男团女团，比如……”

“银河系？”这话是夏溪接的。

夏溪的声音里带着浓浓的质疑。

银河系经纪人面上有点挂不住了，她也知道银河系有点拉胯，于是举了别的男团女团的例子。虽然这些男团女团夏溪都没听说过。

“你要是来我们公司，公司一定会给你大量的资源，我也会重点带你，把你带成公司一姐。”银河系经纪人已经开始给夏溪画大饼了。

夏溪：“这是你能说了算的吗？”

银河系经纪人表示她在公司职位不低，还在继续抛出各种优渥的条件，夏溪指着前面的那扇门问：“那里不让进？”

那扇门挡住了前方的路，大门紧闭，上面写着“闲杂人等禁止入内”。

有工作人员在那边看着，告诉夏溪：“不好意思夏小姐，里面禁止外来人士参观。”

夏溪义正词严：“我不是外来人士，我是你们公司未来一姐。”

工作人员：怎么都不知道还有这事儿？夏溪是我们公司的？

夏溪示意身边的银河系经纪人："她说的。"

银河系经纪人："……"

夏溪还在继续："我只是想要参观参观，还没跳槽呢，你们连这么小的要求都不实现，那得到我后不就更原形毕露了吗？"

银河系经纪人：你那是想参观吗？你明明是打着参观的旗号找赵天绮！

夏溪能从工作人员犹豫的态度看出来，银河系经纪人最起码有一点没有说谎，她在公司职位不低。于是夏溪就直接看向她。

银河系经纪人服了："开吧开吧。"

工作人员还是有些犹豫："可是……"

银河系经纪人觉得对方想得太简单，以为这扇门可以阻挡住夏溪吗？

从夏溪掏出《宪法》的那一刻，银河系经纪人就知道夏溪今天肯定可以带走赵天绮，而且她们本来也不会一直把赵天绮困住。

大门被夏溪打开了，夏溪朝着里面走去。她知道赵天绮肯定在里面，毕竟这扇门关着就很可疑，而且工作人员的表情也很慌乱。

不过里面还是走廊和房间，夏溪一时半会儿没找到，她也不打算跟身后的银河系经纪人套话，对方不会告诉她。

走廊里时不时有练习生模样的人走过，一个看起来长相清俊的男孩偷偷冲着夏溪指了一个方向。

夏溪心领神会，走向那边的房间。

透过窗户，夏溪看到了赵天绮。里面是个舞蹈教室，赵天绮看起来精神状态不错，只是在发呆。

看到赵天绮没事儿夏溪就放心了，她打开了门。

赵天绮听到门响声就发现了她，整个人又惊又喜，有点不相信自己的眼睛。

"夏溪？"赵天绮快步走了过去，"你是怎么过来的？"

她在这边也有点着急，来尚德有些匆忙，当时没有跟夏溪她们打声招呼，手机也被收走了。

夏溪告诉赵天绮："走上来的。其实我是来参观的，一不小心就走到了这里。"

夏溪：既然在参观的过程中看到了我亲爱的队友，那我就把人带走了。

赵天绮：她像天神一样手持《宪法》降临，在所有人的注视下光明正大地把我带走。

夏溪成功把赵天绮带走了，没有人拦着她，"拯救高楼公主赵天绮"计划顺利进行。

赵天绮也在公司外面看到了其他九个人，她没想到大家都来了。

一开始米莎她们是打算跟夏溪一起去的，夏溪感觉目标太大，于是其余人就在外面等待。

米莎很激动："是公主拯救了公主！"

芮子悦好奇："那我们是什么？"

楚思思试探开口："九个小矮人？"

其他人表示拒绝，她们应该是骑士。

赵天绮是听到之前的经纪人说公司小练习生发烧，一直喊着她的名字，她这才匆忙赶回去的。

"我跟这些练习生关系不错，当练习生还是很苦的，别的同年龄段的人都在父母身边撒娇吃零食，每天的烦恼就是上学写作业，这些小孩儿就要哭着压腿……我看到他们总是会想到自己。"

跟夏溪这种意外踏上偶像之路的人不同，赵天绮是经过多年严厉苛刻的练习生生涯出道的。

团内不少人都跟赵天绮有类似的经历，一时间有些唏嘘。

夏溪拍了拍赵天绮的肩膀，告诉她："那帮小孩也记得你的好，有人特地给我指路。"

赵天绮不是单方面地付出，他们也记得。

赵天绮没想到还有这样的插曲，神色都变得柔和了起来。

公司压榨她，之前真心对待的前队友孤立她，但总有一些感情是能得到好的反馈的。

赵天绮说："我想打电话，但手机没电，被拿走了。"

她看完发烧的小练习生，公司就把她扣下来教别人跳舞。

她倒不担心自己会被尚德困住，毕竟现在合约还在 Seagirls 所在的公司，只是没想到队员们先赶到。

得知赵天绮原公司的操作，Seagirls 集体无语，但没有什么办法。

Seagirls 经纪人：“其实就是看到赵天绮火了，不甘心，带走赵天绮几个小时，顺便让她带一下公司小练习生。”

Seagirls 经纪人能感受到，成员中赵天绮原公司问题最大，她也觉得赵天绮挺可怜。

林姝珍看夏溪神色凝重，特地把夏溪叫到一边，跟夏溪说：“这也不能追究，一个是追究没用，对方有借口，另外一个是咱们团总会解散，到了那个时候赵天绮还会回到尚德娱乐。”

回到尚德娱乐，赵天绮还是要任由尚德娱乐支配。要是撕破脸皮，说不准对方会不会做出雪藏的事情来。偶像的花期很短，一直有新鲜的年轻面孔出现，两年后谁又记得谁呢？

赵天绮跟尚德签的是长约，虽然签约得早，但限定团解散后，她跟尚德娱乐还有两年合同期。

夏溪神色微冷，道：“那就要委曲求全地在他们的控制下讨生活吗？”

赵天绮的想法其实很简单，她只是想要好好地跳舞，跳给她的粉丝看。

不过夏溪听林姝珍的意思，限定团解散后，尚德娱乐甚至可以剥夺赵天绮给粉丝跳舞的权利。

林姝珍安慰夏溪：“其实也有转机……我们大家再火一些，队长也火一些，会有别的公司挖墙脚，到时候付个违约金就行。”

违约金。夏溪捕捉到了这一点。

“违约金多吗？”

林姝珍也不清楚：“看情况吧，几十万到上亿的都有。队长签得早，违约金应该没这么高。”

夏溪转头找到了经纪人：“有没有快速挣钱的方法？”

经纪人露出了警惕的表情，说：“快速挣钱的方法都写在了刑法里。”

夏溪自然不会违法，说：“能不能给我多安排点合适的工作？我缺钱。”

就算夏溪不说，经纪人也不会让夏溪闲着，公司也想通过夏溪赚钱，夏溪现在是整个团邀约最多的成员。

但是经纪人比较好奇：“你开武馆需要那么多钱吗？我以为你攒够了。”

夏溪表示需要：“要开就开最好的武馆。”

尚德娱乐的事情只是一个不大不小的插曲，之后《问仙》官宣Seagirls的单曲成为电视剧片尾曲，而《问仙》也在大家的期待中顺利播出。

整部剧表现得都很好，每个角色都选得很合适，服装道具也没有廉价感。剧中女主角史未央手刃仇人这一段在播出期间还上了热搜。

但手刃灭门凶手这段结束并不意味着整部剧结束，天下苍生还要拯救，背后还有更大的阴谋。当种种证据全部指向史未央的师尊水翎，《问仙》的又一剧情高潮出现。

“溪水”：我们也没想到溪溪是幕后大反派！

录制团综期间夏溪因为徒手开西瓜的片段被剪辑成了嗜血反派，视频播放量还特别高。

没想到夏溪在《问仙》中真的饰演了这种角色。师尊水翎又美又疯，她想毁天灭地，没有理由，甚至连悲惨身世都没有，坏得非常纯粹。

那段承认身份的打戏也充斥着暴力美学。

之后，夏溪饰演的师尊被史未央亲手斩杀。师尊没有反抗，然后无数回忆走马灯似的开始穿插。之前有多美好，现在就有多惨烈。

并且史未央也不是完全想要为了正义杀掉师尊，她在最后关头还想着让师尊假死，却不知道小时候的一句童言造成了阴差阳错的结局。

抛去水翎想要毁天灭地的事，她是一个好师父。大家也跟史未央共情了。

“其实编剧可以不把师尊塑造得这么好，道理都懂，不可能不杀师尊，但我的眼泪不听使唤！”

“我倒是觉得这样塑造挺好，已经看够了那些过于刻板的角色。水翎是坏人，但也可以是好师父，两者不冲突。”

水翎应该死，大家也真情实感地为师徒情流下眼泪。

电视剧结尾，灭掉终极大反派的史未央俨然成了救世主，受到了极高的推崇。

史未央看起来很快振作，按照常规剧情她应该跟方倦饰演的男主角一起飞升成仙。

实际上两个人确实在同一天渡劫。

所有人都在注视着这两个天纵奇才，等待天降祥云。

没想到，男主角渡劫成功，史未央渡劫失败了。她面上一切如常，但师尊的死成了她的心魔，她始终原谅不了自己。

结尾是她风尘仆仆地走在路上，年幼的史未央的声音响起："师尊，什么是道，如何成仙？"

全剧终。

这还是观众第一次看到结局渡劫失败的女主角，女主角还是因为反派有了心魔，一时间产生了各种讨论。

《问仙》导演跟编剧确认剧本的时候，就想过会出现这样的争论，不过最后还是决定这样拍，这才符合史未央的人设。

不管怎么样，《问仙》是真的爆了。

年诗语近期因为《问仙》人气暴涨，参加节目时说了自己拍摄《问仙》的一段经历。

"我想要谢谢夏溪，她真的非常非常非常好。我拍摄的时候一度入戏太深，走不出来，夏溪发现后还特地找到我，跟我来了一场角色告别……"

大家都没想到还有这样的经历。

"夏溪好好啊。"

"夏溪特别真诚，对周围的每个人都很照顾，其实她本人比不少她照顾的人年纪还小。"

当然也有一群人关注点清奇，把剧还没播出时媒体采访方倦的视频挖了出来。

媒体说，这次方倦白月光和朱砂痣都有了。

方倦当时回应说，这部剧里他更惨。

看完整部剧，大家明白了。

男一号方倦明明手握左手白月光、右手朱砂痣的剧本，但大家的注意力都放在师徒身上，他俨然成了边缘人物。

方倦早就有了预料，因此心如止水。

方倦后来特地给夏溪打了个电话："夏溪，你下一部要拍什么决定了吗？"

他觉得这么下去不行，他得跟夏溪避开。

夏溪问方倦："你是想要给我介绍工作？谢谢，你是个好人。"

方倦满脸疑惑。

Seagirls 成员陆续有了其余工作安排，夏溪的下部剧还没有着落，她也在等待她的工作。

因为《问仙》太火热，冲着夏溪来的剧本有不少，不过还是得挑出适合夏溪演的。

上次夏溪告诉经纪人，她私下进行角色扮演，可能能挑战谍战片。经纪人还真的好好地进行了研究，想要给夏溪找部谍战片，让她演个双面间谍什么的。

经纪人跟夏溪面对面坐着，很纠结："这个角色不错，双面间谍，造型肯定特别漂亮。"

"还有这个，演的是仙女，制作优良，还是大 IP，剧情也有保障。"

"这部剧演的是男主角姐姐，人设讨喜，而且很强大，我感觉你要是拍的话，可能把男主角边缘化！"

夏溪露出迷茫的表情，她总觉得经纪人说的好像有点不对劲儿。

"让我看看吧。"她还是要先看剧本。

"这三个剧本都很适合你，简直为你量身打造，我觉得都不能错过。当然，你也不能全都要。你再运用一下你的玄学，看看哪个能火，咱们就挑哪个。"

夏溪知道不能轧戏，业内是有流量演员两三部剧一起拍，不过人的精力是有限的，最后拍出来的东西简直没法看。

剧还要选，但综艺就不用选了。她接下的是一档密室类节目。

不过不等夏溪挑选出剧本，经纪人就临时接到了一个电话，她接完电话后露出了类似中彩票的表情，夏溪连忙给她倒了杯水，说：“先别着急说话，喝口水，压一压。”

经纪人喝了水，还是难掩激动神色，深呼吸一番，对夏溪说：“我告诉你一个爆炸性好消息，你提前做好心理准备。”

Seagirls 经纪人自认为心理素质比较高，从业也有些年头了，但还是被这块从天而降的大饼砸晕了头。

夏溪乖巧坐着，不明所以：“你说。”

经纪人公布答案：“你被于春升导演邀请试镜他的新戏！”

惊不惊喜、意不意外？那可是于春升啊，多少一线演员都想要进他的剧组，他怎么会邀请夏溪呢？

经纪人自觉刚才失态，不够稳重，现在她打算从夏溪这张平静无波的脸上捕捉到别的情绪。

夏溪平静无波的表情确实被打破了，但不是跟经纪人同款的激动，或者欣喜若狂，她露出了不解的表情。

虽然夏溪来这个世界有段时间了，不至于对这边的人一问三不知，但她本身就不是很喜欢玩手机。

夏溪觉得自己应该装作认识，不然会显得很奇怪，于是她装模作样地点了点头，紧接着开始侃侃而谈：“于春升，著名导演、摄影师，有较为强烈的个人风格……”

经纪人点破夏溪：“你在念网上的资料。”

夏溪拿着手机，照本宣科。

经纪人明白了，夏溪真的不认识于春升。

接下来夏溪接受了一通讲解：于春升是国内著名大导演之一，主拍文艺片，作品频频获奖。而且文艺片一般来说票房都比较低，但于春升的作品是票房口碑双丰收。

总而言之，于春升就不是夏溪这个阶段的偶像能接触到的。

但于春升导演那边居然主动邀请了夏溪去试镜。

夏溪问经纪人：“那这三个剧本怎么办？”

经纪人：“有了于春升导演的戏，谁还要这些！”

夏溪感慨：女人，你的名字叫现实。

不过大导也不愧是大导，剧名未知，剧本未知，角色未知，只是规定了试镜的时间地点。

经纪人比较担心："现在不知道剧本是什么……你不会不想去吧？"

夏溪对自己比较有自知之明，这也让她的演员之路走得比较稳，经纪人怕夏溪听说是名导的戏，直接连试镜都不去了。

夏溪却粲然一笑："去，为什么不去？既然是名导，那肯定有辨别的能力。他既然能邀请我，那肯定是发现了我身上的闪光点。他敢邀请我，我就敢去。"

有自知之明，不代表夏溪以为自己平庸。

而且这还只是试镜，试镜如果不合适，那于春升导演也会把她刷下来。

经纪人给夏溪鼓掌，她开始筹划："得好好准备准备，我去跟公司申请，把最好的表演老师留给你。"

……

公司还要给夏溪安排助理，夏溪是人气最高的成员，每次都是临时助理跟着，不合适。而且夏溪不会开车，有助理开车会方便很多。

公司发出要给夏溪选助理的通知，有不少人心动。夏溪为人和善，对所有人都很有礼貌，在公司颇受工作人员欢迎。

经纪人给夏溪带来的第一个面试助理的是个女生，叫小红。夏溪也没有再面试其余人，直接敲定了："我觉得她就可以。"

接下来的几天，夏溪的日常训练中又加上了表演课。

面试日期很快到来，Seagirls经纪人本来是想要跟夏溪一起去面试的，但因为过度紧张加受凉，肠胃有些不舒服。

夏溪表示："放心吧，我跟小红去就行。"

小红也向经纪人表示保证完成任务。

在面试前一天，于春升导演方面还下达了一项通知，让试镜艺人穿运动服、运动鞋等方便行动的衣物。夏溪就穿着一身灰色运动服去了。

面试场地在一个训练基地，当时Seagirls经纪人就吐槽怎么会在这种地方面试，不过大导演说什么就是什么，她们也只能照办。

小红在外面等着，稍微有点焦急，她知道这个试镜对夏溪来说很重要。

小半天后，夏溪精神饱满地走了出来，小红快速迎了上去，问：“试镜怎么样？顺利吗？”

夏溪也不知道顺利还是不顺利，主要是这个试镜跟她想象中有点不一样。

“开了个运动会。”

小红一脸茫然。不是试镜吗？怎么会开了个运动会！

但实际上就是如此。

她先是跟几十位女演员会合，然后一起见到了于春升导演。

于春升导演戴着黑框眼镜，看起来很有文化。他把所有试镜演员叫到了基地的操场。

“然后就跑了跑步，跳了跳，仰卧起坐，还有一些别的运动……”

几十号人同时做这些运动，看起来场面还是挺大的，夏溪觉得可以称得上小型运动会了。

紧接着小红听到别的走出基地的女演员发出了哀号：“快，我要倒下了，扶我一把！”

对方脸色煞白，看起来极为虚弱，好像真的下一秒要倒地了，紧接着几个助理模样的人冲了过去，扶人的扶人，递水的递水。

“不就是试个镜吗，怎么搞成这样了？”

女演员声声泣血：“人间炼狱，经历过的姐妹都哭了。于春升导演让我们跑三千米，跳比我还高的高……”

小红沉默了。如果没有记错，夏溪描述的是“跑了跑步，跳了跳”，并且夏溪看起来很轻松。

夏溪试镜结束后，Seagirls 经纪人也照例问了一遍试镜内容。

经纪人听完夏溪的描述后也忍不住皱眉道：“我没见过这样的试镜。”

这是在选拔什么，选拔运动员？

接下来三天，夏溪这边都没有得到一点消息，周边知情人士像经纪人、助理和队友们都很焦虑。夏溪反倒是最沉得住气的那个，她已经开始挑选剧本了。

夏溪其实也知道机会难得，要说落选没有一点情绪波澜也不可能，不过她尽力了，尽力了就没有遗憾。

下午夏溪接到了电话。

“你好，是夏溪吗？我是于春升老师这边的工作人员，恭喜你试镜成功，获得了女一号这个角色，近期需要签一下合同……”

夏溪不但没有落选，还试镜成功，并且还是电影女一号。

于春升导演让夏溪她们进行各种体能测试，不是挑选运动员，但性质类似，他挑选的是饰演运动员的演员。

于春升正在筹拍的电影叫《小镇拳王》，女主角是从小镇走出来的女拳王、世界冠军。他需要找一个年纪不大，拥有韧劲儿，体力好，可以没有学过搏击但最好有一定拳脚功夫底子的演员。这个演员还要漂亮，女主角在设定中就长得很漂亮。

跟着家里的孩子看了几集《且听风吟》，夏溪饰演的冷面哑巴杀手进入了于春升的视线。

得知打戏都是夏溪亲自上，并且她还担任了两部电视剧的武术指导后，于春升导演朝她抛出了橄榄枝。

得知消息的Seagirls其他成员：夏老师不光成功进入名导剧组，还是女一号！

Seagirls经纪人建议：“把提高所有艺人的身体素质加入计划。”

……

夏溪跟于春升导演再次见面，在签订合同前她还是得强调：“我只拍过两部戏，您真的不需要再看看吗？”

于春升导演乐了，他只见过不停推荐自己的艺人。在他定下角色后，很多已经有了名气的演员都迫不及待想要签署合同，他还没见过让他考虑的。

“看过剧本了吗？”于春升导演问夏溪。

夏溪点头道：“看完了，很喜欢。”

小镇女生一步一步走上了冠军之路，很艰辛，也很励志。

“就是因为喜欢，我才害怕演砸。”夏溪皱眉。

演戏确实不是她擅长的领域，她已经在学习了，不过跟跳舞唱歌不同，演技需要积累，无法速成。

于春升导演很自信："我用过很多素人演员，她们都交上了满意的答卷。把演员打磨成需要的样子，本来就是一个优秀导演应该有的素质。而且我其实觉得你不太需要打磨，杜纤的朴实真诚和韧劲儿，你已经具备了。"

于春升导演其实当场就确定了让夏溪演女主角，之所以过了三天才通知夏溪，是因为投资方质疑。

然后于春升导演直接拿出了录像。录像中，在阳光下奔跑的夏溪面色红润，眼神坚毅，充满生命力，完全跟杜纤重合。

投资方闭嘴了。

夏溪这才没有顾虑地签名。

……

夏溪进了组，于春升导演通知夏溪："得剪头发你知道吧？"

在电影中，杜纤把自己的头发剪短了，她否认自己的女性特征，打扮得像男孩子，所以夏溪也需要剪头发。

于春升说："我给你找理发师。"

夏溪却阻止了他："不需要。"

于春升："嗯？"

他以为是漂亮女孩子对剪发抗拒，不想剪短。于春升知道夏溪是个偶像，他也理解，不过理解归理解，于春升还是有点不舒服。他之前还觉得，夏溪虽然年纪小，但很通透。怎么她在剪头发这方面就有点别扭了呢？

"剧本里写着呢。"经纪人想要劝夏溪，剪头发没什么大不了，可以戴假发啊！

夏溪知道剧本里有这样的情节，她告诉于春升："我说不需要是因为我可以自己剪……"

她从包里翻出推子，兴致勃勃地询问于春升导演："需要剃成板寸儿吗？"

板寸头夏溪还没尝试过，有机会正好试一下。

于春升导演："那倒不至于！"

于是，夏溪按照于春升导演的指导，给自己剪了一头短发。

夏溪五官精致立体，鼻梁高挺，皮肤白皙，剪完短发变成了另一种风格，让人耳目一新，精致温润中又带着少年气。

她笑起来眼睛里仿佛有星星，很温柔。因为眉宇之间的正气，不笑的时候她又有些禁欲感。

美貌神颜女偶像一秒变可温柔可禁欲的神颜帅哥。

这时，饰演女主角父亲的男演员走了进来。

他之前自称《小镇拳王》第一帅，因为现在整个剧组也只有他一个男演员，而且他年轻时是小鲜肉，人到中年也是魅力帅大叔。

但现在看到夏溪，男演员大惊，只觉第一帅的名头不保。

还有——我那么大的一个女儿，怎么变成儿子了？！

正式拍摄前需要进行一段时间的训练，因为夏溪虽然武术很强，但没有接触过拳击。

拳击师父看起来孔武有力，胳膊上的肌肉都是硬邦邦的，他看着对面精致漂亮的年轻女孩，感觉导演真会折腾人，这样的姑娘他一拳不得打三个？

“小姑娘，我下手很重啊，你稍微注意点，可以先感受感受……”

夏溪面色沉稳，摆出架势，表示她已经准备好了。

拳击师父朝着夏溪气势汹汹地伸出拳，现场工作人员不忍地闭上了眼睛。

下一秒，有什么东西飞了出去。

——不是夏溪，而是教夏溪拳击的师父。

他捂着肚子露出了痛苦的神色，夏溪赶紧上前扶，问：“您没事儿吧？”

“不好意思，我防卫意识太强了，这是下意识的动作。”夏溪是真的不好意思，一个劲儿地道歉。

拳击师父朝着夏溪摆了摆手，虚弱道：“我……没……事儿……”

夏溪越发担忧，听拳击师父说话这语气，不像是没事儿。

“要不我带您去医院吧，我出医药费。”

……

于春升有些忧愁，他跟《且听风吟》导演聊天。导演也有圈儿，出名点的都互相认识。

《且听风吟》导演："怎么了，夏溪跟不上你们的训练？"

于春升导演抽了一口烟，说："跟得上训练，问题是拳脚功夫太好了……好的拳击师父都打不过她。"

这下意识的动作就够拳击师父喝一壶的了。

夏溪需要忘记自己之前的功夫，放弃抵抗，像普通人那样，从挨打开始，再一步一步进行学习。

经纪人之前打算给夏溪接密室类节目，但夏溪去拍摄《小镇拳王》，她以为这事可能黄了。没想到剧组需要布景，给夏溪放了个假，她正好可以去录制。

这次密室类节目里也有夏溪认识的嘉宾——杨澄。

知道夏溪也会去参加后，杨澄就跟夏溪打了个语音电话："我又回到师门练了一段时间，这次咱们见面再比画几下？我一定可以……在你手下多撑几个回合。"

夏溪对比试向来感兴趣，来者不拒，欣然同意。

杨澄又跟夏溪聊了几句，问："你现在是不是在拍戏？"

夏溪："对。"

虽然还没官宣，但杨澄应该听了点儿风声。

杨澄随口一问："拍得怎么样？"

夏溪嘴角上扬："我变秃了，也变强了。"

第七章

玩转密室

在这段时间里，夏溪又学会了新的技能——拳击。

夏溪正好有点技痒，没想到杨澄送上门来。

杨澄满头雾水，但他直觉不妙。

不过杨澄依旧不信这个邪。跟夏溪会合的当天，他就兴致勃勃地带夏溪去一个比较私密的俱乐部。

一路上杨澄鬼鬼祟祟，夏溪不明所以，斟酌发言：“要不我们先别比武了，去医院看看？”

杨澄：“啊？为什么去医院？”

夏溪怀疑杨澄这是多动症发作了，不然他为什么这副模样。

杨澄不好意思地解释：“职业病……我担心会被娱记跟拍，现在娱记捕风捉影得厉害，每次跟女艺人待在一起就怕他们乱写。”

有时候跟异性正常吃顿饭可能都会被写出花样，要不是他是杨澄本人，他都要相信他恋爱了。

不过夏溪是“断情绝爱掌门人”，两个人也坦坦荡荡，应该不会产生什么误会。

杨澄早就在俱乐部定好了场地，两个人开始对战。

夏溪在对战之前就告诉杨澄：“我这次不用之前的武术了，换了新方向，需要我让你两招吗？”

杨澄想了想，说：“不用了吧。”

他感觉自己经过这段时间的练习，能力大幅度提升。

然后杨澄被夏溪一拳制服。

第二回合杨澄好歹跟夏溪来了三招。不是杨澄多厉害，而是夏溪让了他两招。

杨澄感叹："夏一招不愧是夏一招。"

夏溪本来还担心自己会挫伤杨澄的自尊心，但看杨澄状态还不错，夏溪也松了一口气。

杨澄爽快认输，在这之前他可能还会觉得丢人，但输多了，他已经习惯了。他还在庆幸："幸亏我找了个隐蔽的地方，比赛结果只有我们两个人知道。"

……

夏溪带着助理小红跟杨澄团队一起前往机场，密室类节目拍摄地点在另一个城市，他们要坐飞机过去。

在机场，夏溪看到了前来送机的杨澄粉丝，人数还不少。

杨澄注意到了夏溪的目光，稍微有些得意，跟夏溪显摆："别看我粉丝在网上损我，但他们还是爱我的，我还是有一定魅力的。"

夏溪瞥了一眼杨澄，说："好的。"

杨澄总觉得夏溪的语气过于敷衍了。

"怎么没看到'溪水'？"

在杨澄看来这不科学，夏溪的人气明明很高。

小红告诉杨澄："溪溪不喜欢粉丝来接机，觉得太麻烦了。"

夏溪刚出道的时候，"溪水"就开始自发想要接机送机。但夏溪跑得实在是太快，风一般的美女完全让人抓不到。后面"溪水"再来接机也没发现夏溪，夏溪隐藏在人群中低调地离开了。

夏溪不想让大家给她花钱，也不想他们费时费力地接机送机，她完成好的舞台，"溪水"看看就可以了。

一来二去，"溪水"也就没有再组织这样的活动。

所以夏溪每次去机场都很清闲。

这次还是因为杨澄在身边，她才被关注到。

杨澄粉丝看到杨澄，轻轻喊着："哥，你今天造型有点帅。"

杨澄被夸还是挺高兴的，他拿起了笔，准备给粉丝们签名。

然后粉丝被他身后的夏溪吸引，问："是夏溪吗？"

夏溪冲她们打了个招呼："嗨。"

"夏溪你好漂亮！"

"比电视里还要好看。"

"可以要签名吗？"

夏溪没想到杨澄粉丝居然跟她要签名，她也不是不能给，就是没带笔。她毫无准备。

杨澄粉丝发现了杨澄手中的笔，于是杨澄的笔被粉丝拿走了，落到了夏溪手中，杨澄还惨遭嫌弃："哥，你待一边儿去，别挡着我跟夏溪要签名啊。"

杨澄一脸迷茫。前脚还说他帅，后脚就让他靠边站，别挡着她们要夏溪的签名？

夏溪机场照片流出，美得闪闪发光。

"溪水"也想遇到溪溪，不过还是谨记不组织接机的原则。好好工作，好好学习，夏溪追求自己的梦想，他们也追求他们的梦想。

而且这次夏溪还是去录制节目，很快"溪水"就有新综艺看啦！

密室类节目叫《玩转密室》，已经录制过几期，收视率还不错。

夏溪和杨澄已经跟其余嘉宾会合。除了他们两人，还有三位嘉宾，大家互相做了自我介绍。

其中有戴着眼镜、看起来斯斯文文、浑身散发着书卷气质的男大学生，他不算素人，靠着敏锐的解题思路和清隽的长相已经参加过好几档综艺。

还有一位是唱过不少经典歌曲的歌手前辈。

另外一个是偶像团体向阳少女的成员叮叮。

"溪溪！"她一看到夏溪就热情地跟夏溪打招呼，"你们团出的三首歌我都好喜欢，绝了！"

夏溪记得叮叮，她们一起参加过《偶像运动会》。夏溪对叮叮道谢，感谢她喜欢她们团出的歌。

大家交流了一会儿，又被节目组叫走进行了专门的访谈。

工作人员问夏溪："你之前接触过密室吗？"

夏溪摇了摇头，说："完全没有。"

工作人员："密室里面有很多复杂的题，你觉得你能迅速解题吗？你会在里面担任什么角色？"

夏溪实话实说："我觉得我不太能。我可以给解题成功的队员欢呼呐喊？"

夏溪越说越没底。她没玩过密室，并且自认脑瓜子不算灵活，她这样的不会被节目组辞退吧？

工作人员听到这番话后却露出了高兴的表情："太好了！"

夏溪："什么太好了？"

工作人员表示："没什么没什么。"

《玩转密室》的导演其实是有点担心夏溪太厉害。他看过夏溪带着姜妙之过鬼屋的片段，要是这次夏溪也三两下过关，节目可能就没有什么好看的了。

夏溪拿到了节目组给她的定位卡片。上面写着——门面担当。

其余人也收到了卡片，男大学生是智慧担当，杨澄是能力担当。

夏溪还问了一嘴杨澄的后采内容，他的后采内容跟夏溪不一样："他们给了我标签，就让我走了。"

夏溪不太理解，不过这也不重要。

录制即将开始，大家分别戴上眼罩，在工作人员的搀扶下来到密室。

夏溪询问旁边的工作人员："我的头发还好吗？"

夏溪一边询问，一边还摸了摸自己的头发。

她今天编了两根麻花辫，上面还绑着彩色细绳，看起来是甜酷风，也确实配得上节目组给她的定位。

工作人员以为夏溪是怕头发乱了，他安慰夏溪："很好，没有乱。"

夏溪这才安心。

大家听到指示，摘下眼罩，他们待在一个看起来像休息室的房间里。

广播响起，节目组开始交代剧情："公元4444年，大量人类感染不知名病毒，变成丧尸，Z博士经过不懈努力研究出了病毒抑制药剂，但在交接前一天意外失联，现在Z博士的下属委托你们来Z博士家里找到病毒抑制药剂……"

"我们的任务是寻找病毒抑制药剂。"男大学生率先开口，"药剂肯定不会在这个房间里，我们首先得从这个房间里出去。”

他提前说过自己玩过不少密室，有经验，而且还是智慧担当，所以自觉地担任领军人物。

“得找到钥匙，打开面前的门。”

门上挂着锁，夏溪凑了过去，也试图解题。但她毫无思路，眉头紧皱。

《玩转密室》的导演能看出夏溪确实不太会玩，已经想到了后面可以怎么宣传——综艺漏洞、全能玩家夏溪在密室前犯了难！

让夏溪都束手无策的密室，还没办法引起大家的好奇吗？

夏溪询问男大学生：“这门……能拆吗？”

她一边说着，一边敲了敲。

男大学生也不是很了解，没见过这么野的。

节目组导演闻言直接下场：“不能！”

节目组导演出手挽救了岌岌可危的大门，夏溪也就卸下了这个心思，大家还是得找钥匙。

这是一个单身男人的休息室，里面有床、书桌、书柜。

第一个房间通常没有太多难度，通过书柜上书的排列顺序，男大学生找到了一个需要密码锁的箱子，打开后里面有一张CD盒，钥匙就藏在里面。

第一个房间过得比较顺利，也让大家精神一振。

杨澄表示：“我好像有点思路了，夏溪你呢？”

夏溪也学着杨澄的语调，大声说：“我没有！”

但第二个房间的题目就没有那么简单，在第一个房间里展示了出色能力的男大学生也毫无思路。

时间一点一滴地过去，大家也开始逐渐焦躁了起来，最要命的是，他们正研究着，灯闪烁了两下，突然暗了下去。

“妈呀！”

“怎么黑了。”

叮叮被吓了一跳，不过还不等她惊呼，她就听到了花式男高音。

高音来自杨澄。能力担当杨澄看起来安全可靠，但他怕黑。

叮叮：我是被黑暗吓到的吗？不，如果我被吓死了，那肯定是杨澄造成的。

“安静点儿。”夏溪的声音响起，和她冷静的声音同时出现的还有一道光。

歌手前辈询问：“这手电筒是哪里来的？”

夏溪指了指桌子，说：“打开抽屉就看到了。”

夏溪告诉男大学生：“我来给你们打光吧。”

她跟杨澄不一样，很有自知之明，兢兢业业地当打光工具人。

节目组导演露出了一个胜券在握的笑容：“谁说夏溪参加一档节目那档节目就成了《导演变形记》？密室类夏溪就不擅长……”

在《玩转密室》官宣夏溪会参加这期节目的时候，就有很多人发私信给他。

“喜闻乐见的最新版《导演变形记》又要开播了吗？”

“敢于直面夏溪的导演，我向你致敬。”

看着正在忙碌的嘉宾们，节目组导演嘴上说着祝大家好运，实际上暗中窃喜。这一关，可不简单。

然后，夏溪的声音响起：“咦，这是不是密码？”

几位嘉宾和导演组都蒙了。

夏溪指着的是投影在房间里的数字，上面写着四个数字。杨澄果断上去试了试，门真的开了。

“这是怎么做到的？”叮叮抓着夏溪的手，好奇地询问。

节目组这一关做得很精妙。上一关的CD盒不仅仅是用来放钥匙的，把里面的CD放进CD机，就会响起音乐，音乐会触发投影。

CD机跟家具摆设完美融合在一起，大家几乎没有多想。

夏溪怎么会拿了CD过来，又放进CD机的？！

在几双眼睛的注视下，夏溪告诉他们：“随手。”

她真的是随手把CD拿着了。在沙发上坐着无聊，看大家情绪不太好，她就把CD往机器里面一放，没想到放出了密码来。

“你这运气也太好了！”

导演组怎么都没想到，精心设计的关卡被夏溪随手给破解了。

是不是不应该叫夏溪门面担当，应该叫她幸运担当？

从第二关开始，夏溪渐入佳境。

第三个房间和第四个房间不是全封闭的，毕竟也是布景。

然后夏溪噌噌翻过了看起来很高的墙，直接从里面给大家打开了门，完全没动脑子。

杨澄等人：爽！

导演组脸上笑嘻嘻，内心想打人。

导演摸了摸下巴，看着已经进入新房间的众人，气定神闲："没那么简单。"

还没放大招呢，这才到哪儿？

他们既然做了设定，那就有"丧尸"存在。

新房间看起来像是实验室，一进入大家就感受到了久违的光明。

杨澄感觉自己总算活过来了，抹了一把额头上的汗，说："密室就应该解谜，为什么要搞得黑咕隆咚的。"

夏溪也觉得黑暗中不利于行动，不过突然这么亮，她还是感觉稍微有点奇怪。

歌手前辈说："我们是不是可以在这里找到药剂啊？"

男大学生已经找到了Z博士的笔记本，招呼着他们："你们都过来看看，上面应该有线索。"

五个人围在一起。

Z博士的笔记里密密麻麻写了不少字，其中提到了"丧尸"。

夏溪总结："这些丧尸战斗力很强，完全不知疼痛，遇到光会暴动，在黑暗中迟缓，保持僵直状态……"

丧尸，光——

夏溪脑子里瞬间闪过了什么东西。

不好！

"这附近可能藏着大量'丧尸'，大家警惕一点。"

刚才众人还因为待在了充斥着光明的房间而松了一口气，听到夏溪的提醒，众人瞬间起了一身鸡皮疙瘩。

这看似安静空旷的实验室里，居然可能存在大量"丧尸"？

即使知道丧尸是工作人员假扮的，但这种未知感还是让人恐慌。

叮叮已经被自己想象的东西吓到了，问："怎么办？"

导演觉得夏溪的思路还是挺清晰，暗暗点头。不过就算知道了，能有什么办法？

男大学生苦笑："我们还是得老老实实找药剂，解密码。"

大家一边紧急解密码，一边做好随时应对"丧尸"的准备。

夏溪嘱咐叮叮："拿到了药剂立刻跑。"

叮叮有点想哭，这氛围也太吓人了，前面还优哉游哉，现在仿佛在拍末日电影。

经过大家齐心协力，写着"病毒抑制药剂"的东西被他们拿到了，整个实验室都开始响起刺耳的警报声，红灯也一闪一闪。

"病毒抑制药剂"就是这个房间的钥匙，他们甚至不需要再找密码。

杨澄指着门，惊讶道："门开了。"

还没等他高兴，叮叮就露出了惊恐的表情。

开了的门不止一道，还有一道门也跟着一起弹开，里面是奇形怪状、衣服破烂的"丧尸"，他们发出一声声咆哮。

"丧尸"张牙舞爪地冲出那扇门，冲着大家抓来，警报声还在持续拉响，红色的灯忽闪忽闪，让人的心脏都要跳到嗓子眼了。

节目组是真的大手笔，就是为了来这一场大逃亡。

即使大家在夏溪提醒下有了些许准备，还是难免慌乱，大家朝着那扇能出去的门跑。

不过男大学生注意到了一点——夏溪是朝着反方向跑的，也就是冲着"丧尸"群那边。

"夏溪！这里！"

杨澄听到了男大学生的吼叫，回过头也发现了这个情况。

夏溪这是在干吗，吓傻了？

杨澄本来跑在前面，看到夏溪朝着丧尸堆里扎，紧急扭头，冲着夏溪的方向跑了过去，打算扯住她。

导演和丧尸 NPC 也不懂夏溪这是什么操作。

下一秒，只见貌美女偶像一只手按在了冲在最前端的丧尸 NPC 额头上，然后把他硬生生塞了进去，跟着他一起被塞回去的还有其余丧尸 NPC。

在被塞进屋子的那刻，丧尸 NPC 们脸上出现了大写的茫然。

夏溪不光徒手塞丧尸，她还迅速给门上挂了把锁，那扇门是有锁扣的，夏溪胡乱按了几下，门锁就发出了声音。

——多次输入错误密码，门永久锁死。

这个密码锁只有三次试错机会，之前他们错误了两次，第三次正好打开。

然后夏溪把这个密码锁也揣兜里了，现在派上了用场。

导演组和嘉宾都因为夏溪的操作目瞪口呆。

导演瞪圆了眼睛，不由发出哀号："我的丧尸 NPC，我的大逃杀！"

他计划了好久，堪称最惊险刺激，可以让他们哈哈大笑，让嘉宾们惊慌失色的大逃杀，就这样没了？

导演组都觉得夏溪对丧尸 NPC 不太礼貌，编导指了指，说："其实夏溪还是挺有礼貌的。"

只见夏溪做完这一切后长长地舒了一口气，对门的方向挥了挥手，红唇轻启："拜拜。"

里面响起丧尸 NPC 郁闷的吼声："放我们出去！"

夏溪："等我们通关结束吧，别着急，我们尽量快一点。"

其余人全部围了上来，简直想对夏溪顶礼膜拜。

杨澄竖起大拇指，称赞道："学妹，不愧是你。"

她直接从源头上解决问题。

男大学生也若有所思地说："原来密室还可以这么玩。"

"你刚才的举动太危险了。"这话是歌手前辈说的，他孩子的年纪跟夏溪差不多，看夏溪自然也跟看孩子似的。

夏溪冲歌手前辈笑了笑："我不会有事儿。"

"有事儿的只能是丧尸。"这话是杨澄补充的。

夏溪的战斗力，全场他最了解。

节目组精心准备的丧尸大逃杀还没开始，就直接被夏溪结束。因此后面大家走得大摇大摆，全程放松。

叮叮说："应该不会再有别的'丧尸'了吧？"

杨澄想了想，说："我觉得不会有了，刚才那可是满满一屋子，节目组会那么丧心病狂？"

夏溪："那不一定。"

综艺节目一直都是这么丧心病狂。

夏溪话音刚落，大家就看到旁边的纸箱子动了。

走廊墙边堆满了纸箱子，当时大家完全没在意。

习武的夏溪感官最强烈，第一时间察觉到估计又是节目组搞幺蛾子了，她再次当了预言家，下意识地挡在了最前面。

"小心。跑！"夏溪喊道。

杨澄简直想骂脏话，有完没完，这个节目也太搞人心态了。他们刚刚放松，又来了新的危机！

"丧尸"还是穿着破烂的衣服，露在外面的皮肤被化妆成了一块块的青紫，被夏溪挡在身后的众人看了都心生恐惧。

叮叮不想走，她捞起纸盒子。不能光夏溪保护他们，她也要保护夏溪。

越是危难的时候，越是容易迅速熟悉起来，他们这个临时团队已经隐约凝聚起团魂了。叮叮没有跑，其余三个男嘉宾更觉得自己不能跑。

丧尸 NPC 其实有点不敢动，因为他知道夏溪的武力值，也知道夏溪刚才把他的同伴们给关起来了。而且现在不光有个夏溪，还有其余四位虎视眈眈的嘉宾。

于是刚才还在张牙舞爪的丧尸 NPC 下意识地朝着后面退了两步。

夏溪注意到了这一点，她眨了眨眼：你退后的动作是认真的吗？！

导演全程听到了夏溪和杨澄的吐槽，既然已经被说丧心病狂了，那他们自然要给嘉宾们一点颜色看看。

导演确实不是只在一处安排了丧尸，不过大部队还是实验室的那一批，面前的就是随便安排的独苗苗。

节目组当时计划的是，夏溪他们后面有大部队 NPC 追逐，前面还突然跳出了这个 NPC，前后虎后有狼，两面夹击。

现在却变成了——

"一对五。"夏溪平静地阐述出来。

五个嘉宾，对上一只"丧尸"，双方地位瞬间互换。

丧尸 NPC：“……”

时间仿佛静止，五双眼睛的眼神从愤怒逐渐变为兴奋。

大家恍然大悟，好像是真的欸！他们并不需要害怕。

丧尸 NPC 一时间显得弱小无助，有没有人来救救它这只可怜的“丧尸”？

夏溪还开始跟他搭话：“你是不是想要跑？还没玩过追丧尸的游戏。你不要害怕，怎么还发抖了？我们是正经人，不会伤害你。”

丧尸 NPC 是真的在瑟瑟发抖。

其余嘉宾也表示：想玩欸。

眼看着在夏溪的带领下大家已经开始想玩追丧尸游戏了，导演只能紧急发言：“不可以殴打 NPC！”

与此同时，冰冷的机械声响起：“Z 博士研究的丧尸拥有极强攻击性和病毒性，被它咬中也会感染病毒。”

夏溪和其余嘉宾明白了，这是在给丧尸 NPC 增加权限，他们还是得跑。

丧尸 NPC 知道这一情况后也支棱起来。夏溪他们不敢打他，应该怕他。

情况再次两极反转。

他发出奇怪的吼叫声，正打算扑向夏溪，夏溪却冲他微微一笑。

夏溪长得漂亮，今天打扮得又比较甜酷，她笑起来只让人觉得整颗心都融化了。但丧尸 NPC 的心没有融化，因为夏溪笑完之后朝着他跳了一步。

丧尸 NPC 表示受到了惊吓！

丧尸 NPC 其实本来不应该开口的，但他过于震惊：“不能打……”

夏溪理直气壮：“我不打人啊。”

夏溪只是跳到了丧尸 NPC 的身后，蒙住了他的双眼，并且通知对方：“你现在立刻停止挣扎，你不能动了。Z 博士的日记本上说丧尸在黑暗中行动迟缓，保持僵直状态。”

夏溪通知“丧尸”：你现在僵直，听到了没？要是不听的话，就是不符合设定了。

丧尸 NPC、导演和其余嘉宾：还可以这样？

夏溪没有使用暴力，她抓住了设定中“丧尸”无光僵直这一特点，暂时把他的双眼蒙了起来，然后让自己的队友们趁机离开。

“不用太着急，他伤不了你们，我还在蒙着他的眼睛呢。”

导演感觉有点怀疑人生了。

下一个房间的门是可以直接进去的，其余四人顺利进入下一个房间后，杨澄和男大学生就开始招呼起夏溪：“可以放开它进来了。”

导演给丧尸 NPC 下达指令：“快，抓住夏溪！”

这是千载难逢的好机会，不能就这样放过她。

然而夏溪就像是开了倍速，松开丧尸后，迅速逃进了下一个房间，整个过程也就几秒钟，丧尸 NPC 压根来不及追。

丧尸 NPC 很委屈：“她跑得太快了。”

导演觉得非常离谱，他甚至感觉刚才视频都有瞬间的模糊。

新房间跟走廊连接的门是坏的，不能锁上，这也意味着有“丧尸”随时冲进来的风险。

杨澄神色轻松：“就一只‘丧尸’了，没关系，我来堵门就行。”

是的，外面只有那只独苗苗“丧尸”。为了增加点儿恐怖感，他拿了什么东西在挠门。

尖锐东西在门上划过的声音还是挺难听。夏溪皱着眉，发出疑问：“为什么他可以破坏门？”

搞双标？

嘉宾们简直要笑死了，夏溪还在为之前导演不让她踹门的事而耿耿于怀。

夏溪结束吐槽，开始查看新房间。从布局来看，这大概是 Z 博士的卧室。

男大学生跟歌手前辈已经做出了总结：“还是需要密码锁，这边有一个机器人。”

机器人看起来像是开门的线索。

它看起来很新，很有未来感，个头到大家膝盖的位置，脚下是滑轮，夏溪还看到它的身前循环滚动着一串字。

叮叮念了出来：“请用力按下我身上的按钮吧。”

机器人身上是有一个按钮，在它的脑后。

“果然是博士家，这机器人还挺酷啊。”杨澄对机器人格外感兴趣，“这玩意儿不便宜吧？”

夏溪问杨澄：“很值钱？”

杨澄点了点头，说：“应该是，这个还能动。”

不过重点还是到底按不按。

歌手前辈提出自己的想法：“按的话可能有不好的事情发生。”

男大学生皱着眉说：“不按的话又没有别的思路。”

大家一起讨论后得出结论：“按吧。”

叮叮上前拍下了按钮，大家都在屏住呼吸等待着接下来会发生什么。

机器人活动起来，滑轮向前向后滚动，甚至还“开口”说了话。

不得不说，节目组真的大手笔。

机器人说的是：“嘤嘤嘤，人家的头发不见了，人家是黄花大机器人，从来没有被人看到秃头的样子，你们要对我负责。”

机械声的“嘤嘤嘤”听起来格外搞笑，关键是大家怎么都没想到居然被机器人碰瓷了！

什么头发，哪里来的头发，你一个机器人有什么头发？！

不过这一点夏溪和男大学生可以做证，还真的看到了一缕头发，不过拍下按钮后，就被自动收回了机器人身体里。

“还黄花大机器人……节目组是怎么想出这种乱七八糟的词的？”

“这辈子都没想到机器人让我对它负责……”

一时间屋内全都是吐槽。

夏溪反应最快，她注视着机器人，跟哄小孩子似的：“别哭别哭，负责负责。”

杨澄：怎么负责？

夏溪：“除了已经结婚的前辈，你可以在我们四个里选个带你回家，我们必定会负责到底！”

那一刻，导演明白夏溪为什么会询问杨澄机器人值不值钱了。

小机器人是导演私人的，花了大价钱，他本是拿出来显摆的。

导演：你那是想负责吗？你分明是馋机器人！

其余嘉宾已经跟上了夏溪的思路。这可太划算了，没想到来一趟密室节目不光有劳务费拿，还能白拿个机器人。

不过机器人没有搭理夏溪，还在继续重复着自己的话。

嘉宾们了然，现在应该是要给机器人找到头发，不然出不去。

夏溪瞥了一眼自己的辫子，突然想到了什么，突然蹲了下来，说："别吵了，给你头发。"

哪里来的头发？

导演本来还想趁着大家给机器人找头发的工夫稍微休息休息，紧接着就听到了夏溪说要给机器人头发。

只见夏溪三两下就把自己的头发给摘了下来，里面是略凌乱的短发。

导演：女明星在线摘头发？这麻花辫居然是假的？！

其余嘉宾也微微睁大了双眼。

"帅哥，你是谁？"

夏溪自己的头发被假发压得有点乱，零碎微长的头发下是一双黑白分明的眸子。她蹲在那里，一只骨节分明的手搭在膝盖上，嘴角带着些许笑意，很动人，给人一种如沐春风的感觉。

这完全就是顶级男团的门面担当，雄雌莫辩的大美人。

大家都知道夏溪好看，但没想到夏溪短发也这么好看。

男大学生指着夏溪："夏溪，你这头发？"

夏溪举了举假发，坦然解释："假发。前段时间剪了个头。"

因为工作剪发也不是不能理解，但夏溪这种从出道到现在一直以长发形象示人的女偶像剪短发，还是会给人不小的冲击。

杨澄现在总算明白过来为什么之前夏溪说自己秃了。他还以为夏溪是掉了点头发，没想到她是直接剪了个头啊。

杨澄扪心自问，自己就没有夏溪这么坦然："其实……我用了假发片。"

歌手前辈有点不好意思："俺也一样。"

他毕竟上了年纪，用了很多假发片。

夏溪看着大家一个个头发都很浓密的样子，也没想到原来他们都是用了假发片。

夏溪的情况其实跟他们不一样，她头发是多的，只是剪了。

夏溪拿着自己的假发就往机器人头上戴，一边戴还一边夸：“好看。之前你只有一缕，现在给你一把，开不开心？是不是可以告诉我们密码了？”

节目组看到这里也忍不住笑了。

谁能想到她伸手就摘下了假发？！

编导想直接告诉夏溪密码了。

为什么有人能把帅和美结合在一起！不就是密码吗？别说密室门的密码，就算现在夏溪问她银行卡的密码，她都会直接说出来。

编导跟不少工作人员色令智昏，导演却没那么容易动摇。他有点庆幸机器人没有思维能力，不然可能真的被夏溪说服并拐走。虽然夏溪这个解题方式确实可以，但还是得找机器人的假发。

关键是找假发需要回到之前的走廊，也就是还要面对“丧尸”。

独苗苗“丧尸”在外面抓门抓累了，得到导演的提示准备好攻击姿态。

门开了，迎接他的是夏溪的捂眼大法。

一回生二回熟，夏溪的蒙眼技术逐渐娴熟。

夏溪还特别贴心：“你觉得我捂得勒不勒？你要是觉得不舒服，我可以稍微松开点儿……当然别想着让我给你点光。”

“丧尸”发出生无可恋的哀号。

拿完假发，成功从机器人那边获取了密码后，总算是迎来了导演期待的大逃杀环节。

不过没有浩浩荡荡的“丧尸”群，只有一只疲惫不堪的“丧尸”追着五人团。五人团跑着，还有说有笑，看起来好像真的是在玩什么小游戏。

夏溪稍微提了一句：“我们是不是应该严肃点？”

导演：你还有脸说，要不是你把丧尸团关起来，场景会变得这样滑稽？

大家想了想，也是这么一回事儿，于是努力憋着，表演害怕。

夏溪已经不是当初进恐怖屋的夏溪了，她表演得还挺不错。杨澄本来就是演员，演技也过关。男大学生、歌手，以及女团成员叮叮的表演就不太好了。

夏溪一行人把他们熬夜设计出来的密室玩成了演技课，还是附带免费 NPC 的那种。

关键是夏溪跑着跑着假发还掉了。

机器人不需要夏溪的假发，夏溪拿在手里嫌麻烦，就稍微整理了一下又戴了上去。但因为她跑得比较快，假发承受不了，直接飞了出去，然后好巧不巧飞到了“丧尸”头上。

两只小辫子飞舞了起来，整个 NPC 都娇俏了不少。

“噗——”本来还在憋笑的五人团现在是真的憋不住了。

夏溪问杨澄：“你为什么要笑？”

杨澄：“我这不是笑，我这是害怕到颤抖！那你为什么也在笑？”

夏溪：“我也没有笑，我有点毛病，一旦跑累了就忍不住发出‘哈哈哈’的声音。”

夏溪他们拿着药剂，在“丧尸”的追赶下通过了好几间密室，总算是走到了终点。

叮叮感慨：“真不容易啊。”

节目组觉得叮叮这话就有点得了便宜还卖乖，他们是最容易过关的那组，比之前最快破解密室的那一期嘉宾都少用了好几个小时。

大家示意歌手前辈把药剂交给饰演博士助手的工作人员，博士助手却道：“现在不能放你们离开，需要夏溪跳个舞。”

导演是打算最后再为难为难夏溪。其实也不算是为难，夏溪是女团成员，跳个舞还不是信手拈来？

夏溪却并不打算跳，她朝着博士助手露出了不赞同的表情：“你身为 Z 博士的助理，Z 博士失踪了你压根不着急，还贪图享乐，想要看别人跳舞，你羞愧不羞愧！”

博士助手被夏溪问倒了。

下一秒，夏溪说：“药剂还在我们手上，你不是想要吗？那应该你跳舞给我们看。”

杨澄直接开始鼓掌了，赞叹道：“简直是妙蛙种子吃着妙脆角进了妙妙屋，妙哇！”

嘉宾们如梦初醒。对的，药剂还在他们手上呢，明明是 Z 博士的助手有求于他们，为什么反过来还要让夏溪跳舞？这不合理。

就要助理跳，不然不给他们药剂了！

叮叮紧握手中的药剂，五人团用兴奋的目光注视着博士助手，道："请开始你的表演。"

博士助手和节目组导演："……"

还能怎么办？表演呗。节目组失算了，本来打算给夏溪挖坑，却没想到把自己给埋进去了。

Z博士助手毫无舞蹈基础，四肢完全不协调，愁眉苦脸地左扭右扭。但不管怎么样，节目效果是有了。

叮叮知道夏溪在《Pick101》里对选手的点评很精彩，主动问夏溪："夏老师你觉得跳得怎么样？"

夏溪注视着助手的动作，想了想，说："我感受到了……亲切。"

亲切？

这个点评在大家的意料之外，叮叮对夏溪肃然起敬：这就是高情商发言吗？

亲切这个词，用得好用得妙啊。这个词看似跟舞蹈毫无关系，但在词语情感色彩方面属于褒义词，不会伤害对方的心灵。

以上纯属叮叮想象，夏溪其实是想到了陈梦佳。四肢不听使唤的，她们Seagirls就有一位。

Z博士助手舞也跳了，嘉宾们也就没有再难为他，把药剂交到了他手上。

"恭喜玩家成功完成任务……"周围响起提醒大家通关的声音。

几个人都挺高兴，夏溪还没忘记被她锁起来的丧尸NPC们："你们把他们放出来没？"

导演咬牙切齿地告诉夏溪："他们不出来，说是让你亲自放。"

夏溪：NPC们居然如此倔强！

不过既然是她把他们锁在里面，她也应该去解开这段孽缘，于是夏溪手握小锤头，老老实实地去暴力开锁了。

导演觉得，这一期播出后，他们想要再找NPC估计得花高价了。

"夏溪，我可以加你的微信吗？"结束录制后，男大学生朝着夏溪发出了加微信的请求。

夏溪正忙着给节目组工作人员签名，手机不在身边。她告诉男大学生："我不太用微信。"

对方依旧笑容灿烂："没关系。"

夏溪点了点头，说："好，那你等我一下。"

一场录制下来，大家相处得还不错。

叮叮："我也要，我也要。"

杨澄目睹了这一切，他对男大学生的那点小心思看得透透的。

密室后半段，夏溪堪称全程高光，在那种危险的情况下，她沉着冷静，只要她在身边就觉得很安全，她很难不令人心动。抛去这些，夏溪本身也人美歌甜。反正后来男大学生的眼睛都几乎黏在夏溪的身上了。

杨澄觉得自己得提醒对方一下："夏溪是偶像，她说了在成团期间不谈恋爱。"

所以死了这条心吧，这个女人是撩不动的，不要妨碍他学妹搞事业。

杨澄没想到男大学生居然也特别坦荡："我知道，不过距离团解散不是也没多久了嘛，万一以后夏溪想呢……我提前排个队。"

他的声音戛然而止，因为夏溪拿着手机过来了。

"排什么队？"她只听到了这句，然后询问男大学生，"你也打算跟我学武术吗？"

男大学生一脸茫然。

夏溪的武馆还没有开起来，但已经有一些圈内人士提前预订了，男大学生在杨澄面前表现得很有年轻人的冲劲儿，在夏溪面前顿时就拘束起来。

于是他拥有了编号——67，也就是第67位想要跟夏溪学习武术的顾客。

杨澄又开始"害怕到颤抖"，笑死了，不愧是他清心寡欲的学妹！

夏溪离开节目组的时候跟杨澄坐的一辆保姆车，来接夏溪的车坏了。

在杨澄团队看来，夏溪已经是老熟人了，杨澄团队对夏溪也很热情。

小红一见到夏溪就忍不住指了指她的头，小声询问："你的假发呢？"

Seagirls经纪人之前三令五申夏溪上节目得戴假发，怕一时间大家不太能接受。

夏溪伸手摸了摸，说：“掉了。”

假发掉到了丧尸NPC头上，后面也没拿回来。她能看出小红担心经纪人会数落她，于是振振有词地告诉小红：“将在外，君命有所不受！”

杨澄：意思就是我在外面录制节目，经纪人管不住我？

小红也没有过于纠结，她刷了刷微博，然后倒吸了一口凉气：“啊，溪溪，你跟杨澄老师被拍了？”

杨澄一听到自己的名字直接来了个鲤鱼打挺，说：“什么时候拍的？我就说这些娱记无孔不入。我跟学妹是清白的，我这就去发声明。”

夏溪眼睛比较尖，她已经看到热搜内容了，说：“好像不是在说恋情。”

夏溪皱着眉盯着小红的手机屏幕念道：“近日，杨澄跟夏溪两人私下相约某高档俱乐部切磋武术，杨澄不敌夏溪，被夏溪一招……”

夏溪很贴心，没有继续往下念了，她戳了戳小红，感慨：“今天天气真好啊。”

小红瞥了一眼外面已经彻底黑下来的天，犹疑道：“晚上……也能看天气吗？”

夏溪和杨澄的名字并排一起冲上热搜时，大家第一反应都是——

“夏溪跟杨澄在一起了？”

“说好的女团营业期间不谈恋爱，难道都是假的？”

“果然艺人都有人设！”

然而点进去后大家却发现，事情好像跟他们想象中的有些出入。

娱记用多张清晰的图记录了夏溪跟杨澄走向高档俱乐部，然后开了个空的练习室一起对战的整个过程。

并且文字描述包含了很重的私人情绪，比如说杨澄“人弱瘾大”，夏溪痛击杨澄，杨澄趴在地板上就像是一只破碎的陶土娃娃。

网友：就这？

以为的劲爆新闻并没有出现，大家只从图里看出了夏溪的美，以及从文字描述中知道了夏溪还是那么强。

虚惊一场的“溪水”：溪溪真的是不一般的烟火。

娱记们也想对杨澄说：就这？

夏溪跟杨澄私下出行，其实一开始娱记还没有多想，毕竟夏溪风评一向很好。

但杨澄一路上鬼鬼祟祟，像是做了亏心事儿，还一路带着夏溪往高档俱乐部冲，娱记们就以为有新闻了，甚至放弃了已经蹲了一段时间的貌合神离的明星夫妻。

然后娱记就看到这两人打了好几个回合，准确来说是夏溪单方面碾压杨澄。

娱记的小脾气直接上来了。今天就算买热搜，也要让大家知道杨澄是多么的弱！

来自娱记的复仇，不容小觑，娱记成功让全网的人都知道杨澄弱了。

夏溪叹气："何必呢。"

杨澄恨不得找个地洞钻进去，想要寻求夏溪的安慰："随便说点什么吧。"

夏溪想了想，目光带着同情，告诉他："看开点……"

杨澄点了点头。他已经悟了，人生在世总会遇到各种艰难险阻，只要迈过去，就是胜利者！

夏溪接着的话是："毕竟像这样丢人的情况也不是第一次发生了。"

杨澄莫名被夏溪安慰到了，虱子多了不怕咬，也确实不是第一次丢人了。

杨澄团队甚至很兴奋。果然夏溪命中带旺，谁跟夏溪关系好谁就能有人气，像这样的热搜可以再来点，他们不怕丢人。毕竟丢脸的也不是他们。

井烁、陆琛和姚星哲也看到了这个热搜。当时他们心中都是一凛，看完后才知道是虚惊一场。

夏溪在 Seagirls 成团夜上说自己成团期间绝不恋爱，当时大家心情都很复杂，现在却觉得——不恋爱好啊，不恋爱妙啊。

井烁：杨澄挨揍，该！怎么不多打他几顿，还是揍得轻了。

陆琛让助理找出杨澄的照片，看完后嗤笑一声，不过如此，没有多大的威胁。他评价："呆鹅大块头。"

陆琛的助理保持职业假笑，心里却觉得他们陆总可能是在羡慕杨澄的肌肉。

不久前陆琛健身的时候还在嘲笑井烁弱不禁风，男人还是强壮一点才像话，现在就开始吐槽杨澄大块头了。

至于姚星哲，他反复翻看着杨澄被夏溪撂倒的画面，微微有点羡慕。

“学妹，我又被师门除名了！”

夏溪跟杨澄告别后，杨澄还在不断地给夏溪发着语音，这一句喊得痛彻心扉。

夏溪没有露出任何诧异的表情。这不是很正常吗？她非常理解杨澄师门的做法。

夏溪已经换上了新的假发，这一次不是麻花辫，而是一头黑长直。

她和小红已经抵达机场，在外面等待剧组的车过来接她们。

夏溪坐在机场外的角落闭目养神，戴着口罩和大帽子，看起来跟很多赶路的人差不多，因此也没有引起多大关注。

小红坐在夏溪旁边安安静静玩手机，没有打扰夏溪。在她看来夏溪实在是又忙又拼，录制完密室综艺就马不停蹄赶回来，路上都在看剧本。

小红不打算打扰夏溪，想让她多休息一会儿，却还是没忍住发出了嘀咕：“什么熊孩子，手太欠了！”

说完她才想起夏溪还在休息，转过头就对上了夏溪清澈的眸子。

“溪溪，对不起，是不是把你给吵醒了？”小红露出了抱歉的表情。

夏溪安慰她：“没事儿，我没睡。”

夏溪就是闭了会儿眼睛，就算小红没有说话，她也听到动静了。

不远处有一个拽女生头发的熊孩子，是个男孩，看起来读幼儿园大班或者小学一二年级的年纪，应该也是跟着家长在这边等车。

他整个人站在公共座椅上，毫无公德心地穿着鞋在上面蹦蹦跳跳，有年轻女孩经过，他就突然抓别人的头发。

有的女生看对方是个小孩，想着多一事儿不如少一事儿，自认倒霉。还有女生被他抓疼了，发出惊呼，问男孩：“你抓我头发干什么？”

男孩完全不怕，若无其事地又开始在椅子上跳来跳去。

“没有家长吗，这谁家的小孩啊？”女生见小孩把她的话当耳旁风，又开始寻找家长。

家长距离熊孩子有段距离，正在一边跟人聊天，不慌不忙，看起来甚至还有些不耐烦："我家孩子，怎么了？"

女生："你孩子抓我头发。"

家长："你有什么证据证明他抓了你头发？"

女生没想到当家长的这么不讲道理，好在有监控，便说："需要我查一下监控吗？你们这是什么态度，我就是想要个道歉。"

然后家长就道："你一个二十几岁的人了，跟小孩子一般见识干什么？"

她的朋友也在旁边应和："就是就是，小孩子懂什么。"

明明是男孩犯了错，最后却变成了女生咄咄逼人。应该有的道歉一点都没得到，最后被抓头发的女生反倒是被数落了一顿。

女生红着眼眶离开了，男孩子还冲着她的背影做了个鬼脸，家长依旧跟她的朋友有说有笑。

不少人看了都忍不住皱眉头，但确实拿男孩没什么办法，只能尽量靠远一点。但还是有不知情的路人经过，然后被抓头发。

小红气愤道："果然熊孩子背后肯定有个熊家长，她怎么也不知道管管她孩子啊！"

夏溪看着那边，眯了眯眼睛，说："家长要是管得好，孩子就不会当街拽别人头发了。"

小红要去上厕所，夏溪在这边看行李，小红离开后，夏溪就推着行李箱走向了熊孩子附近。

她的头发看起来又长又直，很有质感，在阳光下散发着健康的光泽，让人忍不住想要摸一把。

熊孩子被夏溪的长发吸引，面带恶魔般的笑容，靠了过去，冲着夏溪的头发狠狠一拽。

然后头发直接被他拽了下来。

熊孩子整个人都愣住了，看着手中的头发茫然无措。

夏溪看向男孩，平静阐述："你把我的头发拽掉了。"

如果杨澄在这里可能会直呼"好家伙"，夏溪这一手是跟《玩转密室》

里的机器人学的吗？

熊孩子的笑容完全消失，他没办法像之前那样嘻嘻哈哈：“头发怎么会掉，怎么办？”

夏溪给出了方案：“要不赔偿，要不你也得像我这样。”

熊孩子大为震惊：他的头发也要被面前的人整个拽下来吗？

“我不要！”然后熊孩子开始哇哇大哭。

熊孩子妈妈听到了孩子哭声，立刻赶了过来，怒道：“你是不是欺负我家孩子了？谁伤害我的宝，我就跟谁拼命！”

不用夏溪开口，周围早就看这对母子不爽的路人已经发声了：“这不关小姑娘的事儿，是你家孩子手欠把人家假发拽下来，熊孩子就自己被吓到了。”

熊孩子家长了解了来龙去脉，知道她孩子没挨打，也没有要道歉的意思，继续重复之前的话术：“你这不是没事儿嘛……假发罢了，你还要跟小孩一般见识？”

夏溪眨了眨眼，说：“我不跟小孩一般见识，你身为家长，把假发的钱给结一下吧。”

她没事儿，但假发有事儿，刚才小男孩脏兮兮黏糊糊的手抓了一把，假发还被他暴力抓掉了一大块，完全不能用了。

夏溪直接拿出了订单截图，询问：“怎么支付，现金还是网银？”

路人：为什么她的动作如此娴熟？干得漂亮，支持维权！

假发价值好几百块，监控都录着呢，家长只能认栽。

她心不甘情不愿地在夏溪的注视下交了钱，就开始骂熊孩子：“你是不是手痒痒？没事儿你乱拽什么，直接让老娘丢了好几百……等我回去跟你爸爸一起揍你！”

她的宝别人不能骂，现在她自己骂得最起劲儿。

夏溪接到了经纪人的电话：“你找我要假发订单截图做什么？先别说这个，这个不是重点，听说你在密室里暴露短发造型了？我之前不是跟你说过嘛，你对外一直都是长头发，突然换了，粉丝可能接受不了你的造型……”

面对经纪人火急火燎的质问，夏溪还是很从容，她也没打算瞒着经纪人。

“我觉得新造型不错，很有出其不意的效果。比如，手欠的熊孩子都流下了悔恨的泪水。”

经纪人表示，夏溪说的每个字她都认识，但组合在一起又听不明白了。

夏溪做完这一切，深藏功与名，返回了《小镇拳王》剧组，《小镇拳王》正式开拍。

《小镇拳王》最精彩的就是女主角杜纤的事业线。于春升导演想要尽量拍得逼真，开拍前夏溪就跟于春升导演达成了一致意见。

“来真的吧。”这是夏溪主动提出来的。

挨打也是来真的，拳拳到肉的那种。

夏溪有些不好意思：“我演不太好挨打的样子，就算演出来肯定也有些假。”

于春升导演好奇：“你学武术的时候没挨过打吗？”

夏溪很坦然：“挨过。”

于春升导演：就说嘛，不然太离谱了。

紧接着夏溪又道：“就是有比较长的时间了，长大一些很少遇到能打过我的。”

这点于春升导演是相信的，毕竟这是一脚踹飞了他专门请来的拳击教练的人。

夏溪在武术方面有自己的追求，于春升导演在艺术方面也有自己的追求。要是夏溪不主动提出一切逼真，他还有点不好下狠手，但既然夏溪都这么说了，于春升导演：那我就不客气了。

虽然之前已经给对戏的教练提前打好了招呼，但教练还是放不开，他本来也不是专业演员，于是一遍又一遍地 NG。

再次被喊停后，夏溪先是用毛巾擦了擦汗，又递给对方一块干净的毛巾。她告诉满脸懊恼的教练：“你要不要打得重一点？我受得住，很扛揍。”

说完，夏溪都觉得有点怪怪的。

“你打得重一些可以一步到位，不然就是不断消耗她的情绪。你以为在帮她，实际上是在害她。”

说话的男人夏溪还是第一次见。他个子很高，长相清隽，最主要的是气质很好。

这是剧组新来的演员？

于春升导演介绍：“这是《小镇拳王》的编剧，季远舟。”

接下来，跟夏溪对戏的教练就像是打通了任督二脉，没有再犹豫，确实用力了。

这一段拍的是杜纤第一次跟专业级别的拳击手较量。她以为自己能被教练发现，能被选拔出来。她也已经算是一个强者，却没想到只有被人虐打的份儿，这给她当头棒喝。

拳头一下一下打在肉体上，发出惊心动魄的砰砰声。

在男拳击手肌肉壮实的身体的对比下，夏溪显得格外弱小，一次又一次被击倒在地上，完全没有反击的能力。

虽然知道是在拍戏，但小红的脸已经完全皱起来了。戏是假的，这挨揍是实打实的，光是看着就好痛啊。

其余工作人员也觉得不忍心。

但不得不说，那种紧张的氛围是真的有了。

因为长时间的较量，被汗水打湿的头发黏在了额前，弱小的身躯摇摇欲坠，眼睛里却带着一团熊熊燃烧的火。她就像是一只顽强的狼崽子，被击倒一次，她爬了起来，再次被击倒，她再次爬了起来。

每次男拳击手都以为自己把杜纤打趴下了，但她总是会摇摇晃晃地站起来。

“你输了，快点认输吧。”男拳击手开始烦躁。

对方太稚嫩，在他面前没有太大的威胁力，但这种嗡嗡不停的小飞虫还是会让他感受到烦恼。

狼狈的短发女生：“不，我没输。”

“你输了。”

“我没输！”

这是夏溪按照剧本揣摩出的杜纤的性格。杜纤心中有一个信念，不服输，不认输。她没有输，她也不会输，只要打不死她，她就会在这种痛击中变得更加强大。

从毫无招架之力到后面咬着牙冲对方伸出拳头，她的唇瓣已经发白干裂，但眼睛亮得惊人。

一时间剧组静悄悄的，没人说话，只有机器运作的声音。

于春升导演露出了一个满意的笑容，喊了“咔”。

“非常好！”

离夏溪最近的摄像师全程记录着夏溪的表情动作，他长舒一口气，感叹：“我都起鸡皮疙瘩了。”

没有背景音乐，没有经过剪辑，光这样拍摄，他就已经觉得震撼了。

一群人扑向夏溪，连夏溪的助理小红都被挤到后面。

“夏溪，你怎么样？”

夏溪干脆利落地从擂台上跳下来，说：“我挺好的。”

于春升导演还在回味着刚才拍摄的画面。夏溪这个演员是真的找对了，这完全是杜纤从剧本里跑了出来啊。

他感慨：“夏溪可真受欢迎。”

“你说你写美女挨打的剧本你的良心不会痛吗？我刚才看到你去给夏溪助理送医药箱了，是不是也后悔下笔这么狠了？”于春升导演跟旁边的编剧季远舟说，“美女挨打我都心疼。”

季远舟瞥了一眼于春升导演，评价：“虚情假意。”

他明明看到于春升在笑。

季远舟表示：“我又有了新的灵感……感觉在这里也可以加一段杜纤挨打的戏。”

说完，他拿起随身的笔记本电脑，开始在键盘上敲打。

于春升导演一脸无奈。

怪不得季远舟长得帅、剧本写得好却到现在都没有女朋友。

夏溪跟季远舟聊起来了，季远舟告诉了夏溪他的新想法，夏溪觉得可以。增加剧情后，人物塑造上确实更有层次。只要是对拍摄有帮助的，夏溪能办到的，她都努力配合。

两个事业型大佬围绕着剧本相谈甚欢。

于春升导演招呼来了刚才跟夏溪对戏的男教练，说：“你最后表现得也挺好的。是因为季远舟说的话？”

拳击教练挠了挠头。是，也不全是。

在开拍前，拳击教练还是有些发愁，他知道下手轻对夏溪来说不是好事儿了，就是还有点不好意思。

夏溪说自己有快速带对方进入情绪的方法，就是得提前打个招呼，可能会有点冒犯，希望对方不介意。

拳击教练：“我就说不介意，夏溪这是在帮我，我有什么可介意的。然后夏溪就说——就这点儿力度，没吃饱饭吗？”

夏溪用的是那种挑衅轻蔑的语气，拳击教练完全模仿不出来。

当时拳击教练的火气就噌噌上来了。

于春升导演：夏溪非常敬业了，这确实是一个非常棒的方式，换作是他，他也想打她。

另一边“溪水”在期待着《玩转密室》播出。不光是“溪水”，其余网友也好奇。

“《玩转密室》导演之前说夏溪掀不起什么风浪，我发私信给他了，他拒绝加入《导演变形记》，语气异常自信嚣张。”

“这是导演自己能拒绝得了的？”

“我已经把夏溪参加的综艺看了五遍了，《玩转密室》搞快点儿，我要看夏溪的神操作！”

“其实……我觉得大家也不用把期待值拉得这么高，之前那些综艺也就算了，密室是个动脑子的节目，还是得看智力，我就觉得夏溪这次搞不出来什么花样，我支持《玩转密室》导演。”

然后《玩转密室》导演出来回复了最后那条：“你别支持我，我的脸已经被打肿了！”

并且《玩转密室》导演还提到了《Pick101》导演和《高能前进》导演，说：“兄弟们，有没有群？拉我进去，申请加入《导演变形记》，我是新人。”

他还配了一个害羞的表情。

网友：怎么还拉群？而且这可都是熟面孔啊。

“我第一次见到这种情况，这应该叫什么？”

“那些年，被夏溪坑过的综艺导演们。”

“受害者人数不断增加，他们已经打算团结起来对付大魔王夏溪。”

已经有优秀的网友剪辑出了《导演变形记》。

——他是选秀导演，每一年选秀都有他的身影，舞台镜头剪辑混乱，乱给选手做造型，不少选手没有几个镜头。他的存在让粉丝咬牙切齿，但他我行我素，越发肆无忌惮！

——他是励志体验真人秀节目导演，干啥啥不行，搞事情第一名。他最喜欢的就是把光鲜动人的艺人们搞得精疲力竭，看他们露出苦涩的笑容，宛若变态！

——他是密室节目导演，他的密室常年战术性电压不稳，多少嘉宾粉丝都恨不得给他的节目充点儿电。虽然还没有两位前辈那样恶名远扬，但让我们记住，新人都是怪物，他可能会有赶超前辈们的那一天。

他、他、他战无不胜，直到遇到了命运般的女偶像夏溪，于是他们开启了《导演变形记》。

“我是领导学优秀毕业生，我给夏溪画大饼，没有人比我更懂画大饼。”

“我不信夏溪能玩出什么花样。”

“密室，夏溪不擅长的。”

最后他们统统落败。

今年假期，让我们关注由三位综艺导演以及夏溪倾情加盟的《导演变形记》。

……

看完后大家的反应是：这是什么爽文剧情，以前都是综艺导演整嘉宾，这次总算成了嘉宾整导演。

这个视频在网友的助力下冲上了热门。

陈梦佳还把视频发给了夏溪。

夏溪否认：“我不是，我没有，别瞎说。”

她哪里有针对导演，她不就是拿了劳务费然后老老实实工作了嘛。

陈梦佳紧接着发现，夏溪还用自己的微博转发了这个视频。她首先拒不认“罪”，紧接着又夸奖了剪辑的博主：“视频剪得很好，已经比不少业内人士还好了。你有这方面的天赋，可以考虑往这方面发展发展。”

剪辑视频的网友非常激动，连忙对夏溪表白。他还是在校大学生，这视频完全是因为兴趣才剪的，不过他有以后朝着那方面发展的想法。

夏溪还继续回复："加油。"

网友们关注的点在"比不少业内人士还好"上。

"业内人士，指的是《Pick101》导演吗？"

"夏老师上一秒否认，下一秒又痛击《Pick101》导演，不愧是我的夏老师。"

网上讨论得很热闹，不管怎么样，《玩转密室》导演的目的达成了，大家都很好奇夏溪这次又做了什么。

到了《玩转密室》播出的时间，"溪水"们都乖巧等在了屏幕前。

夏溪甜酷少女的造型一出来，"溪水"们就已经按捺不住了：溪溪真的好好看啊！

看到夏溪在后期采访里拿到了门面担当的称号，网友："导演是认真的吗，他觉得夏溪是门面担当？"

很快，"门面担当"暴露真实面目，直接翻墙，解锁密室新玩法。

"强还是夏溪强，不愧是综艺漏洞。"

这只是开始，第一个小高峰出现在实验室那一段。

当五位嘉宾一起踏入亮堂堂的实验室时，观众就已经警觉，这个房间可能得出点事情。但当嘉宾拿到药剂，两扇门同时弹开，一大批张牙舞爪的丧尸NPC倾巢而出时，即使已经有了"前方高能"的弹幕提醒，观众还是被吓了一跳。

"这也太逼真了吧，隔着屏幕我都被吓得缩成一团。"

观众们怎么都没想到，夏溪居然没有跟着大部队逃跑，而是快速冲向了"丧尸"，把他们锁了起来。

观众顿时对夏溪肃然起敬，太牛了吧，综艺之神就是您！

观众们却没想到，高能剧情还在持续发生。

看到夏溪把丧尸的眼睛蒙了起来，试图拐走小机器人，网友："莫名开始心疼起丧尸NPC，这届丧尸NPC真的丢脸，居然沦落为夏溪的玩物。"

"只有我羡慕丧尸NPC吗？想被溪溪蒙眼睛。"

"我夏老师长得这么漂亮还这么有趣，拿个机器人咋啦，节目组是不是玩不起？”

大家都觉得有夏溪这么一个队友在，这密室玩得是真的顺心，她一路化解所有问题，连“丧尸”危机都能直接从根源处解决。

大家都在欢快地发着弹幕，却看到夏溪把假发摘了下来。

“溪水”：啊啊啊，帅溪溪！

……

《玩转密室》剪辑节奏不错，再加上夏溪在这一期全程高能的操作，不火也难。

一切都按照《玩转密室》导演的预期发展，甚至比预期更好。

节目还在播出中，“夏溪锁死”“夏溪短发造型”就已经上了热搜，等到节目播出后，“夏溪短发造型”冲上了热搜前三。

大家讨论的点首先是：这个女人是不是忘记了自己是女偶像，就这样轻易把假发摘下来了？好猛！

其次是：好帅好帅好帅，重要的事情说三遍！原来好看的人不管什么造型都是好看的啊。

当然也有零星不赞同的声音。

陆琛就不喜欢夏溪的短发造型，先是专门给夏溪发过去大段文字：“你还是长发好看，更有女性特征，喜欢你长头发的样子，快换回来，乖。”

他得到一个红色的叹号，因为夏溪依旧没有加回他。

于是陆琛只能老老实实发在了夏溪的微博评论里，然后他被围攻了。

“妹妹喜欢长发就长发，喜欢短发就短发，关你什么事儿？”

身为霸道总裁向来都是被众星捧月的陆琛在网上得不到一点特权，关键他打字也没那么快，完全吵不过别人。

Seagirls 经纪人怎么也没想到，夏溪在节目里直接摘假发，“溪水”不但没有觉得不适，反而很惊喜。网友们对夏溪的短发造型也表示认可。Seagirls 甚至还因为夏溪的短发造型接到了新的邀约。

“你们近期准备一下男团舞。”

夏溪想要告诉经纪人她还在拍摄电影，刚开了个头经纪人就已经知道她想说什么了，解释：“夏溪那边不用担心，我已经跟于春升导演联系好了，录制地点就在本市，而且你们导演说有两天没有你的戏份。”

夏溪这才松了一口气，她兴致勃勃地询问经纪人：“我们要正式开始进军男团市场了？”

夏溪之前说过格局要大一点，努力跟男团搞市场竞争，当时经纪人还觉得夏溪想得有点多。

现在她发现——好像《全城劲舞》之前确实没有请过女团?

这个通告叫《全城劲舞》，选手会组成一个个街舞团，节目组会请跳舞不错的嘉宾去，有的是个人，有的是团体。

知道她们又有新舞台，Seagirls 整个团都很开心。

米莎感慨：“其实在运动会后，我还以为咱们队到解散都没有舞台了。”

没想到前不久打了歌，现在又可以跳男团舞。

大家都知道这次也是夏溪带了她们。

楚思思：“夏老师剪短发能拿到新通稿，那我们每个人都剪一下，会怎么样？”

岂不是可以再拥有十个舞台？！

夏溪开了口，浇灭了楚思思的幻想：“你的脸型不太适合短发。”

楚思思：好的。要相信夏老师，夏老师说不适合那肯定不适合。

芮子悦吐槽：“可能不但得不到新通告，还会被踢出偶像行列。”

经纪人告诉她们：“也不是没有人这么干，隔壁的奇迹少女团就已经有人剪短发了。”

夏溪靠着短发造型在热搜上挂了整整一天，不少圈内人生出了别的想法，想要蹭蹭夏溪的热度。她们还不知道夏溪靠着短发造型得到了新邀约，但想看看能不能也上个热搜。

奇迹少女团就是之前自降身价跟 Seagirls 抢护肤品代言的女团。

大家都比较好奇：然后呢?

经纪人想笑：“然后连夜接头发去了。”

肯定是头发剪毁了。

林姝珍：溪溪的热度是那么好蹭的吗?

赵天绮：“我们抓紧时间准备一下男团舞吧。”

对男团舞 Seagirls 也很用心，可以说每一次表演她们都是拿出了百分之一百二的诚意。

大家先是在线上练，不少人手上还有别的工作，比如夏溪白天拍摄《小镇拳王》，收工就自动加入群视频。

等在练熟了，把手上的工作收个尾，大家就聚在一起，进行最后的排练。

录制《全城劲舞》的那天，夏溪跟《小镇拳王》剧组人员道别。

在车上，陈梦佳发现夏溪拿着手机聊个不停，便问："溪溪，你是不是……谈恋爱了？"

说到"谈恋爱"三个字，她还特地放低了声音，冲夏溪狡黠地眨了眨眼睛。

夏溪坦荡地把手机屏幕展示给陈梦佳，上面密密麻麻的全都是文字。

夏溪告诉陈梦佳："我在跟编剧聊剧本。"

因为《小镇拳王》里加了几段戏，她和季远舟加上了微信，季远舟把新改的地方传给了她。

陈梦佳直接双手抱头，道："好了好了，别给我看了，我见不得这些，一看到就头晕。"

陈梦佳是真的不想看剧本，她背剧本台词已经背吐了，她无比怀念自己当地下说唱歌手的日子。

夏溪把手机收起来，陈梦佳还没来得及露出笑容，夏溪就像是想到了什么，问："恋爱……我们要表演的舞，歌词有恋爱的那段，你动作记熟了吗？"

夏溪皱着眉，她是真的为陈梦佳担忧。

十一人中陈梦佳的舞蹈最差，她提出来的那一段，排练的时候陈梦佳跳错过好几次。

陈梦佳瞪大眼睛：为什么话题跳跃得这么快？夏溪是魔鬼吗？

陈梦佳已经开始练了，左边夏溪，右边赵天绮，Seagirls 两个最强的女人一起盯着她。

陈梦佳：我好快乐——我装的。

节目组给大家订的酒店就在电视台附近，夏溪跟赵天绮一个是短发，一个是已经做好发型——夏溪在车上专门给赵天绮做的。因此她们比较省事儿，跟助理们一起把行李搬到酒店，让其余人先去节目组等她们。

等两人赶到的时候，时间还很充足，团内不少人在等号。

夏溪有些诧异："你们还没搞好？"

工作人员跟夏溪道歉："不好意思，人手有点不够，不过现在调过来了。"

夏溪很快从林姝珍那边了解到了来龙去脉。这期嘉宾不光有Seagirls，还有一个男团，他们一直在催Seagirls这边的造型师过去给他们看看。后面节目组又调来了好几个造型师，这才解决问题。

被人抢造型师还是有点不爽，楚思思小声跟夏溪抱怨："那边的男团成员有的好油腻……不停过来串门，还一直吹牛。"

她们聚在一起想要聊聊天，都因为对方不断串门变得不太方便。

米莎想要翻白眼："又来了又来了……"

偏偏这还算是公共场合，她们没办法撵人，只能在内心悄悄吐槽：好想让溪溪把他打飞啊，哪儿凉快哪儿待着去。

化完厚重舞台妆容的男偶像推开了门，夏溪抬起了手，男偶像本来想要说点什么，看到夏溪以及她的手后，顿时面无血色，像是遭受了重击，火速关上了门，溜得飞快。

Seagirls众人：什么情况？

林姝珍："他怎么跑了？"

夏溪收起手，一本正经地胡说八道："因为我刚才使用了一招隔山打牛。"

楚思思："真的吗？溪溪你也太厉害了！"

赵天绮无奈："你说什么她们都当真。"

赵天绮多少了解点儿内幕，听说夏溪之前参加聚会的时候曾经有男偶像跟夏溪产生冲突，想要用酒瓶打夏溪不成，被夏溪反击。

"就是他？"

夏溪点了点头，说："对。"

做错的不是她，她不需要心虚，对方看到她才会心虚。

其余成员不明所以。

……

节目正式开始录制，Seagirls成员穿着工装，另一组男团则穿着西服。

赵天绮起头：“大家好，我们是——”

“Seagirls！”十一个人喊起来还是比较有气势的。

底下也有人跟着喊团名。

夏溪这是第一次以短发造型站在舞台上，她个子本来就高，穿上靴子更加显得身材颀长，一身工装的她看起来又酷又飒，短发越发凸显精致的五官。

夏溪在思考一会儿的男团舞怎么跳，那边主持人已经给她们安排好了工作：“Seagirls带一下我们的二号组……”

节目组请两个团过来，除了表演，还要带选手们一起排练，指导他们完成后面的舞台。

主持人说的这些，经纪人已经提前告诉了Seagirls，现在主要是说给观众听。

男团带的是一号组。

然而事情没有那么顺利，二号组有人突然站了出来，说：“主持人，看这里，我有话想说。”

主持人：“你说。”

戴着鸭舌帽的男选手拿着话筒说：“我们可以申请换男团的老师教我们吗？没有说Seagirls不好的意思，主要是我们接下来要排练的舞蹈很有力量，充满男性的阳刚之气，感觉Seagirls不合适……她们可以去教一下陌陌。”

选手也分人气高组、人气低组，一号组是人气最高的，二号组在中间，陌陌她们在之前的比赛中节节败退，已经在淘汰的边缘，这一次连嘉宾都没有给她们分配。

男团受到争抢，夏溪她们的女团却被选手嫌弃。全场哗然。

节目组都没想到这个情况，楚思思她们更是差点连表情管理都没有做好。

赵天绮拿起了话筒，身为队长，她需要反驳对方。她却听到夏溪的声音："我不同意你的观点，女团就等于没力量？呵，来battle（比拼）吗？"

舞台强灯光下，好看到模糊性别的年轻偶像做出了一个让对方过来的动作，肆意张扬。

第八章

双胞胎兄弟夏谷

夏溪：说那些有的没的都没用，实力见分晓。

大部分的人却误会了。

主持人打了个哆嗦，开了口：“夏溪，我们这是舞台，打架好像不合适……”

台下的保洁大爷也在看戏，他也知道夏溪，说：“我也觉得那小子欠收拾。”

谁说女子不如男！

“不过，掰手腕可以，掰头好像有点过了。”

粉丝解释：“大爷，不是掰头，那是英文，意思是比拼。”

旁边的队友也想拉住夏溪。

夏溪察觉到其他人误会了，顿了一下，解释：“我没打算跟他打架，我不是什么架都打。”

夏溪一眼就看出对方压根没半点功夫底子。

“我是想跟他比一下舞台。不是想要有力量的舞蹈吗？那看看到底谁更有力量。”

台下观众：“翻译一下，我夏老师不是跟谁都打，他压根不配我夏老师出手。”

“这么看来，杨澄好像还挺荣幸？”

“毕竟是学长。”

“支持夏溪！说个笑话，夏溪没有力量。他是不是没看过夏溪跟吴浩柏跳男团舞那段啊？”

大家露出了看好戏的表情，选手却尿了，他知道自己比不过夏溪。于是他开始强词夺理："夏老师你已经是成熟的出道艺人了，我怎么能跟你比……这不是恃强凌弱嘛。"

一顶大帽子咣当扣下来了。

夏溪面色不改道："你都知道自己弱，还在这里挑三拣四？！"

夏溪：你弱你有理？是谁给你的勇气？

"溪水"和团粉的火气在夏溪的质问中瞬间消散了。

选手本来想说夏溪恃强凌弱，却没想到夏溪会这样反驳，他现在变成了一个又弱又爱叫嚣的小丑。

另一个男团看了一会儿好戏，本来可以作壁上观，但队长没按捺住，非要下场。他开了口："你怎么能说Seagirls没有力量呢，Seagirls很优秀，是我很尊重的女团。"

象征性地呵斥了一下选手，男团队长紧接着又对夏溪说："别为难选手了，他们只是新人，不合适。"

之前被夏溪反击过的男团成员急得不行。

惹谁不行，惹夏溪干什么！

偏偏当着镜头的面，他也不好直说，只能烦躁地踱步。

观众们看到夏溪的嘴动了动。

"我的唇语十级大师呢！"

"来了来了，夏溪说的是——好像熊孩子跟他的熊家长啊。"

夏溪觉得，男团队长那句和熊家长的句式特别像。

——他只是一个孩子。

——他只是新人。

观众一开始有点没反应过来，但仔细想了想，还真不是一般的贴切！

看男团队长出来给自己解围，选手再次拿起话筒，顺着男团队长的话说："夏溪老师跟我们选手比不公平，要比的话就跟刘老师比！"

刘老师就是男团队长。

来了一招祸水东引，选手偷偷地擦了擦汗。

男团队长：人在家中坐，锅从天上来？

夏溪是觉得没问题，黑白分明的眸子看向了男团队长，场下观众已经看热闹不嫌事大地开始起哄了。

男团队长骑虎难下，提议：“既然这个节目是街舞团，我们也是团体形式，那不如团体比拼？”

夏溪询问旁边的队友：“你们可以吗？”

赵天绮和米莎言简意赅：“可。”

其余人也跃跃欲试，斗志昂扬：“没问题。”

男团队长也学夏溪：“你们可以吗？”

被夏溪反击过的男团成员：“我可以申请退队吗？”

在还没那么丢脸前就离开这个队伍，也算及时止损。

答案肯定是不可以，其他成员打哈哈：“你也太会开玩笑了。”

男团和女团的对抗即将开始，这完全是意料之外的比拼，不过节目组也乐意见到这种比拼。这是一个大看点，比选手们比拼有意思多了。

公平起见，节目组给两个团体选择了同一支曲子，也就是二组选手口中力量感十足的那支。

节目组也专门开了直播，公开后台练习情况。

两个团事先都没接触过这个舞蹈，都有一个小时的准备时间，不管他们准备得怎么样，结果都会在台前呈现。

跟在舞台上的斗志昂扬不同，练习室内的师聘表示好紧张。

夏溪：“放轻松，按照我们平时训练的来就可以。有没有练《青春同行》那感觉？”

Seagirls 其余人：确实！

而且这次还不用唱歌，只需要记舞蹈，能记多少记多少。

本来还有点紧张的几个人瞬间就放松了，她们可是从一百零一位优秀的女练习生中被观众们挑选出来的。不就是个小比赛嘛，怕什么，放马过来！

最重要的是她们还有好几个大神。赵天绮带着舞蹈功底强一些的队友练，夏溪领着陈梦佳这样的舞蹈困难生一个动作一个动作抠。

夏溪给陈梦佳等人示范：“脖子疼，扶脖子，一只手扶不住，两只手一起上……”

还是同样的配方，同样的味道。夏溪式舞蹈教学永远都是这么亲切又朴实。

夏溪这边进展神速，甚至还时不时冒出点金句来。

另外一边，男团队长：“加油，加油，加油！”

这是他们主攻的男团舞，他们绝对不能输给隔壁的女团。

到后面男团队长已经不喊加油了，有队员询问：“队长你怎么不喊了？”

一开始队员觉得有点烦，但队长真的不说话了，队员又觉得缺了点什么。

男团队长喘着粗气摆手，没力气了。

一个小时后开始检验成果，对于出场顺序，夏溪她们无所谓，男团队长表现得很绅士：“女士优先。”

实际上他是想要抓紧时间再偷偷学点儿！

Seagirls 率先登场，激烈的音乐响起，十一个穿着工装的年轻女孩动作整齐划一，每一个卡点都准确无误。

夏溪左边是赵天绮，右边是米莎，两人仿佛夏溪的左右护法。夏溪就站在中间位，眼神坚定专注。她的动作非常有力量，关键是动作不会让大家觉得很吃力，而是张弛有度的那种。

虽然只有一个小时的时间，不可能扒完整支舞，但 Seagirls 完成了一半以上的舞蹈，而且每个人都完成得特别好。即使不是团粉，也会被她们的舞蹈感染。

而且二组的人还注意到，夏溪她们好像还稍微改编了舞蹈。

这档节目中，选手本就可以对舞蹈进行二次创作。男团那边觉得，在短暂的一个小时内能学多少就学多少，哪里还有什么闲工夫改编。但 Seagirls 不但学得快、跳得好，还进一步优化了走位和队形。

林姝珍在改编方面很有见解，每次的眼光都毒辣又精准。

掌声经久不息，还没开始，男团就知道他们输定了。

观众们也知道男团得输，只是没想到会输得这么惨烈。

本来他们学的进度就没有夏溪她们快，一慌张就更不行了，动作完全不齐，就连男团粉丝都夸不下去。

至于力量，观众表示：不好意思，没看出来。

男团成员面露菜色，主持人硬夸了几句，然后问之前提出要换嘉宾的选手：“现在觉得怎么样，Seagirls 应该能教你们了吧？”

那位选手立马改变了态度：“能教能教。”

“各位老师，我错了。”他给 Seagirls 道歉。

肉眼可见哪一组更强，而且夏溪她们还能改编得很好，有 Seagirls 在，他们有望冲击人气第一。

按节目组预想，接下来夏溪应该顺着选手的话走，达成圆满结局。夏溪却表示道歉收到了，不过不教了，申请改教陌陌她们。

夏溪：“我们阳刚之气太重了，怕你承受不来。”

观众：“夏老师是在阴阳怪气吗？”

“胡说八道，夏老师从来不阴阳怪气，都是明着来。”

“爽啦爽啦，我以为能得到道歉就完事儿，但夏老师居然直接拒绝，干得漂亮！”

当然依旧有不赞同的声音：“只有我一个人觉得夏溪这么做不太好吗？选手是不对，可是他也道歉了啊，不应该这么得理不饶人。”

其他人回复：“没错，就你一个人。”

本来就是选手先开罪 Seagirls，看夏溪她们强，又觍着脸想要她们指导了？夏老师就一定要给你指导？夏老师就没有点排面？

夏溪不是开玩笑。这个结果也是她跟队员们一起讨论得出来的。本来她们指导谁都无所谓，这些选手她们一个都不认识，但对方既然能说出女团没力量的话，那就再见。

节目组确实没有料到这个反转，可以说这期节目不断出现变故。不过这种变故是节目组喜闻乐见的，因为更精彩了，有话题度啊！

导演已经想到各种热搜在朝着他们砸来，比如“选手拒绝 Seagirls 指导”“男团女团比拼”“夏溪拒绝指导二组”。

二组那个选手已经感受到了周围人的怨念，他寄希望于节目组上。

导演拍板，尊重 Seagirls 的决定：“那 Seagirls 带陌陌那一组。”

二组选手：“那我们呢？”

导演耸了耸肩膀，表示爱莫能助。

这期只请了两批嘉宾，现在 Seagirls 被他气走了，那他们也就没有嘉宾指导了。

本来坐冷板凳的陌陌组露出了被馅饼砸中的表情。

她们是不是可以直接去买彩票了？她们特别喜欢Seagirls！这种感觉不亚于喜提海景房啊!

Seagirls后面还表演了她们之前就准备的男团舞。这次是经过了专门练习的，比匆忙排练的那支舞效果好出几十倍。

底下全都是“啊啊啊”的尖叫声。

收到重挫的男团队长只想说：要是夏溪她们早点表演，自己说什么也不会上赶着被打脸。

跟夏溪有过不愉快的男团成员抱怨：“我当时就说不要，你不听。”

男团队长也委屈：“你一直在那边来回踱步，谁知道你什么意思？”

男团成员：也行吧，之前被夏溪踢得手肿了，这次他们整个队感受到了脸肿。

Seagirls经纪人也在台下，她想说：兜兜转转，夏溪还是成功了？她是不是在来的时候就已经有这个打算了？

中场休息的时候，夏溪否认了经纪人这个说法，她有些哭笑不得：“我也不能预料还要比拼啊。”

夏溪的关注点是——经过这次比拼，对方后面的舞台是不是可以让她们效劳了？对方的实力是真的不怎么强。

夏溪还打听好了，说：“我们的出场费应该比他们便宜点，他们能跳的我们都能跳，我们性价比高，甚至可以友情赠送一个舞台。”

队里的学霸柴笙进行补充：“初期赠送，后面就算了。”

经纪人：夏溪连行情都已经打听好了，还说不是蓄谋已久？

夏溪自己坚决不打白工，但对团队舞台有特殊的坚持，甚至愿意放弃个人的高价综艺邀请，都要跟队友们一起完成舞台表演。

夏溪始终记得，作为偶像被大家喜爱是因为她们的唱跳、她们的舞台。每次公演底下都是举着灯牌的粉丝，她没有别的可以回馈他们，能做的就是在限定时间里尽量多地产出。

经纪人有些无奈：“不过确实会更容易注意到你们。”

她觉得各大男团要有危机感了，但她觉得这其实是应该的。

拿着高收入，有大量粉丝追捧，丑闻一个接一个，但业务能力就只有半瓶子水，呈现出来的东西不堪入目。凭什么？

如果 Seagirls 是行业的一股龙卷风，那就来得更猛烈些吧。

……

能被 Seagirls 指导，惊喜过后，陌陌她们其实有点不知所措。

她们整个街舞团在节目里人气垫底，其实也不是节目组作假掺水，确实是她们的舞蹈基础差一些。

Seagirls 全员坐在练习室的地板上，听陌陌说了她们的顾虑。

夏溪觉得，除了技术上的问题，陌陌她们重点的问题在于不自信、瞻前顾后。

她现身说法：“你们怎么样也比我好吧，我在参加比赛前没有一点舞蹈经验。”

不少人睁大了眼睛。夏溪这么强，之前居然没有舞蹈基础吗？

夏溪还在继续：“差，就要回头吗？你们现在是想直接退出节目？”

答案当然是否定的。

夏溪：“越是差不越是要练吗？”

练吧。认识自己的不足，然后开始练。

现在情况已经不好了，再不好能差到哪里去？已经触底，下一步就该反弹了。

夏溪一番话给陌陌她们打了鸡血，大家的精神面貌都变了。

Seagirls 一边进行编舞，一边进行动作拆分、教学。

本来她们可以不用这么费心，隔壁教一组的男团都是指导十分钟，休息两小时，最后甚至回酒店休息了。就连节目组工作人员都说不需要这样。

但夏溪说：“她们需要。”

她指的是陌陌她们。

既然做，就要做到最好；既然教，那也要教到最好。

陌陌她们感受到 Seagirls 的用心和真诚，越发庆幸二组放走了这么厉害的嘉宾。

最后，三组进行比赛，效果也很显著，陌陌她们堪称脱胎换骨。

她们的舞蹈基础是比另外两组差了一些，但能被选来参加这档节目，就说明基础是过关的。之前她们不停地输，除了技术层面，很重要的一点是她们身上缺乏一股劲儿。

经过夏溪的鼓舞，她们的那股劲儿填上了。

经过林姝珍改编、赵天绮亲自教学，陌陌她们的舞台效果堪称惊艳。

当主持人公布她们是这期人气第一的时候，陌陌跟她的队友还有点不敢相信。

“要感谢 Seagirls，她们一直在陪伴着我们，从早到晚……”

团粉的骄傲溢于言表，这就是他们喜欢的妹妹们啊。

Seagirls 谦虚道，这还是陌陌她们本身也肯努力，肯下功夫。

《全城劲舞》播出后，大家再次感受到了 Seagirls 的实力。

“有人品一下 Seagirls 这个舞台吗？我全程尖叫，太好看了吧！”

“没想到看了个舞蹈节目成了嘉宾的粉丝，Seagirls 好绝，夏溪好绝。”

“我要被我朋友笑死了，经过她的同意把截图发上来，大家一起乐一乐。夏溪短发跳男团舞究竟有多妙，看看我朋友的反应就知道了。”

这一条留言引起了网友的好奇心，大家点进了博主的主页。

博主是 Seagirls 团粉，也是个“溪水”。博主的朋友也是个选秀粉，以前喜欢的男偶像出了丑闻，于是朋友想换个帅气哥哥或弟弟追一下，博主就趁机推荐夏溪。

但博主失败了。朋友承认夏溪强，但只想追男偶像。

但是这一天，博主打开微信就发现朋友发的几十条消息。

“我发现了帅弟弟，太好看了！

“可甜可盐，人间宝藏，完全在我的审美点上反复跳跃。”

夸奖之后就是各种单人图。

博主：“我就很好奇，这不就是溪溪嘛。然后我就说‘你也终于踏入溪水大军了啊’，然后这傻子对我说，对方虽然长得跟夏溪有点像，名字也有点像，但他叫夏谷。”

朋友一本正经地说对方叫夏谷，询问博主夏溪是不是有一个双胞胎兄弟，还给博主发了几张直拍动图。

一张是夏溪在舞台上扯着工装衣领的动图，她手指纤长，骨节分明，眼神很有攻击性。另一张动图是一滴汗滴在了睫毛上，她眨了眨眼睛，睫毛颤了颤，眼睛湿漉漉的。

朋友："小狼狗，小奶狗，齐了！"

博主发出了惊天动地的大笑，然后把夏溪在《全城劲舞》的完整视频发给了她。

夏谷——下蛊吗？不得不说还挺会起名的。

博主的朋友得知真相后发了一串问号过来。

由于事件过于搞笑，博主这一条微博迅速转发过万。

博主朋友误以为短发夏溪是某个新晋男团成员并且深信不疑，其实也不是她的错。

在《全城劲舞》播出后，就有一帮人灵机一动，煞有其事地把夏溪性转。

有图片、有舞台为证，甚至还有人做了夏谷的个人站，看起来煞有介事，然后就有人上当了。

网友：夏谷这个名字起得真好，今天我们都是夏谷的粉丝。

"夏谷"甚至冲上了热搜，连带着 Seagirls 其余人也被网友们性转了一下。

Seagirls 的男团舞又酷又飒，不管是控制力，还是舞台表现力，都让人觉得水平很高。

谁说女团没有力量？都什么年代了还要搞这种偏见。

对比起来，跟 Seagirls 同台的男团就显得很拉胯了。

"Seagirls 还没出来前我感觉就这样吧，但现在我不干了，我就要这样的高质量舞台，做不到的话就让 Seagirls 取代他们吧。"

"男团舞、女团舞，我们海的女儿都能跳。"

"悄悄补充，还有广场舞……"

"有没有聪明机智的网友给性转组合起个名字啊？"

"海的儿子？"

——简单粗暴，但确实没毛病。

网友苦没实力又不努力的男团、女团久已，而 Seagirls 横空出世，高质量的舞台不断输出，女团舞跳得好，男团舞也别有一番味道。

一时间，某活动投票中，最受欢迎的男团这一项目上，海的儿子遥遥领先，断层第一。

最后还是主办方发现了这一情况，把海的儿子给剔除，这才避免了乌龙发生。

不管怎么样，仗着粉丝多而有恃无恐的男团现在确实受到了不小的冲击。

有人试图像往常那样对训练敷衍了事，经纪人直接发话："你有夏溪帅？还是比夏溪跳舞唱歌更强？没有的话你还休息什么！"

等着被夏溪取代吧。

想要敷衍了事的男偶像瞬间㞞了，危机感飙升。

本来以为Seagirls只是在女团圈里斗一斗，没想到她们野心这么大，直接剑指男团。

一段时间内，偶像们的舞台质量都肉眼可见地好了很多。

Seagirls性转版中最火的还是夏溪，毕竟只有她是短发造型。夏谷的站子有了，粉丝后援会有了，日渐规范。

一开始放出朋友搞笑截图的博主后来又放了聊天记录。

她的朋友已经接受了，整天喊"哥哥"。

这位博主开玩笑："你哥哥没喉结。"

朋友："没喉结怎么了，我喉结大，我甲状腺肿大！"

忙完《全城劲舞》的录制后，夏溪又返回剧组，完全不知道网上发生了什么。

当天就有工作人员对着夏溪喊："夏溪，没有喉结没关系……我甲状腺肿大。"

女工作人员喊完，对上夏溪黑白分明的眸子，就想走人，却被夏溪给逮住了。

夏溪面露担忧："怎么回事儿？你去医院看了没？"

夏溪不知道这个梗，再加上对方声音小，她就只捕捉到了"甲状腺肿大"。

那可不是小事儿，得去医院。

女工作人员既感动又不好意思，结结巴巴地表示她身体没问题，这就是玩了个梗。

夏溪登上微博后才知道自己居然有了新名字，并且喊自己甲状腺肿大的也不是一两个。

于是“溪水”们难得看到仿佛忘记社交平台密码的夏溪出现了，甚至还发了条微博。

Seagirls 夏溪：“祝大家身体健康，如果身体真有不适，请及时治疗，不要耽误。”

这条微博还带一张“祝大家身体健康”的表情图。

“溪水”：到底哪个姐妹玩梗玩到夏溪面前去了？！

剧组女工作人员出来认领了，是的，是她干的。夏老师当时一度要带她去医院，她没想到夏老师还会专门发微博。

夏溪难得发微博，“溪水”欢天喜地，几个队友也过来凑热闹。

一番互动下来，大家丝毫不怀疑 Seagirls 关系有多好。

“溪水”本来看得也挺开心，但有人注意到了一个问题。

夏溪后援会群管理员：“紧急情况，有人在挑事儿，前排有不太和谐的声音，大家稍微压一下，不要被溪溪看到！”

夏溪最近热度高涨，“溪水”也适时地开始对外推荐他们的宝藏女孩。

——偶像夏溪，演员夏溪，未来可期。

“溪水”一向很有分寸，绝对不会乱刷，这还是看到夏溪又出来了，才在夏溪的评论区表达了一下自己的喜爱。

夏溪今天比较活跃，接连回复评论，有人可能看不惯，就出来找事情了。

那条评论是：“夏溪，演员？她也配？不就演了两个电视剧的配角嘛，不知道的还以为是什么实力演员呢，什么头衔都敢往头上安，也不怕闪着舌头。”

有人喜欢就有人不喜欢，这无可厚非，但这话出现在夏溪的微博评论里还是太扎眼了。“溪水”怕夏溪看到。

“溪水”知道夏溪在演员路上走得一直很谨慎，一直在打磨演技。之前合作过的导演在私底下就说过夏溪很敬业，没有她的戏份时她都会在一边跟着老戏骨学习。

夏溪看到这评论，心里得多难受啊！

不过夏溪看到了，然后飞速刷了过去，她得抓紧时间回复几个可爱的粉丝。

其实这条评论是赵天绮前队友韩冰子专门找人发的，并且花钱找人把这条评论顶在了前面。

蹭热度不成，夏溪还完全不给她面子，韩冰子心里非常不自在，她想要让夏溪心里不痛快。韩冰子吹了吹美甲，呢喃："这条评论，应该会成为夏溪心中的一根刺吧。"

韩冰子最近春风得意，她接拍了某网剧，是女一号。而夏溪还只演过两部电视剧的配角。

韩冰子助理："姐……有爆料说夏溪接了某于姓大导的新戏，说得还有鼻子有眼，感觉是真的。"

于姓大导，韩冰子只能想起于春升，那可是重量级导演。

韩冰子故作镇定："就算是真的……那估计也是演了个配角。"

但就算是配角，她也好嫉妒啊！

韩冰子助理："姐……有媒体给于春升导演打电话了，于春升导演说夏溪出演的是电影女一号。"

韩冰子是网剧女一号，夏溪是名导电影女一号。

韩冰子的队友多少知道她对夏溪心有芥蒂，最近韩冰子演了个网剧女主角，跩到飞起来，于是见面后，韩冰子队友放着夏溪的歌，提醒韩冰子："你看热搜了吧？"

韩冰子装聋作哑："什么热搜？"

韩冰子队友："就是夏溪演于春升电影女主角的事儿呗……对了，我还听说夏溪刚出道就有剧方找她演网剧女一号，她都拒绝了。原来人家要不不接，一接就得是名导的女一号啊。是不是跟一克拉以下的钻石都是碎钻不值钱同理，网剧女一号，夏溪根本看不上？"

韩冰子想要在夏溪心中留下一根刺，没想到被刺中的成了她自己。

韩冰子笑不出来了。

……

夏溪饰演于春升电影女主角的消息一放出，大家的反应都不小。

“溪水”是最激动的。他们没想到夏溪居然不声不响地接了大导的戏，骄傲得不得了。

而且评论还有人说夏溪不配被称为演员，这……算不算是史上最快打脸？

陆氏办公大楼。

助理敲响了总裁办公室的大门，道：“陆总。”

陆琛头也不抬，略带不耐：“不是说过了吗？我很忙，不要打扰我。”

助理道了声歉，不过在离开前他还是要补充一下：“是关于夏小姐的。”

“夏溪怎么了？”

不出所料，陆总抬头了，现在也不忙了。

助理向陆琛汇报了夏溪有新电影的事儿，问：“陆总，是不是不用给夏小姐资源了？”

陆琛也注意到评论的事，身为霸道总裁，陆琛一声令下。不过助理还没把剧本交过去，夏溪那边就解决了。

陆琛用手摸了摸下巴，很大手笔：“没关系，发过去吧，让她挑选，看中哪个直接上就行。”

其实夏溪如果想要在影视方面发展，他也是有资源的，她大可不必这么拼命和努力——只要她稍微低下头。

助理表面说着“好的”，心里悄悄吐槽。有于春升导演的戏在前，他觉得夏小姐应该不会对他们的剧本感兴趣，他们陆氏底下的影视公司拍的片子，都没有一个评分在四分以上。

夏溪听赵天绮说经纪人去了医院，于是去问候了一下。

夏溪贴心提议：“如果身体虚弱，我可以教你一套强身健体操。”

经纪人并不想跟夏溪学什么强身健体操，而且她这次的病跟这也没什么关系。

“长针眼了。有影视公司想要找你拍戏，怎么什么乱七八糟的剧本都往这边塞！”

连着收到好几个剧本，经纪人看完后只觉得自己的眼睛都要瞎了。

夏溪对此表示深深的理解和赞同：“里面的犯罪行为太多了。”

虽然她只是跟队友们看了点儿偶像剧，但已经窥探到了冰山一角。

经纪人茫然，犯什么罪？她跟夏溪是在说同一种东西吗？

经纪人还询问了《小镇拳王》公布夏溪是女主演的事儿。《小镇拳王》一直没有宣发，不过这是因为于春升导演比较低调，但导演并不打算全程保密，既然有人问，那他就答。他现在对夏溪是一百个满意，只是他没想到，外面却持续响起负面声音。

夏溪一大早就发现于春升导演看起来很暴躁。

夏溪问：“怎么了？”

工作人员其实不忍告诉夏溪，但就算她不说，夏溪也可以在网上看到。

“有人对选角表示质疑。”

于春升导演是一个很正直、对艺术有追求的人，夏溪完全符合他想要的人物形象，甚至比他预估的还要好出一大截。

但就在他近乎显摆一样公布自己新电影女主演是夏溪后，各种骂声袭来。

“骂我也就算了，怎么把努力向上的小姑娘说得这么难听！”

夏溪在众人紧张的注视下打开了微博，于春升导演想要阻拦夏溪：“要不别看了吧……”

季远舟也开了口：“随便看看，别放在心上。”

夏溪表现得很镇定：“我不会放在心上，这对我产生不了什么影响。”

负面声音就挂在热搜上，点进去就能看到。

“一直觉得于导挺不错，怎么找了个偶像演女主角，这是晚节不保？”

“夏溪是不是有什么了不得的背景？”

大家看到夏溪的神色严肃起来。

小红：果然，面对恶评怎么会没有心情波动。

她却听夏溪呢喃道：“我了不得的背景在哪里？不要隐藏了，请速速出来，实现我开武馆的愿望。”

要是真的有了不得的背景那该多好啊，她不用努力打工赚钱就能直接开武馆，还能坐拥各种昂贵海鲜。

小红一脸疑惑。

季远舟注视着夏溪渐行渐远的身影。

她翻了会儿评论后就去找拳击教练对练了。

电影中夏溪饰演的杜纤能力不断提升，名次也跟着上升，夏溪学习拳击没多久，不指望展现世界冠军的水平，但也希望在技术方面达到她能做到的最高点。

随即季远舟捞过旁边的笔记本，骨节分明的手指飞快在键盘上飞舞着。他又来新的灵感了。

夏溪出演《小镇拳王》女主角带来的负面质问这么多，离不开一些博主的推波助澜。

某视频网站知名博主调侃："真不知道为什么于春升导演会找夏溪演女主角，说实话，夏溪除了长了一张好看的脸，还有什么……于导这部新电影是有手有脚就能演吗？也就于春升导演没有看到我，如果叫我上，我也行。"

季远舟跟于春升导演提议："要不要搞一个活动，体验夏溪在《小镇拳王》剧组里的一天。"

就邀请这个知名博主来。

于春升导演觉得也不是不行，他征求了夏溪的意见。

夏溪："那我这一天干什么？"

季远舟："什么也不用做，就当放个假。"

那位知名博主网名叫大超哥，平时拍拍测评，不过最能吸引流量的还是吐槽各种公众人物的视频。

靠着毒辣的点评、接地气的视频风格，他拥有了不少粉丝。

他怎么都没想到，吐槽《小镇拳王》找夏溪当女主角获得不小的关注后，他居然会接到《小镇拳王》剧组"体验夏溪剧组一日"的邀请。

他当然愿意，这是多新奇的体验啊！

大超哥已经可以想象他拍摄扮演一日夏溪的Vlog发出来后，会得到多少播放量和关注，说不定他的事业都会跟着上一层楼。

大超哥应下了于春升导演的邀请。不光大超哥粉丝期待，网友们也非常期待。

前往《小镇拳王》剧组的过程中，大超哥还不忘直播，说：“大家等着吧，今天我顾北城就去拳打夏溪！”

然后他就听到了清朗的女声：“来，你是哪家拳法？”

大超哥抬头就看到夏溪站在他面前。

夏溪本可以不用来接大超哥，不过她闲不住。

听到大超哥的话，她来了兴致。看不出来，对方还是练家子？好久没跟拳击教练之外的人比画了。

夏溪以为来了机会，整个人跃跃欲试，但大超哥㞞了，他什么拳法都不会。

他送给夏溪一副拳击手套，说：“听说你拍摄的电影跟拳击有关，一点小礼物，嘿嘿……”

弹幕里一片嘘声。

“大超哥能不能行？！”

“家人们，不是说要立场坚定吗……但有一说一，夏溪亲自过来接大超哥，还是挺拉好感的。”

大超哥在网上批评夏溪，语气慷慨激昂，但私下看到大美女，就有点不知所措。

来的除了夏溪，还有剧组工作人员，工作人员就大超哥的工作性质展开交流。

工作人员：“你平时都做些什么工作呢？”

说到自己的专业领域，大超哥放松了不少，开始侃侃而谈，甚至还扬扬得意地给她们播放了几个他的爆款视频，其中大部分内容是吐槽别的艺人，还有一些似是而非的爆料。

夏溪皱了一下眉，目光如炬，问：“你认识他们吗，这些料都是真的？”

大超哥被问住了，卡了一下，说：“不认识……我也不知道真假，但别人都在传。”

夏溪评价：“那你可能面临被告诽谤的风险。”

大超哥一惊。

剧组工作人员把夏溪拉了回来，让她先别吓唬嘉宾，那些晚点再说。

“夏溪应该已经明白大超哥的工作性质了吧？”

夏溪迟疑开口：“键盘侠？”

没有根据地吐槽别人，在网络上不断发声……综合考虑，夏溪觉得面前的大超哥跟“键盘侠”有众多重合的点。

大超哥那边还在直播着，他直播间的观众也听到了这一句。

“哈哈哈，夏溪说得好像真有点道理，大超哥前脚还说要拳打夏溪呢，后一秒就㞞到不行地送拳击手套，算是应了那句话——网络上重拳出击，现实里唯唯诺诺？”

“之前还挺喜欢大超哥的，觉得他吐槽得蛮爽，但现在突然觉得好像不太对劲儿。没有任何依据地爆料，好像跟键盘侠没有什么区别……”

大超哥瞥了一眼直播间，感觉这样下去不妙，紧急关掉了直播。

他刚收到《小镇拳王》剧组邀请的时候觉得这是白送来的素材，这个时候他有点后悔了，这种后悔的情绪在看到协议里受伤自负之类的条款时达到了顶峰。

大超哥：这是一个什么样的剧组，为什么还会受伤？！

夏溪轻描淡写地告诉他：“不要担心，我们剧组很规范……顶多受点皮肉小伤。”

大超哥觉得可能是《小镇拳王》剧组比较谨慎，拍戏难免磕磕碰碰嘛，因此也没有放在心上。

这个时候他还没意识到事情的严重性，一天后的他很想买后悔药回到这一刻。如果能回到这个时候，他一定会立刻丢下笔就跑。

而现在大超哥签下了他的“卖身契”。

大超哥住进了《小镇拳王》剧组承包的酒店，从第二天开始，他就要体验夏溪的一日生活。

大超哥还是挺激动的。夏溪现在已经算得上知名偶像了，女明星的日常生活会是怎么样的呢？而他第二天将亲自体验这纸醉金迷的女明星生活，感受被人前簇后拥的追捧！

想到这里大超哥有些失眠，直到凌晨两点多才睡着，然后他被敲门声叫醒了。

“谁啊！”

“大超哥，得起来了。”剧组人员在外面提醒。

大超哥看了一眼外面还没亮的天，再看一眼指向四点的钟表。这才几点钟，有没有搞错！

剧组工作人员告诉他：“但是夏溪一直是这个点儿起来去外面跑步晨练。”

既然要体验夏溪的一天，那肯定要从头到尾地体验。

大超哥：“我不信。”

剧组工作人员直接指了指窗外：“我刚才好像看到夏溪已经在楼下锻炼了。”

大超哥把窗帘全部拉开，朝楼下看去，只见穿着整齐的夏溪在楼下小路上奔跑着，旁边的路灯还亮着。

其实今天夏溪可以休息，不过她还是觉得按照之前的节奏来比较好。

大超哥只能认命地爬起来。

其间他还拍了一段Vlog，纪录自己第一次这么早起来跑步。只跑了夏溪五分之一那么远，他就快累趴下了。

夏溪跟大超哥还聊了几句。

“你这是在录什么？”她指的是大超哥手中拿着的设备。

“Vlog，记录生活日常。”

夏溪若有所思地问：“赚钱吗？”

大超哥：“还可以，主要是看播放量……”

大超哥也有问题想问问夏溪：“接下来不会还得跑步吧？”

夏溪看了一眼已经蒙蒙亮的天，告诉他：“不跑了，快拍戏了。”

大超哥听到这里总算松了一口气，要是还要跑，他会丢半条命。

拍戏好啊……好个鬼。

大超哥先是得背台词，大段大段的台词让他梦回上学背课文的时候。这还不算完，他怎么都没想到还要挨打！

拳击教练已经得到了于春升导演的吩咐，面前的男人来体验夏溪的一日生活，就把他当夏溪对待就行，该怎么样就怎么样。

拳击教练看向面前普普通通还有点秃的大超哥，露出了一言难尽的表情。

就这，还夏溪？他有点代入不了。

大超哥：好歹掩饰一下嫌弃的眼神啊！

拳击教练告诉大超哥：“我要开始了啊。”

大超哥跃跃欲试：“做好准备了！”

所有镜头都在对着他，所有工作人员都在为他忙碌，这快乐的女明星生活终于要开始了吗？

然后，大超哥直接被一拳砸倒在地，整个人都蒙了。

“怎么还带打人的？！”

拳击教练：“你别碰瓷啊！这就是在正常训练、正常拍摄……你怎么一碰就倒了？”

拳击教练也委屈，跟于春升导演控诉：“导演，夏溪可没有这么娇弱。”

大超哥觉得剧组是在针对他。晨跑他也认了，看得出来夏溪确实是在晨跑，但打人是什么情况？

“于导，不能因为我吐槽了你们剧组，你们就公报私仇……”大超哥一瘸一拐地过来。

于春升导演受不了这个委屈，季远舟开了口：“你觉得这是公报私仇吗？是不是很累很辛苦？但这就是夏溪的日常。你那只是日常训练，为了拍摄出来的效果足够逼真，夏溪是真正挨过打的。”

于春升导演把之前录下来的花絮给大超哥看，大超哥噤声了。

他看着拳击教练的拳头像雨点一样不断落在夏溪身上——当然密集程度像雨点，力度可绝对不像，他试了一下就感觉快升天了。

听拳击教练的意思是，他还没用力？

大超哥后面还看了看自己的戏，拍得特别尴尬，他尴尬得可以用脚趾抠出一座豪华城堡来。

他以为的大明星待遇也没有，夏溪只有一个助理。

大超哥询问剧组工作人员：“你们不会给夏溪摇扇子、递水、递毛巾什么的？”

剧组工作人员感觉莫名其妙：“不会。”

就算有人这样做，夏溪也都拒绝了。

“溪溪还会帮我们搬道具。”

大超哥在搬道具的人群中看到了夏溪，她一个人拿着两个壮汉才能搬动的道具，行动轻松，甚至跟工作人员有说有笑。

好不容易挨到了中午，大超哥在等待女主演的伙食。这个他也打听过了，夏溪跟大家吃的不一样。

大超哥：果然夏溪还是有特权的，最起码在吃饭这块儿待遇可以吧？

夏溪的食物有肉有蛋有蔬菜，分量很足，看起来不错，大超哥怀着期待尝了尝，然后露出痛苦的表情。

这菜居然没味道！

工作人员告诉大超哥：“是专门定制的健康餐。”

在大超哥打算把这东西推开时，工作人员提醒他：“得全部吃完，吃完才有力气完成下午的训练和录制。”

这部戏对女主演有很大的考验，体能要跟上，能量消耗极大，因此这些都得吃完。

大超哥实在是吃不下，味同嚼蜡。这是正常人能吃的玩意儿？他想念自己的炸鸡和可乐了。

在他打算背着剧组工作人员悄悄把健康餐丢掉的时候，却听到一道声音悠悠响起：“不能浪费粮食。”

夏溪出现在大超哥身后，面色严肃，吓得他打了个哆嗦。

……

女明星光鲜亮丽的生活——无。

前簇后拥——无。

独家定制豪华大餐——无。

但有苦行僧一般的晨跑，有挨打，有难吃的营养餐。

体验了大半天，大超哥就已经受不了了，紧急喊停。

他错了，他之前还说有手有脚就能来演这部戏，实际上他再体验两天，他的手和脚可能就直接报废了。

铁打的人才能演女主角吧！

大超哥觉得有些不好意思，想给夏溪道个歉。

“我把问题想得太简单了……”大超哥挠了挠头。

他对夏溪改观极大，觉得生产队的驴都没有夏溪能干！

夏溪在这半天时间里也没有闲着，她充分了解了大超哥的工作。

她欢迎不赞同的声音，只是批判不等于肆意造谣。

“你的工作其实挺好的。”如果在合理合法范围内的话。

大超哥以为到了熟悉的“商业互吹”时间，说：“哪里哪里，还是夏老师的工作好。”

然后夏溪语锋一转：“对了，我在这半天也尝试着录了个视频，跟你有关。”

夏溪觉得还是通知一下大超哥比较好。

大超哥满头雾水地在夏溪的提醒下打开网站，然后就看到硕大的标题——人气 UP 主大超哥真实面貌大揭底，在剧组偷懒，浪费粮食。

视频里是夏溪录制的大超哥这半天的体验片段，她时不时来几句吐槽，跟大超哥吐槽其余艺人的方式有些像。

不过大超哥的很多吐槽是没有根据的，而夏溪录下来的关于他偷懒和浪费粮食的片段都是真实的。

这个视频不管是播放量还是点赞评论数都特别高，大超哥本身就有热度，大家只见他揭底别人，没想到还有他被别人揭底的那天。而且揭他底的还是夏溪！

大超哥这才恍然大悟，明白夏溪刚才说“你的工作不错”是什么意思。

夏溪：你的工作不错，下一秒是我的了。

大超哥大为震惊。

他不光身心俱疲，受尽非人折磨，在离别之前他居然还得到了这么一个噩耗。

他没想到夏溪无师自通，在这么短的时间内已经学会了录 Vlog、发视频，并且已经掌握了自媒体的精髓，标题噱头十足。

随即大超哥发现：“你这个视频怎么比我的还要火？”

大超哥亲眼看着夏溪的视频不断增加的浏览量和硬币，生出了浓浓的羡慕之情。

夏溪对这些不是很有概念，问：“火吗？我随便搞的。大概是因为你的视频内容不够真实吧。”

大超哥听得一愣一愣的。

今天虽然没有拍摄，但夏溪掌握了另一种谋生手段。

不管怎么样，大超哥还是连夜剪辑了这一天的体验发到了视频网站。

视频开头他就说：“兄弟们，我错了，我为我的无知和自大道歉，这个角色真的不是有手有脚就能演的啊！”

支持大超哥的网友第一时间出来质疑：“大超哥怎么回事儿，你也向金钱滑跪了？”

“之前就是因为大超哥敢说才关注的，你变了，我取关了。”

“大超哥是不是私下得到了什么好处？”

大超哥简直想要骂人。他得到了什么好处？他只得到了肌肉拉伤和一大块青紫。

不过大部分观众还是把这个视频看了下去，想知道大超哥为什么发出这样的感慨。

还没看完，他们就觉得能理解了。

清晨四点就要起来跑步，要跟拳击教练对练，还得挨打，不能随心所欲地吃东西，还得把难吃的营养餐全部吃完，不然不能支撑后面的运动量……这跟他们想象中的大明星生活完全不一样。这也确实不是一般人能扛得住的。

至于于春升导演为什么找夏溪，这不是一目了然吗？运动员题材，娱乐圈哪个女明星比夏溪适合演女主角？就算能吃这个苦，也很难坚持下来。

评论：“其实夏溪从《Pick101》开始就这样了，她是时间管理大师，有超级强的自控力。”

“夏溪说你行你来。大超哥表示——我不行我不行。”

“但大超哥不行不代表夏溪不行。夏溪甚至已经悄悄地成了视频博主，并且视频拍得还特别好。”

“追夏溪的话可以学什么会什么，并且还能做到很好吗？”

"溪水"告诉对方："不会。"

清醒一点，虽然溪溪确实厉害，但她也不是万能的，比如钓鱼。

不过夏溪的考研粉丝回复："已经成功上岸了，是按夏溪的时间表来的，努力不会辜负每一个赶路人。"

网友：还真的有用？

偶像不停我不停，明年状元就是你。

之前外界对夏溪一跃成为名导的女主角还有不少质疑的声音，但大超哥的一日体验视频一出，那些质疑声就消失了一大半。

不少"溪水"开始心疼夏溪。夏溪从来没有说过苦和累，每次看起来都精神奕奕，原来这么辛苦。

夏溪之前录制综艺都穿着长衣长裤，不过舞蹈动作大的时候还是会露出胳膊，上面确实有青紫。

虽然知道这是夏溪自愿的，但"溪水"看了还是会揪心。

普通网友看完后，觉得冲着主演的态度，这部电影还是能期待一下。

此刻可以顺势展现一下夏溪的敬业。公司的人跟夏溪联系，探她的口风，看要是真的给夏溪搞一个媒体专访，她会怎么回答。

夏溪很诧异："为什么要心疼我？我在剧组过得挺好，不缺吃也不缺喝……"

公司的人：夏溪你这样可让我采访不下去。

不过她还是硬着头皮继续问："可是听说你的特制营养餐不好吃。"

夏溪想了想，觉得味道是淡了点儿，但什么都有，便说："我觉得还好，其实也没有很差。"

三餐是剧组承包的，不用花一分钱。至于日常训练——

夏溪露出了心满意足的笑容："现在我可以纯靠拳击打赢教练了。"

公司的人：是显摆吧！这骄傲的语气也太可爱啦！

她告诉 Seagirls 经纪人：放弃吧，别让媒体来采访夏溪了。

对于夏溪视频博主的新身份，经纪人还是比较认同的。

现在网络发达，想要展示自己有各种手段，有人本身业务能力不行，但凭借在一些平台进行分享，也成了带货达人，很能吸金。

她不是没考虑过给 Seagirls 搞类似的东西，但没做出来。

没想到夏溪居然无师自通，第一个视频就有这么高的播放量。

经纪人还担心夏溪有逆反心理，因此还没给她安排什么拍摄内容，跟夏溪通话的时候却听到夏溪主动提及：“先不说了，我在拍Vlog。”

经纪人：“什么内容？”

夏溪：“狗狗。”

夏溪那边背景音嘈杂，经纪人隐约能听到狗叫声。

经纪人：狗狗好，狗狗妙啊，萌宠在侧，一下子就能把温柔有爱心的女偶像的形象立起来。而且跟可爱萌宠一起录视频，岁月静好，肯定好看！

没过两天，Seagirls的群就开始热闹起来。

陈梦佳：“大家有没有看我夏老师的新视频？快去点赞、投币、收藏。”

米莎：“已经火速安排上了，夏老师身手敏捷，在此送上‘狗见愁’‘猫见愁’称号。”

赵天绮：“我过几天有空，陪你一起去……现在可以捐款，给我个捐款方式。”

楚思思：“还有我还有我！”

经纪人眼皮跳了跳，感觉不妙。

果然，夏溪的Vlog和经纪人想象中完全不一样，没有岁月静好，只有鸡飞狗跳。

Vlog里，夏溪把一只只需要绝育的流浪狗、流浪猫送上了手术台，它们在夏溪的“魔爪”下无处可逃。

夏溪之前收到了一个粉丝的私信，说有一处流浪动物救援站场地不足，严重缺人手。地点正好在本市，夏溪联系上之后就主动去帮忙了。

流浪猫、狗需要绝育，不然会不断繁衍后代，后代成为新的流浪猫、狗，它们不绝育也会引起各种病症。

夏溪一个人做义工显然不够，更重要的是把这些流浪猫、狗送养出去，在视频结尾她也呼吁领养代替买卖，留下了救援站的联系方式。

经纪人：这是在干吗？

刷到这个视频的网友：道理都懂，也挺受触动，但夏溪怎么硬生生拍摄出一种“拆蛋恶魔”的感觉？

狭小的手术台，惊恐的狗狗，以及一个噙着不容拒绝的笑容的女人。这厮是小可怜？这分明就是大魔王。

“溪水”看到夏溪活力满满的样子，松了一口气，并且表示这就行动起来。

有“溪水”是兽医，还表示可以免费给流浪猫、狗做手术。

有人出钱有人出力，当地人响应号召去做义工，还有人表示想去联系领养。

……

少年到老年的杜纤都由夏溪饰演，季远舟告诉夏溪今天会有新演员来，对方饰演夏溪的孙子。

但夏溪怎么都没想到，对方居然会是方倦。

夏溪满头雾水：“你之前说不想再当道具人，原来是想要演我孙子？”

他真的好努力。

夏溪看方倦的眼神都变了，她试探地问：“是导演给得太多了吗？”

方倦沉默了一下，说：“我自荐的，不要钱。”

能演大导演的电影就行，哪里管那么多。而且在自荐前，方倦确实不知道夏溪居然会是于春升新电影的女主演。

没等方倦解释，夏溪就表示她懂。

这说明方倦对演艺事业有追求，不能光从钱的角度来看。

虽然方倦还是个打白工的。

方倦去找于春升导演，跟他攀谈了起来，夏溪隐约听到方倦在拍于春升导演的马屁，表明一定要演好这个角色的决心。

夏溪再次发出了“他好努力”的感慨。

小红还是第一次看到方倦，说：“方倦好帅，我以前特别喜欢他演的角色……”

夏溪没想到小红还是方倦的粉丝，对小红说：“那我一会儿帮你要张签名照？”

这时季远舟出现了，正好挡在了夏溪面前，他把表格递给夏溪，说：“做完绝育以及还没绝育的流浪狗、猫名单。”

夏溪开始救援流浪狗、猫后，剧组不少人也自发加入这个队伍里，季远舟就是最早的那批，并且他主动地承担了文员统计工作。

季远舟的表格做得很详细，夏溪看到里面待做手术的流浪狗、猫还有不少，说："得加快速度。"

季远舟："还是缺乏人手。"

夏溪皱眉。

方倦已经跟于春升导演结束攀谈，意气风发地朝着夏溪走来。

"你们在讨论什么？"方倦这话主要是冲着季远舟说的。

他认出这个气质非凡、长相出色的男人是鬼才编剧季远舟，要是能跟季远舟攀上关系，那以后在电影圈发展应该也会顺利很多。

方倦在思考如何跟季远舟快速拉近关系，最好在拍摄期间能有点私交，约着吃饭喝酒什么的。

夏溪也在思考，然后一个念头在夏溪脑海中快速生成。

她跟季远舟对视一眼，两个人都从对方眼中看出了相同的想法。

季远舟微微点头，表示鼓励。

于是夏溪对方倦开了口："你有兴趣在一个播放量几百万的视频里出镜吗？是大平台，绝对正能量，是好事儿，你的粉丝将为你的行为感到骄傲。"

方倦不惜自荐、不要钱来拍摄《小镇拳王》，也是为了扩大影响力，而现在夏溪这边就有一个现成的机会。

夏溪表示不少人都参与了，包括季远舟，于是方倦稀里糊涂上了"贼"船。

……

网友们惊奇地发现，夏溪给流浪猫、狗绝育的视频里出现了方倦的身影。

方倦跟季远舟私下的交情有了，不过不是约着吃饭喝酒，而是约着给流浪猫、狗绝育。夏溪这个行为也算不上哄骗，毕竟她拍摄的公益救助 Vlog 确实播放量超过几百万，方倦也得到了粉丝的夸奖，这是一件比较有意义的事情。

就是方倦最近有点应激。

方倦也有在附近拍戏的朋友，听说方倦过来了，约他一起出去玩。

"有一家蛋包饭做得不错……"

方倦："不要！"

他这段时间听不得"蛋"这个字。

……

饰演夏溪孙子的方倦都来了，意味着《小镇拳王》的拍摄也进入了尾声。

公司那边给夏溪安排的工作很紧凑。她现在的商业价值很高，每耽搁一天就意味着大量的金钱流逝。她刚结束拍摄，就被安排上综艺了。

经纪人："这个综艺叫《华夏功夫人》，每期都会请一些大师、功夫传人……"

经纪人都觉得有些诡异，热门女团成员居然跟这种节目专业对口。

不过夏溪那身功夫确实厉害。

这档节目收视率不太行，已经在被叫停的边缘，不过节目制作人不死心，想要最后挣扎一把，于是把目光投向了夏溪。

因为这档节目公司有投资，算是半个自家节目，再加上节目给的报酬不错，夏溪之前说过想要多赚钱，经纪人觉得这个题材夏溪可能会感兴趣，就拿了过来。

"如果你愿意，可以直接做到节目关门。而且能不能救活这个节目也不是你能决定的，不用有什么心理负担。"

在经纪人看来，这档节目应该也就能再录制个五六期吧。

夏溪："好。"

她确实感兴趣。

《华夏功夫人》为了自救还是花了不少心血，在找夏溪当嘉宾前就采取了一系列手段，包括用现在比较流行的直播方式播出。但这些手段的效果不太好，收视率和讨论度都没有多少起色。

这次请夏溪当嘉宾，制作人也是抱着最后试一试的心态。

夏溪当天穿着白色练功服。这样的衣服，公园里打太极的大爷穿得比较多，夏溪却硬生生穿出了一种脱俗感。

作为嘉宾她会表演一套拳法。她绑着马尾，方便行动。

马尾是假发，夏溪不太理解，既然要方便行动为什么不直接用短发。

可是身边的人不让，“夏谷”出来一次就已经让人误以为海的儿子是真的了，要是频繁出来那还得了？

“溪水”闻风赶来。其实大部分“溪水”不知道这是档什么节目，不过只要有溪溪的地方就有他们。

夏溪打拳打得依旧威风凛凛、气吞山河，可以看出来，夏溪即使在拍戏也没有放下练功。

打完拳后，夏溪开始到一边欣赏其余嘉宾的表演。她对这次可以探讨武术的机会还是比较珍惜的。

首先上来的是一位老者，他个头不高，比较干瘦，派头却很足。他一上来，旁边十几个看起来像是徒弟的人纷纷喊出应援口号。

旁边的工作人员大概是看出了夏溪的茫然，给夏溪小声解释：“这是一位气功大师，已经录制咱们节目好几期了。”

“气功大师”上来先是一通自我夸赞，堪比领导开会，结束完长篇大论后才开始给大家露绝活。

“绝活”也是出自他自己之口。

“气功大师”说：“要问我绝活，我的绝活可多了，几天几夜也表演不完，气功练到我这个境界……”

徒弟样子的人接上：“师父可以隔空灭蜡烛。”

说着，两个徒弟点燃了蜡烛，然后“气功大师”站在蜡烛不远处进行了一番酝酿，一出手，蜡烛灭了。

徒弟们纷纷鼓掌，并且报幕徒弟继续道：“轻松地推动我们的小汽车。”

于是只见“气功大师”信步走到一辆车前，伸出手，朝着汽车发力，汽车缓缓地开始移动。

徒弟：“还能开酒瓶。”

还没打开的瓶装酒被徒弟毕恭毕敬地举到了“气功大师”面前，“气功大师”伸出手，用手指把瓶盖撬开了。

“来，请诸位共饮！”

徒弟们大喊：“师父厉害，居然可以用手开酒瓶！”

弹幕：“真的假的？”

“什么情况？我怎么感觉这个大师怪怪的，好像江湖骗子。”

“但是他推车推得好轻松……”

Seagirls 中不忙的几个人也在看节目，赵天绮表示怀疑：“我觉得不对劲儿。”

楚思思激动得不得了：“这个是不是跟溪溪隔山打牛是差不多的道理？就是没有我们溪溪厉害。”

夏溪越看神色越凝重。开什么玩笑，这是哪里来的骗子？

虽然她说自己会隔山打牛，但那是假的，也只有楚思思会信。这位所谓的大师却在这里欺骗观众。

夏溪举手示意节目组负责人：“或许我也可以试试徒手开瓶盖。”

漂亮的女偶像甚至可以进行难度升级：“用嘴应该也不是不行。”

节目负责人肯定不会拦着夏溪，他们花大价钱请夏溪来，巴不得夏溪多说点话，多展示一下。

没开封的酒瓶已经给夏溪安排上了，夏溪以比“气功大师”更轻松的姿态用手打开了酒瓶盖子。紧接着她就上了嘴，“嘎嘣”一声，酒瓶盖子直接崩开。

“我刚才被那个大师给唬住了，现在才反应过来，徒手开瓶盖不是做不到啊，我大舅就会。”

“我远房表叔也会啊，搞得这好像是什么独门绝技一样……话说嘴开瓶盖我也见周围的大人这么做过，不过一般这么做的都是大老爷们。”

“夏溪不是偶像吗，她就这么直接上牙，没有点偶像包袱？”

“溪水”：夏溪说过不要面子，没有面子那东西。

夏溪破了“气功大师”一个绝活，“气功大师”的脸色已经稍微有点难看了。

不过这只是开始。

隔空灭蜡看起来好像挺玄妙。

夏溪走到大师刚才的位置，亲自把蜡烛给点上，然后伸手，蜡烛也灭了。

主持人露出了惊讶的表情：“难道夏溪也学过气功？”

夏溪：“袖子大一点就行，比较容易扇出风。”

甚至她站远一点，依旧可以隔空灭蜡烛。

至于徒手推小汽车——夏溪走到了车旁。

“气功大师”的脸色非常难看，冲着自己的弟子们使了一个眼色，弟子们慌忙想要拦住夏溪。

但夏溪的动作比他们快，她伸出手，稍微用了点儿力，小汽车也移动起来。

“虽然我没有驾照，但也不是什么都不懂……这是不是没有拉手刹？”

摄像机随着夏溪的指示靠近。透过窗户可以看到，小汽车的手刹没有拉，那自然可以推动。

观众恍然大悟：什么气功大师，就分明就是个江湖骗子！

“气功大师”被夏溪当场戳穿，脸一阵红一阵白，不过还是强撑着：“小女娃娃，莫要猖狂，那不过是……考验你！让你来看看真正的本事。”

夏溪精神一振：要打架了吗？

——并没有。“气功大师”让他的七个徒弟排成一队，他一拳打在跟他面对面的徒弟身上，然后后面所有人都被震飞了。

夏溪不太懂，但她大为震撼。她试探着询问旁边的工作人员：“这是在进行某种表演？”

或许是她一开始就没有搞清楚，其实这本就不是正儿八经的习武人士。如果是这样的话，她是不是把他的表演给破坏了？

工作人员有些不知所措，但还是告诉夏溪：“不是表演，就是找的功夫传人啊。”

于是夏溪明白这个节目收视率低的原因了。

“气功大师”在夏溪礼貌的再三邀请下，勉为其难地跟夏溪进行决斗，然后被夏溪一下击倒在地。

倒地后他还特别委屈：“你扒拉我！”

夏溪提议：“要不你扒拉回来？”

她没忘记补充一句：“如果你能扒拉到的话。”

……

夏溪蹲在角落，拿着手机给经纪人打了个电话：“司机现在走远了吗？”

司机不是夏溪的专属司机，在夏溪不需要的时候也会去接别人。

经纪人看了一眼时间，有些诧异，说：“应该还没有。你们节目录制结束了？”

这才开始多久，不应该啊。

夏溪叹气，告诉经纪人：“我好像提前把节目搞死了。”

经纪人：你在说什么？

夏溪已经在规划如何让自己突如其来的假期过得充实起来，节目组工作人员却兴高采烈地找到她：“夏老师，继续录制。”

夏溪还是很有职业精神的，爱岗敬业。这是最后的录制了吗？也确实要好好录完。

工作人员却告诉她：“惊了，我们的节目好像活过来了！”

他们即使搞了直播，观看人数也一直不怎么样，这次夏溪确实拉来了不少观众，但基本都是夏溪的粉丝。

直到夏溪打假后，节目观看人数就像是疯了似的噌噌往上涨。

这次轮到夏溪看不明白了。

其实是因为看了直播的观众把夏溪打假的视频传播到了网上。第一次看到艺人在节目现场打假，感觉很有意思，所以大量观众被吸引过来了，并且他们呼吁节目组就延续这个路线。

其实节目组也不是故意找这些骗子，只是被这类“气功大师”花里胡哨的表演迷惑了，节目组也不是很懂，冲着这些大师所谓的名头就把他们给请了过来。

节目组请的嘉宾鱼龙混杂，除了江湖骗子，确实还存在一些功夫流派的传人。

某擅长棍法的门派掌门人就带着几个弟子前往了《华夏功夫人》。

留守在家的弟子给掌门人打了电话：“掌门，你给江湖骗子教训了吗？”

他们门派也辉煌过，不过随着时间的流逝、功法的缺失，以及宣传不到位，想要习武的人越来越少，门派早已没有当年的辉煌。

但除恶扬善一直都是他们门派的宗旨，所以看到有江湖骗子打着功夫人的旗号去电视上招摇拐骗后，他们就一致决定也要上节目。

不能给真正的武术抹黑，这些江湖骗子招摇撞骗也就算了，观众们该怎么看武术？本来武术的生存空间就没有那么大了。

掌门人告诉弟子：“先等等再跟你讲，我在拜师。”

徒弟：“您也被洗脑了？那些都是骗人的啊。”

弟子想让他们掌门清醒一点，却听到掌门人解释：“我在拜嘉宾当师父。是个年轻女孩，棍法特别俊，练得也非常好。”

三人行必有我师，这个擅长棍法的门派掌门人虽然年纪上可以给夏溪当爹了，但见到了夏溪的棍法，他觉得可以让夏溪当他的师父。

其实一开始还没到让夏溪当他师父的地步。夏溪跟正儿八经的各路高手进行了多番较量，不少门派看夏溪涉猎很广，不管拳法、棍法还是剑术都很漂亮，于是生出了爱才之心，跃跃欲试，都想要把夏溪吸纳进自家门派。

其中一个在武术界颇有声望的大佬问夏溪：“有兴趣给我当徒弟吗？”

另外一个大佬说：“你来我们这边，我直接让你当大师姐！”

“呵，一个个也并没比人家厉害多少，还想当人家的师父，要不要脸……夏溪来我们门派，你来了直接当师叔。”

棍法门派掌门：“我让夏溪给我当师父！”

夏溪十分感动，然后拒绝了。

请了夏溪后，《华夏功夫人》的画风完全变了。

夏溪一边打假江湖骗子，一边广发英雄帖，吸引了越来越多有真本事的同行。

英雄豪杰相聚于此，百家争鸣。

了解夏溪的网友知道夏溪厉害，但没想到她居然这么厉害。很多武术种类夏溪都有涉猎，并且在各种大师面前她也毫不逊色。

《华夏功夫人》收视率飙升，制作人恨不得把夏溪捧在手掌心。

各路英雄豪杰满怀豪情壮志，一度要推举个武林盟主。

“就夏溪吧，年纪小，但功夫厉害，还长得好看。”有人提议。

其余人也纷纷赞同。武林盟主也是他们的门面，得找个好看的。

《Pick101》的刘导也在看节目，他目瞪口呆。他做梦都没有想到夏溪不仅实现了广发英雄帖的梦想，还是光明正大的那种，现在更是即将成为武林盟主？！这是什么武侠片剧情。

夏溪依旧拒绝了，她告诉各位前辈后辈："不要私下搞小组织。我下班了。"

夏溪脚底抹油溜走了。

夏溪当然不会当什么武林盟主，她只想赚钱把自己的武馆开起来。

不过对《华夏功夫人》的录制她也很用心。

一方面，节目组给了钱，她就要尽最大的努力做好；另外一方面，她也希望能为武术传播贡献一份力量。

她的想法在一定程度上实现了。

直播里有不少这样的弹幕："看节目才知道传统武术有这么多种类，感觉好自豪啊。"

"谁还没有一个武侠梦，我感觉我的武侠之魂在熊熊燃烧！"

"想让闺女强身健体，顺便有点自保能力，一直在跆拳道和散打之间纠结，现在不纠结了，决定学传统武术。"

Seagirls 经纪人：想过夏溪和这档节目专业对口，但没料到她会这般如鱼得水。

"溪水"：说起来别人可能不信，我们的偶像差点混成武林盟主！

其他艺人的粉丝：对不起，这个确实争不了，怕了怕了。

夏溪一出手就让《华夏功夫人》起死回生，各大综艺看到这个情况也不断朝夏溪发出邀约。

不过夏溪现在算是《华夏功夫人》的常驻嘉宾，接不了太多综艺，而且 Seagirls 的演唱会也在筹备中。

一年快到了，Seagirls 限时团也即将面临毕业。

夏溪："想要准备的时间更充分一些，最后一次就要把最好的舞台呈现给喜欢我们团的人。"

其余成员也是一样的想法。

但是别的综艺不接也就算了，《Pick101》得接。

Seagirls 即将解散，新的女团将要从最新一季的《Pick101》中选出来。

刘导的意思是，Seagirls 跟《Pick101》有很深的渊源，Seagirls 成员在新一季的节目里出现会很有意义。

经纪人让团内推选一人。

公司部门经理正好也在旁边，他感觉可能要直面钩心斗角的场面了。

他已经见过好几个团内部争资源了，团魂只是展现给粉丝看的，面和心不和才是现实。

夏溪第一个开口，开口就是她退出竞争。

像这样的表现机会夏溪完全没打算争取，她在团里人气最高，不缺综艺活动，队里有人气稍微低一点的，让她们去更合适。

但大家齐刷刷地点名夏溪，大家前面说得还比较正儿八经。

楚思思："要去当助演是吧？既然去，就要拿出我们的最高水平来，队长和米莎在外地不方便回来，那就派出我们的溪溪吧！"

夏溪："那师聘和林姝珍可以。"

师聘跟林姝珍的业务能力很不错，唱跳都很稳。其实芮子悦也挺不错。

被点到名的人纷纷抗拒，并且逐渐袒露了真实想法。

师聘："不不不，溪溪你去吧，我好不容易从那边出来，我才不要再进节目。"

当时在节目里太累太苦了，她不想再体验，即使这次是助演。

林姝珍也不想去，并且给夏溪安排了别的工作："去好好整治一下刘导，替我们出口气。"

夏溪可是让综艺导演头疼的女人，之前刘导变着花样折腾她们，那就由夏溪折腾回去！

本以为会看到钩心斗角的场面的公司部门经理一脸疑惑。

夏溪能看出来自己的队友确实不想去新一季的《Pick101》，于是这个艰难的任务就落在了夏溪身上。

偏偏刘导还特别没有自知之明，了解到夏溪是 Seagirls 集体推选出来的后，笑呵呵对周围的人说："看来 Seagirls 对节目很有感情嘛，竟然把夏溪派过来了。"

夏溪就当没听见。

目睹 Seagirls 选人经过的内部工作人员一言难尽地看了看乐呵呵的刘导，心道：确实非常有“感情”。

新一季的《Pick101》里，夏溪原公司也推选了几位练习生。知道夏溪会去当助演后，公司那边立刻联系了夏溪。

对方先是嘘寒问暖，打感情牌。夏溪表示自己过得很好，要去练舞，没事儿就挂了，对方才开始说正题：“有句话，不知当讲不当讲。”

夏溪直接说：“我觉得不太当讲。”

她也不傻，大概明白原公司的想法。

其实原公司就是想让夏溪带一下同公司的练习生，多跟她们说说话，互动一下，这样镜头和话题就有了。但夏溪觉得那样对其余选手不公平。

夏溪一句话把对方接下来的话都堵住了。

原公司本来就做好了被拒绝的准备，只是想试探一下。既然夏溪抗拒，他们也没有强迫，毕竟夏溪如果回来，那就是一棵最大的摇钱树，原公司倒也不至于因小失大。

于是原公司就让夏溪私底下给同公司练习生捎几句嘱咐。这倒没什么，夏溪也就应了下来。

现在才是比赛前期，节目里还有很多选手，她们没想到夏溪会来，一个个都表现得很激动。

“夏溪学姐，你是我的偶像！我也想成为像你这样厉害的人！”不断有选手朝着夏溪激动道。

夏溪冲着对方那边招了招手，鼓励式笑了笑：“加油。”

被夏溪鼓励的几个练习生忍不住捂脸。

她们旁边的选手露出了羡慕的目光，问：“你们是不是算夏溪老师的直系师妹啊？”

“对，有幸跟夏溪学姐同公司。”

直播间有观众感慨：有溪溪当学姐真好啊。

还有别的选手粉丝表示质疑，问夏溪来节目会不会偏袒同公司的选手。

“溪水”也看到了这些质疑，有点愤怒，夏溪怎么可能偏袒同公司的选手？

但这些选手的粉丝的担忧其实也能理解。

不过下一秒，夏溪又朝着其余人不断喊着“加油”，从表情到语气，都和之前一模一样，她仿佛一个没有感情的加油机器。

“总觉得夏溪可能压根认不出自己同公司的学妹。”

接下来，其余选手的粉丝也没听到夏溪提一下自己同公司的选手，他们悄悄地松了一口气，毕竟夏溪只是一提，但改变的可能是他们喜欢的选手的命运。

夏溪确实没有认出跟自己一个公司的选手，即使公司已经给她发了照片。

她记住了某个人的名字，在私下询问离自己最近的选手：“你好，请问一下你知道石双双在哪儿吗？”

被问到的选手张大了嘴：“我就是石双双。”

石双双大概从夏溪的眼神中看出了茫然，于是她不好意思地补充：“我只是吃胖了。”

她胖得直接变了个人，也不是不好看，就是不怎么上镜，不太像女偶像。

刘导告诉夏溪：“都在模仿你呢。”

夏溪在上一季C位出道，选秀期间一直引发各种讨论，于是这一季中出现了不少刻意模仿夏溪的选手。

跟夏溪同公司的模仿夏溪爱吃红烧肉，还有一个很早起来晨跑，第一次采访的时候就说自己特别喜欢晨跑。更让刘导不能理解的是，还有一位选手模仿夏溪躲镜头。

然后爱吃红烧肉的变胖了，说自己爱晨跑的跑了三天，晨跑时间一天比一天晚，后来直接放弃。

至于躲镜头的那个，她确实在很努力地维持人设。刘导都觉得荒谬：“她压根没多少镜头。”

没有夏溪的实力却模仿夏溪外在的这些东西，不但不会招人喜欢，反倒是偷鸡不成蚀把米。

夏溪皱眉，吃红烧肉、晨跑有什么可模仿的？

下午，刘导就把所有选手召集起来，慷慨激昂道：“你们就是你们，需要做的是展现独一无二的你，别人的成功之路是没办法模仿的，她们之所以成功，不单单是因为那些外在的东西，而是因为实力……”

刘导虽然没有点名，但已经算是比较直白了，镜头更是不断扫向夏溪的脸。

那几位模仿夏溪试图博取关注的选手已经羞愧地低下了头。

“刘导是在承认夏溪的实力啊。”

“我还以为会继续上演《导演变形记》，没想到夏溪这次跟刘导走温情路线了？”

刘导和夏溪的“世纪大和解”即将达成？《导演变形记》将彻底迎来结局？

却见夏溪指着舞台，发出疑问：“这是新的企业文化？”

摄像师和观众：嗯？

“不是在那边跺脚喊口号嘛。”

刘导正在招呼着选手们一起大声喊口号，还跺脚，夏溪知道一些企业会有这类企业文化，没想到《Pick101》也引进了这玩意儿。

“让大家在节目里也感受到上班的感觉？”夏溪吐槽，“观众辛苦了一天，就是想要看看节目轻松一下，为什么要一秒钟把他们拉回现实？”

大家一开始还没有联想到企业文化，但经过夏溪这么一说，越看越觉得是这样。

刘导还在继续，他对着选手们喊道：“你们想不想出道，想不想拥有更多的舞台？”

大家异口同声：“想！”

夏溪摇了摇头：“但是……出道后的舞台不一定比节目里多。”

这一点，不管是Seagirls还是粉丝都深有感触。本以为出道是偶像生涯的开始，没想到居然是巅峰。

因为本身实力强，以及成员的不断努力，Seagirls出了单曲，有了不少展示机会，其他偶像团体的粉丝不知道多羡慕Seagirls粉丝。可在这之前，夏溪她们也没有什么表演舞台。

弹幕："夏溪说得对，好几个团出道后的表演舞台还不如在节目里的呢。"

"刘导也就骗骗涉世未深的妹妹们了，夏老师已经看透了一切。"

"哈哈哈，夏老师会说就多说点，我太喜欢她拆刘导的台了。果然《导演变形记》不会完结，《Pick101》迎来第二季，《导演变形记》也得迎来第二季！"

"夏溪学姐要不要说点？"有选手问夏溪。

刘导跟选手们还不知道夏溪小声吐槽了些什么，夏溪拿起话筒，她的语气很诚恳："一年前，我是从这档节目出来的，这是一段很奇妙的人生体验……我想送给大家的话就是——把握当下，享受舞台，珍惜身边的每一个伙伴。"

刘导在那边展望未来，夏溪却让选手们珍惜当下，不用去想太多，努力过好每一天，不留遗憾就可以了。

这种节目每个赛段都要公布名次，自己跟身边的人随时都有离开的风险，大家神经都比较紧绷。听完夏溪的话后，大家突然感觉轻松了不少。

结果不是她们可以决定的，但她们可以把握当下。

已经有人忍不住拉起身边朋友的手。

其实，观众除了欣赏漂亮妹妹、看她们的舞台表演，同样喜欢她们之间的友情。夏溪跟一帮朋友的友情就分外美好，直到现在也依旧美好。

……

夏溪这次来节目的重要任务就是当助演嘉宾，也就是当时杨澄担任的角色。除了夏溪，其余助演嘉宾都是学长。

刘导知道夏溪会受欢迎，但他没想到夏溪居然这么受欢迎。

节目组编导告诉夏溪："所有小组都选了你。"

选择夏溪的原因就很多样了。

选手A："特别喜欢夏溪学姐，感觉她很有人格魅力。"

选手B："谁不想跟漂亮姐姐一起表演？"

选手C："夏溪学姐能力强，什么类型的舞都会，我们想跟着她一同进步。"

当然更多的选手甩出了夏溪参赛时的名句："男人只会影响我们的

练舞速度。”

夏溪感谢了选手们对她的信任和认可。

节目组编导好奇地询问夏溪：“你选哪个队？”

夏溪：“交给概率。”

于是，编导眼睁睁看着夏溪开始准备抽签的道具。她把每个组的编号写在了纸条上，每张字条都是一样的大小。做完这些准备工作后，她请工作人员打乱顺序，她闭上眼睛选一张就行。

“呵，天真，端水大师是那么容易翻车的吗？”

“为什么是交给概率，不是交给命运？这说明夏溪拒绝封建迷信，崇尚科学。”

……

前方有坑，夏溪轻松地跃了过去。概率也给夏溪快速匹配了队伍。

七个女孩欢呼雀跃，她们相信，有夏溪在，她们绝对能呈现出让观众眼前一亮的舞台！

夏溪也确实一如既往地认真负责，倾囊相授，完全没打算藏着掖着。

队伍里有Seagirls的粉丝，同样也是赵天绮的粉丝。在表达一连串对赵天绮的喜爱之后，她还没忘记补充：“当然，夏溪学姐，我也很喜欢你。”

夏溪温和地告诉对方：“我会帮你转达给她的。不用特地加后面那句，我没关系。”

她在这方面一直看得很淡。Seagirls每个队员都值得被喜欢，听到队友被粉丝告白，她也是发自内心地替队友感到高兴。

这位选手小脸红扑扑的，问：“夏溪学姐，你说我以后会变成像赵天绮学姐那样跳舞很厉害的人吗？”

夏溪：“一切皆有可能。不过在拥有赵天绮的舞蹈能力前，你得区分一下左右手。”

陈梦佳的舞蹈基础已经够烂了，但她起码不存在分不清左右手、左右脚的问题。

这一段把观众给乐坏了。

夏溪跟选手们相处得还不错，有一种回到一年前跟赵天绮、楚思思她们一起排练的感觉。

一开始选手面对夏溪时还有些拘束，不过她们很快就发现夏溪很好相处，也就自然而然地开始解放天性。

不过夏溪一向敏锐，她能察觉到下午排练的时候大家多少有点心不在焉。夏溪停下了动作，拍了拍手，说：“休息一下吧。”

话音刚落，就像是得到了某种指令，七个选手每人手捧一条干毛巾递到夏溪面前，说：“学姐，擦擦脸吧。”

夏溪被毛巾包围，幽幽地感慨：“那我得再长出六个头。”

选手们面面相觑，也有些尴尬。

夏溪还没来得及问，她们就主动避开镜头找夏溪坦白了：“副导演说跟您多点互动比较好……”

不光她们被要求了，其余小组也是这样，让选手跟助演学长进行互动。

夏溪参加上一季节目时就知道刘导他们喜欢这么搞，只是没想到这么久过去了，依旧如此。

夏溪还了解了一下别的情况，比如老掉牙的采访还在用，并且连问题都没有变。

夏溪：“他们倒还挺省事儿。”

小组成员：“嗯？”

夏溪摆了摆手，说：“没什么。”

小组成员其实不想按安排来，特地跟夏溪互动总有一种居心不良的感觉，好像在利用夏溪。

夏溪安抚了她们几句，让大家继续去排练，而夏溪本人溜达到了刘导的办公室。

办公室里不光有刘导，还有不少工作人员。见夏溪主动过来，刘导招呼夏溪坐下。

夏溪坐下后，看着刘导发出感慨：“你还是跟之前一样。”

刘导面露喜色：“还是一样帅？”

刘导以为夏溪是过来跟他叙旧的，这是一个很好的叙旧开端。

夏溪摇头道：“还是在走之前的路子。”

刘导感觉胸口狠狠地中了一剑。

夏溪："听说最近收视率不太好？"

"事先声明，我没有偷听。"这点夏溪要强调。

夏溪过来前，刘导正在跟别人讨论，说这一季收视率持续下降。

副导演了然。是他们讨论的声音太大，吵到了夏溪。

夏溪吐槽："你把一样的路走几遍，谁爱看啊？"

刘导感觉胸口再中一剑。

刘导清了清嗓子，强行端起身为导演的架子，用过来人的身份告诉夏溪："夏溪啊，收视率这东西，你不懂，涉及各种因素……"

不过随即刘导想起来，面前目光清明的女偶像前不久凭借一人之力让即将面临叫停的《华夏功夫人》起死回生，好像不能说她不懂收视率。

于是刘导灵机一动："那你说，怎么搞？"

他倒要看看夏溪能说出点什么想法来，万一真的有用呢？

夏溪已经洞察了他的所有想法："你打算抄作业？"

夏溪理直气壮："那是你的问题，不是我的问题，我不过是一个嘉宾，你得自己动脑子！"

刘导才是导演，导演的事儿怎么能交给嘉宾来干！

刘导怀疑夏溪压根也没有什么点子。

关键是刘导旁边还有个公司高层，算是《Pick101》系列节目的负责人，她听完后对夏溪表示赞同，并且意味深长地对刘导说："收视率下降确实存在内容过于老套的问题，你得动动脑子啊老刘……你要是胜任不了，我就要考虑让夏溪取代你了啊。"

刘导大惊失色。

房间里其他工作人员简直要笑死了。

《Pick101》的负责人在这里，也在夏溪的意料之外，她瞥了一眼看起来精英感十足的女人，对方冲着她友好点头，夏溪也点了点头。

刘导一边狂擦冷汗，向负责人表示他绝对会好好做，点子可多了呢，一边对着夏溪眨眼。

"这个就不劳烦夏溪了，她可忙了呢，听说还在准备 Seagirls 的演唱会。"

一分钟前刘导还想抄夏溪的点子，一分钟后，刘导想要欢送夏溪。

刘导却没想到，夏溪说："我有特殊的时间管理技巧，其实也不是忙不过来。"

刘导蒙了，难道夏溪真的想抢他的饭碗？

他继续："当嘉宾不需要那么多专业知识，当导演可是要接受系统学习的……"

夏溪表情纯良，说："我也不是不能学。"

旁边的节目组编导迅速跟上："夏溪学东西特别快，之前跳舞不就是从零基础开始的吗？"

副导演也跟着说："对对对。"

刘导茫然，为什么夏溪完全不按照他计划的方向走，为什么周围的人这么积极地帮夏溪说话？

刘导朝着夏溪招了招手，笑得很慈祥："来，夏溪，咱们俩唠两句。"

夏溪也没有拒绝，起身走到刘导旁边。

刘导没有离开这个房间，只是带着夏溪稍微站远了点儿。

"溪溪啊，我们两个认识是不是也有一年了……"

夏溪告诉刘导，有事说事，说重点，要是还得煽情，那她走了。

于是刘导也进入了正题："你还真的想代替我？你不是说不打白工吗？"

夏溪点了点头："是啊，我说过。但是我觉得这个应该不算打白工，要是真的不给钱，你也不会这么着急了。"

导演应该挣得不少吧？

导演：糟糕，被她看穿了。

夏溪还稍微提高了音量，保证负责人刚好能听到："我相信优秀诚信的大老板更懂得人才的重要性，绝对会给付出劳动力的员工相应的报酬！"

马屁和暗示全部齐了。

负责人频频点头。

不过，虽然嘴上说着不是不能取而代之，并且表示对刘导的岗位抱有想法，但夏溪也没打算真的取代他。

夏溪就想吓吓他，让他有点危机感。

刘导做节目存在一些小问题，比如尤其擅长“画大饼”，给选手打鸡血，问一些有争议性的话题，让助演学长跟选手们互动、搞粉红泡泡……

但他还是有底线的。虽然他可能会碍于种种原因给一些选手多一些镜头，但不存在打压某个选手的情况，并且会在大事、小事上保护选手。

在夏溪看来，刘导已经很不错了。但她希望刘导能做得更好一些。

刘导：“我就知道，我也没当回事儿。”

副导演：没看出来。

刘导想知道夏溪是怎么对他进行肯定的，然后上来就听到了：“擅长‘画大饼’，给选手打鸡血……”

肯定的话没两句，缺点一大箩筐。

天下没有不漏风的墙，夏溪跟刘导的这段互动自然也没有逃过网友的消息网。

“《导演变形记》第二季？不，是《导演下台录》第一季。”

“夏老师打算直接来个狠的，自己翻身当导演。”

“其实也不是不可以。”

刘导也确实产生了危机感。其实，就算没有夏溪，观众的吐槽、收视率的下降他也看在眼里，收视率是最实在的指标。

确实不能光走老路子了，有些东西观众们不想看。

于是刘导稍微收敛了一下。

夏溪带领的组公演表现得很稳，这次的舞台是正儿八经的女团风，夏溪也拥有了大胆的粉发。这种平常染出来会比较突兀的发色在她身上毫无违和感，她整个人就像是从漫画里走出来的一样。

不过大家都知道这不是真发。有人大喊：“夏溪注意点，别甩掉假发！”

舞台上的夏溪面不改色，舞蹈动作没有丝毫停顿。结束后，她准确看向之前喊话的观众，告诉她：“不会，这次用了很多发卡。”

最终，夏溪带领着她的助演团队比赢了另外一组。

第九章

Seagirls 毕业啦

○ |◁ (||) ▷| ···

不光夏溪来到了现场，Seagirls 其余成员也在这天过来了。

大家齐刷刷地发出感慨。

赵天绮抬头看着舞台，呢喃：“时间过得真快。”

转眼就一年了。

楚思思：“是啊，新的团都快出来了，我们也要毕业了。”

陈梦佳已经眼中含泪：“我不想跟大家分离，我舍不得队长，舍不得夏溪……我想跟你们永远在一起。”

芮子悦搓了搓自己的胳膊，说：“肉不肉麻，我看你就是不能独立行走，还想捆绑夏溪！”

不过就连她都带着点儿感伤。当时还没觉得有什么，以为一年还挺久，这怎么眨眼的工夫就要说再见了呢？

夏溪找出了一张纸巾递给陈梦佳，让她擦擦眼泪，提醒她：“还有演唱会，歌没唱好，舞没练熟。”

提什么离不离别，前方还有艰巨的任务等待她们去完成呢。

陈梦佳摆手表示不需要夏溪的纸巾了：“泪已经吓回去了。”

夏溪是魔鬼吗？

现在确实不是伤感的时候，那歌真的难唱，舞也非常难练。

就连赵天绮都有些发愁。她和夏溪是团里学舞最快的，但记歌词向来是她最头疼的地方。

于是夏溪开始在赵天绮旁边碎碎念，用联想大法救助“记歌词困难户”。夏溪还告诉陈梦佳，回去后教她舞蹈动作。

陈梦佳：夏溪是天使！

演唱会一天天逼近，Seagirls也开始加快训练，大部分时间都待在公司练习室里。

夏溪跟赵天绮、米莎正讨论动作怎么做更好看，门却突然被推开，简婳神色慌乱地跑了进来。

夏溪透过镜子看到了简婳的表情，皱了一下眉，停下交谈，朝简婳走了过去，问："怎么了？"

其余人也纷纷停下手中的事情，围了过去。

简婳还是有些心绪不宁，看到队友们才稍微好些，开始讲述："我刚才去洗手间，遇到一个男的，他伸手就要摸我……"

大家瞬间义愤填膺，夏溪已经准备出去了。

随即简婳就说："别担心！他没占到便宜……我把他打了，不知道他现在怎么样了。"

简婳跟夏溪学了功夫，有自保能力。她很好，就是对方好像不太好的样子。

一年前简婳也遇到过类似的情况，当时完全没有还手之力，但她现在已经可以打倒猥琐男了。

知道简婳没有事情，众人都松了一口气。

至于揩油者——

陈梦佳咬牙切齿："他活该！"

师聘还是有点担心："得做好准备，别被对方给讹到。"

关于这一点，简婳表示："那边有监控……而且我第一时间就表达了自己的拒绝，对方还要继续，我就喊'你这是在性骚扰，我要正当防卫了'。"

然后对方就躺在那里了。

夏溪觉得这话有些耳熟。

赵天绮一脸佩服地看向夏溪，告诉她："不用怀疑，就是跟你学的。"

她们也没有就这样放过骚扰者，十一个人气势汹汹地冲向了洗手间。

骚扰者还没有走，正躺在那边装模作样地捂着自己的脑袋给自己拍照留证据。

然后他就被十一个身材高挑的年轻女孩团团围住。

在被简婳痛击前，能被这么多漂亮妹妹围着，对方可能还会很高兴，但现在他只能感受到害怕。

“你……你们要干什么？不要动手动脚，再过来我就报警了啊！”

他认出了夏溪——那个差点被推到武林盟主位置上的女人。

Seagirls 有点疑惑，她们还没报警呢，他还要报警？

夏溪鼓励道：“快点报警。”

正好她们也准备报警，现在省事儿了，让他现场表演一下“我送自己进派出所”。

这么大的动静不可能不引起公司其他人的注意，Seagirls 经纪人也赶了过来。

Seagirls 经纪人拉住了简婳，提醒她：“报警的话可能会把这件事情弄大……你是偶像。”

向简婳伸咸猪手的是来公司办事儿的合作品牌经理，经纪人是害怕影响简婳的事业。

本来还有些惴惴不安的骚扰者大概察觉到经纪人对简婳说了什么，又恢复了正常神态，像什么都没发生似的，还在喊保安。

“你们别碰我，把我的衣服弄坏了，赔得起吗？”

夏溪跟赵天绮同时皱眉，准备说点什么。

不过不用她们开口，简婳就已经条理清晰地告诉经纪人：“正因为我是偶像，我才更应该站出来，给我的粉丝们做榜样。又不是我骚扰他，事情弄大了也是影响他。”

简婳不管是外貌还是性格都偏可爱，现在她却毫无畏惧。

她现在满脑子都是夏溪的话——做正能量偶像！

简婳下意识地看向夏溪，就像是寻求家长鼓励的小朋友。

夏溪也毫不吝啬自己的赞扬，冲着她笑，鼓励式地竖起了大拇指，说：“下次再教你几招更厉害的。”

她们已经看了监控。

夏溪这一年的教学还是挺管用，简婳即使慌乱也没有掉链子，一下就让对方丧失了攻击性。不过夏溪感觉简婳可以做到更好，她要再教简婳几招。

Seagirls其余成员也齐刷刷鼓掌，纷纷表示想学。多点功夫傍身是真的有用！

夏溪一碗水端平："都教都教。"

骚扰者：你们此刻鼓掌礼貌吗？

Seagirls经纪人没有再劝简婳，而是厉声对保安说："看着他点儿，别让他跑了！我们走流程，在我们公司里面欺负我们艺人？"

老虎不发威，当她们是病猫啊。

流程走得很快，监控就是证据，骚扰者该关几天关几天，还被所在公司直接辞退了。

夏溪不光抽空教了队员们防身术，还顺便来了场直播，让有需要的女孩子也跟着学起来。

不过直播对"溪水"和团粉来说只是开胃菜，最让他们期待的还是演唱会，毕竟这算是Seagirls最大的表演舞台。但这也意味着这个限定团迎来了最终的告别。

激动与感伤交织，准备进场的时候，团粉就在互相鼓励："我们不能哭，我们要笑，妹妹们表演的时候都要笑呢，我们哭会破坏她们的情绪。"

其他团粉点点头表示不哭了。

实际上，Seagirls有成员在后台就哭得一塌糊涂。

夏溪也在进行鼓励，她告诉已经哭成泪人的陈梦佳振作一下，地下说唱歌手、游戏王者绝不认输！

陈梦佳哭得一把鼻涕一把泪，瘫倒在地上："我算什么游戏王者，玩游戏被骗……呜呜呜，我不是地下说唱歌手，我就是一个心灵脆弱的小偶像。"

然后夏溪拍了拍陈梦佳的肩膀，指了指米莎和赵天绮的方向："看。"

陈梦佳打了一个哭嗝，疑惑道："看……看什么？"

夏溪语气平静地告诉陈梦佳："她们正在录你，到时候威胁你，除非你用无数顿火锅收买，不然她们就曝光这个视频。"

陈梦佳呆了。

其实米莎和赵天绮在看舞蹈视频，不过她们及时接住了这话。赵天绮还说：“只能吃清汤。”

陈梦佳：“饶了我吧！”

夏溪提醒陈梦佳：“眼妆花了。衣服是租的，弄脏得赔。”

这下陈梦佳也不煽情了，本来还泪眼汪汪的其余几人也就此打住。

“现在……”夏溪瞥了一眼人山人海、翘首以盼的观众们，“到了我们展现偶像职业素养的时候了。”

台下的粉丝约法三章不能哭，台上的Seagirls也在私下表示绝对不哭，但汹涌而来的感情是很难抵抗的。

光是看到十一个人齐刷刷站在一起，听她们喊出“大家好，我们是Seagirls”的口号，粉丝就已经破防了。

而粉丝们也在让Seagirls破防。

十一人中，夏溪和赵天绮的人气最高，之前团队有活动，不光团粉会去，“溪水”和赵粉也会去看，每次活动他们都会喊各自偶像的名字。

这一次，大家不约而同喊出的都是队名。

Seagirls之前说要呈现一个高质量的舞台，实际上也确实不断地给观众们惊喜。

《侠客》《盗》《你们》这些都是专属她们团队的歌曲，大家已经耳熟能详，几万人大合唱，震撼人心。

除了Seagirls这些经典歌曲，演唱会上也有新的曲目。

大家的妆发和表演风格不断进行改变，现场粉丝已经以为很好了，但十一个人总会用实际行动告诉他们：等等，还能更好。

现场来了不少嘉宾：秋秋老师，方晓老师，刘导，杨澄，姜妙之，年诗语，季远舟……

秋秋老师看着台上轻松把控全场、带动气氛的十一个人，也不由发出感慨：“她们进步得好快。”

才经过一年时间，她们就已经完全成为成熟的女团了。

方晓有些骄傲：“那可不？得看看是谁带出来的，名师出高徒。”

方晓当时可没少被夏溪折腾，但秋秋不想戳破她，在这种场合就让她暂时美着吧。

大家从女团舞表演到男团舞，甚至还有武术表演，她们直接把演唱会来了个大杂烩，甚至有人发现，底下有功夫团前来助阵。

“夏溪不是已经拒绝当武林盟主了吗？”

里面不少都是熟悉的面孔，赫然是夏溪当常驻嘉宾的节目《华夏功夫人》里的好汉们。

对方解释：“过来支持一下夏溪的工作……”

紧接着，舞台上的十一人做了一个高难度结束动作，对方的视线瞬间被吸引走。

“Seagirls 太牛啦！”不愧是练过功夫的人，气沉丹田，应援声更加响亮。

粉丝们朝他们露出了羡慕的眼神。就冲着这气吞山河的应援声，他们都想学武术了！

一个一个带着无限诚意的表演送给了观众，身边是一起努力拼搏的小伙伴，底下是满脸期待的粉丝——饶是夏溪都有些恍惚。

粉丝们剪出来的 VCR 在身后的大屏幕上播放，堪称最大的催泪武器。

走马观花一样，时间拨回了一年前。

大家或拘谨，或兴奋，或是淡定地自我介绍，那个时候她们还不知道会出道。

楚思思头顶饮料瓶跟夏溪打招呼，夏溪和赵天绮坐在 F 班偷吃软糖。她们也曾因为练习痛苦不堪，也曾为名次不好惴惴不安……

芮子悦指着大屏幕，询问底下观众：“这是谁剪出来的，真的没有专门找我的丑照吗？”

为什么她在大屏幕里那么难看？

林姝珍：“不要冤枉粉丝，你好好想想，为什么同样的表情、同一个画面，溪溪就好看。”

大家一开始还各种调侃，活跃气氛，不过渐渐地也沉浸在 VCR 里。

出道……打歌……她们拿下了一个一个女团可以拿的奖项。

夏溪仰着头看得很认真。原来她们之间有这么多美好的回忆，每一个细节她都记得。

走上女团之路其实完全不在夏溪的规划中，不过她却有了意外收获，她付出的远远比不上她得到的。

“嘀——

“爱的接触，指优秀的海王总会在适当的时刻出击，跟目标进行若有若无的肢体接触，进而提升好感度。

“此技能为《海的女儿》一书独家附带，用于提高宿主生存能力、生活条件。重启人生莫紧张，‘关爱倒霉人士赔偿部门’为您全程保驾护航。

“任务——请宿主在二十四小时内使用完此技能。”

脑海中再次响起机械的提醒声，不过夏溪完全没有动弹。

不用夏溪主动去抱队友，她就已经处于技能使用成功的状态，因为赵天绮靠着她，楚思思牵着她的手。

Seagirls 团粉发现，这个团表达感情的方式并不含蓄，她们尤其喜欢抱抱。还有人比较闲，进行了追溯，发现这一“传统”起源于《Pick101》时期的夏溪。

夏溪在心中再次对系统进行挑衅。

她就不走什么海王路线，能奈她何？

满打满算来到这边也有一年了，她有了朋友，有了喜欢她的粉丝，也有了自己的事业。一切都朝着她满意的方向发展。

夏溪对当海王、傍大佬这事始终都不感兴趣，把自己的人生挂靠在别人身上是错误的，命运掌握在自己手中，不如独立自强，脚踏实地。

靠人不如靠己。

陈梦佳是真的受不了了，她对夏溪说：“夏老师，忍不住了，我也不管什么眼妆了！”

夏溪示意陈梦佳：“哭吧，你眼妆防水，问题不大。”

陈梦佳：不早说！

台上台下哭成一团，就连酷姐赵天绮都有些哽咽。

“夏老师会不会哭？”

“来下赌注！”

“你们是人吗？还下赌注……夏溪不会哭，钢铁般的女人流血不流泪！”

灯光稍微暗了下去，夏溪一边充当纸巾派送机器人，一边若无其事地把脸别到一边。

舞台灯光有规律可循，一会儿明一会儿暗，这会儿本来应该暗十几秒，但灯光师操作时出了点儿小失误，于是大家就抓到了眼中含着莹莹泪光的夏溪。

舞台妆容比较夸张，夏溪的眼睛旁边被化妆师贴上了细闪装饰，在灯光照耀下闪闪发光，但装饰都比不上她眼中要坠不坠的那滴泪夺目。

微扬的眼尾有些发红，那滴泪晶莹透明，让人莫名想到一句“妹妹一滴泪，天上一颗星”。

导演唯恐天下不乱，迅速让这一幕上了大屏幕。

众人都有些惊讶。

夏溪若无其事地用手背擦了擦眼睛，小声嘀咕，带着点懊恼：“灯怎么亮得这么早？”

“灯光师出来挨打，我们夏老师趁着黑下来的工夫偷偷掉个眼泪容易吗？你只是失误了十几秒，但夏老师可是失去了‘猛女’的头衔。”

“神仙落泪，有没有哪个站姐拍下来了？这绝对是神图啊，求图！”

偷哭被现场抓包，夏溪也来不及不好意思，因为机械声再次响起：“嘀——恭喜宿主成功毕业，达成SSS级海王成就。”

夏溪：是系统在说话？什么毕业，什么海王？还SSS级。

赵天绮见夏溪一直不动弹，脸上还露出迷惑的表情，她走了过去，问：“没事儿吧？”

夏溪倒吸一口凉气，严肃地告诉赵天绮：“我脏了。”

夏溪是真的震惊，前脚她还在挑衅赔偿部门，后脚系统就告诉她达成了SSS级海王标准，毕业了？

夏溪：骂谁呢？

她可没去当什么欺骗感情、脚踏几条船的海王啊！甚至她跟那些所谓的大佬都没有什么接触。

夏溪只觉得系统又要搞什么幺蛾子，不过响起类似游戏通关的声音后，系统就暂时没有别的动静了。

赵天绮仔细打量了一下夏溪的妆容，告诉她："放心，没脏。"

她顺手给夏溪用干净纸巾擦了擦泪痕。

赵天绮误以为夏溪说的是妆面脏了，夏溪也没办法解释。

现在最重要的还是完成演唱会。对上队友们关心的目光，夏溪扬起笑容："没事儿，继续。"

发现在大家眼中流血不流泪的夏溪都趁着灯光暗下来偷偷抹眼泪后，大家更是绷不住了，一个个在底下哭着大喊："夏溪不哭！"

"天绮不哭！"

"思思也不要哭，我们永远都在，解散不是离别！"

夏溪拿过话筒，对"解散不是离别"这句报以肯定。

灯光打在她的身上，她看着自己的十位队友，用一种怀念的语气缓缓开口："我第一次跟一百个优秀的同龄人参加一档节目，第一次组女团，第一次长时间跟师父以外的人相处……你们对我来说不光是队友、是朋友，也是家人。感谢大家这一年来对我的关心和照顾，谢谢你们。"

如果用一种关系来形容她跟队友们的关系，她觉得更像是家人。她来到这个世界，孤身一人，但因为她们的存在，她并不孤单，准确地说是从来没有像现在这样热闹过。

Seagirls 其他成员捂着嘴，哭得更惨了。

夏溪："我们没有离别，我们只是走向了追求各自梦想的道路。虽然以后不能用 Seagirls 夏溪这个称呼了，但只要你们需要，喊我一声，我就会出现。"

去掉 Seagirls 夏溪的前缀，她还是她们的夏溪，不会改变。

夏溪："祝我的朋友、我的家人们，前程似锦。"

一些本来还有些惴惴不安的团粉突然释然了，妹妹们只是走进了人生的另一个阶段，她们好着呢。

林姝珍一直以来都是比较成熟稳重的形象，但此时此刻也难免成为泪人，她哽咽着说："说什么谢不谢的，分明是你在照顾我们。"

夏溪在团里年纪偏小，但照顾人很有一套。

楚思思大喊："祝夏老师把武馆顺利开起来！"

酷姐赵天绮感觉一年的眼泪在这一天都流完了，她言简意赅："我也会出现。”

——只要夏溪她们需要她。

眼看着大家哭得要失控，夏溪顿了顿，补充：“其实组团的时候我们也不是每天待在一起，说不定解散后相聚的机会能更多？”

Seagirls 其余成员：好像说得也不是没有道理。

大家突然哭不出来了。

芮子悦算是说出了大家的心声：“夏溪你讨不讨人厌，又让人哭又让人笑的！”

夏溪扬眉，作势要离开：“那我走？”

芮子悦直接上前把人抓住：“哪里跑！”

……

演唱会的时间很长，粉丝们却始终觉得不够，还想看更多，不断地喊着“安可”，夏溪她们也确实央求乐队老师又给她们加了几首曲目。

但天下没有不散的筵席。十一个看起来明显比一年前更加自信、更加耀眼的年轻女孩开始对粉丝进行最后的告别。

夏溪掷地有声：“大家好，我们是 Seagirls，海纳百川，一往无前。”

其余人齐刷刷重复：“海纳百川，一往无前。”

“我是 Seagirls 夏溪。”

“我是 Seagirls 赵天绮。”

“Seagirls 楚思思。”

“Seagirls 陈梦佳。”

“Seagirls 米莎。”

……

十一人手牵着手排成一排，在漫天飘落的彩带中，向现场上万观众、直播间几千万观众鞠躬，感谢粉丝们的支持。

粉丝们疯狂摆手。不用，真的不用！支持 Seagirls 是因为漂亮妹妹们值得啊。

夏溪她们从 Seagirls 这个有爱的女团毕业了，但是她们的人生展开了新的篇章，她们的友谊永不毕业。

“恭喜 Seagirls 毕业”“夏溪说 Seagirls 成员是家人”“Seagirls

业务能力”“夏溪神仙落泪”等话题纷纷挤上热搜。

这个热度是真实的，在成团期后半年时间，Seagirls 用实力证明这是一个非常棒的女团，她们唱跳俱佳，每个人都独具特色和魅力。

“第一次追偶像团就追了 Seagirls，感觉也太爽了，事业型女团太棒了！”

“真的好棒啊，跟男朋友一起看的演唱会，我以为自己哭得已经很丢人了，没想到男朋友比我哭得还夸张。”

“不用担心丢人，毕竟夏老师也流泪了。”

夏溪落泪的一幕，当时很多人就说绝对可以做成神图，成图也确实是这样——舞台上的夏溪穿着哥特式黑色长裙，侵略性十足的浓颜系长相经过化妆造型加持，看起来更是艳丽逼人。灯光下，她微微仰着头，脖颈白皙修长，下颌线流畅，晶莹剔透的眼泪似落非落。

她的外表像地狱最美丽的恶魔，红唇微扬就能轻易扰乱人心，满嘴谎言却依旧可以被人偏爱。但她的神色是哀伤的，眼泪是圣洁的。

明明现场有那么多人，但在照片中，整个世界仿佛只剩下她一个。

除了她，无人能入眼。

“溪水”：比钻石更闪耀的是溪溪的眼泪啊！

在诸多类似的图中，这张图传播最广，不过让人没想到的是，这张是 Seagirls 经纪人发出来的。

经纪人：说起来大家可能不信，这图是夏溪传给我的。

她也纳闷，夏溪是怎么拿到这图的？

——是季远舟传给夏溪的。

夏溪收到了季远舟发的图和祝福，却没有看到他人。

于春升导演告诉夏溪：“他好像又有什么灵感，回去写东西了。”

……

粉丝们依依不舍地开始离场，夏溪听到两个拿着赵天绮灯牌的粉丝在讨论。

“天绮怎么办，是不是又要回去被黑心公司和队友坑了？”

“千万不要！天绮也太惨了吧，也就开心了一年，有没有哪家公司把她签走，让她提前脱离苦海啊？”

夏溪下意识地摸了摸让小红拿过来的包。

东西还在，她松了一口气。

大家在后台卸妆，Seagirls 的成员在分享以后的打算。

经过这一年的磨炼，林姝珍的性格变开朗了，人气也上升了，不少人都注意到了这个虽然不太会表现自己但各方面都不错的偶像。

“公司可能会给我安排个新的组合。”她其实有些不好意思。

但所有人都很理解，并且举双手双脚支持，为林姝珍可以在舞台上继续发光发热而发自真心地感到高兴。

楚思思说：“我还要回去继续上大学、读研，以后当声乐老师。”

陈梦佳也兴奋地说：“其实我对跳舞很感兴趣……”

大家一言难尽地互相对视，然后纷纷说起了别的事情。

陈梦佳大受打击，说：“虽然我感兴趣，不过没有夏老师在身边指导，我就当个兴趣爱好来练了，还是走说唱歌手路线吧。”

陈梦佳把话题抛向赵天绮：“队长，你呢？”

赵天绮正在卸妆，她微微一怔，开口：“我啊……”

米莎问赵天绮：“队长喝水吗？”

师聘：“队长，有没有看到我的手机，我的手机突然找不到了。”

大家都使劲儿朝着陈梦佳使眼色：怎么哪壶不开提哪壶？赵天绮的公司……

经过队友们的提醒，陈梦佳也总算想起来了，有些懊恼。

在这个比较尴尬的时候，夏溪从外面打开了门，探头道：“队长，陪我上个洗手间？”

赵天绮放下手中的卸妆巾，对着镜子里的夏溪笑：“这就来。”

夏溪说去洗手间，却把她带到了走廊拐角无人处，那里没有监控。

夏溪开门见山，在赵天绮好奇的目光下把银行卡递给了她。

赵天绮拿着夏溪的银行卡不知所措，给她这个做什么？

夏溪豪爽又大气地表示：“拿去跟你之前的公司解约吧。不用着急还我，什么时候有钱什么时候还。”

赵天绮显然被夏溪惊到了，眼睛微微睁大，心情出奇复杂。

夏溪刚才给她报了个数，数字不低，赵天绮感觉这应该是夏溪的全部家当。

“你这是把钱……都给我了？那你的武馆怎么办？”

赵天绮知道夏溪一心想要开武馆，一开始来参加比赛都是为了武馆。

夏溪分得清轻重缓急，安抚赵天绮：“你不用管我，你先成功解约，你不能拖。”

要是赵天绮真被尚德娱乐雪藏两年，赵天绮的职业生涯就基本上毁了。

“武馆可以租场地……他们就先凑合着学吧。”场地简陋无所谓，她的功夫是真的就行。

为了打消赵天绮的疑虑，夏溪还继续补充：“他们应该不会退出，我应该是他们能接触到的最好的武术老师了。”

夏溪还是对自己很有信心的。

赵天绮感觉手上的银行卡沉甸甸的，她很难形容现在的心情。她想要说点什么，夏溪却扭头看向一边：“你们还要在一边偷听多久？”

赵天绮蒙了，你们？这里不是只有她们两个人吗？

Seagirls 其余九人讪笑着从走廊拐角走了出来，朝着赵天绮挥了挥手。

“嗨，队长。”

米莎很惊讶，她问夏溪：“你怎么知道我们也在？”

夏溪陈述：“影子。”

影子已经暴露了她们。

“队长，如果不够，还有我的。”

“有我的。”

“加我一个。”

……

她们也纷纷拿出了银行卡，都是特地给赵天绮准备的。

楚思思挠了挠头，说：“其实在夏溪说要多接工作的时候我们就开始跟着准备了……”

芮子悦下巴一抬，说：“既然是一个团，那我们就要共进退，不能光让你出钱，我们也想出钱！”

她口中的“你”指的是夏溪。

夏溪才不会拦着大家，她也不清楚自己的钱够不够赵天绮的违约金，于是夏溪喊着：“出出出！”

她询问赵天绮：“需要我帮你算一下总数吗？”

十个人都在为她解约悄悄地攒钱，这完全出乎赵天绮的意料，如果有团粉在这里估计又要哭一场。

赵天绮也是真的很感动，家人都不一定能为她做到这个份上。不过赵天绮还是婉拒了大家的银行卡：“你们的心意我都收到了，我都懂……其实我已经攒够违约金了。”

她签合约签得很早，对那个时候的她来说，违约金算是天价，但这么多年过去了，她发现那个数字好像还好。她稍微努努力，还是能攒到的。

这一年里，没有了原公司的压制，赵天绮的收入还不错。

在化妆室的时候，赵天绮其实就想告诉队友们，但大家太紧张，不断打断她的话。

这样的走向出乎所有人的意料，不过也算是皆大欢喜。

赵天绮也说出了自己的打算：“有不错的公司想要签我，还可以帮我交违约金，不过我拒绝了。我打算提升一下我的业务能力，跟更厉害的前辈交流过后，我发现自己还有很多不足。”

赵天绮想做得更好，呈现更精彩的舞蹈给粉丝、给观众。夏溪理解赵天绮的决定，也表达了对赵天绮的支持。

赵天绮看向夏溪，说：“我交了违约金后还能剩一些钱，可以申请入股你的武馆吗……”

分成什么的都无所谓，夏溪看着办就行。赵天绮不觉得夏溪会亏损，失败这个词就不存在于夏溪的字典里。

——钓鱼除外。

赵天绮：“分我个房间就行，我偶尔过去住段时间。”

夏溪没想到赵天绮有这样的打算，她朝着赵天绮伸出拳头，拳头悬在半空。

赵天绮了然地扬起嘴角，跟夏溪碰了碰拳。

“没问题。”

“成交。”

其实就算赵天绮不入股，夏溪也欢迎大家去玩、去住，只要她有容身之所，就永远给另外十人留着位置。

夏溪还是得强调：“该怎么分成就怎么分成。”

她会让赵天绮跟着她赚到钱。

其余队友也发出了要入股的声音，夏溪也没有拒绝她们。其实她们入股武馆，她们之间也多了种特殊的维系。

……

赵天绮解约的时候大家是和她一起去的，以夏溪为首，其余十人跟在夏溪身后。一行人浩浩汤汤，看起来气势极盛。

尚德负责人：这是来解约还是来砸场子的？

赵天绮之前的经纪人阴阳怪气：“你们感情真好。”

之前她还想挖夏溪来尚德，但现在赵天绮都要解约，她也清醒过来了。

夏溪点了点头，说：“谢谢，是很好。”

这一点不需要她说。

赵天绮经纪人：你以为我在歌颂你们的友谊吗？

“天绮现在人红了，架子也大了，解个约还要这么多人跟着，好像我们能对你做什么一样。”

不用赵天绮开口，夏溪：“也不是没做吧？”

这话再次把赵天绮经纪人给呛得哑口无言。

楚思思等人再次向夏溪投以崇拜的眼神，要不是场合不合适，她们真能直接笑出声。

放赵天绮走，尚德确实不甘心，但就算再不甘心，赵天绮把钱拿过来了，请好了律师，他们还是得乖乖放人。

尚德负责人眼睛都红了——不是对赵天绮感情多深厚，而是因为放走了一棵摇钱树。

赵天绮的解约费跟她现在的商业价值比，只是毛毛雨。

签完字，尚德负责人几乎是带着恨，咬牙切齿：“赵天绮，我诅咒你……”

话没说完，他就感受到了一股冷意。

夏溪紧紧地盯着对方，眸子像是淬着冰。她双手撑在桌子上，身体前倾，冷声道：“说。怎么不说了？继续啊。”

“我诅咒……赵天绮大红大紫一辈子。”

负责人怕夏溪打他。尚德也有保安，甚至保安就站在不远处，不过他觉得，夏溪把他打了，保安都可能还没跑过来。

赵天绮在尚德娱乐练习了很多年，但现在一切结束了。

她没有一点留念地离开了公司，跟她的小伙伴们一起走入了阳光中。

下了几天雨，今天难得是个大晴天，万里无云，阳光灿烂。

师聘提议：“吃火锅吧。”

赵天绮：“走，我请客。”

……

赵天绮在微博宣布跟原公司解约的事，大家纷纷上线转发。

各家粉丝都为赵天绮高兴。赵天绮原公司多硌硬人，这一年他们都了解到了，恭喜漂亮妹妹摆脱黑心公司！

最高兴的还要属赵天绮的粉丝，他们担心的事情不会发生了，赵天绮自由了。

不少赵粉搞起了转发抽奖，然后就看到夏溪转发了好几条。

“溪水”、赵天绮粉丝和路过的网友都很茫然。

有网友疑惑地问：“这真的是女明星吗？夏溪现在的人气这么高，也算是个顶流吧……”

“溪水”：“向来如此，见笑了。”

网友：“那公司不管管她？”

限定团的时候公司就管不了，原公司就更管不了了。

夏溪跟原公司签的合同很宽松，就算夏溪现在直接离开，专心搞武馆，原公司也没啥办法。

赵天绮粉丝给“溪水”出主意：“你们也搞抽奖，钓夏溪。”

“溪水”：“也确实是个好主意！”

然后夏溪回复了："我看得见。"

夏溪不光转发别人的抽奖，她也有抽奖活动。

夏溪："今天开心，抽一人送一万元现金，抽一人送武馆三个月体验卡。"

米莎感慨："溪溪果然喜欢送钱。"

夏溪刚出道的时候跟米莎她们探讨过，她觉得送福利就要送实在的。她还是那个她。

夏溪此举也深得人心。

一开始大家想抽到钱，过了一段时间发现，比起钱，还是夏溪的武馆体验卡价值更高。

名额难求，不少名人都想跟夏溪上课，把体验卡卖出去可以大赚一笔。

抽中夏溪武馆体验卡的堪称幸运儿，这个幸运儿是"溪水"，就算有人花大价钱买体验卡，她还是表示："坚决不卖，给多少钱都不卖。"

这是武馆体验卡吗？不，这是跟夏溪朝夕相处的机会！

有知情人士生动描述了夏溪带着一群前队友帮赵天绮解约的事儿，夏溪注册了武馆，另外十人都入了股，这事也瞒不住。

团粉："大家或许可以不用那么难过，虽然Seagirls解散了……但海的女儿杂技团没有解散啊！"

仔细想想确实是这么个道理。

除了海的女儿杂技团，还有海的女儿搬砖团队，甚至还有性转版——海的儿子！

想到这里，Seagirls的团粉：好耶！

……

演唱会后，井烁在三人群里发了一条消息："Seagirls解散了。"

另外两个人都没有回复井烁，但井烁相信他们肯定都看到了。

女团解散了，意味着夏溪组团前说的绝对不谈恋爱的话失效了，她可以谈恋爱了。

演唱会上他们虽然没有命运般地相遇，但他们心里清楚，对方肯定不会错过这场演唱会。

很快井烁就发现了两个人的小动作。

姚星哲是在现场被直播镜头拍到，然后被他的粉丝发现了。

摄像师拍到姚星哲倒不是因为认出了他，单纯是因为他长相出众。

姚星哲粉丝发现后，拿着截图去姚星哲微博底下询问：“这是你吗哲哲？你是夏溪的粉丝？”

之前姚星哲为夏溪拉票，不小心发到了大号上，虽然秒删了，还是引起了一群女友粉的不满。后面电竞俱乐部替姚星哲澄清，说纯属手滑。

其实这话可信度很低，但还是暂时安抚了姚星哲的粉丝。

按照一般情况，姚星哲不会回应这样的话，来问的粉丝其实也没想到能得到姚星哲的回复。

只要他不回复，那就好说，算是否认。但姚星哲肯定了。

姚星哲评论底下比较偏执的女友粉吵成一片，姚星哲也在跟俱乐部的负责人吵架。

俱乐部负责人很无奈：“小祖宗，你在发什么疯？你是不想要那帮女友粉了吗……”

姚星哲那张还带着少年气的俊脸上满满都是不耐，他干脆利落地回复负责人：“不要了。我是正儿八经靠技术吃饭的，被你们硬生生搞得像在卖脸！”

不满的情绪瞬间爆发，准确地说，他也从来不是能压得住脾气的人。

陆琛不是什么公众人物，他手笔很大，直接让旗下商场大屏幕循环播放夏溪的演出视频。

井烁觉得自己比表弟更成熟稳重，他写了一首含蓄的藏头歌。但他不回应不承认，半露半藏。

三个人都以不同的方式表达了心意。

有记者在寻找素材的时候发现：“姚星哲说自己是夏溪粉丝欸！”

同事问：“是那个搞电竞的吗？”

得到肯定答复后，同事很淡然：“所以呢？白影帝也是夏溪粉丝，金导老婆也是夏溪粉丝，当然，我也是夏溪粉丝！”

何人能逃出夏溪的魅力之网？

白影帝是三金影帝，在录制选秀节目的时候说过最喜欢的唱跳艺人是夏溪；金导是业界出名的大导演，他的老婆也是书法大拿，他的老婆在微博喊话，说自己是“溪水”……

这么多名人在前，姚星哲好像也不那么起眼了，那就不值得单独提溜出来了。

记者在姚星哲名字后面画了个叉。

陆琛的商场大屏循环播放夏溪跳舞视频，保姆车行驶过商场，小红激动地拍了拍夏溪的胳膊，提醒她：“溪溪，看！”

团解散了，夏溪回归原公司，小红本来也要离开夏溪。但小红舍不得夏溪，最后跟夏溪以及公司商量了一下，就直接辞职，跳槽到了夏溪这边。

夏溪没有感觉惊喜，而是差点被屏幕里出现的自己吓到。

“这种地方是不是特别适合宣传？”

小红点头：“肯定的。”

夏溪：“放我可惜了，如果放公益宣传片就好了。”

她不希望粉丝这样大手笔地把钱花在对她的宣传上，心意领了，但没必要。

而其余“溪水”比陆琛更懂夏溪，宣传的钱都用在公益上，跟夏溪一起做有意义的事情，为社会贡献自己的力量。

至于井烁为夏溪写歌这事——yoyo 之前就已经给夏溪写过歌了，并且传唱度很高。

三个人都以不同的方式表达了心意，但可以说，除了他们的粉丝，无人在意。

……

夏溪和小红共同前往《小镇拳王》首映礼。夏溪的第一部电影即将上映，而且她还是直接挑大梁，因此受到了不少关注。

除了主要演员、工作人员，首映礼还来了不少职业影评人、媒体。

夏溪身穿一袭白色礼服。如果说之前在演唱会上穿着哥特式黑裙的她像恶魔，那她现在就是天使。

现场也有“溪水”，开始在群里汇报：“溪溪也太美了，怎么能刚好长在我的审美点上呢！”

其余“溪水”也纷纷表示想看，希望那位“溪水”时刻汇报。

媒体看到夏溪也兴奋，毕竟夏溪人气高。夏溪还没坐下，就已经有人迫不及待地把话筒伸了过来，问：“夏溪，可以接受采访吗？”

夏溪看着拦在面前的记者，点了点头。

记者：“你这是第一次演女主角，还是电影女主角，会担心票房问题吗？”

电影质量好坏暂时不知，每个人的审美也不一样，但票房这种数据是最简单直白的呈现。

夏溪回答得很轻松：“不会。”

记者们已经开始拟标题。

——夏溪心里有谱，首次挑大梁，笑谈不担心票房。

——夏溪意气风发，表示对《小镇拳王》质量有信心。

随即记者们就听到夏溪的下一句：“我没有后续分成，我的片酬是一口价买断。”

票房就算再好，卖几十个亿，也跟夏溪无关。

记者：以为你是极度自信所以不担心，没想到你是因为这个不担心？

夏溪跟一众记者面面相觑，很快夏溪反应过来：“我这么说是不是不太对？”

记者：你总算意识到了吗？

于是夏溪清了清嗓子换了个说辞：“我不担心票房，因为我对电影质量有信心，我们有优秀的编剧、优秀的导演、优秀的剪辑师……”

夏溪说得有板有眼、像模像样，但大家满脑子都是她之前的话。

夏溪跟大家打商量：“之前的就不要发出去了，咱们就当没发生吧。给你们糖吃。”

楚思思最近练歌费嗓子，夏溪就给她买了很多润喉糖，自己也留了一些。

站在夏溪前面的记者近距离接受夏溪的美貌暴击，感觉心跳加速。

在这个行业里，他们什么大风大浪没见过。给润喉糖封嘴的，他们确实第一次见。

“夏溪，你这是在收买我们吗？”有人啼笑皆非地发出疑问。

夏溪大方承认：“没错，是这样。成不成？”

记者试探着再进一步，用期待的眼神看着夏溪，说：“你要不撒个娇，说不定我们就不发出去了……”

夏溪果断拒绝：“你们随便发。”

而且夏溪还用一副看穿一切的语气补充：“就算我照着你们说的来，你们照样会发出去的。”

记者有些心虚。

夏溪收起润喉糖。交易失败，那不给了。

记者们：就连这么少的封口费都没了？

一旁的编剧季远舟也赞同夏溪的做法。他今天戴着金丝框眼镜，穿着正装，看起来斯文得像个大学教授。

斯文是斯文，开口却尽显锋利，他张罗媒体：“各位请按照提示就座，围绕电影展开提问。”

不要问太多跟电影无关的事情，不然他要怀疑他们的身份，到时候会让保安把对方请出去。

虽然夏溪嘴上说着不给润喉糖，但最后还是分给了现场媒体。女记者两块糖，男记者一块糖。

现场“溪水”：重女轻男，夏溪的一贯作风罢了，没毛病。

之后记者们也确实把重点放在了电影上，导演和编剧一一作答，也有记者会问夏溪。

有记者拿到了话筒，他说：“大家都知道这个电影讲述了女拳王……”

“是拳王。”

“拳王。”

两道声音同时响起，分别来自夏溪和季远舟。

两个人对视了一眼，季远舟示意夏溪优先，夏溪把问题让给了季远舟，毕竟他是编剧。

季远舟说：“英雄不需要过度强调性别。希望看完电影后，大家能记住杜纤是拳王，不用特地强调是女拳王。”

夏溪点了点头。

记者想问夏溪饰演女拳王的感受，她想到了剧中杜纤的一段话，也直接拿剧中的台词作答：“有人问我，一个女生搞拳击运动怎么生活，会不会有什么不便，我说——快乐生活，像每个有兴趣爱好、有一份喜欢的工作的正常人一样生活，不然还能怎么生活？应该比你方便一些，你提一桶油就已经气喘吁吁了，我可以轻松提着两大桶水上五楼。”

夏溪没忘记补充：“这是杜纤说的，没说你。”

记者知道，但是，他好像确实提一桶油走一会儿就气喘吁吁。

夏溪其实一直有话想说，也算是题外话。之前为了拍戏，她关注了一下相关新闻，然后发现了一件很迷惑的事情。

“采访我时问什么问题都无所谓，但希望采访真正的体育健儿时，能把侧重点多放在别的地方——训练生活、比赛感受都行，而不是把关注点放在什么时候恋爱、什么时候结婚这样无聊的问题上。”夏溪小声吐槽，“我想知道那些人是要冲什么业绩吗？”

现场不少媒体人有瞬间的心虚，好像他们确实问过这种问题。

当然还有媒体敏锐地发现，不是不能说跟电影无关的话题吗，为什么夏溪可以？

夏溪不光可以说，还能跟于春升导演以及那个帅气却过分正经的年轻编剧现场展开讨论。

媒体恍然大悟，不能讨论与电影无关的事情只是对他们起效，对夏溪没有限制。

你们就宠她吧！

本来记者想要在后面按惯例问一下夏溪对男朋友有什么期待，什么时候恋爱，什么时候结婚。但现在问了，他们就要变成无聊的媒体，最后记者只能问比较普通的问题：“夏溪，你跟别人交往，最看重的是什么？”

夏溪：“是尊重。”

……

电影提前点映，看完电影后，媒体明白了季远舟那句——“希望看完电影后，大家能记住杜纤是拳王，不用特地强调是女拳王。”

夏溪在首映礼上跟媒体的对话也被放出。

“确实，我早就想说了，能不能不要问体育健儿那些无聊的问题，为什么动不动就问恋爱、婚姻、生娃？他们在事业上取得那么高的成就，还要被追问这些问题……冲着夏溪的这段发言，我就要支持三张电影票！”

夏溪看到了这一条，她还回复了对方：“谢谢支持，不过最好还是想看电影再进影院，想看的话买一张电影票就够了。”

大家：女主演贴心嘱咐拒绝冲动，理智消费？你到底是女主演，还是《小镇拳王》对手派出来的卧底？

杨澄也晒出了和夏溪的聊天记录。杨澄主动询问夏溪要不要给她发微博打广告宣传宣传，夏溪回绝了，让他先看看，真觉得好看再宣传。

“没有后续分成，片酬一口价买断？”

网友们纷纷对《小镇拳王》官方喊话：“快来看看这个女人，她真的不是卧底吗？”

夏溪的本意是不想让大家因为其他关注点冲动消费，但这还意外宣传了一番《小镇拳王》，有人叛逆地表示：“就要看，就要看。”

不少“溪水”相约走进影院。

这是夏溪第一部挑大梁的戏，还是大导演的电影，“溪水”高兴的同时还有些忐忑。他们对夏溪的舞台很有信心，但夏溪的影视作品确实不多。

“不要多想，于春升导演一直在夸溪溪……我们也要相信溪溪，在她能力范围之外的工作，她不会接的。”

一到影院就可以看到《小镇拳王》的宣传片。

一开始是校园里的场景。阳光灿烂，窗明几净，上课铃声响起，青春洋溢的少年奔跑着，穿着校服、扎着马尾的夏溪乖巧地坐在书桌前，一切看起来岁月静好。

然后画面突然开始动荡起来。

为了帮助同学，她卷入了一场纷争。

鼻青脸肿的她看向了路边的拳击馆，目光锁定里面正在训练的众人，她试探地伸出了拳头。

画外音响起。

——这是一支一旦开弓就不会能再收回的箭，前进的道路异常困难。

女主角和父母展开了无休止的争吵，父亲满脸不解："你是个女孩子，为什么要去做这么困难的事情？你好好听话，爸爸给你攒钱，让你去上学，以后找个正儿八经的工作。"

女主角被施暴者打，被拳击教练击中了脸，不断摔倒在地上，发出让人胆战心惊的碰撞声。

下一个镜头，她气喘吁吁地望着镜中的自己。

之前的她看起来温顺乖巧，像每一个好好读书的学生一样；现在的她大汗淋漓，浑身伤痕，看起来分外狼狈。

她坚定地伸出手。

砰——镜子被打碎，外界的所有声音也被这一拳打碎。

现场的"溪水"已经看了很多遍预告片了，但在大屏幕上看到，还是会觉得振奋。

他们还听到一对年轻情侣讨论："不是不知道看什么电影吗？要不要看看《小镇拳王》，感觉还不错的样子。"

"溪水"们暗自窃喜，比了一个"耶"的手势。

这也确实是一部热血电影。

故事从小镇女孩杜纤开始讲起。杜纤品学兼优，是独生子女，父母有一份工资不算多但胜在稳定的工作。他们工作很忙，不能说他们不爱杜纤，但也确实缺乏关心。

走上拳王之路的起因是杜纤制止他人的施暴，制止失败反倒把自己给卷进了这场纷争。

拳击教练问杜纤："为什么要学拳击？很辛苦的。"

杜纤说："想要变得强大，保护别人。"

她也想告诉不理解的父母："没有什么工作是不适合女生的，我可以击败那些男选手。我要证明，我可以比他们还强。"

在这期间，杜纤一度剪短头发，把自己打扮成男孩子，隐藏起所有的女性特征。

她想要变强大，以为男性等同于强大。

她的水平不断提升，从市赛打到了省赛，即将打到国家赛。新闻里开始夸赞起这个像猎豹一样充满爆发力的年轻姑娘，她的眼神里带着蓬勃的生命力和不服输的那股劲儿。

她开始无往不胜，短发很快成为她的标志。

她却在私下打赢之前给她带来屈辱的男拳击手后留起了长发，化起了妆。

“真正的强者不分性别、年龄、体重。”

如果说她之前的强大是外在的，那么从说出这句话开始，她就是从内而外地无坚不摧了。

看着杜纤由弱变强，看着她失败，看着她成功，看着她一步一步通关，最后她在世界赛事上夺冠时，不少人热泪盈眶。

电影的结局是美好的，杜纤拿下了世界冠军，赢得了鲜花和掌声，父母也为她感到骄傲。

为什么学习拳击？起初她是想要保护别人，现在是：“想为国争光，也想告诉所有人、告诉自己——我可以。”

“溪水”们看完电影只觉得心潮澎湃，连忙告诉还没来得及看的群成员：“不用担心，溪溪演得非常好。”

“溪溪不会做没谱的事儿，这演技进步得也太大了！”

……

《小镇拳王》上映之后好评如潮，专业影评人说：“于春升导演没有砸招牌，节奏感依旧很好……夏溪给了我惊喜，她的演技还是稍微有点青涩，但这种青涩只能说恰到好处，她跟杜纤实在是太贴了。”

把夏溪推给于春升导演的《且听风吟》导演说：“自己花钱买的票看的。夏溪让我全程移不开眼，她把杜纤的每一个变化都表现了出来，她可以成为一个很棒的演员，努力不会辜负拼搏的人。”

其他人就更直白了：“我永远拒绝不了这种热血电影，奥运健儿们真的付出了太多太多！”

“好看，决定再去看一遍。”

于春升导演虽然很自信，觉得自己导演的作品票房不至于拉胯，但也没有过度在意票房，没想到票房却给了他一个巨大的惊喜。

而随着口碑的发酵，票房数字以更快的速度上升。

电影让更多的人把目光放在运动员等话题上。

当然还有人注意到了一点——“方倦怎么在电影里给夏溪当孙子了？”

……

夏溪不断地收到祝福，从秋秋老师到方晓、姜妙之、年诗语……还有一众接触过的导演。

Seagirls成员各自都有工作，但都抽空去看了夏溪的电影。大家一个个比夏溪这个当事人还激动。

赵天绮还在群里提议：“抽个时间，我们一起再组队看一遍。”

其他人也纷纷响应。

陈梦佳：“预祝夏老师拿下最佳女主角奖！”

夏溪回复陈梦佳：“拿不下你负责给我颁一个。”

陈梦佳：你怎么是这样的夏老师？

夏溪刚参加完剧组庆功宴，剧组的人正在酒席上扯着嗓子唱歌，夏溪出来透透气，正好回一下群消息。有人却拦在了夏溪面前。

“夏溪。”

姚星哲一只手捂着胃，眼睛湿漉漉的，眼尾泛红，配上那张精致的脸，让他看上去像被抛弃的狗狗。

他一直想跟夏溪见面，但找不到机会。这次他找了点关系，打听到《小镇拳王》剧组会在这边聚会，就抱着试一试的心态过来蹲守，蹲守了几个小时。

从早上开始他滴水未进，又开始胃疼了，但现在看到夏溪，疼痛仿佛瞬间得到了缓解。

姚星哲有些惊喜，对上那双黑白分明的眸子。

从夏溪选秀开始，他就极其喜欢这双眼睛，现在姚星哲却突然有些抗拒。

因为她平静地看着他，略带惊讶，像是在看一个陌生人。

夏溪确实在思考：这谁？

姚星哲被这个眼神刺痛了，他甚至想要上前捂住夏溪的眼睛。不过他没办法靠近，他刚抬手夏溪就已经做出了防御动作。

“你确定要伸手吗？最好冷静一点。”夏溪对面前的人进行规劝。她觉得对方不堪一击，但如果他想做点什么的话，那就只能怪拳脚无情。

姚星哲跟夏溪保持在安全距离内，他怕夏溪离开，用急切的语气说：“不要走，我有几句话想要对你说！我这段时间都没有好好吃饭，胃病加重了……你不是要钱吗？我给你，你要多少报个数，给我做几顿饭，像之前那样聊聊天就行……你要是不想聊天，那就只做个饭，我想吃你做的三明治了。”

姚星哲本来想要絮絮叨叨博取夏溪的同情，但他只看到了对方皱得越来越紧的眉头。

姚星哲的神色渐渐染上颓然。

是的，钱已经打动不了她了。

之前姚星哲狂傲的资本源于脸、家世、金钱……他很少对自己产生怀疑，现在他却产生疑问——除了这些，他还有什么？

姚星哲有些狼狈，喉结上下滚动，像是下定了决心，说出踌躇了好久的话：“我错了，能不能原谅我？如果不解气，你可以打我，但是能不能不要不理我，把我当陌生人？”

他难得低下了头。锦衣玉食的富家小公子对道歉无比生疏，一开始连声音都是发干发涩的，说到夏溪可以打他时，他的声音却开始发颤，带着隐藏的期待。

夏溪的眉头皱得更深了。

对方不跟她动手，她也不会无缘无故动手。她说：“打人犯法。”

虽然一开始对对方的身份不是很了解，但通过他的言语，夏溪基本上确定他应该是原主“鱼塘”里的某条“鱼”了。而且在成团夜的时候，她见过他。

“夏溪。”一道沉沉的声音打断了他们的对话。

夏溪朝着声源处看过去，见季远舟从灯火处走来。

他看了一眼夏溪，又看了一眼姚星哲，最后问夏溪：“没事儿吧？”

夏溪摇头，反问：“你怎么出来了？散局了？”

季远舟：“差不多，于导刚才到处找你都没找到。”

夏溪：“我现在就回去。”

她好像出来得确实有点久，小红估计也要着急了。

说完，夏溪就要走，姚星哲又喊了夏溪一声："夏溪！"

他捂着胃部，再次流露出脆弱的神色，看起来可怜兮兮。他知道自己这样的神色很能博得女孩子们的心软，无往不利。

他依旧在寻求一个答案："你能原谅我吗？"

夏溪对这些"鱼"没有任何好感，惊讶过后就回归平静。就像她之前说的那样，原主不是好人，这些"鱼"也并不干净，她不是原主，谈不上恨或者原谅。

夏溪只能答非所问地告诉他："我不会做饭。"

她不知道他为什么表现得很狂热，他是对原主有很深的感情吗？可笑的是，他甚至好像都没有意识到她不是原主。

夏溪不带任何情绪的阐述，落在姚星哲耳中就变成了另外一种意思。她在拒绝他，甚至要用一种残忍羞辱的方式。他比谁都清楚她的手艺有多好。

季远舟开了口："姚少爷是胃不舒服？"

姚星哲现在才把注意力稍微分散给季远舟："你认识我？"

介于夏溪就在这边，姚星哲也没有藏着掖着："胃病犯了。"

他还是期待夏溪能做点什么。

季远舟："跟姚总接触过几次……既然胃不舒服就不要一个人在外面了，我给姚总打个电话，让姚总派人过来接你，方便照顾。"

姚星哲愣住了。

季远舟已经干脆利落地给他爸爸打了电话。

……

夏溪跟季远舟回到酒席时，人已经散得差不多了，就于导跟几个大老爷们还在开心地拼酒。

小红面露羞涩，过来找夏溪。

夏溪已经了然，不用她开口，夏溪就直接说："去吧。注意安全。"

在拍摄期间，助理小红跟《小镇拳王》的摄像师看对眼了。夏溪觉得摄像师挺好的，踏实稳重。

最后夏溪是跟季远舟走回酒店的，大家都住在同一个酒店，顺路。

一路上两个人也没有闲着，季远舟最近构思了新剧本，想让夏溪参演，还是原班人马。

夏溪对新剧本确实挺感兴趣。季远舟就像是讲故事一样带着她进入情节当中，夏溪陷入沉思。季远舟发现后就安静了下来，不去打断夏溪的思路。

停下工作，他的注意力开始扩散到别处。比如随着走动，她重新留长到肩膀以下的发丝微微摇晃，比如晚风吹来的她身上的淡香，再比如她走在靠近马路的那一边。

夏溪之前大部分时间都跟Seagirls另外十个人一起走，自然而然地形成了站在马路最外侧保护她们的习惯，后来跟谁走在一起都这样。

季远舟不动声色地和她调换了位置，站到了外侧。

今晚的月亮分外皎洁明亮。

——亮得姚星哲心烦意乱，毫无睡意，当然姚星哲本来也睡不着。

姚星哲被他爸的秘书强行带回了家中，灌下了胃药。胃不疼了，却有另一种煎熬，腹腔里火辣辣的，像是直接放了一把火。

他想到了夏溪的采访，她说与人交往最看重的是尊重。

尊重。

姚星哲从床上弹跳起来，打开了三人群，他需要倾诉、倾泻，大段大段的话被他发送到群里。

姚星哲：“你们以为夏溪稀罕你们的示好吗？她不稀罕！是不是以为自己是上位者，把别人当乐子玩很有趣？但实际上你们才是最大的乐子！”

姚星哲：“从一开始就错了，大错特错，无比离谱！”

陆琛前一秒还在看夏溪的舞蹈剪辑，下一秒就看到了姚星哲在群里骂人。

“你在发什么疯？”怎么莫名其妙开炮？

陆琛没想到姚星哲把枪口对准了他：“你以为你很帅？你知不知道你很油腻？”

陆琛一头雾水。

井烁晚一步看到了群里的聊天记录，他一边在心里骂“这孩子是不是疯了”，一边慌忙出来打圆场：“陆总，多多包涵，我表弟好像被他爸给关起来了。”

他又跟姚星哲说：“你妈说你回家了，是不是又跟你爸吵架了？也是年纪不小的人了，就算心情不好也不能朝别人发脾气，快跟陆总道歉……”

姚星哲没有道歉，他撑了井烁：“表哥，我必须要说，你的藏头歌烂透了！之前是没好意思说你，如果我是被你写进藏头歌的女生，我连夜离开这座城市，我不会感动，只会尴尬。你以为你歌唱得很好吗？你的水平教不了夏溪的，你也最好清醒一点。”

井烁：这死孩子在干吗啊！

姚星哲总结：“你们的喜爱无比廉价，在游戏的前提下一文不值。你们是垃圾。”

陆琛问姚星哲：“那你呢？”

姚星哲自嘲一笑，发完最后一条撂下手机。

“我也是垃圾。”

夏溪之前是海王不假，但他们分明是抱着玩弄她的心态主动凑上去的，那他们又是什么呢？

第十章

十年之后再见

一年后。

“赵姐辛苦了。”

“赵姐今天状态超级棒。”

赵天绮面对着旁人的招呼和夸奖，不断地说着：“谢谢。”

她步伐匆忙，神色却难掩激动，因为她要去提车，跟她的队友们会合。

赵天绮跟尚德解约成功后没有第一时间签约公司，而是系统地练习了大半年才重新起航。当时还有不少圈内人在背后吐槽她傻，觉得她在事业上升期藏起来去练习就是脑子进了水。

但大半年后，赵天绮强势归来，先是签约了国内头部娱乐公司，接着就是去各种节目打歌、当导师。

她的热度非但没下滑，甚至比离开前还要高。

正是因为这样，所以之前网传有卫视想要把 Seagirls 十一个人再次组合到一起，网友才觉得是天方夜谭。先不说大家都发展得很好，光夏溪和赵天绮这两人就很难请了。

但实际上，她们知道有这样的机会后就很爽快地答应了下来，并没有要什么天价劳务费。

……

赵天绮赶到的时候，除了夏溪，其他人已经齐了。

赵天绮问前队友们：“夏溪呢？”

楚思思给赵天绮拉椅子，小声说：“导演组说夏溪提前到录制地点等我们了。”

现在大家在一个空房间集合，顺便拍点采访素材，她们录制综艺要飞到另一个地点。

这个综艺的导演还是刘导。一年过后他更秃了，也更胖了。

他肯定了楚思思的说法，乐呵呵地说：“夏溪先一步过去了，不用担心她。”

因为工作安排提前去目的地，这样的操作很常见。

刘导先是说了几句场面话，什么“真高兴能再次跟大家见面”，什么“我们也算是一路看着你们成长起来的，不知道你们对我们是什么感情，反正对我来说，你们像我们的家人。”

大家也卖刘导面子：“也是家人。”

刘导紧接着让工作人员宣读任务卡。

赵天绮、陈梦佳几人之前就觉得刘导旁边的工作人员身形过于眼熟，虽然她戴着口罩和鸭舌帽，但当她站出来后，她们一下就认出来了：这工作人员分明是夏溪扮演的！她没有去目的地，而是一直待在这个屋子里！

陈梦佳惊讶得直拍大腿：“妈呀，你也太会玩了吧！”

夏溪冲着她们眨了眨眼，然后拿着任务卡，朗声读道：“观众朋友们好，十位嘉宾好，这里是由甄牛有机奶独家冠名的节目《一起去旅行》……”

到这里一切正常，紧接着夏溪说：“我们本次的目的地……没有目的地，大家想怎么玩怎么玩，钱全部由节目组承担。”

节目组：我们说过这样的话？

刘导本来还笑眯眯的。扮演工作人员是由夏溪提供的思路，她说要给前队友们一个惊喜。

刘导喃喃道：“不知道赵天绮她们惊不惊喜，反正我是受到了惊吓。”

乖巧是不会出现在夏溪身上的。他真傻，真的。

“你这分明是假传圣旨！”刘导大声指控。

夏溪的声音比刘导还大：“你小不小气，给家人花点钱怎么了？”

刘导做梦都想不到，他的随口一句，居然都会被夏溪找到漏洞。

刘导肠子都要悔青了。

“如果可以，一定不会答应让夏溪假扮工作人员。”这话是陈梦佳说的，她讲出了刘导的心声，不过她还是得阴恻恻地告诉刘导，“晚啦！”

楚思思眨巴着眼，再次强调：“刘导，你说的，我们都是你的家人。”

米莎学着夏溪的口吻，对着镜头说：“观众朋友们好，十位嘉宾好，这里是由甄牛有机奶独家冠名的节目《导演变形记》第三季……”

刘导：这都是群什么人！

夏溪早已看穿了一切，感慨：“刘导，你又要胖了。”

“这还在录着呢。”她指了指摄像机。

《一起去旅行》其余工作人员笑成一团，都知道夏溪这个梗——食言者肥。

就在刘导哭笑不得、脑门冒汗的时候，夏溪却主动地放过了他：“算了。”

她告诉其余十人：“反正就算揪着刘导的话，节目组也不会真的随我们来。”

……

节目组的安排是让她们故地重游，她们回到了录制团综的小镇。

时隔一年多，不管是刘导还是夏溪她们都有些感慨。她们在这里搬过砖、卖过艺，一起经历过很美好的几天。

大家情绪都很高涨，跟信赖、熟悉的人待在一起不需要磨合，可以直接展示最真实的她们。

刚下车，师聘就已经跟楚思思讨论起吃什么了。外面就是商业街，炸鸡排的香味一个劲儿地往鼻子里钻。

赵天绮却想到了一个关键的点，她问旁边的夏溪：“你们说节目组会没收我们的钱吗？”

一边的刘导露出了高深莫测的笑容，跟拍摄像师们也但笑不语。

夏溪瞥了跟拍摄像师一眼，说了自己的预测：“我觉得会。”

随即她问道：“想不想打我的脸？”

摄像师不明所以。

夏溪：“那就告诉我，你们不会。”

她连激将法都使了出来，但刘导依然表示：“请大家上交现金。”

一片哀号声响起，摄像师们也及时捕捉到了大家的痛苦表情。

刘导其实已经做好了夏溪反抗的准备，却没想到夏溪只是跟大家小声说了几句就上交了钱包，其余人也有模有样地上交。

就连副导演都觉得有些奇怪，跟刘导对视了一眼，说出自己的想法：“总觉得好像有诈。”

不过很快他们就知道为什么夏溪交钱包交得那么麻利了。

两分钟后，夏溪带着她的十个前队友在炸鸡店排队，她高高举着手机扫描付款二维码。

刘导喊夏溪：“你在干吗？”

夏溪回答得理直气壮：“买吃的啊。”

节目组让她们交现金，没让她们交手机。

夏溪：手机支付更快捷，带我姐妹吃炸鸡。

楚思思、陈梦佳等人眼睛都笑没了。

刘导无奈地补充：“手机也没收。”

十一个人的手机也暂时上交了，如果有消息节目组会通知她们。

夏溪恨铁不成钢：“能不能不要通过嘉宾来补充规则？”

节目组工作人员也委屈，别的艺人可没像夏溪这样不断钻漏洞。

不管怎么样，大家的炸鸡都给安排上了。

嘉宾们手举着炸鸡，有说有笑，节目组也开始安排这几天的任务。

既然是故地重游，那就肯定要进行打卡。十一个人在这段时间内要去之前去过的留下深刻印象的地方进行合照，留下美好的瞬间。

楚思思光顾着吃东西，没有明白规则，她问旁边的朋友们：“没听懂，是要干什么？”

夏溪言简意赅：“拍游客照。”

既然来旅游，就得拍游客照，打卡景点。

节目组安排打卡的第一个地点是县城集市。今天没有开集，人没有那么多。

赵天绮：“我们就是在这边卖艺的吧？”

陈梦佳：“对，当时旁边还有个卖鸡的大爷。”

夏溪装钱的容器还是跟卖鸡大爷借的。

大家顿时感觉眼前有画面了。

当时她们一起在这里对外推荐Seagirls，跳舞吸引不了多少人，最后夏溪开始现场卖艺，大家也纷纷加入这个行列。

夏溪让工作人员给她们拍合照，第一个地点打卡完成。

都已经到了集市，米莎突然想到了海参面，提议："我们去那边看看行不？也不知道店还在不在。"

一年多前，大家在这个集市上卖完艺，寻思吃点东西填肚子，没想到被坑了，海参面里没有海参，是一名叫海参的师傅做的面。

夏溪直接拍板："想去就去。"

其实节目组工作人员也好奇那家试图坑夏溪却被夏溪举报给消协的面馆怎样了。

——面馆还在。

大家只是打算在这边转悠一下，没想到那位五大三粗的老板也认出了她们。

"哎，别走！"他站在门口喊住了夏溪她们，手上拿着刀，刀散发着寒光。

这是心怀怨恨，打算打击报复？光天化日之下，这也太嚣张了！

刘导吓出了一身冷汗，不过还是很快做出了决策："报警，保护嘉宾。"

摄像师都是大老爷们，面对手持刀具的面馆老板，虽然还是有些害怕，但保护嘉宾最重要。

而夏溪已经手持钢棍——刘导也不知道她是从哪边捞来的。摄像师们护着另外十位嘉宾，夏溪护在摄像师们前面。

面馆老板看着这个架势，也有点蒙。

"大家冷静一点，是不是有什么误会？"他收起了刀，笑得有些腼腆，"我正在那边切面条呢，远远地看着好像是你们，赶紧跑了出来，连刀都没放下。不要害怕，我是诚心邀请你们到面馆里坐坐，都进来吧，这个点里面也没有什么人。"

面馆老板当时被罚了钱，现在已经彻底学乖了："诚信经营，诚信经营。"

"你们又是在录节目？什么时候过来的？"

不光送上了免费茶水，面馆老板甚至还做了海参面，毕恭毕敬端给了夏溪，颇有一种小弟给大哥敬茶的既视感。

看到夏溪，他还是有点害怕，夏溪徒手劈西瓜的画面记忆犹新。

好意夏溪心领了，海参面还是不能白要。

面馆老板懂得诚信经营就好，大家惊奇的同时还有些欣慰。

最后面馆老板还主动邀请大家合照，也算是完成了意料之外的打卡。

夏溪又跟刘导商量："我们想去王大娘那边看看。"

王大娘有一个水果园，夏溪寻思水果园的水果应该熟了，她们正好可以帮忙把今年的水果给摘了。

刘导没想到夏溪她们还惦记着王大娘。节目组里有Seagirls的团粉，面上淡定，内心疯狂尖叫。

她永远爱夏溪，永远爱海的女儿，她喜欢的大家都好好啊！

刘导当然不会拦着夏溪她们，不过也有别的话要说："对了，杨澄也在这个市录制节目，离得不远，要不要见个面？我们这边可以跟那边节目对接一下。"

那个综艺的节目组跟《一起去旅行》制作班底关系不错，刘导得知杨澄也在本市后，觉得可以来个联动。当然，还是要征求嘉宾们的意见。

师聘："学长也在啊。"

夏溪应了一声，晃了晃手机，说："刚才他找我了。"

手机还是工作人员塞给夏溪的。

夏溪："算了吧。"

她们玩得很开心，杨澄过来掺和一脚干什么。

"平时也能见到。"他们私下还是有联系的。

节目组也无所谓，就像是工作人员说的那样，十一个人已经很好玩了，完全能撑得起一档节目，实际上光是看她们站在一起都能看几天几夜。

这是属于十一人的综艺。

夏溪她们赶到了王大娘家，一年多过去了，王大娘没有变，激动地拉着她们的手，一个劲儿喊着："变漂亮了，就是有点瘦。"

她没有把夏溪她们当明星，完全是长辈模样。

但是水果不用夏溪摘，王大娘说：“已经有几个年轻人帮忙摘了，还都买了下来……”

那几个人是Seagirls的粉丝，是两对小情侣，夏溪在果园看到了他们。

“我的妈，我亲眼见到夏溪了！”

“之前网上说Seagirls合体拍综艺我还不相信，没想到居然是真的，大家全部齐了是吗？”

夏溪能感受到对方的热情，笑着肯定了他们的说法，表示：“就是现在还不能对外透露，得保密。”

粉丝表示保证完成任务，绝不透露机密。

夏溪还询问他们：“要不要签名？”

签名肯定是得要的。

夏溪不光自己给他们签，还叫来了其余的人。过来帮摘水果的团粉感觉自己达到了人生巅峰。

夏溪比较好奇他们为什么会出现在这里。

粉丝解释：“之前看了团综，发现这里正好就在我家附近，感觉今年果园的水果要熟了，就过来帮忙摘，顺便买了。反正朋友多，吃得完。”

他们是受到了夏溪她们的影响。

大家没想到团粉还记得这件事儿，这也是她们正好撞到了，在她们不知道的角落里，像这样的事情应该一直在发生吧？

陈梦佳小声跟夏溪说：“感觉能当一段时间的偶像好荣幸啊。”

“嗯。”夏溪也这么觉得。

一来二去，大家也聊熟了，面对这样忠实的团粉，大家也想招待一下。赵天绮提议：“留下来吃饭吧。”

团粉小心翼翼地询问：“节目组这次没有没收你们的财物？”

本来还豪爽得不行的十一个人顿时笑容全失。差点忘记了，她们现在一穷二白，自己的晚饭都成问题。

团粉：那岂不是要让夏溪她们搬砖请吃饭？他们何德何能！

粉丝想要请夏溪她们吃饭，但在这方面夏溪她们也有自己的坚持。

“不行。”夏溪拒绝了，怎么能让粉丝请客。

王大娘的意思是让大家都留在她家吃饭，夏溪还是觉得不合适。是她们想要请粉丝吃饭，不能让王大娘埋单，她挣钱也不容易。

“是不是感觉陷入了尴尬的境地？”刘导还在一边煽风点火。

这还不是拜节目组所赐？

夏溪不慌不忙，再次申请拿回了自己的手机。

刘导不忘记补充：“不能扫码花自己的钱！”

他让跟拍摄像跟紧夏溪，看看夏溪要干什么。

夏溪联系上了杨澄，用她的话来说就是对同在一个城市的学长表达关心。夏溪直接打了个电话，前面是正常的寒暄，渐渐地夏溪把话题引到了别的方面。夏溪问杨澄：“你们录制节目有被没收钱包吗？”

杨澄：“没有啊，我们这个节目不是那种性质的……你们被收钱包了？”

得到肯定的答案后，杨澄还发出了一阵大笑，觉得夏溪她们太惨了。

夏溪也得到了她想知道的关键点，于是她继续：“虽然被没收钱包了，但这边风景是真的不错，有山有水，还有没打农药的水果吃。”

杨澄被夏溪的描述吸引了，说：“我也想吃……我在这边没有什么好玩的，我去找你们吧，不带摄像师他们。”

不搞联动，他自己过去玩。

夏溪其实对这些不是很关注，只叮嘱杨澄：“带好钱包就行。”

杨澄有点没听清，问：“什么？”

夏溪面不改色道：“我说让你注意安全。”

“对了，我们这边还有几个粉丝，我们说要请她们吃饭，你介不介意？”这一点夏溪要提前告诉杨澄。

杨澄：“也没啥事儿，来啊，粉丝在也挺好的，人多热闹，我到时候捎几个菜过去。”

夏溪：“不用。”

杨澄：“学妹你客气什么，跟我还客气，搞那些有的没的。”

夏溪觉得杨澄理解有误，说：“没跟你客气，真的。”

因为这不是捎几个菜的事情，是今晚所有的菜都要让杨澄埋单。她也不多说，到时候杨澄来了就知道了。

夏溪告诉队友们："解决了。"

刘导默默地在心里给一无所知的杨澄点上一排蜡烛。

夏溪请客，杨澄花钱。杨澄不光花钱，还要贡献自己的手艺，他做饭好吃。

刘导还对其他工作人员说："这么一看，夏溪对我还是不错了。"

副导演不明白刘导欣慰开心的点在哪儿。

但导演组知道，这段情节的节目效果有了，到时候进行前后对比，绝对能上热搜。

杨澄抵达小屋后，夏溪嘴上说着"来都来了，还带什么东西"，手已经熟练地把东西全部拿走了。

并且她还表示："菜不够。"

杨澄终于明白自己出现在这里的意义了，他是来游山玩水的？不，他是 ATM 机！

夏溪告诉主动送上门的杨澄："学长，回去后我把钱转给你。"

她也不占杨澄的便宜。

杨澄倒没觉得受到冒犯。夏溪也没骗他，这里确实好山好水，而且花了不到一千块，白赚个热搜，他公司要是知道了得高兴死。

明面上看是夏溪占他的便宜，实际上是他赚了。

打卡旅游还在继续，送别了粉丝和杨澄，跟王大娘聊完家常，夏溪一行遇到了跟她们一起搬过砖的工友，遇到了看过她们耍杂技的当地大爷。

节目组还带着夏溪她们前往了一处电器商场。

楚思思对这里没有什么印象，问："我们来过这边吗？"

夏溪觉得有些眼熟，赵天绮："是不是你赢大冰箱的地方？"

夏溪忍不住朝着节目组竖起大拇指："还真有你们的。"

这都要来打卡。

工作人员笑嘻嘻。

夏溪：你觉得我这是在夸你们？

为了避免造成拥挤踩踏，商场已经提前加强了安保，疏散了人群。

但她们已经不是刚出道没有名气的小团队，陆续有人靠近，围观人数越来越多。

夏溪对刘导说：“你们估计藏不住了吧？”

节目一直没有官宣，想要出其不意，录制一段时间再说，现在显然藏不住了。

其实节目组之前也做好了准备，就是没想到会曝光得这么快，只能说她们是真的火。

商场里响起 Seagirls 的歌，大家对视一眼。

“跳一个！跳一个！”

看起来像是团粉的年轻女孩在外围不断起哄。

夏溪挑眉道：“跳？”

其余人纷纷迎合：“来！”

大家都还记得动作，一开始还有人稍微有些生疏，不过很快就在夏溪和赵天绮的带领下找到了节奏。

现场气氛燃到了极点，跟拍摄像师看着在空地劲歌热舞的十一个人，感叹：“怎么感觉在开演唱会似的。”

其余人也有类似的感觉。

一舞结束，夏溪给队友们拿干净的毛巾擦汗，感谢粉丝们的喜欢。

旁边拿着手机录像的中年男人发出疑问：“这是夏溪吧？”

不用等周围人回答，夏溪：“对，我是夏溪。”

中年男人：“但你不是演员吗……怎么出来搞唱跳了？”

虽然他承认夏溪唱跳也很好，但演员就应该老老实实拍戏。他觉得夏溪演得都挺好，难得看到一个他觉得还不错的年轻女演员，公司应该不会让她去当偶像吧？

队友们和台下的“溪水”都一脸茫然。

夏溪是选秀偶像出身，刚开始演戏时没少受嘲笑，特别是接拍《小镇拳王》这事曝光的前期。但夏溪用《小镇拳王》交上了一份满意的答卷，后面又跟原班人马合作，演了一个酷飒正义的女警察。前段时间她更是直接拿下了最佳新人奖，提名了最佳女演员。

她的演员身份总算被大家认可了，但现在戏剧性的一幕发生了。

周围的人哭笑不得，夏溪开了口：“其实我是魔仙堡不被承认的小魔仙。”

大家一脸迷茫。

……

各种路透照不断曝光，Seagirls 团粉高呼：原来合体团综是真的！过年啦！

《一起去旅行》一经开播就成为同期综艺类节目播放量第一。

夏溪也在微博上营业了。她们的合照被做成了纪念册，作为福利发给 Seagirls 团粉。

纪念册已经很让粉丝惊喜了，后来粉丝还发现居然有彩蛋。纪念册里有十一个二维码，扫描后就可以听到每个人的祝福。

“我是赵天绮，祝大家天天开心，拥有闪亮的人生。”

“哈喽，我是楚思思，最近大家过得怎么样？祝大家吃好喝好，不长胖……”

“这里是陈梦佳的频道……”

最后一段祝福来自夏溪，她的声音清朗：“大家好，我是夏溪，感谢大家的一路陪伴，祝大家心想事成，都能为自己的梦想努力奋斗，努力不会辜负每一个用心的人……十年之后再见，希望我们都能变成更优秀的自己。”

团粉狂喜：这是未完待续的意思吗？十年之后还会出纪念册？！

“什么十年，大胆一点，六十年后我们也在。六十年以后，我会提醒孙子给我买纪念册的。”

“要是我没夏溪活得久，我就让孙女烧给我……”

“懂了，这就去跑步，争取活到九十九！”

……

芮子悦有些唏嘘：“居然又结束了，我还以为刚开始。”

夏溪其实也有些感慨，不过她还是安抚芮子悦：“不是还有十年之约嘛。”

她们做了决定，每十年来这边一次，做纪念册给团粉。

芮子悦听完之后赞同道：“也是。”

每一次分离，都是为了更好的相聚。

大家给节目组道谢，刘导张罗着工作人员收拾机器，随口一问："你们是不是都要各自忙工作了？"

夏溪却摇头："我们去吃海鲜大餐。"

知道今天《一起去旅行》录制结束，不少团粉开始替偶像心疼：好不容易聚在一起录综艺，下一次也不知道什么时候再聚，她们应该很感伤吧？光是想想眼泪就已经在眼眶里打转了，当事人要更动情吧？

网友告诉他们："不，你的妹妹们在那边晒大龙虾呢。"

照片是陈梦佳发出来的，照片里的大家人手一只大龙虾，对着镜头笑得无比灿烂。

团粉：泪憋了回去。我们在伤感什么！她们吃得好快乐！

夏溪很豪爽地表示："我请客。"

其余十人发出阵阵欢呼。

夏溪看着满桌子的海鲜，突然想到——虽然没有成为海鲜大亨，但好像实现了海鲜自由。

夏溪提议："让我们举起手中的龙虾，干杯。"

十一只龙虾被迫贴贴，它们开不开心无人在意，反正举着它们的人都很开心。

夏溪感觉自己的人生已经圆满了。

虽然倒霉人士赔偿部门不靠谱，试图让她走向歧路，但好在她压根不上他们的当，凭借着不懈努力成功开起了武馆。武馆开得有声有色，她还拥有了一群好朋友。

就是有一点夏溪比较疑惑。

演唱会的时候系统突然提醒她达成了SSS级海王成就，但她自认为没有什么海王行为，她问心无愧！

后面她就一直在等待系统放阴招，系统后来也确实又出现了一次。但系统没有使阴招，居然是煞有其事地祝福："赔偿部给优秀毕业生赠送了一份特别的毕业礼物，心愿达成概率提升。祝宿主心想事成。"

众所周知，夏溪最出名的愿望就是开武馆，这个已经实现了。

她的另一个愿望是成为海鲜大亨。

这个意思是她可以成为海鲜大亨？

当天夏溪就抄起海钓工具、挖蛤蜊的工具冲向了大海。也不能说一无所获，甚至从另外一种角度来看是收获颇丰——她拿回来了一个破水桶、三只码数不一的水鞋，以及若干塑料矿泉水瓶、玻璃酒瓶。

夏溪作出点评：大家的环保意识还是得加强。

“这是你们的打击报复？让我失望焦虑？”

旁边的年诗语不明状况：“啊？溪溪，你在说什么？”

夏溪摇了摇头，冲年诗语笑了笑：“没事儿。”

年诗语就是跟夏溪演过师徒的体验派女演员，这次跟夏溪进行了二次合作。

年诗语早已经从复仇大女主的情绪中脱离出来了，其实她也就是个爱美、爱幻想的年轻女孩，跟夏溪什么话都说，比如——

“想谈恋爱了，甜甜的恋爱什么时候属于我……”

年诗语走的是演员路线，谈个恋爱很正常。

夏溪对此也表示支持，她问年诗语：“在追你的人当中，有没有你感兴趣的？或者你喜欢什么样的？如果有喜欢的就可以试着了解一下。”

年诗语回答得很迅速：“根本没有人追我，按理来说我也不差吧？其实我的要求也不高……喜欢出得了厅堂下得了厨房的，我需要的时候他能随时赶到，不需要的时候他离我远一点，不要打扰我就行。”

夏溪觉得，按年诗语的条件，不太可能没人追，正要说话她就看到年诗语手机屏幕闪了闪。

年诗语完全没打算避开夏溪，夏溪倒是想要移开视线，但还是看到了。

那是一条申请加好友的消息，对方说：“诗语好，我觉得你特别可爱，是通过朋友来加你的，可以了解一下吗？”

隔着屏幕，夏溪都能感受到对方的热情。

年诗语果断拒绝了他的申请，并且回复：“不可以。”

她还表现得很气愤：“叫谁‘诗语’呢？只有我的家人才能叫我‘诗语’。”

她把手机一丢，抱头跟夏溪哀号：“甜甜的恋爱什么时候属于我……”

夏溪陷入沉思。

年诗语还在努力地想理想型，说："其实赐我一个夏谷也可以。"

"溪溪，你真的没有哥哥、弟弟吗？"即使全网已经都已经知道夏溪没有兄弟，年诗语还是不死心。

夏溪很遗憾地告诉年诗语："没有。"

她拍了拍年诗语，说："单身也不错。"

"在聊什么呢？"方倦看夏溪这边热闹，也凑了过来。

他跟夏溪这是第四次搭戏了，这次他逃离了夏溪孙子的身份，跟夏溪演同事。

大家都是熟人，年诗语也没有藏着掖着："我在跟溪溪取经，问如何谈恋爱。"

方倦想笑，不过对上夏溪平静的眼神，他还是捂住了嘴。

剧组有人发起邀请："有人想要海钓吗？"

夏溪竖起耳朵，二话不说站了起来，仿佛受到了命运的号召："我来。"

哪里有海鲜，哪里就有夏溪。

当夏溪离开这边，方倦才敢放肆："你居然跟夏溪取经，你不知道夏溪断情绝爱吗？"

真的是一个敢问，一个敢教。

……

"我们要去哪边海钓？"夏溪比较好奇。

剧组的摄像师说："去我们季大编剧的海。"

夏溪一脸疑惑地看向一边气质卓越的男人。他还是有海的人？

季远舟感受到了夏溪疑惑的视线，主动解释："不是我的海，是我家承包的一片海域。我爸做了点儿海产生意。"

当然，夏溪抵达季远舟家承包的海域后，就了解了季远舟具有的特征——谦虚。甚至可以说过分谦虚。

大片海域都是季远舟家承包的，剧组参加海钓的人如果想要出海，可以直接坐季远舟家的船。

夏溪没有成为海产大亨，但身边居然藏着海产大亨的儿子。

夏溪不死心，再次想要用《海的女儿》技巧书，看看能不能让这个无用的“海王”技巧给她提供免费海鲜。

夏溪蓄势待发——一手空空。

季远舟那边增加一条海鱼。

夏溪没有颓废，再接再厉——两手空空。

季远舟那边增加两条海鱼。

夏溪重整旗鼓，迎难之上——水桶空空。

形成剧烈对比的是，季远舟钓上来的海鱼已经装满了整个水桶。

夏溪有理由怀疑，自己的气运被季远舟篡夺了。赔偿部是不是把她的那份毕业礼物发错人了？

季远舟当然能感受到旁边夏溪的注视。她的视线仿佛有实感，滚烫无比，让季远舟不由悄悄地把腰杆挺得更直了。他抱着展示的心理，甚至超常发挥，得到了比往常更多的战利品。

剧组其余人钓着钓着就开始做别的了，毕竟也没有人能在大太阳下坐那么久。除了满脑子都是为什么的夏溪，以及想要表现的季远舟。

夏溪在心里呐喊：为什么他捕鱼这么轻松？！

季远舟：她还在看，那不能停下。

不过季远舟还是挺细心，见夏溪整张脸都露在外面，完全没有一点保护措施，于是他提议：“我给你打开遮阳伞吧？”

夏溪摇了摇头表示不需要：“会影响发挥。”

要是方倦在这里绝对要笑掉大牙。夏溪这水桶都空了大半天了，影响了又能怎么样。

但季远舟还是煞有介事地点头：“嗯。那戴帽子？”

夏溪这次没有拒绝，她也分给了季远舟一顶，在分帽子的过程中两个人的手自然而然发生了触碰。

夏溪的目光落在对方骨节分明的手指上，一个念头飞快闪过——她每次试图用技能，季远舟都能有所收获，她多碰季远舟几下，能不能沾沾光，把她那么大的奖励给拿回来？

不怪夏溪“脑洞”大，主要是季远舟每次钓鱼成功的时间也太巧合了。

夏溪：我就状似不经意地伸个手。

她也确实这么做了，通过给季远舟递各种东西悄悄地触碰季远舟一下，蹭个气运。

季远舟鸦黑的睫毛微垂，嘴角悄悄上扬。

他感觉领会到夏溪的意思了。

没想到夏溪先朝着他走了九十九步，那最后一步他肯定不会让她来。

于是在夏溪再次试图摸一下季远舟手指的时候，对方伸出大手，把夏溪的手牢牢牵住。

四目相对后，季远舟率先移开目光，当然手还是保持着牵着的状态。

夏溪做贼心虚到完全不敢质问。她不过是偷偷地蹭个气运，甚至有一定可能是对方拿走了她的气运。这都要抓她？总不能把她投放到监狱去吧。

……

两个人是手牵手回剧组的。

整个剧组都沸腾了。发生了什么，也就小半天，夏溪怎么就跟气质美人编剧牵手了？

年诗语想要顶礼膜拜："不愧是师尊！"

就连方倦也不得不惊叹，居然是他小看了夏溪？！

在剧组的人眼中，断情绝爱派掌门人变成了恋爱小能手。

不过夏溪已经从 Seagirls 毕业，郎才女貌的两个人站在一起也很般配，大家在震惊过后就心照不宣地露出了祝福的眼神。

夏溪顶着一干祝福的眼神，其实有点茫然。

别说剧组的人不知道发生了什么，其实夏溪自己都不知道这是什么情况。

"没事儿，我在。"像是能感受到夏溪的迷茫，旁边的季远舟轻声说了一句，还坚定地抓紧了夏溪的手，颇有种携手同进退的感觉。

夏溪感受到从对方宽大干燥的手掌递来的温度，她转过头看着对方线条流畅的俊朗侧脸。

一开始被抓手，夏溪的感觉是慌，随着牵手时间的增加，她虽然还是慌，但仔细品来好像和前一种慌不一样。

季远舟看起来游刃有余得多，表情一如往常，还能跟凑上来的人正常打招呼。

不过夏溪还是觉得自己得揭露一个事实，这个发现也让她镇定了下来，她甚至可以用好整以暇的口吻指出：“季编剧，你走路同手同脚。”

表面神态自若的男人，内心活动的激烈程度不亚于海上刮起的强龙卷风，他连走路都在同手同脚。

季远舟之前没有意识到，现在想要找条地缝钻进去。最后他还是整理好情绪，看向夏溪，郑重道：“谢谢夏老师。”

夏老师真的很严格。

夏溪点了点头：“好说好说，同手同脚也没什么，之前参加选秀的学妹也有这样的，纠正一下就好，没事儿多走两步。”

季远舟也一本正经地跟着夏溪胡说八道：“那我就拜托夏老师了。”

实际上季远舟平时并没有同手同脚的毛病。

……

夏溪不羡慕别人多有钱，不羡慕别人在专业领域上取得什么成就，这些都可以靠努力获得。但对季远舟捕获海鲜的能力，她是真的羡慕了。

不过季远舟钓来的鱼，还是有很多落进了夏溪的肚子里。

季远舟说：“鱼多了，自己也吃不完，正好剧组人多，就一起吧。”

不过除了鱼，还有其他东西，比如麻辣小龙虾，再比如大鲍鱼。

夏溪看着越来越丰富、越来越贵的海鲜，觉得不对劲儿，转了一圈，并没发现其他人也有这东西。

面对夏溪的疑惑，季远舟让夏溪稍微等一会儿，他需要把手上的工作先处理完。

夏溪也表示理解。

季远舟说“很快”，是真的很快，结束工作后，他推了推架在高鼻梁上的金丝边眼镜，告诉夏溪，后面的海鲜确实是夏溪专属。

夏溪问：“为什么？”

对方回答得很认真：“因为夏老师跟别人不一样。”

不等夏溪反应，季远舟就漾起一个斯文的笑容，目光笔直看向她，一本正经地说：“夏老师纠正了我的毛病，其余人没有。”

夏溪：纠正个同手同脚的毛病就能得到这么豪华的海鲜供应？你看

我信不信？

面对着季远舟大大方方的注视，夏溪比他更大大方方。她可是在舞台上把控全场的C位，论眼神几个人能比得上她？

她的眼睛黑白分明，仿佛藏着星星。

最后是季远舟先败下阵来："我想起于导找我还有点事儿。"

夏溪望着匆忙离开的男人，他后背挺拔，像根竹子。大家都知道季远舟气质好，但不知道为什么，他给夏溪一种奇怪的既视感——像清晨带着雾气的森林里漫步的麋鹿。

而现在这只麋鹿又同手同脚起来。

夏溪捏着自己的下巴研究了一会儿，感慨："好像真的挺严重……"

本来她还觉得季远舟是在糊弄她，但现在她开始不确定起来。

……

牵手的事情两个人都没有明确说什么，该怎么样还是怎么样，夏溪也没有过度去纠结。

就是季远舟给的特殊待遇她没有办法老老实实受着，大家都有还好，光她自己吃的话还是算了。

季远舟先是问夏溪："你喜欢吃吗？"

这一点夏溪不能否认，谁能不爱海鲜大餐？

更何况她本来就喜欢海鲜。

季远舟回复夏溪："那就好。"

他说得轻描淡写："女主演吃得好，开心一点，会有利于拍摄。"

编剧都这么说了，夏溪自然也没有拒绝的道理。

不过夏溪还是商量着要给季远舟钱，不然就算了。

最后季远舟无可奈何，给夏溪打了个折，象征性收了点钱，成了夏溪的专属送饭小哥。

夏溪吃得确实开心，拍摄进度也推进得很快。其实，即使没有海鲜，她也能调动起积极性。

不过还是有一些奇怪的地方。

在某天拍摄结束后，夏溪皱着眉试探地询问剧组化妆师："你有没有觉得季远舟有些不对劲儿，在只剩我们两个人的时候，他满脑子……"

夏溪还没有说完，化妆师的脸就变得通红，神色激动，努力压抑着声音：“这是我不花钱就可以听到的吗？……我要听，我要听，夏老师，季大编剧在私底下做了什么，他看起来有点禁欲系，实际上很疯吗？夏老师，我嘴严，我保证不告诉别人。”

大家职业素养都比较高，再加上于春升导演特地在剧组敲打过，因此大家就算再好奇两个人的感情进展，还是压抑着八卦的心。

没想到夏溪居然主动聊起了这个，化妆师当场就兴奋了。

夏溪沉默了。

夏溪在新电影中饰演的是一个警察，她直接举起了道具手铐，说：“我觉得你思想有问题，可能得跟我走一趟。”

化妆师露出了惊恐的神色。

夏溪当然不能真的把她抓起来，只是在跟她开玩笑。

夏溪怎么都没想到对方的想法会歪到那个地步，她本来要接的话是：“满脑子不知道在想什么，一直走神。”

夏溪是个一心搞事业的，季远舟也是业界出了名的敬业，两个人凑在一起大多数时候都在讨论剧本。

但最近夏溪发现季远舟的工作效率严重下降，有时候会对着电脑走神，半天打不出一个字。

这种情况是从来没有过的，于是夏溪自然而然地想到季远舟是不是遇到什么情况了。

……

夏溪从剧组其他人那边问不出半点有用的消息，于是在一次深夜讨论会只剩下他们两个人，季远舟再次开始对着空文档发呆的时候，夏溪没有忍住。

夏溪伸手在季远舟眼前晃了晃，季远舟用询问的眼神看向她，问：“要加水吗？”

他以为夏溪要喝水，主动捞起夏溪手边的水杯。

夏溪把水杯给摁住了，单刀直入：“不是。你是遇到了什么事情吗？”

季远舟不明所以。

夏溪斟酌着发言：“我看你最近一直走神……你可以说出来，我看能不能帮你解决一下。”

如果她能帮忙解决的话，她会努力帮助“麋鹿”。

夏溪表现得特别真诚，她也一直是个真诚的人。

就是“帅麋鹿”没料到夏溪会这样问，他摘下眼镜，骨节分明的双手盖住了脸。然后他很快放下手，深呼吸，露出了略带苦涩的笑容，还是说了出来：“那可能需要夏老师当我的女朋友才能解决了。”

季远舟也不是一个拖拖拉拉的人。

面对夏溪略带惊讶的表情，季远舟很绅士地道了声抱歉，然后持续进攻：“我不应该把私人情感带到工作中，我尽量克制，但好像很难克制……”

季远舟不想影响工作，但这段时间才明白，原来喜欢是完全藏不住的。他摸不清楚夏溪的想法，他以为夏溪走了九十九步，但，是这样吗？

原来患得患失是这么一种滋味。

季远舟其实不需要夏溪走九十九步，她能走一步就可以了。

夏溪猝不及防地听到来自季远舟的告白，觉得惊讶，好像又没有那么惊讶，就是一种“是这样啊”的感觉。

她完全没有露出羞赧的神色，思考片刻后赞同季远舟：“私人感情确实不要掺杂到工作中。”

季远舟睫毛颤了颤，他此时仿佛身陷地狱。

下一秒，夏溪别了一下耳边的头发，小声询问季远舟：“你抢饭吗？”

抢饭的男朋友不能要，她真的被抢怕了！

要是别人听到这话，不一定能跟上夏溪的脑回路，但季远舟很快就反应了过来。

原来他一直在天堂。

他保证：“不抢饭，我饭量本来就小。”

关于谈不谈恋爱这事儿，两个人经过探讨商量，决定还是把电影搞完再说。

夏溪知道自己是对季远舟抱有好感的，不过她也没谈过恋爱，得稍微捋捋。

一切顺其自然。

拍完新电影，夏溪以为会跟季远舟分开一段时间，没想到前脚刚说再见，第二天俩人就在新剧组见面了。

夏溪来当武术指导，她名气在外，新电视剧导演是托了《且听风吟》导演把夏溪给请过来的。

季远舟言简意赅：“编剧。”

季远舟主指导这部电视剧的事业线，用新电视剧导演的话来说：“季编剧真的太难请了，我是请了好几遍才请过来的。”

现在他拥有了超强武术指导加超强编剧，这剧还不得火？

于是夏溪的盒饭又被季远舟给包圆了，海鲜就没有断过。

除了当武术指导，夏溪还临危受命演了剧中的女三号。

她其实本来没有打算接这个戏，武馆和武术指导的工作量就不小了，但原本定好的女三号出了负面新闻，导演一时半会儿找不到合适的人选。

“夏溪，帮个忙吧，这都开拍了，断一天就浪费不少钱。”

这个夏溪也懂，女三号的戏份还不少，剧组的节奏完全被打乱了。

但是里面有感情线，夏溪面露难色：“我没试过。”

导演看有戏，继续劝夏溪：“你试试，我们已经在找别的演员了，不行再说。”

夏溪：试试就试试。

在季远舟来之前，夏溪尝试了两次，确实像她说的那样，她不会演。

导演本来还满怀期待，渐渐地也绝望了。但这种事情也怪不到夏溪头上，说起来他还要感谢夏溪。

“再来试最后一遍吧。”导演想要最后挣扎一下。

夏溪在拍戏前看到季远舟在不远处摆开饭盒。

季远舟已经了解场内是什么情况了，他没有打扰夏溪工作，安静地到旁边放下吃的。

有两份盒饭，一份一盒的，一份三盒的，三盒的是属于夏溪的。

麋鹿沐浴在阳光下，明明没有说话，看起来却无比快乐，夏溪突然好像领会到了些什么。

让剧组的人没想到的是，接下来夏溪跟对手戏演员的感情戏无比顺畅，如有神助。

本来以为没戏的导演激动得当场拍大腿。

虽然夏溪觉得角色无大小，但导演知道让演过大导电影女主角的夏溪演电视剧女三号有些委屈，主动给夏溪争取了不菲的片酬。

季远舟也为夏溪高兴，但看了看跟夏溪演对手戏的男演员，还是有些吃味儿，不自觉开始做比较。

夏溪晚上主动找上了季远舟，没有别的事情，就是有句话想要跟他说："谢谢季编剧带我感受心动的感觉，我去继续复个盘。"

然后不等季远舟做出回复，她就溜回了房间，说复盘就复盘。

季远舟捂住了扑通扑通跳得飞快的心脏，在玄关处站着傻笑了半天，回到书桌前打开文档。

他想写新的剧本，没写成，又傻笑了半天。

……

季远舟在编剧圈可以说是年少成名，不过他的本子一直以来主打主人翁的成长，群像、友情、亲情也能信手拈来，但他唯独不写与爱情有关的剧本，对方给多少钱他都不写。

后来于春升导演发现，季远舟是压根不会写爱情戏！

但突然间，他的剧本里开始出现暗恋剧情，还写得很不错，像酸甜的草莓。再到后面，他的剧本逐渐开始出现恋爱戏份，感情细腻丰富。

他仿佛换了一个人，事业线和感情线完美融合，剧本部部封神。

夏溪的武馆旁边开了一个不算大的阅读兴趣营。

老板戴着金丝边眼镜，气质很好，大家都叫他季老师。

刘延是个小学生，平时爱玩好动，家长送他过来只希望有人能把他管教住。

现在刘延听到隔壁响起女教练纠正学员姿势的声音，趁着老师不注意，跟同桌交头接耳："看看看，季老师又要笑了。"

"笑了！"

"我是不是没骗你们？"

刘延发现了一个秘密，每当女教练说话的时候，季老师就会露出笑脸，别说，还挺好看。

番外一

醒悟

自从姚星哲在群里“发疯”，歇斯底里地表示“我们都是垃圾”后，三人群就再也没有办法进行关于夏溪的交流了。沉寂几天后，小群就被井烁解散了。

大家再清楚不过，他们都是喜欢夏溪的，甚至可以说比喜欢还要复杂一些，有被吸引，有不甘，有不解……种种复杂的情绪杂糅在一起，导致劲头更大，难以根除，他们仿佛被夏溪下了蛊。

陆氏集团总裁办公室。

陆琛还是不信邪，依旧企图使用金钱的力量，他询问助理：“那边有消息吗？”

助理露出了迷茫的眼神，小心翼翼地询问：“哪边？”

陆琛烦躁地按了按太阳穴，说：“之前投送过去的剧本夏溪那边有什么反馈？”

助理摇头道：“陆总……好像没有。”

陆琛耐着性子等待助理的下文，却一直没等到。

现在的助理是新聘请的，之前的助理察言观色的能力出色，上能明白上司的一切喜好，下能放霸道总裁有声小说以及给照片上的总裁加腹肌，已经被其他公司花大价钱给挖走，升职加薪走上人生巅峰。

新助理陆琛用得极为不顺手，不过也没办法，他这个月已经炒了五个人，把现在的炒掉也找不到更合适的人。

陆琛想用投资的方式引起夏溪的注意，但实际上结局不光石沉大海那么简单，夏溪那边的团队早就已经拒收他们公司的邮件。

他们的剧本粗制滥造，无病呻吟，甚至可以不夸张地说看完受了工伤。

夏溪并不缺投资。她长得好、人气旺、敬业，演技也不差，想要投资的人海了去。

她也并不缺好剧本。鬼才编剧季远舟俨然成了夏溪的私人编剧。

陆琛想要跟夏溪接触比较困难，井烁身为圈内人倒是会跟夏溪出现在相同的活动场合。不过——

“井先生，您的座位在后面，需要我带您过去吗？”工作人员表情很礼貌，但眼神里还是透露着尴尬，她小声提醒井烁。

这是一个颁奖典礼，现场星光熠熠，其中不乏一些知名大腕，但井烁的视线还是第一时间被夏溪吸引。

她穿着浅色高定礼服，肌肤光洁如玉，精致的妆容越发把好看的五官凸显……她仿佛自带光芒。

夏溪坐在第一排，正在跟前队友赵天绮挨在一起聊天，井烁下意识地往那边迈，然后就被工作人员给拦住了。

主办方对嘉宾的座位安排也是有讲究的，按照人气来，井烁在第四排，离夏溪有一段距离。

被工作人员提醒，井烁先是愣了一下，不过很快还是反应了过来，摇了摇头，说：“谢谢，不用了。”

他完全没有之前的意气风发，灰溜溜找到写着自己名字的座位，看起来有些狼狈。

之前夏溪只是选秀节目里一个普通的选手，井烁是节目的助教，是夏溪的前辈。但好像也没有多久，夏溪就以井烁难以想象的速度成长到了现在的他难以企及的地步。

当晚夏溪拿到了音乐奖项，歌是赵天绮给夏溪写的。

井烁颗粒无收，看着拿着奖杯的夏溪，他一阵恍惚。他依旧会心动，但知道没有任何的结果。

他也无数次问自己，当时如果不玩那些可笑的游戏，是否会有一点希望呢？

相比起不甘心的陆琛、怅然若失的井烁，姚星哲很清楚自己的定位。

伤害是没有办法磨灭的，他也不会再往夏溪面前硬凑，他默默地当一个追作品、追舞台的粉丝就好。

番外二

不再是一个人

录音棚内，赵天绮正在接受采访。她穿着飒爽利落，因为常年练舞，精气神十足，眼睛明亮。

记者问了一些问题，对即使咖位不小但依旧很配合的赵天绮好感度激增，然后表示：“谢谢，今天的采访到这里就结束了。”

赵天绮却敏锐地指出：“不是问三十个问题吗，刚才好像才问了二十九个？”

摄像师看向记者，记者惊讶地表示：“天绮，你还记了吗？”

确实少问了一个，记者解释：“主要是我觉得那个问题有点没必要，是问你关系最好的圈内好友是谁。这还用问吗？肯定是夏溪老师……”

赵天绮听到熟悉的名字，露出了几分笑意，点头承认：“对。”

即使早就知道答案，但赵天绮这毫不犹豫的语气还是让记者忍不住感慨：这俩人的友谊是真的牢固，怪不得这么多年过去了，“夏天”组合非但没有沉寂，反倒是不断地涌入新鲜血液。

夏溪出道之前就人气断层，这么多年稳扎稳打，已经是实打实的顶流；第二名出道的赵天绮也不差，她在演戏方面没有多少天赋，但在舞蹈方面是永远的王者。

采访过后赵天绮还要忙着录制 MV，然而不那么顺利。她到达提前约好的场地，却被告知不能用。

“是我们没有沟通好吗？”赵天绮第一时间了解状况。

负责拍摄的工作人员义愤填膺：“早就沟通好了，但是听说他们总部的领导就在附近，怕我们拍摄吵到他们。”

赵天绮皱了皱眉。如果已经约好并收款却拒绝让他们使用场地，算是违约。

不过对方却表示，他们愿意赔违约金。

“你们怎么能这样啊！”

工作人员还想跟对方继续理论，赵天绮拦住了他：“算了。”

事已至此，就算理论也没有用，只会浪费时间。但拍摄的计划不能被打断，得继续找场地。

赵天绮揉了揉太阳穴，告诉工作人员：“让我来想想办法。”

她想到的办法就是寻找夏溪的帮助。

电话也就响了两下，然后夏溪接了电话。

赵天绮给夏溪简短描述了一下现在遇到的困难。她想借夏溪那边的场地，虽然那边比不上现在的场地，但好歹也能不耽误计划。

夏溪毫不犹豫答应了下来，不过她还是问了一句：“你现在待的地方叫什么？”

“怎么了？”赵天绮报了一下地名。

夏溪：“我觉得好像有些熟悉……是不是在那个场地拍摄效果会更好？”

这是肯定的。

于是夏溪甩下一句：“你等我一下。”

她挂掉了电话，赵天绮一脸茫然。

很快，赵天绮就知道夏溪去做什么了。

之前表示场地不能用的工作人员热情地过来道歉，并且告知他们可以继续用了。然后一位穿着考究的老者被人簇拥着朝赵天绮走来。

老者开口：“师叔，您怎么过来了也不给我打声招呼，不知道您要用场地，他们也没给我说一声就自作主张……”

师叔？

大家惊疑不定地看看头发花白的老者，再看看青春时尚的酷姐赵天绮，眼睛里都写着大大的问号。

赵天绮也不知道发生了什么，她搜刮记忆，感觉应该没有见过眼前的人。不过根据对方的称呼，她进行了揣测：“您是……夏溪的徒弟？”

老者一个劲儿地点头，说：“对对对，师叔不用对我用敬称，就叫我小刘吧！要不是师父跟我说您来了，我都不知道。师叔吃饭了没？要不要吃点东西……我给您叫点下午茶？”

赵天绮：“……”

对不起，她真的喊不出“小刘”这两个字。

赵天绮对吃的并不感兴趣，只是想好好工作，于是在老者殷勤的招待下，他们无比顺利地拍摄完了 MV。

这样的事情并不少见。

年长的、年幼的、女的、男的……赵天绮的师侄们无处不在，赵天绮也从一开始的不适应变成后来的波澜不惊。

赵天绮想起还没出道前，在那个铺洒着阳光的午后走廊，她跟以后的挚友夏溪并肩走在一起，那个时候夏溪告诉她，她不再是一个人，她会有夏溪这个好友，也会拥有一群师侄。

那个时候赵天绮只是笑了笑，没有放在心上。

多年以后，赵天绮发现自己草率了，夏溪说到做到，她的身后真的有一群师侄支持她。

她不再是一个人。